U0448924

华　章
传奇派

品味无限不循环的人生

无极之外 2

奇点秘境

王颖超 著

图书在版编目（CIP）数据

无极之外. 2, 奇点秘境 / 王颖超著. -- 重庆 : 重庆出版社, 2025. 2. -- ISBN 978-7-229-18954-9

Ⅰ. I247.5

中国国家版本馆CIP数据核字第2024CE6549号

无极之外2：奇点秘境
WUJI ZHI WAI 2: QIDIAN MIJING

王颖超　著

出　　品：	华章同人
出版监制：	徐宪江　连　果
责任编辑：	徐宪江
特约编辑：	穆　爽
营销编辑：	史青苗　刘晓艳
责任校对：	刘　刚
责任印制：	梁善池
封面绘图：	王颖超
装帧设计：	魏　敏

重庆出版集团
重庆出版社　出版

（重庆市南岸区南滨路162号1幢）

北京毅峰迅捷印刷有限公司　印刷
重庆出版集团图书发行有限公司　发行
邮购电话：010-85869375
全国新华书店经销

开本：880mm×1230mm　1/32　印张：11.25　字数：259千
2025年2月第1版　2025年2月第1次印刷
定价：49.80元

如有印装质量问题，请致电023-61520678

版权所有，侵权必究

目录

前　　　言　我的科幻观 /I

第　一　章　诡异狙击 /1

第　二　章　消失三天 /13

第　三　章　十度界域 /29

第　四　章　谜案重重 /41

第　五　章　"M"计划 /58

第　六　章　尘封往事 /84

第　七　章　塔尔塔星 /91

第　八　章　险象环生 /108

第　九　章　进入黑洞 /121

第　十　章　亦真亦幻 /129

第 十 一 章　超智诞生 /146

第 十 二 章　弑神计划 /167

第 十 三 章　阴魂不散 /177

第 十 四 章　爱情本质？/200

第 十 五 章　无能为力 /213

第 十 六 章　奇点秘境 /234

第 十 七 章　兵连祸结 /246

第 十 八 章　双缝干涉 /265

第 十 九 章　云端围猎 /290

第 二 十 章　道高一尺 /315

第二十一章　魔高一丈 /338

第二十二章　尾声 /346

后　　　记　形而不上也不下 /348

名词注解 /350

前言
我的科幻观

我曾经问我自己为什么要创作科幻，或许是因为对物理感兴趣，喜欢哲学和历史，又从事艺术创作，合在一起就成了科幻？

其实不完全是！有些事情并不是因为刚好能做所以去做，而是因为有必要才会去做。创作科幻小说也是被自己"逼"到了一个相对无奈的地步。

目前很重要的三个基础学科[1]——数学、物理学和哲学都面临着不小的困难。三大学科本身都是建立在"假设"的基础之上：数学最开始以人类认知的公理为基础；物理学则依托于以观察和实验为主的实证主义，前提是必须假定"数学体系"和"人类的认知"是可靠的；而传统哲学则建立在最小微粒、理想国、彼岸世界、理念、道等人类思维抽象或推理出的概念之上。三大学科基于人类的认知基础来说是

---

[1] 这三个学科甚至可以追溯到从亚里士多德时代的三大理论学科——数学、物理学和形而上学（物理学之后 metaphysics）。

"对"的，在相应的范围内发挥着作用，如果要追溯到最源头，就会出现无法证实也无法证伪的"某些东西"。

随着人类对"认知"的认知越来越清晰，反而对认知的真实性、认知范围与认知对象越来越模糊。到目前为止，三大学科都不同程度地"妥协"了。数学和物理学，本质上是人类认知逻辑的模型；其不同之处在于数学研究的对象是抽象之物，物理学研究的是具象之物。二者有一个对于人类来说至关重要的特点，即可以直接在自然界找到对应，并进行反向检验。传统哲学呢？概念意义的最小微粒、理想之国、彼岸世界、天道、上帝、灵魂……如何定义，如何检验？随着哲学进入到自我怀疑的阶段，后现代主义哲学把古典哲学的大厦强拆了。有一种说法叫作不破不立，而现在是破而难立——理论基础没了。难道哲学就只能这样一直在废墟上研究意义与非意义吗？

我不敢说出答案！我更没有答案！但我认为随着人类认知的进步，一定会找到新的基础。新的基础会是什么呢？即使就现在而言，也肯定不再是"彼岸世界"和"天道"等概念。如果说目前尚能期待有一种基础的话，我个人认为是以数学和物理学为基础的认知成果。只是虽然当下的认知成果已经极为丰富，但是由于人类认知的先天结构性局限，还有更多的东西我们认知不了，所以这个基础明显薄弱，而且和以前相比并没有本质的变化，有着无法跨越的"认知黑匣子"问题，然而这只是针对可认知的世界而言。从认知系统上讲，我们能推理出在认知之外还有一个不可认知的世界，或许那个世界才是令人疑惑的瓶颈，我们又该如何以非认知的形式去认识它呢？这是很多数学家、物理学家和哲学家都头痛的问题。

外在世界 → 🧠 → 知识

认知黑匣子

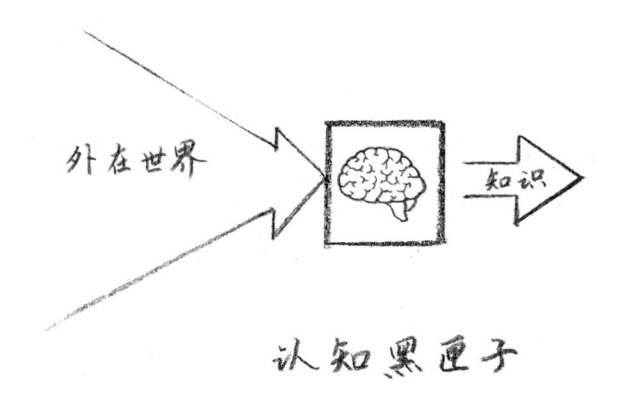

  我没有他们那种顶尖的思维与能力，只能用我自己的方式去做着思想实验，去构思一个"东西"去"置换"已经被解构的传统哲学根基。然而这种方法，依旧有着用认知思维去解决认知之外事情的嫌疑，从认知逻辑上讲这必定是个死胡同——除非人类认知结构内部本身埋藏着一把能够突破自身的"钥匙"，这毕竟只是猜测，不宜也不易言说。假设我把这把钥匙视为人类认知系统里的"神性"，它很可能存在于数学与艺术当中——数学虽然诞生于人类的先天认知结构，但是越来越有着超越认知结构的特点；艺术也源自人类的认知系统，但是却带有非理性、非逻辑的特点。以数学和物理学为基础，不断发挥艺术的想象，并加上对人类当下文明的思考，对未来发展方向的猜测以及对人类"终极关怀"的期待，这些合起来形成了我的理论根基，便是我的科幻观了。

  或许科幻不仅仅存在于文字之间，现实当中很多由于超自然现象所形成的传说，是否也应该归为科幻呢？比如说2016年12月6日夜，哈卡斯共和国境内出现神奇现象：天空中惊现强烈闪光，夜空瞬间亮如白昼。多地都目睹了这一奇观，原因不明。

声明

小说中出现的历史事件,均为加工后的再创作,时间、地点、人物、经过等与历史本身并不完全相符。书中的物理规律加上了想象,与实际物理规律有所差别。

在故事开始前,先说另外一个故事。有一次我和王平教授聊天。他对我说,相对 S.T.E.M.[1] 各种学科来说,或许只有其中的数学才是打开宇宙奥秘的钥匙,宇宙及组成宇宙的大千世界的每一个原子都是虚空的。抬眼所见的物质和能量都是真空处正负涨落的细小浪花或者恒星此起彼伏大爆炸的海洋。我不知道该怎么接他的话,犹豫再三我还是说出了我心里的真实想法:"数学和数学的意识,起源于人的认知逻辑。尤其是函数,是用数的形式去寻找、表达、推演不同事物之间的关系,函数的本质是对事物间性的数理抽象表达,终究还是可能受制于人的认知方式。只不过,数学好像有种超越这种认知方式的迹象!"

说完之后,我们陷入了各自的沉思。我当时在想,如果我是一个自变量,我和宇宙的关系有着极其复杂的函数表达,我的举手投足都和宇宙有主动或被动的微不足道的或强烈的关系,那我该如何定义我自己人生的意义,我该如何安排我的人生轨迹?

有些问题终究是没有答案的,我们只好围着公园转圈。我向他介绍我最近的艺术创作,他讲述着最近科学圈里的一些观点,例如反物质暗藏在星球的内部……

---

[1] S.T.E.M.是科学、技术、工程和数学四大领域的缩写。这四个领域都强调创新、解决问题和批判性思维。

第一章
诡异狙击

卡戎走了,地球上似乎没有留下一丝关于他的痕迹,一切看上去都和以前没有任何变化,只是暗流已经开始涌动。多年以后,方明已经步入中年,柳睿和他已经步入婚姻,菠菈每日期盼着卡戎能回来,方千柏和马晓渊身体依旧硬朗,当年办案的刑警队长刘远峰也已经成为局长。

故事要从一个普通的午后说起。21世纪上半叶某一年的1月6日,滨海市的百姓依旧沉浸在元旦假日的兴奋中,警局在这种时候却是最忙的,必须保证良好的社会治安。警局门房的值班人员虽然略有疲惫,但周围来来往往的人没有一个不被他的视线所捕捉。只见值班警员的目光逐渐凝视在远处一个人身上——那人1米78左右,穿着紧身衣,戴着一顶鸭舌帽,还有口罩和墨镜,一手提着一个圆鼓鼓的塑料袋,另一只手里似乎拿着文件袋。别说值班警员了,就算是周围的路人也觉得这人奇怪。大冬天的穿个紧身衣,看着都冷!

那人察觉了周围人异样的眼光，便假装跑步锻炼，冬天跑步倒也不算什么稀罕事，很多人也就不觉得他奇怪了。看着他轻快的步伐，也不太像不法分子，警员也就放松了下来，毕竟别人只是行头有点诡异，又没犯法。那人自顾自地一路小跑从警局门口经过，视线朝向远方，也没有把警员当回事。可是突然那人冷不丁地把文件袋丢进门房，然后立刻提速跑开了。

值班警员本想追过去，可是一看文件袋上面有四个鲜红的大字"机密文件"，他意识到可能遇到大案子了。警员不敢耽误时间，迅速把文件袋交给了张承。张承就是当年和刘远峰一起侦办向兵案的助手——小张警官，他现在也已经接替了当年刘远峰刑警队长的职务。

张承仔细分析着文件袋上"机密文件"四个字，好像是宋体字的造型，竟然是用剪刀剪出来贴上去的，这样就完全不会透露举报人的笔迹。既然那人不想暴露身份，那么文件袋里应该不会出现任何指纹或者笔迹，事实也确实如张承所料。

张承赶紧走了流程手续，和同事一起打开文件袋。打开之后，其中第一份材料是一封信，信中说了十度界域科技集团公司涉嫌严重的间谍罪，随后就是逐一列举的证据——有照片，还有公司的内部文件……可以看出来举报人是一个做事极其细致，而且有着缜密思维的人。根据值班警员对举报人外貌的描述，张承猜想那人手提的塑料袋里应该是可以随时套在紧身衣外面的衣服。他找个监控死角换完衣服后，就把塑料袋揣进口袋里。那样的话就很难查到他的行动轨迹。

张承把情况汇报给了局长刘远峰，刘远峰看着材料中"十度界域"四个字，手微微发抖。十度界域起初是一家中小型民营企业，但是发展速度极为惊人，短短数年时间便成为行业的领跑者，甚至和国家航天部都有深度合作。很多人都不明白，为什么这样一个满载荣誉的巨无霸公司，会将总部设在名不见经传的滨海市。其实原因很简单，因为十度界域的创始人方明就是滨海市人。如果举报材料的内容属实，那么不仅是滨海市的科技、经济、城市形象要受到巨大的负面影响，整个国家的科技领域都会遇到不小的麻烦。

很多年轻的刑警喜欢破大案要案，可是刘远峰是警队的老江湖了，他深知每个大案要案都是烫手的山芋，尤其是关乎十度界域的案子，必须慎之又慎。他仔细看着这些资料，心中的寒意直接贯穿脊背。举报信中提到方明暗中将大量重要机密出卖给其他国家，还附有一张网络截图的打印图片，那是方明和Ａ国某组织往来的电子邮件。在最后一页，举报人打印了一行字：方明一周之内会把国家的绝密情报泄露给他国。

刘远峰放下手中的资料看了一眼张承，张承知道刘远峰心中的疑虑，便叹了一口气道："我按照邮箱地址追查过Ａ国方面的信息，对方使用的是加密邮箱，不过我们通过银行系统，发现方明的私人账户上有异常的资金动向，有大额资金转入到Ａ国的一个账户。局长，接下来是我个人的想法：方明虽然是民企的创始人，但是他和国家的合作太密切，即使没有什么间谍活动，也应该考虑瓜田李下的影响。"

听完了汇报之后，刘远峰又一次捏着下巴陷入沉思。这些资料的真实性很高，举报人应该就是十度界域内部的人。刘远峰想及时为国家避免可能的损失，很想先把方明控制起来，只是方明的身份太特殊，以刘远峰的级别，很难在第一时间获得有效的批捕文件。况且万一最后发现方明是冤枉的，那绝对是吃不了兜着走。

摆在刘远峰面前只有一个办法，就是把方明"请"到警队来，无论用什么方法，都要"留"住他一个星期。一方面在这个星期内好吃好喝地待着方明，另一方面也为深入调查留下时间。刘远峰琢磨着"一周之内"这几个字——有可能是第七天，也有可能是明天，甚至是今天。刘远峰知道没有时间了，对着张承说道："我们今天务必做好各种准备，明天一早就去十度界域，'请'方明来'参观'我们警队。"

张承挠挠头："我们怎么请？以什么理由呢？"

刘远峰知道邀请方明的难度比较大，万一方明真是间谍，他肯定会异常小心，那就更难请了。刘远峰思来想去："这样吧，希望他能帮助升级警队的全套电子监控系统。然后明天、后天、大后天，带着他调研全市各条街道的安全监控设备，请他赞助升级网络安全系统，这种关乎百姓安全的公益事业，方明很难找到推辞的理由。如果实在请不过来，那就以十度界域之前发生的两起命案为理由，请方明来协助调查。"原来在之前的一段时间里，十度界域同时发生两起员工"自杀"事件，直到现在也没有结案。

张承知道这是没有办法的办法。经过了一下午的准备，警队制定了各种方案应对可能出现的情况。第二天一早，张承调集了多辆警车呼啸着来到了十度界域集团公司总部楼下。

警车一字排开，张承示意其他人员先按兵不动，他自己带着两名警员试探着直接进楼，可是这里的保安很有"礼貌"，不失风度地拦住了张承，原因特别直接——这栋大楼里有很多国家机密，如果没有特别批文的话，即使是刑警队也不能贸然进入。

张承怎么可能没有任何"准备"就贸然前来呢？他掏出了警队给方明的写的"邀请函"。保安接过邀请函后仔细看着上面的文字：诚邀方明莅临警队参观……

看完之后，保安回答道："请走正规流程，把邀请函发至外联部，我们收到外联部的通知后就会放行。"

张承吃了一个礼貌的闭门羹，心里自然不舒服。在保安递回邀请函时，他的手稍微用力蹭了一下保安的胳膊，然而一股巨大的反作用力直接顶了回来。好家伙，这哪是一般的保安，绝对是特种部队级别的硬家伙。张承也是从部队转到警队的，好歹也经历了千锤百炼，可是眼前这个毫不起眼的保安明显比自己技高一筹。此时旁边又有两个保安迅速靠了上来。从他们的身形步法上看，全都是练家子，而且警觉性很高。

张承知道要顺利"请"走方明不是一件容易的事，更不能把邀请函发给十度界域的外联部，那样一定会打草惊蛇，最好能直接进入大楼把方明带走。于是张承说道："我们不仅是邀请，同时也是公务。"

"对不起，请走对公流程！"

张承愣住了，犹豫了片刻便示意其他几位警员一起出来。看着这么多警察围拢过来，大楼内又冲出三名保安！这些保安做出寸步不让的架势。让张承暗暗吃惊的是，保安们把手背在身后，杜绝任何袭警的嫌疑，这明显是受过专业训练。

领头的保安慢慢站到前方，气息沉稳："对不起！张队长，我们有职责在身。"张承一愣，自己自始至终都没有透露姓名和职务，他是怎么知道我的？那就只能说明他们已经把警队内部的负责人、职务都摸清楚了，说不定还不止警队！张承再一次抬眼望向这些保安，一个个身姿矫健、训练有素，还散发着巍然正气！搞不好这些保安是国家有关部门直接派过来的！可是事情紧急，这么耗下去不是办法。正在僵持之际，一个念头闪现在张承脑海里：如果他们是国家某部门派过来的,他们的真正任务可能就是维护国家情报安全,一方面对十度界域实施保护,一方面也是在监督他们。也许对他们道出实情会有意外的收获,张承很小声地说着:"我们怀疑大楼内部有间谍窃取国家机密,危害国家安全。"

听完此话,那名领头的保安面部表情明显抽动了一下。张承知道自己猜对了,随后保安小声嘀咕了一句:"你们先回去。"

张承心里松了一口气,不出意外的话,他们回警局后会有相关部门联系他们的,他们的任务也算完成了一大半。他刚要转身离开,大楼内部出来了两个人,其中一人是十度界域的创始人方明,后面紧跟着的是他的合伙人——马轲。众保安看见方明出来就赶紧让路,随后又训练有素地分布在方明周围。其实方明在楼上看到警车过来,他本不愿下楼,但是马轲认为一次出动这么多警车,说不定有什么大事,最好还是亲自看看。方明看着台阶下一脸尴尬的张承,缓步走下台阶先是行了一个礼,然后对张承说道:"请问这是什么情况?"

张承被这话问得语塞,一时间不知道该作何回答——虽然举报信上说方明就是间谍,但是看着方明这不食人间烟火的气质,张承从心底认为他不会是间谍,境外敌对势力不可能给方明提供任何有对等价值的交换条件。方明除了为国家效力,没有其他更有意义的选择。可举报材料看起来又是那么有理有据。

在张承内心盘算的时候,方明看见了张承手上的邀请函:"你们是来邀请我的吗?"张承勉强点了点头,又很隐蔽但是意味深长地看了一眼领头的保安,保安顿时露出了不易察觉的惊讶表情。

方明看着邀请函,心里有一种奇怪的感觉——升级监控这种事情需要让我亲自去吗?方明刚要拒绝张承,刘远峰从警车上走了下来,他心里明白，就算是编出天花乱坠的理由，也要把方明带走。他灵机一动，走到方明跟前小声把编出的故事讲给方明："当年向兵枪击方千柏的案件中，我们查出了新的隐情。"

这招果然奏效。方明对马轲交代了相关的工作，立刻跟着刘远峰上了警车。马轲望着警车的尾灯逐渐远去，平静地看着周遭的一切……

终于把方明带了回来，这只是任务的开始。接下来刘远峰亲自带着方明参观警队的监控设施。方明明显不悦，问刘远峰为何不早点说说向兵的事情。刘远峰故作神秘地解释着："这件事必须到一个合适的时间点才能说出来，少安毋躁。方总还是先帮助我们升级一下监控系统吧。"方明没有办法，只能无精打采地参观着。只是他并不知道陪同参观的人虽然穿着一般警员的服装，但他们是刑侦专家、心理学专家、行为分析专家，全都是厉害角色，方明的任何一个微小的举动，都被他们深度分析着。

不一会儿，众人陪同着方明开始参观警队内部的监控设施，刘远峰随口问了一句："方总，现在的监控设备越来越小了，还越来越高清。真不知道最终能小到什么程度？是什么技术让设备不断微型化的？"

"这主要得益于我国现在对基础学科的研究，包括数学、物理，然后在量子领域和航天领域得到发挥。"

"现在发展到了什么程度？我们警方经常会和高科技打交道，方总能否介绍一下贵公司最新的研究成果？"

"这没问题。比如说我们现在正在执行的'牧羊计划'，就是研究天王星的。天王星轨道倾斜角为97.77，星环有可能带有磁性，而且天王星有多个磁极，磁极也很不稳定，一直不停地变换角度，整个天王星就像一个磁场的乱流……"

刘远峰虽然每天忙着办案，但是对科普知识还是有所了解的。方明说的这些很多初中生都知道，刘远峰暗自想着：看来这个家伙的嘴很严。

"你们公司与国家相关部门有那么密切的合作，万一出现间谍那该怎么办？"

随着刘远峰这个问题的抛出，周围的人立刻把目光转移到方明身上。方明也立刻警觉起来，眉头轻皱："我们内部有相关的机制，每个人都在监控系统之下。"

"像你们这种公司，涉及大量的进出口业务，无论是公司业务，还是个人资金往来，需要特别注意安全啊！现在的网络诈骗太多了，我们每年都要处理大量的网络诈骗案件。"

在刘远峰说话的过程中，众人的眼神把方明紧紧锁住。不过方明没有做任何表示，在方明看来和国外的资金往来实在太正常了。

苍白无味的一天终于过去了，方明想要回家，却被告知警局准备了晚宴。方明特别讨厌应酬，尤其是在警局吃饭，而且还是在警局食堂。眼看着方明的不满情绪不断上升，刘远峰适时地走到方明旁边："有些事情我需要晚上和你单独说。"听到这句话，方明才稳了下来。

晚饭过后，刘远峰一直没有出现。直到午夜12点，方明才等到了刘远峰。刘远峰知道方明不会走，也故意磨一下方明的性子，还可以在这段时间里去翻阅当年向兵的卷宗。其实那桩案子还有好多疑点，尤其是方千柏和尹雪死而复生："方总，当年方千柏教授死而复生的事情，你是怎么看的？"

方明知道刘远峰要步入正题了,但那只是方明认为的正题,刘远峰的正题是另外一回事。方明迟迟不肯开口回答这个问题,因为他想知道刘远峰现在已经掌握了哪些信息。刘远峰也不说话,他担心自己功课没做足,被方明看出破绽。

场面一时间凝固了。刘远峰知道方明不会开口,而且上级领导也授意向兵案不须深究。刘远峰率先打破了沉寂的气氛说道:"方总,抱歉这么晚才来找你。不过没办法,很多资料刚刚才收到,我还没来得及整理,而且还有更多资料没有传过来。你今晚在这里好好想一想,明天我们再一起讨论。"

方明只好打消了回家的念头。刘远峰在临走前冷不丁地来了一句:"贵公司的员工自杀事件,方总还是要继续关注啊!"

方明说话开始有点吞吐。刘远峰看着方明,虽然此前警方认为这两起案件和方明没有关系,但是现在看来还真不一定。方明知道员工自杀事件对于十度界域来说还真是个问题,他也知道公司正在进行一些实验,但这些都是马轲提出并牵头负责的项目,员工自杀或许是因为这些实验的高强度劳动吧。面对这个他知道但不甚了解的问题,方明的心里着实不安。方明当然感觉到这次被邀请过来绝对不是简单的参观调研,只是目前还不清楚这葫芦里究竟卖的什么药。刘远峰则回到了办公室和心理专家分析着方明这一天一系列的表情、举动。

第二天上午,刘远峰又陪同方明在市区内把治安监控系统看了一遍。方明实在提不起劲来,若不是考虑到向兵那桩案子,他早就提出抗议了。一直到下午临近下班时候,众人才回到警局。方明被安排休息,准备接下来的晚宴。方明内心烦躁,掏出手机准备安排公司接下来的任务——嗯?没信号!他实在受不了了,健步冲出休息室,门口两名警员客客气气地招呼道:"方总好,有什么能为您效劳的?"

与此同时,警队一行人正在办公室讨论接下来的行动。突然电话的铃音就像飞起的钉子一样扎进了众人的耳朵里。刘远峰迅速拿起听筒,里面传来一阵急促的喊话:"老刘,你是老刑警了!怎么搞的,我被部里来的电话骂了个狗血淋头!上面说了,方明绝不是间谍,赶紧放人。"

嘟嘟嘟……对方"啪"的一下就把电话挂了,根本就没给刘远峰任何解释的机会。刘远峰一个头比两个大,"邀请"方明这事儿确实是下策,但已经是他能想到的最好办法了。刘远峰意识到,这是那名"保安"对自己"真正的上级"做了情况汇报。

虽然上级部门保证方明不是间谍,但无论是方明向海外账户的汇款、境外加密邮件往来,还是十度界域员工自杀,这些都表明方明很有可能是间谍。难道上级搞错了?作为一名老刑警,刘远峰自然要保持清醒的头脑。他暗作决定,方明的事情他会继续追查下去,只是此时必须放人。

刘远峰亲自请方明上车送他回去,一名警员客气地帮忙拉开车门。警方很注重表面上的礼节,方明也不能失了风度,于是他转身看向旁边的刘远峰示意再见。就在转头的瞬间,一阵金属钻破肉体的细微声音扎入了刘远峰的耳朵里。虽然声音不大,却刺激着他最敏感的神经——这是子弹射入身体的声音。刘远峰看着方明缓缓倒下,知道出大事了。旁边的警员立刻扶住了倒下的方明,这只能阻止他身体跌落下去,却阻止不了血流喷涌——这是射中了心脏。刘远峰看着方明,希望他能像曾经的尹雪和方千柏那样死而复生。但这只是美好的愿望,因为在不远处的花坛里,还有些许尘土缓慢飘扬,那是子弹在射穿心脏之后又射进土里。当年的尹雪和方千柏能够复活,前提条件是那种特制的子弹留在身体里。

刘远峰怎么都没想到,在警队门口竟然会发生枪击事件。从现场来看,这是狙击枪的效果,而且还加了消声器。短时间内只能粗略判断狙击点的方位,想要在第一时间找到凶手难度很大。刘远峰心里像被刀扎了一样难受——这该如何收场?

现在正是下班时间,廖法医下班走出大楼,看着围了一圈人,她赶紧抢上前去。廖法医非常清楚,今晚要加班了。刘远峰一看师姐来了,叹了一口气:"尸体抬回去处理一下吧。"廖法医听到刘远峰说把"尸体"进行处理,一下子就炸了:"那件事情发生到现在已经有快二十年了,当时很多事情都没有搞清楚,现在你想就这样宣判方明死亡了吗?万一又活过来了呢?"

就在这个时候,方明的手机突然响了,刘远峰特别害怕是高级别"有关部门"的来电。他从被血液染透了的口袋里取出了方明的手机,一看来电显示是"睿宝",那就是传说中的阔太柳睿了。刘远峰接通了电话,不知道该怎么向柳睿解释,手机里先传来了柳睿急促的喊声:"怎么了这是,发生什么事了?"原来柳睿和方明的手机是捆绑着的,只要方明身体发生异变,柳睿那边就会第一时间显示出来。刘远峰犹豫了一下,思考着该如何组织语言,而柳睿那边已经迫不及待了:"你能不能快点说,十个字以内说明白!"

"方明心脏被枪击穿。"

听到刘远峰的话,手机那头沉默了五秒钟,然后用一种被强行调动出来的稳定情绪回答道:"我不管你是谁,现在赶紧把他送回我家!立刻,马上!"此时的柳睿还在另外一个城市旅游,她马上买了最近一班机票赶回家。

刘远峰看了一眼外面的路况,现在正好是下班晚高峰,堵车是必然的,于是就直接喊周围的警员:"赶紧启动队里的直升机。"

第二章
消失三天

柳睿一边赶往机场，一边和波菈取得联系，因为"领袖号"的救生艇在波菈那里，救生艇上有着坎瑟变体技术的设备。可波菈正在外太空散心，估计赶回地球最快也要两个小时。时间紧迫，柳睿没有让波菈来接自己回家，而是让波菈直接去救方明。波菈接到信息后掉转船头开往地球，在波菈的旁边，坐着她和卡戎的儿子玻米。只可惜，这个在战火中孕育的生命是个智障儿童。

当波菈即将飞到方明别墅的时候，远远地就探测到一架直升机从屋顶天台飞走。她略作隐藏以免被人发现，等到飞机飞远后再悄悄降落。波菈带着玻米直接冲进了屋里，只见年近百岁的方千柏脸色凝重，马晓渊六神无主。波菈都没有和方千柏寒暄，看着躺在沙发上的方明就着手准备治疗。当波菈剪开了方明的上衣之后，才知道情况到底有多糟。狙击枪子弹的威力很大，而且旋转速度特别快，进入身体之后并不是简单地贯通，而是把肉都搅烂了。波菈心里清楚，方明实际上已经死亡，即使是坎瑟人的技术也很难让方明复活，但她什么都没有说，只是默默地把变体设备塞进方明身体。

在波菈到来之前，方千柏还没来得及查看方明的具体伤情，只是看到了被鲜血染红的上衣，此时他想要看一眼方明衣服下的伤口，被波菈一把拦住，因为方千柏这么大年纪，如果受到这种刺激很有可能直接背过气去。波菈把变体设备移动到方明心脏——整个心脏都被摧毁，和主动脉完全分离。波菈一点一点地把设备放在方明心脏附近游走，好长时间才把左心室恢复得能够依稀辨认。

过了一个多小时，方千柏实在坐不住了，走上前来看着波菈操作，波菈的头上冒出了豆大的汗珠。这可比当时她和柳睿变成思峨人要复杂得多，那时是活体向活体转化，而现在……波菈不知道自己到底为了什么还要如此努力，她只知道即使救不活，也不能放弃。

现在已经是晚上九点多了，波菈一阵眩晕跪到了地上，打翻了茶几上的水壶。玻米本来在房间里睡着，突然被波菈倒地的声音吵醒，他走上前来对着波菈喊："妈妈，妈妈，你怎么啦？"莫名的心酸让波菈感觉自己在命运面前如此无力。她不能把方明的真实情况告诉方千柏，至少表面上方明的身体是在愈合，心脏已经恢复成被击穿之前的样子，只是没有跳动……

这时柳睿冲进门来，看着满身疲惫的波菈，接过变体设备。波菈瘫坐在地上，长出了好几口闷气，然后对着方千柏说："方教授，能否帮忙把我儿子哄睡？你们也睡吧，不要在这里干扰我们。天亮以后，方明需要好好调理。那时候我和柳睿就要休息了，你们来照顾方明。"

方千柏和马晓渊听到波菈的话万分欣慰，然后带着玻米去了客房。玻米睡去之后，方千柏和马晓渊也都回到了自己房间。柳睿看着老两口进了房间，豆大的泪珠哗啦一下倾涌出来，她知道方明是救不过来了。泣不成声的柳睿和波菈一样没有放弃所谓的治疗，开始愈合方明胸前和后背的伤口，最起码让方明能有一个完整的身体上路。

在黎明之前，方明的身体修复完成了，不过这也只是一具完整的尸体而已。随着变体设备的关机，柳睿也不知道接下来要做些什么，她的世界整个垮了下来。她小心擦拭着方明身上的血迹，似乎担心他会疼一样，小心到害怕自己呼出的气息会让方明着凉，一下一下地整理着方明的遗容。

柳睿走进了自己和方明的房间，拿出了结婚时方明穿的衣服，等到方明上路的时候就把那件血染的衣服换掉。她回到客厅，用手抚摸着方明的脸庞。她很安静，害怕吵醒其他人，这样最起码让方千柏与马晓渊尽可能多睡一会儿吧。

天，终于亮了。柔弱却刺眼的晨光爬上了柳睿的脸庞，只是此时的柳睿更喜欢待在黑暗深处。方千柏和马晓渊也是彻夜未眠，他们害怕打扰柳睿和波菈，所以强忍着在房间里默默地对坐了一夜。方千柏和马晓渊试探性地打开房门小心地走出来，看到了瘫坐的柳睿，他们慢慢走到方明身边，看见他的胸口已经恢复如初，就像没有受过任何枪伤一样。方千柏对着马晓渊凄然一笑，马晓渊搀扶起柳睿让她回去休息，准备自己接手来照顾方明。当她抓住柳睿胳膊的时候，一股巨大的悲恸传递到自己的手上。马晓渊毕竟是女人，她很了解一个女人在绝望时肢体表现出来的瘫软无力。方千柏用手摸了一下方明的脸——冷的！这对老夫妻同时掉下了流向冥河的眼泪。

柳睿本以为自己可以掩藏悲伤，当她看见方千柏二人纵横的眼泪时才知道在悲伤面前的自己是多么无能为力。她看着逝去的方明，知道失去了生活的所有目标，她也陡然明白了自己对方明的感情并非只有爱情，还有失去最初的家人之后再次获得的亲情。在离开袁岸之后，方明又满足了她对爱情的憧憬。在他们结婚之后，柳睿把自己的经验和阅历传授给方明，把方明一步一步塑造成为一个成功的人，方明是她亲手塑造的艺术品，甚至一度让她找到些许母性。方明走了，把她各种的情感都剜走了。她蹲坐在地板上，双手抱住胳膊，长发垂到地面，遮住不想被任何人看到的表情。即使再美丽的脸庞，在悲伤的扭曲下也会让人不忍直视。

方千柏强行止住悲伤，他很清楚方明的社会影响力，尤其是他在十度界域的地位。一旦方明不在了，十度界域很可能分崩离析，暂时必须隐瞒方明离世的消息，去寻找最佳人选来接替方明的位置。其实也不是很难选，当年的原始投资人马轲自然是首选。但马轲目前毕竟只是分管了公司的部分业务，还有一些核心事务他没管过，而这些事务恰恰是与国家部门合作的项目，很多关系必须由柳睿和方千柏亲自处理，这样才能保证马轲在上位之后，能维持公司正常运转。

马轲一再推辞，建议柳睿来接替方明的位置，但是柳睿对打理公司根本就没兴趣。马轲其实知道自己推辞不了，只好保留方家在公司里的股份。不过柳睿还需要花一些时间对马轲进行考察，最后再决定是否把地球DNA的事情，以及方明最初开设十度界域的真正意图告诉马轲，让他能够真真切切地继承方明的衣钵。

1月10日，柳睿一大早就跑到十度界域处理事务，刚到公司不久，刘远峰的电话来了——警方希望能够对方明的尸体进行尸检。柳睿一听气不打一处来，拜刘远峰所赐，自己一夜之间变成了寡妇，现在竟然还要尸检。柳睿虽然涵养较好，但面对着刘远峰的要求，她也很难控制得住自己的情绪,把刘远峰骂了一个狗血淋头后,就挂掉了电话。

柳睿刚放下电话,铃声又响了起来。她酝酿了一会儿,把这些年学的脏话全都积累起来,准备对着刘远峰喷过去,可是来电的却是马晓渊:"睿睿,你赶紧回来吧。刑警队的人在我们家门口,想要带走方明,爷爷正在门口和他们周旋。"

柳睿要气炸了,迅速赶回家。等她到家的时候,刘远峰和廖法医已经进屋,旁边还有随行的两名警员。柳睿进来以后,看着老泪纵横的方千柏,内心一阵翻涌。方千柏一家是柳睿在整个宇宙中仅有的亲人,她怎么能允许方千柏受如此委屈。她二话没说就把刘远峰往外推。两名警员见状立刻挡在柳睿身前,廖法医眼见柳睿被围住,快速来到方明尸体旁。经历过尹雪和方千柏的枪击复活事件,廖法医特别想知道方明的伤口是不是也会复原。由于害怕受到阻拦,廖法医直接扯开了方明上衣的扣子,露出了胸前的皮肤。

柳睿见状怒了,这是他们结婚时的衣服,也是方明上路的衣服,就这样被扯破了。她推开面前的警员垫步上前,揪住廖法医的衣领一把把她拽开。刘远峰一看师姐吃亏,抬手就要制住柳睿,可是他刚摆开动作,柳睿就用她那看似柔弱的小手对着刘远峰的肘弯处一点,刘远峰的胳膊立刻就麻了。两名警员眼见局长落于下风,立刻上前帮忙。刘远峰示意警员们都退下,他有自己的考量:三个大男人围殴一个女人实在说不过去,而且柳睿的功法非常不简单,万一三个男警察被柳睿一人干趴下了,那将颜面何存?于是暂时用语言来震慑她:"你这是在干扰警方执行公务,我有权力控制住你,甚至开枪!"

柳睿面如死灰地回答:"我先生已经被枪打死了,你现在又要开枪打我。难道我们一家人就注定都要死在枪下？"

刘远峰知道柳睿故意点他，他也知道自己理亏，只好上纲上线地强调："我再说一遍，我们是在执行公务！"

柳睿见刘远峰采取语言震慑，立刻用语言来回击："在十度界域和国家有关部门合作的很多项目里，我是重要的参与者，而且我也有相关部门授予的职务职级。级别虽然不算很高，但至少比你刘远峰要高。因为你的工作失误方明丢了性命，让国家有关项目遭受重大损失！我不想知道你现在执行所谓公务的目的是什么，但你很有必要去想想接下来该如何接受纪检部门的调查！"

刘远峰没想到柳睿会如此强硬，但他知道她说得对！刘远峰看着方家客厅里展示的各种荣誉奖状、奖杯，都是高级别部门颁发的，他就连这些部门的台阶都没摸过。刘远峰现在骑虎难下，万一方明不是间谍，那可真是捅了惊天大娄子。他甚至出现了一个转瞬即逝的想法——方明真是间谍就好了。他被自己的想法吓到了，内心五味杂陈，无奈之下只好转头去搀扶倒在地上的廖法医。廖法医神情凝重，指着方明的遗体。刘远峰顺着她手指的方向看了过去，只见方明原来中枪的地方竟然完全复原了。

原来，刘远峰提出尸检要求是因为廖法医说出了疑虑："当年，方千柏和尹雪的致命枪伤可以复原，说不定他们在进行相关的人体实验，再加上他和境外有资金和邮件往来，不能排除他把国人基因信息出售给境外敌对势力的可能。如果敌人研制出专门针对我们的生物武器，这绝对是一场灾难。我看这次方明八成是活不成了，如果在这种情况下方明还能复活，或者伤口能够愈合，那么十度界域就有着重大嫌疑。我觉得有必要对方明进行尸检，就算尸检不成，最起码也要看一下伤口愈合情况。"

就算廖法医不说这些话，刘远峰也有如此考虑。同时，另外一个念头在刘远峰脑海里逐渐形成——方明突然遭受枪击，会不会是他背后的间谍组织害怕方明泄露秘密而灭口？但是为什么要在警队门口，换个地方不是更好吗？

此时此刻面对柳睿的阻拦，刘远峰颇为为难，毕竟这次行动在流程上有很大瑕疵。万一方明不是间谍，说不定刘远峰就要变成阶下囚，但事关国家安全，自己荣辱又算得了什么？刘远峰和廖法医知道不可能带走方明的遗体，不过已经看到了伤口的复原，知道其中必有秘密。只是现在还没有办法进一步了解伤口愈合和死而复生的机制，谜团依旧无法解开。既然这里不会再有进展，那就回警队重新整理思路。

刘远峰走了以后，方千柏看着静静躺着的方明老泪纵横："为什么这么年轻就走了？走了也不得安宁。"马晓渊更是不能自已，哭得一塌糊涂。柳睿独自在一旁擦拭着眼泪，不觉间马晓渊走到她旁边搂住了她，似乎是在说："即使方明不在了，这里依旧是你的家。"柳睿知道马晓渊的意思，她抚摸着马晓渊的额头，看着那道深深的伤疤——这不是岁月的痕迹，而是宇宙命运留下的痕迹，这伤疤时刻提醒着柳睿，他们身上还有重要的使命。方千柏从背后同时抱住了她们两个人，似乎只要有这个男人的臂膀在，这个家就会在。

又是一个无眠的夜晚，柳睿独自走到窗前，想要看看晨光，对着窗外回想着从坎瑟到思峨，再从思峨到地球上的各种遭遇，心里更是一团乱麻，命运为何对她如此不公，身边的亲人总要离她而去？就在柳睿凌乱的时候，窗外飘来了一丝很难形容的光线，光线围着窗户徘徊，其中似乎还带有什么影像。柳睿很害怕，害怕这是方明的灵魂，害怕随着光线的消失，方明将彻底离开这个世界。这束光似乎也舍不得离开这里，在柳睿面前如游丝一般飘零，但是最终也只能溶解在空气当中。光线消失了，柳睿的寄托也烟消云散——方明的灵魂飞走了，她又一次真切地感受着痛彻心扉的煎熬。柳睿掏出手机，现在是1月10日上午9点，这是方明灵魂消散的时间。她把这一刻深深记在了心里。

在柳睿目送那丝光线消失的时候，一阵电话铃音突如其来地响了起来。柳睿熟悉这个铃音，这是方明手机的铃音！可是她明明把方明的手机关机了放在卧室里，什么时候自动开机了呢？她犹豫要不要去接电话，手机铃声似乎没有要挂断的意思，好像就是在等着她一样，柳睿只好走进卧室去找方明的手机。她打开手机一看，屏幕显示的是一个陌生号码。柳睿刚要接通，却听到客厅传来一句令她猝不及防的声音："谁啊，大清早地吵我睡觉！"

柳睿惊得没拿稳，手机一下掉到了地上——这是方明的声音。她捡起手机冲到客厅。她想问方千柏和马晓渊客厅里到底发生了什么事情，可是她却看到爷爷、奶奶正在沙发上坐着看手机，好像什么事情都没发生一样。更让她想不到的是，方明竟然缓缓坐起身来，一脸爱怜又一脸嫌弃地看着柳睿："你总是这么不小心。赶紧把手机给我。"柳睿一脸蒙地把手机递给方明，方明看了一眼这个陌生的号码，很不耐烦地接通了电话："你谁啊？我睡个觉都不安生。"

"你醒啦？是我啊！"

"你到底谁啊，你再不说我挂了啊！"

"是我啊，我们已经认识了，但是也还不认识！"

柳睿在旁边听得清楚,那是一个浑厚、稳重、充满了爱与真诚的女人声音。方明看了一眼对自己有着超强独占欲的柳睿,就对那人继续说:"你这样很容易引起我的家庭矛盾,快说你是谁!"

"嗯……我,我是……拉克西斯。"

对方说完,电话啪的一下挂了。方明没有听清楚:"啊?什么?你是拉什么斯?"方明连忙对着柳睿说道:"这到底是哪个厮啊?我可真不认识她啊!"

方明知道柳睿最讨厌陌生女人给自己打电话,于是脑子里飞快地转着该如何应付柳睿接下来的雷霆之怒,只是实在没思路,便赶紧转移话题:"你什么时候回来的?我怎么睡在沙发上,你怎么不喊我进卧室睡觉呢?"

方明本是害怕柳睿会生气,结果柳睿眼含热泪一头扑进方明怀里。方明不知所措:"你……你这是干什么呀?怎么好像我死而复生似的!"方千柏和马晓渊也被柳睿这"夸张"的举动给整蒙了:"小睿,你这是怎么了?"柳睿擦了擦马上要流进嘴里的眼泪问道:"方明被枪击身亡的事情,你们都不记得了吗?"

"这孩子怎么说这么不吉利的话,方明这不好好的吗?"方千柏用疑惑的眼光看着柳睿。

柳睿看着这三个搞不清楚状况的人,感到一阵迷茫——难道方明脑子被打成局部失忆了吗?那爷爷和奶奶怎么也失忆了?柳睿本以为是其他人搞不清楚状况,现在怎么好像是自己才是搞不清状况的人。

马晓渊说完就去摸柳睿的额头:"你是不是出去玩了一趟累病了,昨晚那么晚才回来,早晨起得又早,肯定没休息好。我为你特意准备了早饭,刚刚准备好才在沙发上休息了一下,方明电话就响了。你去卧室拿手机，怎么出来之后就说胡话？"

"不是的，事情不是这样的。昨天还有刑警队的人过来抢遗体！"

柳睿用疑惑的眼神看着三人，三人也同样用疑惑的眼神看着她，柳睿感觉他们就像看精神病一样看着自己。柳睿知道自己经历的事情和其他人的都不一样，就把最近这段时间发生的事情和方明一五一十地讲了一遍：从被带到警局询问，到出警局遭枪击，然后自己和波菈救不了他，以及警方要尸检，最后方明竟然活了过来要去接电话……

方明越听越严肃，他知道柳睿不会开这种玩笑。方明对柳睿回忆道："在我的记忆里，我从公司下班之后回到家里，像往常一样吃饭、休息。因为你出去旅游还没回来，我就独自在客厅看电影打发时间，可能因为喝了一点睡前酒，直接在沙发上睡着了。一直睡到刚刚，蒙眬间听到了手机响……

柳睿听着方明的讲述，感觉自己的思维开始混乱："你在刑警队里都遭遇了什么，还记得吗？"

"刑警队，我去刑警队干吗？就一晚上的时间，除非我去梦游了。"

柳睿摇着头说道："一晚上？你都躺了快两天了！"

方明掏出自己的手机看了一眼日期说道：你看昨天是1月7日，我还在公司开会，现在的日期是1月8日，我怎么会躺两天呢？柳睿顺着看向方明的手机，显示的日期让柳睿惊掉了下巴——果然是1月8日。

柳睿知道手机时间和卫星同步，不会出错。她立刻努力回忆着刚刚那个叫作什么斯的人来电时，方明手机的日期到底是1月8还是10日，但她无论如何都想不起来了。

柳睿记得方明"灵魂消散"的时间是1月10日9点，她掏出自己的手机递给方明："你看，我的手机显示的是1月10日。"方明接过柳睿的手机一看："睿睿！你当我瞎啊！"柳睿一愣，拿回自己的手机——老天！1月8日！刚刚自己看到的时间明明是1月10日，怎么突然就变成1月8日了？不管柳睿信与不信，反正现在所有人的手机上都显示1月8日。如果手机没出问题的话，那就意味着方明从枪击的那一天到醒来的这三天，消失了……

柳睿糊涂了，她需要找其他人确认一下，于是赶紧电话联系波菈："你什么时候走的，怎么也不和我说一下？"

"你在说什么呢？上个月我去土星游玩的时候和你说了呀？你怎么忘记了？"

"啊？你最近没来我家吗？"

"最近？上个月算不算最近？"

波菈的回答让柳睿更蒙，她又打开自家的监控查看1月7日晚上波菈的飞船是否停在自家天台上。不出意料地她什么都没有发现。方明知道柳睿不会无理取闹，感觉到这里可能有一些超自然的事件，很有必要追查下去。二人告别了方千柏和马晓渊，驱车赶往公司看看有没有什么线索。当来到十度界域之后，众人看到方明带着"大嫂"回来了，全都站起来鼓掌欢迎。马轲走上前来热情地说道："方总好，嫂子好！欢迎随时回来，这里永远都是你们的家！"虽然马轲喊柳睿是嫂子，但是马轲的年龄要比方明大，只不过方明在公司里的威望实在太高，所以大家都喊方明是大哥，自然也就喊柳睿是嫂子。虽然马轲非常客气，但是他的话让方明非常疑惑：这话什么意思，怎么感觉我已经不在这里工作了——我才是这里的领导人！

柳睿心里明白，此前她已经和马轲达成口头协议，由马轲来接任"死去"的方明的职务，可是现在方明没死，也就不需要他来接替了。而且当时柳睿和马轲只是口头的意向性决定，在正式走完流程之前是不能生效的，可马轲现在明显摆出一种鸠占鹊巢的架势。柳睿转念一想，十度界域的这些同事，包括马轲在内，是不是也出现了记忆错乱的情况，就试探着对马轲说："马总，之前事情你也知道，情况比较复杂。现在方明回来了，还是应该由他主持大局！"

马轲听了柳睿的话是一头雾水："嫂子，这事儿和你没什么关系啊。你说这话……到底是什么意思？"柳睿一时间也弄不明白马轲是什么意思，更让她不解的是，周围的其他同事也是一脸蒙地看着自己，似乎是柳睿在无理取闹。柳睿不想让马轲知道方明已经死过一回，但是她又很想知道公司这段时间发生了什么事情，现在最好的方法就是默不作声，听其他人说话就行。

只听马轲继续说："这事儿是方总亲自做的决定，他一定要辞职，并且放弃自己的股权和管理权。"这时马轲的秘书站了出来，拿过来他们正在讨论的文件，其中有很厚的一沓文件是关于方明主动放弃公司领导权的材料，而且每一栏上都有方明的电子签字。

马轲继续说道："方总，我给你留下了一些股份，能保证你的收入。其实直到现在我都觉得你做出的这个决定很不英明，现在如果你要再回来，肯定会给你一个高管的职位，但是想再回到公司最高领导人的位置，可能就不太好操作了。"马轲一边说着，一边盯着方明的眼睛。方明和柳睿对马轲的说法是云里雾里，而那个秘书又适时地把一台手持电脑端了上来，上面显示着从昨晚到今天，有关方明辞职铺天盖地的报道——数万条新闻，有几十亿人次的点击量。方明打开其中一条读了起来：青年才俊企业家功成身退，毅然决然主动辞职……

他又打开了其他的几篇报道，内容大同小异。其中还有一段视频，是方明下班离开办公室的场景，马轲和方明一前一后出来。下面的配文是：方明最后一天上班！

方明看出来了，这是1月7日下午5点他下班的场景。而在柳睿的记忆里，1月7日是方明被刘远峰带到刑警队的日子。方明的思维彻底乱了，柳睿开始梳理当前这混乱的局面。她示意周围的人先行退去，只留下马轲，让马轲讲述方明"主动"离职到底是怎么回事。马轲很坦诚地回答："怎么说呢，方总的决定特别突然，我怎么拦都拦不住他。我本想当面和他聊聊，可是他根本就不见我。1月7日那天，他完全退出十度界域之后，就开车回家了。"

1月7日，这个时间刺激着柳睿的神经。她又问马轲："方明是如何被刑警从公司带走的？"马轲一脸疑惑："嫂子，你别开玩笑。"柳睿也蒙了，多说无益，看看大楼门前的监控就知道了。马轲安排人调出了监控视频。柳睿看着视频，从中午一直到下午，都是正常进出的人员，没有刑警带走方明的画面。

柳睿暗自叫苦，这到底是怎么回事，究竟是我疯了还是这个世界疯了？方明非常在意自己为什么会"莫名其妙"地离开公司，他想要把自己"主动"离职的事情调查清楚。不过柳睿建议方明暂时缓一下调查这件事情，这三天前后的时间联系明显是脱节的，万一让方明给对上了，说不定又要挨一枪。柳睿不想让方明冒这个风险，权且由她自己来调查。

除了十度界域的视频之外，柳睿还有一个途径可以找寻失去的这三天，那就是刑警大队。不过刑警队不同于十度界域，那里不是"自家地盘"，很多事情做起来不方便。而且在柳睿的记忆里，廖法医一心想要给方明尸检。万一刑警队里的三天没有消失，让廖法医看到了活着的方明，后面会发生什么真是不敢想象。所以现在最好不要让方明露面，柳睿找个由头自己去刑警队。其实这个理由很好找——升级他们的监控系统。

柳睿让司机把自己送到刑警大队，然后点名道姓地要找刘远峰局长。柳睿在滨海市也是声名赫赫的阔太，刘远峰自然不会怠慢，并安排张承亲自出来迎接柳睿到自己办公室。刘远峰看似热情洋溢，实则有着强烈的保持距离的客套感觉。柳睿也懒得绕圈子，开门见山地对刘远峰说："刘局长，我这次主要是过来道歉的，我觉得我是有点过分，对不住了啊！"

刘远峰一脸疑惑地看着柳睿，试探性地问道："柳女士，请问你为什么向我道歉？"柳睿心里咯噔一下，看来刑警队似乎也消失了三天。柳睿依旧不死心，想要去看看刑警队的监控，可是警队的监控可不是一般人想看就能看的，于是柳睿开始气定神闲地编瞎话："刘局长，我们十度界域的实力你应该也非常清楚。这么多年来，警队维护着滨海市的治安，按理说我们应该给予警队很多资助或者捐赠才对，可是我们好像什么也没做，所以我这次过来诚挚道歉。"

刘远峰是刑侦老手，一看就知道这并非柳睿的真正目的，只是笑脸相迎："十度界域是从我们这里走出去的全球性企业，是我们滨海的骄傲。而且你们每年交的税里，有不少是分给我们刑警队了。"说完就笑了起来。看得出来，在刘远峰略显生硬的恭维之下，藏着一套对外发言的成熟思维。最后他又补了一句："我们刑警队好像也没有什么特别急需的东西。"

刘远峰这是把钱和物两条路都堵死了,柳睿必须把话题继续下去,就假装想了一下说道:"我们目前开发了一款很不错的监控系统,如果你们愿意的话,可以给你们现有的监控进行全方位的提升。刘局长应该也知道,十度界域本来就和官方有着合作背景,所以不用担心安全风险问题。"听了柳睿的话,刘远峰觉得也有道理,而且在柳睿面前断然拒绝这种好意似乎也说不过去,那就暂时表面上答应吧,后面有大把的机会可以拒绝。柳睿看到事情有转机,就提出先要看看现有监控探头的情况,然后才能知道捐赠哪个系列的产品可以兼容当前的监控系统。刘远峰一下警觉起来,心中暗想:如果一会儿柳睿要提出看一些具有保密性质的视频,那该如何有礼貌地回绝呢?柳睿也察觉了刘远峰内心的波动,于是她很小心地试探着刘远峰的底线,她指着刑警队外一个视角朝天的摄像头说:"我知道警队的视频是不方便外人看的,我们就只拿这个摄像头来看看吧。"

刘远峰看着柳睿指的摄像头——这个摄像头只是用来监控警用直升机的。在刘远峰看来,这个摄像头除了直升机仓库的屋顶和天空之外,其他什么都拍不到,就算是看到直升机飞出来也无所谓,反正满大街的人都能看见。说完,刘远峰就让警员调出这个监控录像。

柳睿用很不经意的语气,随便指着1月7日下午下班的那段视频:"我们就看看这一段吧。"刘远峰示意警员打开,一会儿快进,一会儿暂停。柳睿表面上和刘远峰有说有笑地聊着无关紧要的事情,其实眼睛不停地瞄着监控里的细节,有理有据地对着刘远峰分析现在的这套监控的弊端,如何用她的产品进行升级改造。柳睿说得如此专业,让刘远峰相当满意,也打消了对柳睿的顾虑。柳睿看似轻松的外表下,跳动着一颗极度凌乱的心——1月7日下午根本就没有直升机飞出来。

在此之后，柳睿用自己的影响力让十度界域为警队更换了整个监控系统。柳睿回到家和方明详细地说了她在警队的所见所闻——刘远峰完全没有"邀请"方明的记忆，当天也没有直升机运送方明回家，这也意味着方明根本就没有在警队遭到枪击。

方明一头雾水，甚至一度都想带柳睿去医院检查。不过方明也有感觉奇怪的地方：即使自己失去了三天的时间，那么至少这三天前的记忆应该是完好的。可是他实在记不起来自己要把十度界域的管理权让出去这件事。

方明在思索着，旁边的柳睿拍着她自己的脸，强制清醒起来，不要神志错乱。马晓渊赶紧上前阻止柳睿："还要靠着这张脸见人呢，怎么能这么打？"马晓渊拦住柳睿后，又把视线移向了方千柏。每次有这种不解之谜的时候，众人都会把希望放在方千柏身上。只见他正捏着下巴钻研，好像众人的聊天和他全然没有关系似的。

第三章
十度界域

时间回到方明的高校学生时代,那时的方明即将完成学业,很快就要获得多个学科的博士学位,当时的方明并不知道自己未来会成为一个巨无霸公司的创始人。

方明晚上回家,吃完饭洗完澡,白天的压力可以丢在一边了,终于迎来了自己放松的时间。换上睡衣,把自己重重地丢在床上,然后开始了各种类型的胡思乱想。柳睿最近这几年一直在隔壁的房间里住着,恶补地球文明的历史。

早上起来,方明坐在餐桌边上,看着旁边柳睿那看似优雅,实则量大的进食,忍不住傻笑。方千柏大概也能猜出方明的心思,也就不再追问。比起方明的感情,方千柏更在意的是他以后的事业道路,这条道路不仅关乎方明自己的人生,甚至已经超越了国家和民族,超越了地球,关乎整个宇宙的前景。方千柏知道方明肩上责任重大,就问他:"你马上要毕业了,有什么打算?"

方明看着方千柏乐呵呵地说："毕业了，就结婚呗！"说完就看向了心绪平静的柳睿。方千柏对方明的回答并不满意，方明其实非常明白方千柏想要问什么，但是这种责任实在太大，完全抓不住头绪，不知道从何谈起，所以他才把问题绕到和柳睿的婚姻上。方明回答完之后，开始喝起了牛奶。场面瞬间安静下来，餐桌上再也没有人说一个字，只剩下筷子、碗相互碰撞的声音。很明显，方明的回答并没有糊弄过去，方千柏等着他继续回答这个问题。

方明知道爷爷一旦认真起来，任何人都无法蒙混过关，他只能正视这个问题，也提出了自己的疑惑："我知道我的使命，可是到底该如何解决，我不知道从何下手。解决的途径、方法、步骤，以及未来的结局是什么样子，我完全不清楚。命运，在没有经过我同意的情况下就降临在我身上，我为什么一定要背负如此重大的责任呢？而且即使我选择放下这份使命，我想对于爷爷奶奶，还有我能预见的未来，也都不会有什么影响。我为什么还要服从命运的安排！贝多芬是扼住命运的咽喉，而我完全可以无视命运。"

方明说完之后，还没等方千柏开口，柳睿就收起了她日常表现出来的天真烂漫的表情，开启了深沉的御姐范儿："难道我要嫁的男人，就是这种德行？"方千柏知道方明刚才说的这些都是气话，这么多年方明自虐一样地努力，说明他已经准备担负起这份巨大的责任。在这种压力下，有点情绪是必然的。方千柏知道必须随时给方明做心理疏导，而疏导方式有很多，其中一种就是把责任暂时放下，从另一件事情上挑起方明的兴趣，所以他转向柳睿问道："小睿，我记得你说过，当年你来地球的时候，伴随着一颗超新星爆发。这对于你来说可能没什么，但是对于我们来说却是不得了的大事。因为在地球上，最近一次可观测的超新星爆发，是北宋仁宗年间的事情。具体来说是1054年的夏天，其亮度白天可见，据传说持续了很长时间才消失。当时的记载是：客星晨出东方，守天关。这颗超新星在金牛座附近爆炸，经历了将近一千年的演化，形成了今天的蟹状星云。换句话说，我们小睿从客星爆发一直到2012年来到地球，相当于在宇宙中航行了将近一千年。方明，你有没有觉得时间这个东西，好像有点奇怪？"

柳睿曾经也思考过这个问题，但是觉得既麻烦又没有头绪，似乎也无关紧要，所以就选择了忽略。现在被方千柏提起，她也开始重新思考这个诡异的问题："从1054年客星爆发，一直到2012年我来到地球，去掉中间我在思峨星上生活的13年，从地球人的角度上说，我在太空中一共航行了945个地球年。而从我自己的角度上来说，把我太空航行的时间折合成地球年的话，一共经历了4个地球年。而且其中几乎没有经过大的引力场，除了那个时空孔洞我搞不清楚是什么情况。"

方明的脑子飞速旋转："如果只考虑运动场，不考虑引力场的话，用狭义相对论就可以解决。如果那个孔洞的引力场也发挥了作用，那就必须引入广义相对论，但是那个孔洞根本就说不清楚是什么。如果暂时不考虑孔洞引力的话，倒是可以推算出柳睿的飞行速度。"

方明经过一阵心算之后惊呼起来："99.9%！除非柳睿的飞行速度是光速的99.9%以上，否则不会是这种时间差，这种速度实在太夸张了。"

"夸张？有什么好夸张的。"方千柏看着方明，知道他目前在实践和理论中间还不能很好地切换。

"方明，你要这样去想，宇宙中随便发生一件极其普通的事情，对于人来说几乎都是很难理解的。不同星球的智慧生命，在认知结构、思维模式和所能接触的宇宙环境等方面有很大不同，所以发展出的科学技术也就不同。坎瑟是癌症星，有着扩散和转移的特点，连五维空间、六维空间都探索到了，所以他们完全有可能研发出接近光速的飞行器。或许地球作为DNA是以稳定为主，短时间内很难发展出接近光速的飞船。"

柳睿听到方千柏提起"癌症星"这个词，又回忆起了自己的家园。她带着"癌症星人"的身份活在地球上，有着一种其他人无法理解的焦虑。柳睿想转移"宇宙癌症"这个话题，就连忙接了方千柏的话："我觉得不应该以地球的视角来分析这个问题，应该放到宇宙的视角上。坎瑟星的五维空间技术其实已经突破了时空的限制。我们在五维空间里穿梭就相当于你们在运动惯性系里超光速飞行。地球目前还不具备发明穿梭五维空间的技术条件。时空问题，在地球上是个死局。"

"也不一定！但是也一定！"方千柏给了柳睿既肯定又否定的回答，让她感觉是一句废话。不过根据以往的经验，方千柏说的那些模棱两可、前后矛盾的话，往往蕴藏着极为重要的信息："从现有理论上来说，在以地球为核心的环境系统中不可能突破光速，但是要知道，从地球的视角上看，确实存在等同于光速的东西。"

"那是什么？"众人满心期待地看着方千柏。

"就是光子本身。"

方明盯着爷爷，觉得这话好废——光子的速度当然就等于光速。方千柏眯着眼睛看了一眼方明，方明知道绝对不可以轻视从方千柏嘴里一本正经说出来的话。方千柏继续说："狭义相对论中，一个物体的速度越接近光速，它所经历的时间也就越慢。如果物体的运动速度等于光速的话，那么根号下的计算结果就是0，整个时间公式的最终结果就失去了意义。你们注意我说的话，不是物体等于光速，时间就等于0，而是时间没有意义，失去了时间概念。所以光了是没有时间的。如果把地球作为参考系，太阳光达到地球需要8分钟20秒，我们看到的是太阳在8分钟20秒前发出的光子。但对于光子来说，它并不是8分钟20秒前的光子，而是此时此刻的光子。光子从太阳发出的时间和光子到达地球的时间，是同时，都是此时此刻——光子无时间！"

$$\Delta t = \frac{\Delta t_0}{\sqrt{1-\left(\frac{v}{c}\right)^2}} \qquad l = l_0 \sqrt{1-\left(\frac{v}{c}\right)^2}$$

相对论时间公式　　　　相对论空间公式

方明虽然早已理解相对论，但是如此这般去思考光子的时间还是第一次。他知道方千柏想要说什么，于是接着说了起来："如果把太阳换成8.6光年外的天狼星，那么我们此时此刻看到的天狼星是8.6年前的天狼星，对于地球而言光子飞行了8.6年的时间，但是对于光子来说，它到达地球的时间和它从天狼星发出的时间——还是同时！光，没有先后关系。"

方千柏满意地点头："我们再做一个更大的猜想：宇宙现在有138亿年的历史，假设在宇宙大爆炸时，从爆炸的奇点发出一束光用138亿年的时间到达地球，地球等了这束光138亿年，然而地球只有46亿年的历史，地球是在光运行的过程中诞生的。虽然我们认为地球比宇宙诞生晚92亿年，但是对于光子来说，宇宙和地球是同时诞生。宇宙中任何事件，对于宇宙来说都是同时发生的。"

方明终于意识到方千柏那看似很废的话到底有多重的分量，方千柏又不失时机地插了一句:"光子无时间,但低于光速的各大天体都有时间,于是整个宇宙就分出了有时间和无时间两个领域。"

方明抓着头陷入深沉的思索。方千柏继续引领着方明的思绪:"刚才是从狭义相对论的角度来分析的。从广义相对论的角度来说,引力场与运动场等效。如果一个空间内引力足够大,那么引力场——比如说黑洞,就会和光子一样没有时间维度。我们现在认为宇宙中心是一个超级黑洞,还有很多星系的中心都有一个巨大黑洞,这些黑洞区域同样都是没有时间概念的。所以从地球的角度说宇宙有138亿年的历史,而对于黑洞和光来说,就是'同时'!宇宙诞生与我们现在是同时,与昨天也是同时,与明天也是同时。所谓的时间,仅仅是针对黑洞之外的区域来说的。而光子就像鬼魅一样,被宇宙中各大天体折射传播,携带着事件信息最终被黑洞吸收,成为星球和黑洞之间的信息载体,也就是说有时间的非黑洞区域的历史、信息,通过无时间的光子,传到了无时间的黑洞里去!这意味着什么呢?"

方明总是会被方千柏的观点震惊——感觉就像黑洞外的各种事件都在向黑洞做汇报一样。谁在那里听汇报呢?黑洞的中心是奇点,那是一个不可描述的神秘地方啊!

方千柏继续说道:"方明,你现在还觉得宇宙生命体的问题可以无限期地拖下去吗?现在我们根本就不知道时间与空间究竟是个什么东西。现在能知道的是,从宇宙的维度来说,你无论用多长时间做多少事情,都会被压缩成'0时间'传送到某个黑洞中去。你的过去、现在和未来,对于光子和黑洞来说就是同时。还有物体运动的速度越快,不仅时间越短,空间也会越短。一旦等于光速,空间将变为0。所以对于光子和黑洞来说不仅没有时间,也没有空间。宇宙时空和地球时空完全是两个概念。在不明白时空奥秘的情况下，很多事情你需要抓紧！否则后悔可就晚了！"

方千柏说完后，感觉"晚了"这个用来描述时间的词用得非常不贴切，但是也不知道用什么话语能准确表达这层意思。方明起身回到书房拿出一沓材料给方千柏，其中一张是营业执照。方千柏仔细看着执照：十度界域科技有限公司，注册资金一亿元！方千柏虽然有一定存款，但是也从未想到方明会用一个亿去注册公司。方明解释道，自己除了做学术研究之外，还钻研了很多新技术。这些技术具有极强的应用性，随之而来的是巨大的市场价值，吸引了大量投资。方明作为一个超级优质的技术型创业者，根本不愁资金来源，反而需要耗费精力从各种投资中去寻找最理想的投资人。最终他选择了一个叫作马轲的人作为合伙人。

方千柏深知好事多磨的道理，看到方明这么容易就拿到如此多的资金，总觉得会有什么问题。而且方千柏心里还装着一个秘密，自从"向兵案"他死而复生之后，有关部门找过他，希望他能配合相关工作，方明未来的公司免不了要和他们合作。于是他追问方明为什么要选择这个马轲作为合伙人，这个人的底细都查清楚了没有。原来马轲本身也是一个技术型人才，他在A国毕业之后，带着当时顶尖的技术和理念回国创业，并且他创立的其他公司已经在A国上市，都是采用"以技术闯天下"的模式，这和方明倒是很像。虽然方明在商业领域还只是初出茅庐，不过由于大家都是玩技术的，所以公司内部就少了很多钩心斗角。方千柏对此持保留态度，只是也只能走一步看一步。毕竟方明如果想要有所作为，只在研究所里闭门造车是不行的，必须把研发的技术付诸实践，才有可能扭转地球文明的发展方向。

众人把想说的话都说完了，早饭也算是吃完了。方明脸上毫无表情，明显扛着很大的压力。柳睿也闷闷不乐，这反倒让方明不解了："怎么了，是不是哪里不舒服？"

柳睿用商量的口吻问方明："能否把波菈接回来一起住？"

方明对此并没有意见，他也大概猜出了原因："波菈是不是快生了？"柳睿点点头。就在不久前，柳睿接到波菈的讯息，说她有一种要生的感觉。这个孩子毕竟是坎瑟星毁灭后诞生的第一个生命，无论是波菈还是柳睿都非常紧张，带着深深的忧虑。因为她们是从坎瑟人变体成为思峨人再来到地球的，加之在穿越孔洞时还以粒子形态被打散重组，这些变化对于这个孩子来说都是非常不确定的因素。虽然波菈之前在柳睿的陪同下去做了产检，从地球的医疗水平来看婴儿一切正常，但是如果按照坎瑟时间来算的话，波菈早就过了预产期，这让人非常担心。

得到了方明的同意，不久后波菈驾驶着飞艇降落在别墅的屋顶天台上。柳睿早已给她收拾了房间，方明看见波菈大着肚子走了进来，身材完全走了样，感到一阵心酸。马晓渊摸着波菈的肚子，很清楚波菈现在的状态，随时都有可能生。波菈自然不会想在医院生产，免得暴露出一些信息，再加上坎瑟的医疗技术对于地球来说是超一流的，所以在家里分娩反而比较方便。

就在这个时候门铃响了。柳睿有点好奇，这个家很少有生人来的。开门声过后，紧接着传来了方千柏的声音："大家都来看看谁来了，我的得意门生！"听完方千柏的话，柳睿一阵心惊——难道是向兵？！不太可能，这十几年的时间没有听到他的任何消息。再说了，如果是向兵过来的话,方千柏怎么会如此高兴?柳睿让波菈斜靠在床上,自己出去看看,只见一个沉稳、谦逊的中年男人走了进来。方明看着来人,莫名有种很想靠近的感觉。方千柏向众人介绍道:"这是我的得意门生王评。硕士和博士在国内读的,而后去了A国留学,在短短的几年内完成了物理学、生物学和化学三个博士后。然后放弃A国的各种物质条件,毅然决然地回国来,现在已经是国内年轻一代科学家里面的顶尖人物。"方千柏一脸骄傲地介绍着。

方千柏把王评叫来,是为了让他帮波菈做产前分析。波菈一直没有分娩,这肯定有问题,只是方千柏作为一个男性老人家,不太方便说太多。虽然坎瑟的技术很厉害,但为了以防万一,还是请爱徒王评过来给波菈做一个深度检查。波菈大致说了自己的情况,其实在此之前,方千柏就已经介绍了一些,所以王评带着自己团队研制的先进设备有备而来。

王评盯着检测设备,眉毛一点一点拧紧,波菈看着王评的样子也跟着紧张起来。王评疑惑地说道:"你这种情况,表面上看来没有什么异常,但是我总觉得有点不太对劲。究竟是哪里不对劲,我一时半会儿也说不上来。"

波菈看着王评,知道他话中有话:"你直接说吧,无论什么坏消息我都能接受。"有了波菈的话,王评这才说出了自己的真实感受:"检测仪器显示这孩子的大脑发育不太理想,似乎有点唐氏综合征的迹象。如果要确定到底是怎么回事,最好做一个基因检测。"

听到基因检测,波菈和柳睿顿时紧张起来。万一王评检查出她们是其他智慧生命变体过来的,那可就麻烦了,而方千柏在稍远处示意可以继续进行。既然方千柏都表态了,波菈就让王评抽了一点血液。

王评走后，波菈露出了一脸愁容，她虽然说可以接受所有坏消息，但她内心已经很脆弱了。比起接受坏消息，她更不喜欢等待坏消息的过程。

在王评带着波菈的血液样本离开后的一个夜晚，随着一声啼哭，一个和地球婴儿没有任何区别的新生命诞生了。一切都收拾妥善后，方明在柳睿的陪同下也来到了波菈的房间，马晓渊与方千柏也看着这个孩子，大家都开心极了。但波菈却依然心存忧虑，她害怕这个孩子以后会是智障，那她将如何面对卡戎？想到此处，她抬眼望向窗外的星空，不知道其中是不是有一颗星星是卡戎驾驶的飞船。

王评急匆匆地就赶到了方千柏家里。看着风尘仆仆的王评，方千柏猜到他是带着结论过来的。波菈在屋子里听到王评和方千柏的说话声，硬撑着要下床见王评。王评是个很直接的理工男，开诚布公地告诉波菈："基因检测的结果出来了，孩子没有唐氏综合征。"波菈听到这个消息终于放下心来。王评接着问方千柏："是否可以进老师的书房看看？好久没来借书了。"方千柏心领神会道："当然。"柳睿搀着波菈回了房间，王评和方千柏也进了书房。

方千柏让王评坐下，看着王评说："你，成熟了。"

王评强挤出来一个笑容回应："我毕竟这么大个人了，多少也还是经历了一些人情世故。"

"说说吧，基因检测到底出了什么问题？"

"这个孩子确实没有唐氏综合征，但是他以后大脑发育绝对会出问题，而大脑发育还只能算是一个很小的问题。"方千柏一脸严肃地听着王评往下说。

"方老师，波菈的基因是我目前接触过的最怪异的一组。"方千柏听到这里，感觉波菈的真实身份可能瞒不住了，其实方千柏也没有想要对王评一直隐瞒下去。

"我这次给波菈做检查，最开始还没有太当回事，以为就是医学检测而已。但是当我真正深入基因层面的时候，发现她基因核苷酸之间的排列连接关系和正常人的不太一样。表面上基因序列没有异常，但很多DNA片段似乎本不该在当前位置上，很像是从其他位置调整过来的，所以波菈的基因应该是被编辑过的。当然编辑基因这种事，以我们现在的技术手段也能达到，但那也只是局部编辑。可是波菈的基因，似乎整个链条都被重新修整过。"

方千柏又惊讶又满意地看着王评："如果我告诉你，波菈是外星人变成了地球人，你会相信吗？"

方千柏原本以为王评会特别惊讶，但王评只是小小地惊讶了一下就恢复了正常表情："其实最近这几年我在医学方面研究得不算多，主要精力放在了太空物理方面，尤其是对深空领域的探索取得了一些成绩。我从来都不相信只有地球上才存在生命。地球上有外星人，我完全可以接受，但是……"

方千柏一听"但是"这个词，就知道王评还有更劲爆的发现："从理论上说，对DNA的编辑可以以片段为单位进行调整，然后在片段接合处插入嘧啶和嘌呤作为补充。可是波菈的情况却异常复杂，如果仅仅是从外星人变成地球人，那在DNA片段层面进行编辑就可以了，但是在波菈的基因中，有大量的核苷酸都是重新编辑过的。所以我猜测波菈应该是进行过两次变体：一次是基因片段层级的，另一次则是核苷酸层级的。"

听了王评的话，方千柏双齿紧扣，从牙缝里吸入一股凉气："他明明记得，坎瑟人的变体技术只能在他们身上使用一次。为什么波菈会有两次变体呢？如果波菈有过两次变体，那么柳睿呢？"想到这里，方千柏把柳睿喊了进来："睿睿，你从坎瑟星人变成地球人，一共用了几次变体技术？"柳睿一听方千柏在王评面前直接问这个问题，就知道方千柏已经把她们的身份说了出来，那也就不必隐藏了："在我自己的记忆里只进行过一次变体。"方千柏觉得柳睿是话中有话，什么叫作在"自己的记忆里"，难道说在记忆之外还进行过变体吗？其实柳睿在此之前从来没有怀疑过自己的记忆，但是现在，她开始怀疑起来。王评看着眼前这个美丽的外星人，把波菈基因的问题又讲述了一遍。柳睿听说波菈基因在核苷酸层级重组过，便自然想起了她们穿越孔洞时的情景。她把当时穿越的情景详细告诉了王评。王评请柳睿剪掉一缕头发，带回去进一步研究。

看着王评离开的背影，方千柏用一种深谙人情世故的表情不聚焦地凝视着前方。方千柏最近和王评联系得非常紧密，他不仅是让王评做科学研究，还有一个更重要的原因：方千柏非常清楚方明善于琢磨技术，但不善于琢磨人，虽然有成熟稳重的一面，但是还有很多稚气未消。如果马轲真的靠谱，方明倒是有大量的时间去钻研技术，去思考那个宏大的话题。万一马轲靠不住，王评将会成为方明强大的支撑。两年后，十度界域在马轲的运营下规模迅速扩大，随之而来的是更大的商业机遇，还有未知的风险。

第四章
谜案重重

造物主是公平的,他让方明在学术领域取得极高的成就,也让他在企业管理和人情世故方面显得能力不足。不过公司产品实在太硬核,十度界域不仅成功上市,更成为全球领军企业,然而就是这样一个高速发展的公司,出事了!

女人:"为什么要和我分手?"

男人:"我不爱你了。"

女人:"我不信,我们这么多年的感情算什么?"

男人:"我真不爱了。"

女人:"那你是不是爱上别人了。"

男人:"不是,我不爱任何人。"

男人叫孙可,在十度界域工作。女人叫刘欣萌,是孙可的未婚妻。刘欣萌是一个普通到不能再普通的女孩子,除了学习成绩比较不错以外,她似乎没有其他与众不同的地方。也就是因为这份勉强算得上优异的成绩，她和一个比她大六岁的博士恋爱了。像她这样一个普普通通的女孩子，如何才能够挽留一个已经变了心的男人呢？就在不久前，刘欣萌和孙可的感情还是如胶似漆，但这种关系的急转直下，就发生在一瞬之间。

孙可提出分手后，刘欣萌发现他和一个女孩子出双入对，两个人经常一起加班直到凌晨三点才从公司里走出来。这个女人叫张梦莹，刘欣萌也顺藤摸瓜查到了她的住址——好大的独栋别墅。在一个周末的白天，刘欣萌整理好自己的衣装，鼓起勇气敲开了张梦莹家的大门。

刘欣萌上去就抓住张梦莹问："你知不知道孙可有女朋友？"

"你应该就是刘欣萌吧。"

"你既然知道他有女朋友，为什么还要这么做？当第三者很光荣吗？"

"第三者何从谈起？你又怎么能够确定我和孙可现在就已经在一起了呢？"

"你们凌晨下半夜都在一起，一起走路、一起聊天、一起吃饭，难道这还不足以证明吗？"

"看样子你跟踪我们很久了，但是这能说明什么呢？很多事情不是你所想象的那个样子。"

就在这个时候，房间里传来另外一个声音："外面是谁呀？"一个中年女人缓缓从门里走了出来，女人看着门口手足无措、一脸无助的刘欣萌，似乎也明白了是怎么回事。

"妈妈，你怎么出来了？赶紧进去吧，这里没你什么事。"

那中年妇女一脸无奈，眼睛里透露出一抹干涩的红，似乎有难以言说的苦衷。她转身回去的一刹那,看向刘欣萌,好像有很多话想对刘欣萌说。看样子即使是张梦莹的妈妈,也看不惯自己女儿的行为。

刘欣萌灰头土脸地回到了自己家里,看着自己的妈妈爸爸一脸无奈,她把在张梦莹家里发生的事情和父母说了一遍。刘欣萌和孙可在一起两年多了,双方已经见过家长,而且孙可的爸妈对刘欣萌简直视如己出,这让刘欣萌非常不忍心分手,可她爸爸却说:"该放弃的还是放弃吧,如果孙可真是这样的人,现在分手总比以后离婚要好得多。我觉得善始善终,即使分手也不要变成敌人,毕竟你们之前有过那么美好的经历。还有,彩礼钱退给孙家吧。"话虽如此,可是对于刘欣萌来说就等同于心口上捅刀子。

刘欣萌来到孙可家里,伸出手想要按下门铃,犹豫了一下又收了回去……就这样反复三四次之后,终于按响了门铃。门开了,出现在刘欣萌面前的并不是以前健谈、和蔼的准公公、婆婆,而是两副憔悴和无奈的表情。

"小萌,你来啦。进屋说,你也不是外人,有些事情我希望能够得到你的帮助。"

帮忙?刘欣萌有点疑惑,现在这个阶段还能帮什么忙?进屋之后,刘欣萌没有主动坐下,只是呆呆地看着他们。刘欣萌这样的举动让孙可的父母有点尴尬:"小萌,你坐呀。"听到这句话,刘欣萌才慢慢坐在沙发上,两腿并拢,手放在膝盖上,垂下头看着地板。她知道这里不再属于她,她也不再属于这里。

在尴尬的沉默之后,孙可爸爸终于说话了:"眼看着你就要成为我们家媳妇了,可是孙可这段时间的变化很大,让我们非常无奈。我们也不知道他到底发生了什么事情,我们都不想管他了。但是我们依旧把你当成自家人,无论如何我都希望你能够帮他找回原来的那个自己,而且我也希望你们能够早些结婚。"

"不可能了,孙可已经和我分手了,你们不会还不知道这件事情吧?"刘欣萌把之前发生的事情和盘托出,但是令她不解的是,孙可妈妈的脸上竟然浮现出和张梦莹的母亲几乎一样的神情。于是刘欣萌问道:"伯母,我能不能知道,孙可这段时间究竟有什么改变?"

孙可妈妈听到了"伯母"这两个字,心里莫名一疼:"孙可这段时间的变化非常突然,他对身边的一切事物都失去了兴趣。他对我和他爸爸也完全没有了感情,说话冷冰冰的,就像是工作中的命令,完全没有亲人的感觉。我问孙可为什么这样对我们,他竟然说他已经不爱我们了。"

"我已经不爱了",这句话孙可也对刘欣萌说过,可她完全没有想到孙可竟然对他父母也是如此。既然孙可没有了亲情,也没有了爱情,那么友情呢?他和张梦莹之间是爱情还是友情?那张梦莹又发生了什么事情?为什么张梦莹母亲的表情竟然和孙可妈妈是一样的?刘欣萌回想起当时张梦莹对她妈妈说话的语气,也不像一个正常女孩对自己母亲说的话。

刘欣萌把张梦莹母亲的表情和孙可妈妈说了一遍,孙可妈妈顿时思索起来,于是就问刘欣萌:"那个张梦莹和孙可是一个公司的吗?"

"是的,他们不仅是一个公司的,好像还是一个办公室的,他们经常在一起加班到下半夜,不知道是在忙工作,还是忙其他什么……"听完这句话,孙可母亲感觉有必要和张梦莹的母亲见一下。孙可父亲在旁边插了一句:"他们是一个公司的,会不会是因为公司的什么事情导致的变化。很明显张梦莹的母亲也有难言之隐。我想挑一个张梦莹不在家的时间去和她妈妈聊一下这件事情比较好。"刘欣萌听到这样的分析,心里的疙瘩似乎松了一下。

不久之后,孙可父母和刘欣萌一起来到了张梦莹家里,打开门之后,三人看到的是一位温柔端庄的贵妇。从她的言谈举止来看,这是一个知书达理、善解人意的人。

张梦莹母亲把三人让进屋子里,给他们倒了茶,然后拿起了张梦莹的照片,看着看着眼睛就湿润了。张梦莹的母亲把照片给了孙可父母。孙可父母不看照片还罢,看了照片之后一个更大的疑团涌了上来——像张梦莹这样貌美的女子,有这样的家世,完全可以和任何一个高贵家庭的男子发生一段浪漫的爱情故事,她为什么会看上孙可呢?

张梦莹母亲看出了他们的疑惑:"无数的男孩子追求她,托关系来做媒的人也络绎不绝,可是梦莹高傲得很,从来都不与任何男人交往。最近我发现她和孙可走得很近,但是据我目前观察他们之间的关系根本就不像是恋人,甚至都不像是朋友,像是……两个难兄难弟。而且梦莹这段时间对我的态度非常不好,完全没有了亲情。"

"完全没有亲情?"张梦莹和孙可的反应竟然如出一辙。话说到这里,两个家庭的关系也不再那么敌对了。突然张母手机响了一声,竟然是一条来自陌生号码的文字信息:"冒昧打扰了,请问你的孩子是否也在十度界域任职,并且出现了情感障碍?如果你们也遇到了同样的问题,那么请加入群聊。"后面紧接着就是一个群聊的ID。

看了这条消息,张梦莹母亲的手开始颤抖,孙可父母也恍然大悟——原来有那么多的人都出了问题!事情的根源不在于孩子们,而是十度界域。他意识到了什么,赶紧掏出自己的手机。果然在半个小时以前,他也收到了同样的消息,只是被他忽略了。

看完这条信息，二人立刻加入了群聊。他们进群之后发现里面已经有很多家长，这些人的共同特点就是孩子在十度界域任职，并且出现了情感障碍。有离婚、分手的，也有和父母、朋友的关系急转直下的。他们似乎变成了冷冰冰的人，没有任何感情，只记得曾经非常爱自己的父母、朋友和恋人，但是现在只记得曾经爱过，但是爱的感受却完全没有了。

群里有的家长建议对十度界域提起诉讼，但是出问题的人都没有进行过精神鉴定。即使鉴定精神确实有问题，那还需要证明和十度界域有着必然关联。这些并不是普通家庭能够完成的，必须由警察去调查，有了充足证据之后才可能起诉十度界域。

父母们在无奈之下，集体到警队门口请求他们查清楚这件事情。刘远峰看到这架势很是头痛，只能亲自接待义愤填膺的家长们。他好说歹说，终于暂时平复了父母们的情绪。这些父母的诉求也非常简单，就是请刑警大队立刻调查十度界域的问题。可调查十度界域不是一件小事，刘远峰也不知该如何是好，只能先把大家劝回去。

正在刘远峰竭力周旋的时候，这些人也用手机录完了现场的视频。因为这次行动组织者非常清楚，法院不可能一下就受理这起案件，而刑警大队也不会轻易调查十度界域。现在最好的办法就是让媒体知道这件事。媒体的力量是很强大的，很快就掀起了舆论的轩然大波。警方得到上级允许，开始着手调查。十度界域也紧急召开新闻发布会，向公众做出解释，方明不得不现身接受记者提问。记者们总是保持一种"围观不怕事儿大"的态度，提的问题都非常有针对性，比如说方明公司是如何让员工失去情感能力的，对此要如何赔偿。

"由于此前公司经常加班，很多员工在心理和身体上承受了不小压力，因此出现了情感障碍等现象。对此公司深感自责，由此带来的治疗费用，将由公司全部承担。此外每个家庭还会获得相应的补偿金。公司加班制度也将进行调整，每个人将获得充足的休息时间。"方明表达了公司的一种态度，也是想花点钱息事宁人。面对记者连珠炮一样的提问，方明显得游刃有余。因为方明的耳朵里塞着无线耳机，后面有一群专业公关人士随时组织完美的答案。

新闻发布会终于结束了。方明刚刚走到后台，马轲迎面凑了上来。方明看见马轲就气不打一处来："我当时不同意启动你那个M计划，你偏要启动，还说出了事你全权负责。现在可好了，你拿什么负责？还不是让我出来顶着吗？"马轲一脸不好意思地回答："接下来我会调整节奏的，不会像之前那样疯狂加班了。"

方明一听，就立即又问马轲："难道你那个M计划还要进行下去吗？"

"暂时先停下来吧，等把这些潜在的问题都解决好之后再启动也不迟。"

方明听了马轲的回答不置可否，拖着疲惫的身体回到了家里。方明到家后，看见客厅里放着大包小包的礼物，其中还有不少保健品，他知道王评来了。方明推门进入方千柏的书房，见他们师徒两人正讨论问题。

"老师，您可千万别这么说，您要活到两百岁才行。"

"那我不就是王八成精了吗？该死的时候还是要死的。哈哈哈哈。"说完方千柏坦然地笑了。

"这个培养皿里是海拉细胞[1],这些文件是我最新的研究成果。我正在寻找人类长寿的方法,从海拉细胞里找到了端粒酶的一些秘密。目前还有大量的谜题我没有揭开,不过即使只用我现在掌握的技术,也至少可以把您的生命再延长50年,至少!"

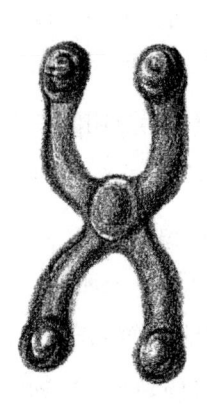

方千柏看着王评,不由自主地想起了另一个伤了他的爱徒——向兵。

方明推门进来,方千柏示意他坐下,温和地对他说:"我自始至终都不太相信那个马轲,所以王评是我给你安排的后援,你可以把王评当亲兄弟。我已经委托柳睿给王评办理了入职十度界域的手续。我觉得公司内部的一些事情,你要听听王评的意见。"

王评看着方明也当是自家兄弟,直接对他说:"方明,你之前经历

---

[1] 海拉细胞是一位美国妇女海瑞塔·拉克斯的宫颈癌细胞。海瑞塔·拉克斯去世后,这些细胞在合适的条件下并不会衰老致死,可以无限分裂。1989年,来自耶鲁大学的研究人员发现海拉癌细胞中含有一种被称为端粒酶的物质,能使细胞不断繁殖,抵抗衰老,甚至死亡。借助海拉细胞,人类对生命体的研究取得了诸多突破性进展。迄今为止,人类培养的海拉细胞已经超过5000万吨。

的那些超自然事件我已经听说了,你的使命我大概也明白。但是你一直把主要精力都放在技术上,公司里的一些发展问题你也要上心啊。"

"我主攻技术研发,马轲的事情我很少过问。"方明回答道。

"问题就在这里,你不知道他都在做些什么,也不知道具体是怎么做的。你有很多先进的技术理念是他远远赶不上的,他迫切需要你的技术,但是他利用你的技术在做什么,你知道吗?"

"不就是投入应用、拓展市场,维持公司的正常运营吗?"

"如果仅仅是拓展市场的话,那肯定没问题,但是具体应用在哪些领域,你一定要有所了解。另外最近十度界域很多员工出现了心理问题,这个事情一定要高度注意!"

经过王评的提醒,方明注意到自己确实一直都没有关注马轲的动向。再加上这次事件的影响,方明开始仔细思考着公司内部的一些问题,然而这些问题仅仅是个开始而已。在几个月后,12月6日晚上……

"柳睿,柳睿!赶紧过来,好像有点不太对劲!"晚上8点左右,方明坐在沙发上看着手机,一则让他完全无法理解的新闻正在播报:"在我国东北地区出现大面积北极光,最北端漠江市看得最为清晰。目前这一情况的原因还不得而知,相关科研人员正在密切观察这一现象。"

虽然东北地区看见极光并不是什么大新闻,但是出现如此大规模的极光实属罕见。方明盯着手机屏幕,心里无数个问号像苍蝇一样围绕着他。他喊柳睿一起来看,可是无论怎么喊,柳睿都没有任何回音,就像消失了一样。方明内心本来就有点焦躁,柳睿的沉默让他更加不安,于是猛地从沙发上坐起来,四处寻找柳睿的踪迹。原来在昏暗的天台上,柳睿一个人在仰望星空。

"为什么不开灯呢?"方明一边喊着柳睿,一边走了过去。方明走上天台一看,北方地平线上的天空中有一片若有若无的色彩——"怎么会这样?我们这里竟然也能看到极光!"

方明在惊诧之余,从柳睿背后搂住了她纤细的腰,虽然看不见柳睿的脸,但是却可以感受到她内心的不安。柳睿依旧不说话,不是不想说,而是没心情。没心情的何止柳睿,方明对地球上的每一次超自然现象都很紧张,他害怕这些现象是冲着柳睿来的。柳睿终于说话了:"极光出现在这个位置,要么是地球磁极发生了巨大的偏转;要么就是有一种巨大的磁场影响了地球磁场,使地球磁感线出现了局部乱流。当然还有一种可能,某种强烈的宇宙射线突破了地球磁场……"方明不置可否。

见方明不说话,柳睿就又对方明说:"我们开车出去,找个空旷的地方看看这怪异的极光。"方明发动了汽车,柳睿坐在副驾驶座上,看着沿路上遥望极光兴奋的人群。柳睿看着正在开车的方明:"我现在觉得这不一定是极光,我们不要受手机上那个主播的影响。我严重怀疑这种现象是因为地球磁场受到巨大干扰而引起的。"

"你说得对。我最开始确实受到新闻主播的引导,认为那是极光,但目前看来应该不是。不过我不认为这是地球磁场被扰乱,否则整个地球通信系统都要崩溃。我猜测可能是有什么东西携带着大量的带电粒子进入了大气层。"

方明在等红灯的时候,瞄了一眼柳睿:"哎,你有没有听我说话,你怎么开始玩手机?"

"我听着呢!我正在刷更新的新闻。我给你听这一段播报!"

"今晚，哈拉斯共和国出现不明原因的强烈闪光，当地相关部门正在调查这一现象，该现象的原因目前还不得而知。"

柳睿按掉了手机问方明："哈拉斯共和国在哪里？"

"在西伯利亚中南部，北纬53度左右，应该在东经90度吧。"

"那漠江呢？刚才新闻不是说漠江市的极光最明显吗？"

方明一愣："漠江，漠江也是北纬53度。然后经度是东经120度左右。"

听了方明的回答，柳睿说出了自己的突发奇想："这很有可能是某种东西沿着北纬53度自东向西移动。从漠江一直移动到哈拉斯共和国那里，戛然而止。"

"很有这个可能！如果仅仅是北纬53度左右才有这种光出现，而北极那里没有，那就可以证明这次事件并不是极光。我们可以联系公司设在北极附近的观测站，看看北极到底有没有极光出现。"

话音刚落，电话就响了。方明一看是自己的秘书，接通电话后还没等秘书开口，方明就问道："我正好要找你，我问你个事情，我们设在北极的监测站有没有发现北极出现极光现象？"

"没有啊方总，完全没有！"

"你确定？"

"我确定，我非常确定。咱能不能不说极光了，公司出事了，有两个员工自杀了。您快来看看吧！"

前不久才经历过员工情感异常的事件，现在又出现了自杀事件。如果处理不好的话，无论是社会舆论还是死者家属都不会放过公司。方明把柳睿送回家，然后用最快速度赶到十度界域总部。当方明到达现场的时候，马轲匆忙上前描述着现场的情况："公司有两个人自杀，但是自杀地点不同。两名死者都是技术部的人员。第一名死者叫赵天成，他是死在家里的。第二名死者叫刘宗强，是今天晚上的夜班人员，死亡时间是晚上8点06分。"方明迅速想起，这个时间正是柳睿在看极光的时间。方明是在9点多接到了秘书的电话，而现在已经是晚上10点多了。于是方明就问马轲："为什么不在员工死亡的第一时间联系我，而是过了一个小时之后才和我说？"马轲面露难色，小声地和方明说："还是先介绍具体情况吧，原因需要等一下再详细解释。"方明大概猜得出来这次事件应该还是和马轲的M计划有关。

看方明暂不深究，马轲就继续描述当时的情况："晚上夜班的同事工作了不一会儿，大概在8点，突然发现正在进行实验的M计划出现了短暂的紊乱。此后不久，刘宗强突然从工位上站了起来，竟然一头撞开窗户直接跳了下去。因为处在17楼，所以刘宗强是不可能救回来了。"

"还有一名，赵天成是怎么死的？"

"赵天成上的是白班，晚上下班就回家了。在刘宗强跳楼后的10分钟，我们接到了刑警队的电话，希望我们能够到赵天成家里去配合调查。我和警察说这里也有一起命案暂时走不开，于是警察也来到了这里。警察到来之后让现场所有人都不得离开，一起配合调查。"

方明看着现场忙碌的警察，知道等一下他们必定会找自己和马轲了解情况，他心里盘算——两名死者全都和M计划有关，莫非这个项目真的有很严重的问题？想到这里，方明心中叫苦不迭，虽然他一直反对马轲的M计划，但碍于情面，还是默许了这个项目。即使方明完全没有参与，那也难脱干系。正在此时，一名警察朝着他们走了过来。马轲给方明使眼色，方明知道这是让自己尽量少说话，一切都由他来应付。

马轲很自然地向警察挥手致意,可是这些动作在刑警看来就是心虚的表现。马轲向警察介绍完自己后便开始介绍方明,警察听到方明的名字一愣,眼睛就直接盯在方明脸上。这个举动让方明感觉很不舒服,他觉得警察在怀疑自己,实际情况却是警察对方明非常崇拜,知道方明对整个国家科技事业的贡献,也知道十度界域对于国家意味着什么。警察内心非常矛盾,万一十度界域真出了什么事,那将给整个科技领域带来巨大震动。所以警方也希望能把这件事情的负面影响降到最低。

在后面的调查环节中,警察对方明非常客气,这让方明感觉好了一点。随后警察对方明和马轲说了赵天成在家自杀身亡的情况,远比方明想的要复杂得多:在晚上8点左右,赵天成的邻居听到了他家里有激烈的争吵,还有持续摔东西的声音,声音很大。有比较好事的邻居还想去劝架,但是刚走到门口就停住了,因为那种激烈的争吵根本就不是一般人能劝下来的。就在邻居们不知道如何救场的时候,屋子里突然安静了下来。大家本以为争吵就此平息了,可是随即就听到楼下汽车的报警声音,原来赵天成从窗户跳了下去直接摔在车顶上。整辆车全都变了形,天窗和风挡玻璃像罩了一层蜘蛛网,赵天成当场殒命。

方明听完警察的陈述后不由得唏嘘,看来这应该是一起家庭纠纷,至少警察应该不会认为这起案件和公司有关吧?可是警察话锋一转:"你们公司的人也太喜欢跳楼了吧?"马轲眉头一皱,心里暗想:下面和警察说话要小心翼翼,稍有差池就会出大乱子。

警察让马轲打开当时办公室的监控录像,仔细观察刘宗强跳楼前的举动。警察看得非常仔细，时而快进、时而慢放、时而放大、时而回播，一直看到他跳楼前的最后一刻——画面上先有一名职员突然站了起来，似乎非常气愤。随后刘宗强也站了起来左右张望，显得非常狼狈。刘宗强跑向办公室外，可是其他几位同事立刻堵住了门，一步一步逼近刘宗强。刘宗强逐渐后退，用手指着周围的同事，嘴里不知道在吼着什么，而后蹲在墙角痛哭。所有人之间都没有交流，只是默默地看着他。最后刘宗强慢慢站了起来，从窗户跳了下去。

刑警明白其中必有蹊跷。同一个晚上，同样的死法，而且都是一个项目部的同事，虽然在不同的地点，但是两案可以并为一案。还有前不久那些精神异常和情感障碍的员工……其中肯定有什么关联。

警察希望马轲能够进一步说明当时的情况，并要求把在场的同事都叫过来询问情况。可是让警察万万没想到的是，这样一个非常合理的要求竟然被马轲拒绝了："警察同志，他们现在正在加晚班非常辛苦，而且时间紧、任务重。你也看到了，刘宗强是自己跳下去的，并不是他们推的。"

这话有点耍无赖了，警察原本还想把事情的负面影响降到最低，可是没想到马轲竟然是这样一种态度，警方不得不怀疑这两起自杀事件和马轲有密切关联。警察那锐利的目光射向马轲，观察着他每一个微表情。马轲发觉自己失态了，迅速摆出一副和颜悦色的样子，表示愿意积极配合调查。警察们打量着这个油嘴滑舌的家伙，马轲也看着警察的举动，面部表情逐渐僵硬起来，而这恰恰是警察想要看到的。"全部带回去协助调查！"警察很明白，当时马轲和方明都不在现场，而且两个人的社会地位都比较让人掣肘，只能以协助调查的名义去警局。

十度界域的相关人员都被带到了警局，马轲和方明被分在两个不同的房间。与此同时，警方正在会议室里讨论案情，从各种蛛丝马迹中寻找线索——虽然这两起案件都是自杀，但无论怎么看，这背后都像隐藏着一个巨大的秘密。

警方在询问马轲的同时，也"审问"了方明。比起马轲那老油条，方明虽然有点桀骜不驯，但却有一种正直无私的气质。警方知道方明的疑点很小，小到几乎没有，就让他先休息，把重点放在了马轲身上。还有当时在场的十几名十度界域的员工，毕竟是他们把刘宗强逼到了角落。十几名员工都被单独隔离，没收了通信设备，连夜挨个询问。

天亮之后，询问报告由张承递到了刘远峰手里。张承汇报着案发时的状况："昨晚8时许，刘宗强在工作的时候向国外发送机密资料，由于操作不当，被其他人员发现，暴露了他的间谍身份。最先发现的那个人，立刻站了起来表达自己的气愤。随后其他同事也都站起来围堵刘宗强。刘宗强知道自己的事情败露，在没有办法逃脱的情况下跳楼自杀。刘宗强的间谍行为性质非常恶劣，一定会受到严厉的惩罚，所以他直接从楼上跳了下去。"

刘远峰问张承："这十几名十度界域的员工口径都一致吗？"

"是的刘局，完全一致。"

"完全一致的口供……除非是显而易见的事实，否则就有串供的可能性。"

"我都多大的人了还能不懂这个？我刚到现场就把所有人都控制起来，至少在我们到达现场之后他们没有串供的机会。我们在询问中也用了各种检测串供的方法，我完全可以保证他们没有串供。"

"那行吧。刘宗强的案子好像是可以结案了,那个赵天成呢?"

"赵天成是在家里死的,疑似家庭纠纷。目前还没有直接证据证明他的死和公司有关,所以询问他的妻子会比较好,一直把十度界域的人控制在警局也说不过去。"

"那就把他们都放回去吧,但是我总觉得十度界域里有什么不可见光的东西。暂时不结案,保持对十度界域的压力,以这两个案子为线索看看还能不能查出什么问题。还有一点,他们这次都是过来协助调查的,你们说话也都客气一点。"

张承听了刘远峰的话心中暗想:对方明自然是客客气气的,对其他员工也自然不会为难,只是马轲这小子不是什么好东西。张承没想到马轲在询问结束后竟然还睡了个好觉。天亮以后他还带着一副难缠的表情提出了一个比较合理的要求:"如果你们再不放了我们的话,我就要见我的律师。"此时从门外传出了刘远峰的声音:"律师就不用见了,先见见我吧。"

马轲看见局长来了,吐出了几句让警员们极度冒火的话:"我敬佩你的职业精神,但是我和方明都被你们关在这里,这对于你们来说可不是什么好事。"

刘远峰听着马轲的话,感觉得出来这个家伙有一种有恃无恐的狂妄,但他毕竟是老江湖了,情绪上没有一丝波澜:"你们可以回去了。"方明在离开之前还和刘远峰客气地道了别,而马轲头都没回。

刘远峰看着马轲的背影,暗自思忖:这个马轲到底有什么样的背景?非常有必要查清楚!

方明回到家,懒得洗漱,对柳睿说:"怎么感觉你一点都不担心我?"

"我知道你被警队留下了,你又没犯罪我担心什么?"其实柳睿怎么会不担心呢?她又看着方明有点坏坏地说:"你睡吧,等你醒了我和你说个事儿。"

"干吗?我要睡觉,我求求你了小祖宗,让我睡吧!"

"我不是说让你先睡吗?"

"你觉得这么说,我能睡得着吗?你赶紧说什么事儿。"

"最近心好累,我想出去玩。"

"去哪儿啊?到处跑不怕危险吗?"

"一个极光就把你吓成这个样子!我继续去一些有历史文化的地方,了解一下地球的历史。先在国内转转吧,然后再去趟国外。大概一个多月吧。"

"一个多月?!现在都12月初了,一个多月那不都元旦了吗?元旦之前必须回来!"

在方明不情不愿的同意下,柳睿踏上了旅途,她也从未想过会按时回来。柳睿想有自己的空间,因为她的心事太重,有时必须过一下独自一人的生活。一个月后,1月7日下午,柳睿在国内某机场正准备出国旅行,手机上提示——方明遭受重创,有生命危险……

第五章
"M"计划

方明虽然死而复生了,也糊里糊涂地失去了公司的管理权,警方还一直在调查十度界域的自杀案,柳睿依旧很在意的是自己比别人多了三天的记忆。

夜晚的天台上,柳睿一边整理着多出来的记忆,一边思考着最近发生的这一切,总有一种若有若无的、像蜘蛛丝一样的东西杂乱地缠绕在脸上,抓不住却让人烦得要死。柳睿很想找方明去诉说,却不知道从何说起。其他人的记忆都缺失了,为什么她的还存在?难道是因为她是当事人?可刘远峰、方千柏和马晓渊他们也是当事人。柳睿想着想着,突然发现夜空中一颗"流星"朝向自己飞来。柳睿赶紧起身,她知道这是有人来了——一艘飞船停在柳睿家的天台上。随着舱门开启,柳睿看到了一个有些熟悉的身影。

"原来是赛特呀?这些年去哪儿'旅游'了?"

"我能去哪儿呢?又敢去哪儿呢?万一我飞行速度太快,或者靠近一个大引力天体，说不定等我回来的时候，都要给你们坟头填土了。"

"说点好话行不行？"

柳睿虽然不记恨赛特，但是也热情不起来。柳睿知道赛特突然回来肯定有事："是不是发生什么事了？"

"你说得对，确实有件事。前些日子我接到了卡戎发来的消息。"

柳睿连忙问道："卡戎？！他为什么给你发消息，他现在怎么样了？"虽然柳睿可以不记恨赛特，但是对卡戎杀梅珞这件事一直耿耿于怀。

"应该不太好！可能是遇到麻烦了。他竟然给我发信息，说明他实在没有其他人可以联系了。从他说话的语气上看，我感觉得出来他应该经历了不少事情，思想有了很大的转变。我不太敢把这件事情告诉波菈，所以先来找你和方明。方明呢，去哪儿了？"

柳睿用复杂的表情，毫不聚焦地盯着赛特背后的夜景，整理完思路后把最近方明死而复生，以及自己记忆错乱的事情说了一遍。赛特听完并没有感到不可思议，毕竟超自然现象在他们身上以前也发生过。更何况对于地球人来说，他们几个人本来就是超自然现象。柳睿反驳道："不！虽然我们的事情相对于地球来说是超自然事件，但是这些事情都在我们自己的逻辑之中，只是超越了地球人的认知而已。可是目前我经历的这些事情，根本就毫无逻辑可言。"

赛特回答道："我们相对于地球人来说有着更高维度的科技，在我们看来很正常的事情，对于地球人来说是超自然现象。可是我们之上更高文明层级的智慧生命做出来他们习以为常的事情，对于我们来说便是超自然的事件了。说不定有什么更高级的文明在盯着你呢……"

"或许是吧！谁又能说得准呢？"柳睿只能妥协地说着不知道能起到什么作用的话。

"我最近在太空航行的过程中，一直思考梅狄亚当时所说的'六维空间'。对于我们伊缪恩人来说，虽然也可以认知更高维度的空间，但是和你父亲所说的宇宙模型是两个不一样的概念。这有可能是我们大脑认知结构的差异所导致的，当然也有可能是因为宇宙对你我两个星球所敞开的秘密之门是不同的。"

"秘密之门？"柳睿抓住了赛特的关键词。

"就是说，宇宙让你们坎瑟人认识的宇宙和我们伊缪恩人所认识的宇宙，是两个不同的样子。它向我们展开了不同的认知范围和形态！"

听着赛特的话，柳睿似乎有点释怀了——大家都在迷茫中活着。只是面对这个问题两人根本讨论不出结果，很快就陷入尬聊。柳睿的电话铃声打断了尬聊的节奏，她掏出手机一看，是十度界域里和方明感情特别好的一个主管——欧阳泰的电话。虽然方明已经离开了公司，但是他们依旧保持着联系。

"嫂子，明哥不在身边吧？"

"不在，你是不是有什么话不方便方明知道？"

"是的。上次刘宗强和赵天成的事情有蹊跷，所以我不得不防。他们自杀的原因我大概能猜到，应该和马轲的一个项目有关。马轲很有可能在开发某种人工智能程序，可以控制人的意识。我怀疑明哥莫名其妙地退出公司，很有可能是受到了马轲的控制。如果明哥真被控制了，我觉得不和他直接联系比较好。"

"这样啊，马轲到底在做什么项目？"

"应该是一个叫作 M 计划的东西。我老早就看出马轲那小子不地道了,感觉他鬼鬼祟祟的。在早些时间,他把公司的几个员工挨个叫到他办公室,这些人应该都被他说服去参与他的 M 计划。我曾经尝试着和马轲接触,想要看看他在做什么,可是他知道我和明哥的关系,完全不透露任何信息给我。嫂子,你猜后来怎么着?"

"你赶紧说,别卖关子!"

"我发现出现心理问题的同事,都是参与过这个项目的人。其中就包含了自杀的这两个人!"

"他们自杀的原因到底是什么呢?"

"哎!其实我也说不清楚。不过我知道一个突破口。这个事情可能需要你亲自去办。"

"啊?我去办?"

"为了查明真相,我觉得嫂子你需要亲自出马!另外最好暂时不要让明哥知道这事儿。对了,还有个事儿我觉得有点奇怪。马轲执行这个 M 计划应该有好长一段时间了,为什么偏偏在这个时候出问题呢?"

"这个时候指的是什么?"柳睿好奇地问。

"就是那道莫名其妙的极光!自杀事件刚好就是那道闪光出现的时间。"

柳睿一个激灵:"其实我们也发现那道光了,但是我当时手上没有仪器设备,没有记录光的数据。"

"这不是问题。当时我们设在哈拉斯共和国的观测站记录了完整的光谱数据,我马上传给你。光谱我看过,看不懂。估计你们也搞不定的,这需要有极其强大的数据分析能力。"

"那谁有这个能力?"

"夏凯可以,他是公司的首席工程师。但是想让夏凯出面来做这件事,嫂子需要亲自出马。哎,直说了吧,夏凯就是我刚刚说的突破口。"

"夏凯?你说一直暗恋我的那夏凯吗?"

"那怎么能叫暗恋啊,就是明恋。要不是你已经和明哥结婚了,估计他早就对你死缠烂打了。他对明哥有敌对情绪,最好不要让夏凯直接面对明哥。哦,对了,夏凯最近好像还有点精神问题。好了不说了,我把光谱资料传给你。"

十分钟后,柳睿收到了欧阳泰的资料,她立刻和赛特在天台上打开电脑分析。楼下的方明见柳睿一直没动静就上来找她,结果看到了一个男人和自己的妻子在一起。柳睿一看方明过来了,想着欧阳泰说过尽量避开方明,所以他赶紧上前阻止方明看显示器。可是这一下让方明更误会了:"这人谁呀?"

"地球人方明,你好!"

"赛特?!怎么是你?"

"什么叫怎么是我呀?过来一起看吧,我凭直觉认为方明有必要知道这件事,不要瞒着他。"方明听了赛特的话感觉云里雾里的,凑上来看着显示器上的波段:"这什么玩意儿?"

柳睿盯着显示器回答:"光谱!当时在哈拉斯共和国境内出现的那道光的光谱。"

"我很难相信这是光谱!"方明看着这所谓的光谱一个劲儿地摇头——这到底是一束光还是一碗粥啊?

光谱的复杂程度超越想象,应该是诸多光线的叠加态,光线浓密得就像一碗粥一样。如果仅从光波的频率来看，这些"光"超越了可见光的范围，只能通过仪器来检测，可是当时人们确实是看见了"极光"。三人盯着光谱看了半天，但一时半会儿也不会有什么突破，于是赛特把这段光谱资料拷贝了一份自行研究。方明收拾出了一个房间给赛特住下。

第二天天一亮，柳睿和方明起身去找夏凯，其实二人根本就没睡着，眼巴巴地看着天花板等天亮。虽然欧阳泰建议方明不要和夏凯直接接触，但是方明怎么可能让柳睿一个人去呢？他们找到正在休假的夏凯，直接开门见山："最近公司内部的自杀事件到底怎么回事？还有我们的员工到底为什么会大范围地出现心理问题？"

"方总，你都不是公司的成员了，问这些事情不太好吧？"方明一时语塞，眼看着这天是要聊死了，他只能快速寻找继续聊天的契机："现在已经有可能要变成刑事案件了。"

"就算是刑事案件，也应该由警察来管吧！"

方明看着夏凯对自己带有敌意的态度，一时间没有好的办法。柳睿在旁边实在听不下去了，于是示意方明退后，自己走到夏凯面前。夏凯看到柳睿走近，一种巨大的落寞从眼睛里飘了出来。柳睿看得真切，夏凯的精神肯定也出了问题，否则一个正常的成熟男人不会有这样的过激反应。

柳睿也不管那么多了，直接问："夏凯，我现在需要你的帮助，帮忙分析一下这份光谱。"

夏凯对柳睿的要求几乎是来者不拒。在柳睿的注视下，夏凯盯着光谱陷入沉思，过了好一会儿才说："我知道你为什么要找我了。除了我，没有人能做这玩意儿的数据分析。不过能否告诉我这段光谱到底是什么东西？"

由于欧阳泰和夏凯完全是两个部门，所以欧阳泰掌握的信息夏凯是不知道的。柳睿回答说："这是前些日子那道闪光的光谱数据，现在能帮我分析一下吗？"

夏凯看着柳睿："现在？你觉得我是用草稿纸来算的吗？我一个人不行，而且现有的计算机都不行，需要借助马轲的一个项目。"

柳睿连忙问："我能知道马轲在做的到底是什么项目吗？"

面对柳睿的提问，夏凯是知无不言的："他做的是一个有关人类大脑的项目——M计划。"

方明一听M计划就来了兴致："我当时就不同意启动M计划，可是马轲偏不听。现在可好了，不仅那么多员工出现了精神问题，还有人自杀。"

夏凯又看着方明："怎么，你也知道M计划？"

"我当然知道，如果没有我的同意，M计划是不可能实施的。虽然把人工芯片植入大脑治疗痴呆可以拯救不少人，但是要进行活体实验的话，不仅在伦理道德层面会出问题，还很容易让参与实验的人出现思维错乱，甚至死亡。"

夏凯一脸吃惊地盯着方明："就这？这是马轲向你汇报的M计划？"

现在吃惊的人变成了方明："难道不是吗？"

"哈哈哈哈，方大老总，你所知道的只是M计划极小的一部分。他可是瞒着你做了不少事情啊！"

随后，在柳睿的说服下，夏凯把马轲真正的M计划告诉了方明："人体看似复杂，如果抛开生命的'神性'，那么完全可以看作一部精密的碳基机器，而大脑就是其中最为精密的中控计算机。M计划是要将现在的电脑互联网技术实现质的飞跃——在电脑网络的基础上，将人脑进行互联，把成千上万的人脑串联形成一个巨大的网络。这样不仅实现人脑资源共享，还能进行超高速的数据处理。再加上人脑本身具有无穷的创造力是电脑所不具备的，这可以开拓出无穷无尽的可能性。在这之后，把人脑网络与电脑网络再相互连接，就形成了人脑神性与电脑算法的完美结合，人类文明将会有本质的提升，可以开发出从未有过的技术，创造前所未有的文明成果，可以实现太空遨游、星际穿越，以前看似遥不可及的梦想都将指日可待。"

方明惊讶地看着夏凯，原来真正的M计划，竟然是这样的。太可怕了，实在太可怕了！

"那你能否告诉我，现在的M计划进展到哪一步了？"

"在几个月前，M计划还处在第一阶段，以实验为主，遴选合适的几个、十几个，甚至是上百个人参与实验。这个阶段暴露出不少问题，至少在我看来，M计划有积极的一面，但也有邪恶的一面。如果得到正确的使用，这项技术将改变全球科学技术的面貌，如果处理不好的话……"

方明听着夏凯的讲述，知道夏凯的意思。如果M计划没有处理好，那一定会违背人性、人权、伦理和道德，将会有数以亿计的人类被淘汰。于是他就接着问夏凯："你所说的合适的人去参与实验，合适的人指的是什么人？"

"只要愿意参与就行。"

"那这些人的大脑是通过什么方式连接起来的呢？"

"马轲研发了一种极小的芯片可以代替手机……"

夏凯刚说完这句话，方明又是一阵心酸。其实这种微型手机芯片是方明自己牵头做的项目，可以直接融入人体。有了这种芯片，人们就完全不用携带手机，可以通过思维意识直接控制体内的芯片。接打电话甚至都不用说话，在脑子里构思要说的话，脑电波直接传导到芯片上，芯片识别脑电波后把信息发送给对方。对方接到信息后，对方的芯片又把信息模拟成生物电传入听觉神经，就可以直接听到语音。浏览网站、看视频和图片都可以闭着眼睛，芯片直接把网站、文字和视频内容转化成视觉生物电信号，通过视觉神经传递给大脑。当时研发芯片的时候，方明有一个重要的理念，就是效率——每个人把自己想要说的话，自己的思维信息，直接打包成数据传输到体内的芯片上，把这些数据发送给其他人。对方的芯片可以通过网络或者蓝牙，在极短的时间内接到这些数据，再把数据通过中枢神经传输给大脑，大脑就会感知到对方的信息，而不需要经过听觉、视觉等器官。这些信息可以是一句话，也可以是一天内发生的事情，甚至是一年、一辈子的经历。无论多大的信息量，对方都可以秒懂，不需要再花费大量的时间去讲述，也不存在讲述过程中发生误解的情况。任何人都可以在第一时间了解彼此的意图，大大节约了沟通成本。方明当时有点调侃地称这款能够极大提高效率的芯片为"效芯"，后来为了纪念他和柳睿的爱情，表示自己获得了柳睿的芳心，就改名为"芳芯"。没想到芳芯竟然也被马轲纳入他的计划。

夏凯看着方明继续说："当芯片植入到人体之后，就和人的思维直接绑定在一起，人们之间的思维就可以相互串联。但连接大脑是一个系统工程，每个人的大脑都有相应的优势和劣势，都有不同的立场、需求，世界观和方法论也千差万别。这个过程中，如果靠每个人的个体意念来控制大脑互联，那就必定会出现排斥反应，排斥又会加速疲劳。人们在疲劳的时候工作，会对旁边的人更加排斥，这就陷入一个恶性循环——大脑只能在短时间内联网。比如说，假如要我和一位同事进行深度的脑联网，我就必须和他在思想上有共鸣，要么是有共同的爱好、情怀、友谊，要么是异性相互喜欢，总之思想同频才可以。如果硬要我和一个不相干的人进行深度思维联网，那我会无比厌恶。"

"那马轲是如何解决这个问题的呢？"

"为了解决这个问题，马轲把这项实验推到了第二阶段——他找到了一个超越想象的方法。"

"什么方法？"方明和柳睿异口同声地问道。

"人脑编程！"

"人脑编程？！"

"对！人脑编程。大脑可视为一台碳基计算机，人类从出生开始，不断经历各种事情，思考各种问题，在持续的脑部锻炼过程中，强化了大脑的发育，升级了思维模式，也给大脑写入了记忆。所以马轲通过芳芯刺激大脑，直接对人脑写入数据。"

"写入什么数据？"方明迫不及待地问道。

"这些数据的本质，其实就是心灵鸡汤，而且还是从芳芯模拟出来的二道汤。大脑排斥反应的本质，是人与人之间的关系不融洽，相互猜忌、斗争。化解这些隔阂最重要的东西，是人们之间的感情。如果感情够深、价值观一致，那么很多利益冲突、尔虞我诈、钩心斗角自然就没有了。为此，马轲还研发了一套人工智能系统，称为M-AI。M-AI是M计划里最重要的技术环节，它能把全部的芳芯联网——一方面辅助使用者进行人脑联网工作，另一方面研究他们的情感、价值观念等规律，再针对每个人生成具有个性化的情感需求、价值需求的满足方案，虚拟化地满足每个大脑的需求，进而协调人脑降低排斥，使其以最佳的状态连接起来。目前M-AI还停留在以算法为基础的层面，没有办法模拟人类的情感，也就无法完全满足大脑的情感需求。但是M计划第二阶段已经有着明显的进步——第一阶段的参与者必须在无意识的状态下进行联网，第二阶段中，一些简单的联网工作可以在清醒的状态下进行了。当然复杂的工作，还是要在无意识中展开。"

听了夏凯的这话，方明脊背发凉。因为在M计划启动之前，马轲就曾经申请过一项AI计划，由于方明当时认为AI是以后技术发展的必由之路，所以很支持这项工作。原来M-AI也是挂羊头卖狗肉，马轲根本没有按照他所汇报的技术方向去研发。夏凯看着方明若有所思的表情，知道他肯定被马轲套路了，然而夏凯的话还没有说完："由于M-AI还处于完善阶段，尤其是情感模拟功能还非常落后，还有大量的协调问题亟待解决。例如，现在只能实现人脑小部分的思维方式、记忆的连接。尤其是记忆，关系到很多人的隐私。一旦掩藏在最深处的记忆被曝了出来，那么这个人也就濒临社会性死亡了，必定会立刻出现巨大的排斥反应。所以目前的M计划，还需要每个人事先明确大脑的哪些部分可以连接，更要明确哪些部分不能连接。"

"这也就是公司内部很多人出现情感障碍的原因吗？"柳睿虽然已经明白过来了，但还是希望得到夏凯的证实。

"对！M-AI控制人脑之后，会出现很严重的副作用，产生巨大的情感障碍，让感情功能紊乱。"

方明又想起刘宗强和赵天成来："那些自杀的人是怎么回事？"

夏凯无奈地摇摇头，苦笑道："每个人的内心深处都有不可告人的秘密，那些秘密不一定是肮脏的，但是一定是不愿意见光的。在大脑联网的过程中，虽然 M-AI 给每个人的大脑记忆都做了分区，但出事的那天 M-AI 突然失控，每个人都有大量的秘密被其他参与者知道了。其中有两个比较严重，我想你们也应该知道是谁。赵天成性格软弱，他妻子又很强势，在妻子的长期压制下他实在受不了了，不仅有了外遇还有一个孩子。他很害怕，于是悄悄把孩子给了人贩子，但孩子在人贩子转手的过程中意外死亡。他想和外遇对象分手，但是那女子索要了一大笔费用，如果不给的话，赵天成肯定要坐牢。他背着他老婆把家底儿都掏空了。这些本来做得神不知鬼不觉的，可是这一下子都被人知道了。他顶不住压力直接跳楼了。虽然赵天成并没有参加那天晚上的实验，但他的记忆竟然也传到了其他人那里。至于刘宗强，他把公司的技术出卖给了他国，甚至还把一些国家的机密情报都出卖了……"

柳睿听得入了迷："那究竟是什么原因让大脑的联网秩序突然乱掉了呢？"

"有可能是当天晚上的那道光。那道光极不正常，似乎让地球的磁场发生了紊乱，导致了实验过程中连接出现问题。大脑互联的核心原理是根据大脑电磁信号的运行规律，让芯片模拟并参与大脑思维的运行。所以外太空的宇宙环境发生变化，或地球磁场受到严重的干扰时，M-AI 必然会受影响。我想应该就是那天晚上的极光导致了混乱，让很多人的隐私暴露了出来。"

案件真相大白了，方明又关心起另一个问题："那大脑联网之后的计算效果呢？"

"无与伦比的高速！即使和现有最快的量子计算机相比，M计划也有着天文级的运算速度。说真的，我对这道光很感兴趣，还真想分析一下它。"

方明看着和自己有着同样好奇心的夏凯说道："我很好奇，你为什么要参与M计划呢？"

夏凯没有直接回答方明的问题，而是看着柳睿："爱而不得的真情是很煎熬的，我扛不住这份煎熬，放弃了很多人生的意义，所以我同意了加入M计划。"

"不只是这样吧？我记得你除了是计算机博士之外，还有心理学和社会学的硕士学位……"方明内心极度不爽地问道。

"是的！我一直在关心人类之间的纽带是什么，是利益，是文化，还是情感？加之我本身就陷入了情感危机，所以就很想知道答案。如果这种纽带真的是情感的话，到底是亲情、友情、爱情，还是同情？现在看来不可能是爱情了，因为爱情有排他性，如果我爱上柳睿，那么我和方明之间就必定是敌人，根本就团结不起来。这是铁律，放在谁身上都是一样。"

柳睿直视夏凯："其实你很矛盾，你既想逃避，又想知道答案。你也很清楚M计划的弊端是什么，这都不是一般参与计划的人能轻易领悟的。你对于M计划而言有着不一样的意义，我想马轲应该重点邀请过你吧？"

"对！确实如此。在我参与计划的时候，实验已经开始了。马轲遇到了脑联网时的情感连接问题，刚好我在这方面也有所研究，所以他就盯上了我。"

夏凯说完这话，陷入了短暂的沉思，似乎是在反思自己到底值不值得参与 M 计划，随后夏凯突然抬起头看着方明："对了，你最近要特别小心，可能会有生命危险！"柳睿一听就警觉起来，因为她所经历的历史比其他人多三天，就在这三天里方明遇害了。难道说夏凯说的，就是方明遭受枪击的事件吗？柳睿连忙问夏凯到底是怎么回事。

"数月前，我在进行 M 计划实验的过程中，在 M-AI 系统里捕捉到了一段非常隐秘的程序指令，是暗杀方明的。我还要再次强调一点，M 计划其实是一个超级人机合体的计算机，它可以轻松攻破其他任何网络、设备，例如操控无人机、操控汽车自动驾驶系统等等，凡是有电脑控制的东西都能被控制。"

柳睿脑海里顿时想象出一个画面——无人机上安装狙击枪！柳睿赶紧继续问："你是如何发现 M-AI 里有这段程序的？"

夏凯苦笑道："说来很扎心！有一次我在脑联网的时候，大脑正在 M-AI 的控制下和其他同事关联着。其中有一位女同事彤彤，她之前对我表达过爱意，我甚至一度觉得她比你更适合我，但我又是那种不喜欢女孩子主动对我表白的人，所以我对彤彤一直都有种说不出来的奇怪感觉。那次实验，需要我和彤彤的思维发生密切关联，内心的抵触让我战胜了 M-AI 的控制力，我恢复了部分意识，于是发现了这段程序。我告诉你这件事，只是因为我不想看见你守寡。"

方明听了感觉非常不是滋味，而柳睿也知道了究竟是谁要杀方明——除了马轲还能有谁？

夏凯答应了帮忙分析光谱，但是需要时间做准备，方明和柳睿就先回家。他们刚推门进屋，就听到了方千柏正在和赛特的对话："这个世界真的是很神奇！这段光谱实在是太神奇了。"

听着方千柏的话，二人又看向了赛特，赛特一摊手表示由方老爷子来说。原来在赛特的帮助下，方千柏对光谱有了一些"超乎常理"的发现，他心满意足地说："我这一生实在是太值了，该经历的和不该经历的都经历了，真是丰富多彩！"

"爷爷，你赶紧说吧，到底怎么了？"

"我和赛特对那段光谱资料做了分析。幸亏是我们两人一起研究，如果我们各自单独分析，肯定什么都看不出来。在和赛特的交流中，我发现地球人和伊缪恩人的认知结构其实不一样，事理逻辑也有所不同，对时空的理解和感受也不一样。把我们双方的认知结合在一起，终于对这段光谱有了初步的认识。"

"爷爷，求求你了，赶紧说吧！"

"这段光谱很有可能是光在穿越时空的过程中被压缩成这个样子的。"方千柏停顿了一下，方明知道这是要放大招了："当年赫兹通过光电效应实验开启了量子物理的大门。随着研究的深入，发现量子之间的能量级是不连续的，就像从一楼到二楼，从二楼到三楼，中间没有1.5楼或2.6楼。这和数学模型1和2之间有无穷多个数字不同。"

"我知道，这是量子力学里面的基本常识！"

方千柏也看出了方明的心思："你不要急。我听说近年来有一个实验——把光变成了物质[1]。虽然我还不知道其中的原理到底是什么，

1　布雷特和惠勒于1934年提出了一种理论：两个光子通过撞击结合在一起，有可能变成物质。近年来，相关实验模拟成功。

不过我猜想应该逃不脱费米子、玻色子与希格斯场[1]的关系。曾经有人认为光速是宇宙的设定性质，可是现在光变成了物质，所以光速极有可能不是设定属性，真正的设定属性是希格斯场对量子的影响，是希格斯场让费米子阻滞，让玻色子畅通，既呈现出质量，又确定了光速！既然量子在希格斯场中具有间断不连续性的特点，从相对论中可以很明确看到——时间和空间与光速是紧密结合在一起的，那么时空是否也可能是间断不连续的呢？如果时空是不连续的，我们在地球上所理解的时空'连续性'仅限于人类的认知，而不是宇宙真实的时空特性。如果宇宙的时空是不连续的，那么过去、现在和未来就是不连续的。过去、现在、未来的线性化顺序是否可以被打乱，形成新的排列组合呢？"

"爷爷，如果你的猜想是对的，那么现在和未来之间的逻辑关系也会被打破，比如说现在决定过去，未来决定现在。"

"有这个可能。在不久之前，我们还认为时间与空间是人类的先天认知结构。可如果时空对于宇宙来说仅仅是某种性质，或者量，而并非认知逻辑，那么即使宇宙的时间被打乱重组，也会按照宇宙的逻辑来推演历史。"

听到方千柏的解释，柳睿想起前段时间自己多出来的那三天。说不定"方明被杀"这件事就是被什么东西给改变了，或者直接被抽到另外一个时间裂缝里去了。柳睿已经被自己的思路绕晕了，而方千柏的话还没有停下来："我们现在再来看这段复杂的光谱。首先它经过了

---

[1] 希格斯场，以物理学家彼得·希格斯姓氏命名，是一种假定遍布于全宇宙的量子场。按照标准模型的希格斯机制，能与希格斯场相互作用的基本粒子就会获得质量，不能发生作用的粒子则不具备质量。

蓝移，大量的光子信息被压缩到很小的片段中。如果要恢复这层数据的话，只要寻找到压缩比例，把频率拉大就行了，这并没有特别大的技术难度。第二，这段信息是几段光的叠加，想要知道这段光的准确信息，就必须把这些叠加的光分离出来。这感觉就类似于在一页纸上写了很多文字，再把这页纸裁成很多小纸条，然后打乱顺序叠加在一起。要破解这个问题，关键是要把光谱的首尾连续性找到，然后逐层梳理。最麻烦的是第三点：大量的信息打乱顺序。比如说过去的事件放到了现在，现在的事情放到了未来，未来的事件放到了过去。就相当于把每个纸条分别放进碎纸机里，再把碎纸凌乱地拼合成原大小的纸条。想要恢复纸张的原貌，恐怕……"

方明感叹道："时间具有量子的不连续特点！真不好理解！而且如果要恢复这段光谱的话，绝对是个难以想象的体力活儿！"

方千柏嘘了一口气："这可不是体力活儿那么简单！光量子是飞米级别的东西，这样一来时间就必定要采用飞秒这样的单位。在飞秒层面进行打散重组，是没有办法通过人力来计算这个天文数字的。"

赛特在旁边听着，知道其中的难度："一飞秒也就是一千万亿分之一秒，实在太短了，就算是光也只能传播300纳米的距离。而可见光的振荡周期在1.30到2.57飞秒，我们取个整数吧，假设平均振荡周期是2飞秒，也就是传播600纳米。如果以这种单元进行排列组合的话。以地球现有的计算能力，能做得到吗？"

方明笑道："这项工作在以前做不到，说不定现在可以！"

"啊？什么情况？"方千柏饶有兴趣地听着。

方明把夏凯的事情和方千柏、赛特说了一遍，尤其是M计划。赛特面沉似铁，凝视着地面："在我们伊缪恩消灭过的癌星球中，曾经遇到过一种独特的文明类型。那个星球就是碳基生命与人工智能的硅基设备相结合,还好他们还没有成气候,否则我都没有机会去攻打坎瑟星了。当年卡戎离开地球时,我们都担心地球染上癌星科技是否会变异,目前来看确实在往这方面发展。"

方明反驳着:"不对,即使没有外星文明,我们的人工智能其实也在发展。"

"对,你们确实可以发展出自己的人工智能,但马轲目前的套路不像你们应有的方向。我现在严重怀疑,有一个外星生命在背后引导着马轲的人工智能发展路径!极有可能是坎瑟文明。"

方明惊呼:"坎瑟文明?坎瑟文明现在也就只剩下波菈和柳睿了,还有波菈的孩子玻米。他们不可能做这件事的,除非是卡戎?!"

柳睿道:"卡戎现在根本就不知道飞到哪里去了,绝对不是卡戎。"回答完方明的问题,柳睿把目光转向赛特:"对了,你上次说卡戎联系了你,那是怎么回事?"

赛特看着柳睿说:"我也认为不是卡戎。之前他和我联系过,我感觉得出来他和以前不一样了,而且他那时肯定是遇到了什么危险。我现在试着用之前的波段和卡戎联系看看。"

"是否需要把波菈叫回来?"柳睿问道。

方明立刻阻止:"我觉得还是不要了,万一卡戎有什么不测,对于波菈来说将是致命的打击!"

赛特带着众人来到飞船上,开始尝试呼叫卡戎:"卡戎,我们的部队已经集结完毕。你现在是否安好?如果你没有回答,我们就派军队来救你。收到请回复,请回复。"

众人听着赛特的话有点蒙了,赛特说的什么乱七八糟的?但是大家也只能安静地等待着应答,空气凝固得像果冻一样,看似平静透明,实则让人无法呼吸。

"我没事!赛特,你还是很机警的嘛!当时我确实陷入了困境,现在已经脱困了,我们不用再费脑筋编瞎话了。"

"脱困就好!你现在在哪里?"

"我现在在时空孔洞附近!我这里发生了很要命的变化!但是我一两句话说不清楚,事情比你们想象得要复杂得多。"

"我现在在地球上,这里情况也复杂得不得了。地球上也出现了很怪异的光,天文的计算量……算了,你到地球来我们再说吧。"

"收到。"

"注意别经过大引力天体,免得你回来的时候我们都老了!"

卡戎回答:"时间对于我来说只是个拼图,放心吧!"

通话结束,而方明这边都要炸锅了:"他刚才说……时间是拼图!?"

柳睿回答:"对!他是这么说的。"

方明看着柳睿:"那我们关于时间的量子化的猜测很有可能是对的。"

方千柏沉稳地说着:"我们就等他回来吧。如果时间是拼图,那我很想知道究竟是怎么个拼法。"

众人从赛特的飞船里鱼贯而出。第二天柳睿得到了夏凯的回复——准备好了,于是柳睿和方明直奔夏凯的住所。夏凯迷茫地盯着远方,表面看上去似乎很平静,其实内心在努力缝合深深的伤口。他看着前来的柳睿问道:"你是不是觉得我很傻?"

"不!你的感受我很理解。"柳睿说这话的时候,内心已经泛起了层层波澜,当时她被迫离开思峨的时候,那种割心的疼痛还历历在目。

方明在柳睿身后问夏凯:"你分析这段光谱,不是说因为你自己也感兴趣吗?"

柳睿赶紧拦住了方明,心中暗想——这话你也信,夏凯无非是给自己找个台阶下,而且他在实验过程中大脑也曾受到过 M-AI 的控制,现在情感问题一定很严重。

夏凯收拾好情绪:"最近马轲不在公司。我刚好可以和其他实验人员进行大脑联网。但是目前人脑联网,必须介入 M-AI 进行干预,而开启 M-AI 的权限在马轲那里。"

二人一听夏凯的话,顿时泄了气。夏凯看着二人说道:"看把你们吓的。我可以用 M 计划第一阶段的方式进行大脑联网,但仅限于小范围内熟悉的人。第一阶段的方式,需要在联网过程中设置一个'领路人',领路人在实验中是有意识的,其实就是充当第二阶段 M-AI 的角色,其他人则处于无意识状态。这次把我自己设定为领路人,挑选几个和我磨合了很长时间的实验人员,应该不会出现排斥反应。"虽然夏凯这么说,但是内心还是没有底,因为现有的核心人员数量非常勉强,必须再加入几位磨合欠佳的人,其中就有彤彤。夏凯一个劲儿地给自己做心理建设……

方明和柳睿并不了解夏凯的真实想法,反正是松了一口气。方明意识到一个问题:"马轲去哪里了呢?"

夏凯告诉方明:"马轲隔三岔五地就要去拜访一个人,而且只有他一个人去。我虽然没接触那个人,但之前我答应马轲参与实验之后,刚离开办公室,就听到他隐隐约约说'向老师,我找到合适人选了'。"

"向老师？难道是向兵！"方明一下就想到了这个人。最后一次见向兵的时候，还是在方千柏的"葬礼"上，这个像泥鳅一样的人假惺惺地过来做了遗体告别。只是现在想不了那么多了，他们必须赶紧前往公司开始大脑联网。

到了实验室，夏凯看了彤彤一眼，彤彤却不敢和他对视，赶紧把目光移开了。夏凯召集实验人员各就各位，然后说道："这次实验是在没有 M-AI 介入的情况下分析一组数据，要靠人自身的默契和团结。"夏凯并没有告诉他们实验的真实目的是什么，其他人也不知道这是夏凯的个人行为。众人植入了芯片，逐渐进入了脑联网的状态。方明把光谱信息传入系统中，按照方千柏提供的梳理方法，开始了高速的计算！

不一会儿，参与实验的人有些躁动，表情都相当难受，可以明显感觉到这个系统内部存在着强大的排斥力。不过方明被另一个现象吸引了过去："太惊人了！怎么可能会有这种速度？"

一个小时过去了，屏幕上还没有出现半点可识别的图像，但是已经计算了地球上从未出现过的庞大数据。两个小时过去了，有人出现抽搐的现象，表情也扭曲到不忍直视。然而夏凯依旧在坚持着，滴滴冷汗从额头上渗出来。所有人都有点像遭遇鬼压床的梦魇一般，直到彤彤的鼻血狂喷，夏凯才睁开眼睛。

众人慢慢醒了过来，有人恶心反胃，有人大口喘着粗气，还有人号啕大哭起来。虽然方明不忍心看着大家如此难受，可是光谱数据依旧没有任何结果。夏凯看着依旧闭着眼睛的彤彤，旁边还有另外一位男同事也还处在联网状态。夏凯心里泛起了说不出的滋味——彤彤应该醒了才对啊。随着彤彤又一股鼻血流出,她和那名同事一前一后醒了过来。

原来刚刚的联网严重超时了,很多人早就到了极限。夏凯虽然尽可能支撑下去,可是在实验进行到一个半小时的时候就完全撑不住了。如果夏凯撑不住,那么众人的意识就会陆续觉醒,这次联网就失败了。就在夏凯快扛不住的时候,彤彤渐渐苏醒,她知道夏凯快坚持不住了,而夏凯想要的数据还没有分析完成,于是她接替夏凯成为"领路人"继续维持实验。直到实验进行到两个多小时的时候,彤彤扛不住了,鼻腔喷血。但她仍然顽强坚持,她知道有些数据就快出结果了,一定要帮夏凯算出来。就差一点点!只有一点点!大家晚一点醒来,马上就好了!然后又一股鼻血喷出来。其他人,包括夏凯都已经脱网了,只有彤彤和那位同事还在坚持。夏凯被彤彤触动了心弦,他从来都没想到彤彤为了自己可以变得如此强大,他,融化了内心里的坚冰……

最后彤彤已经完全虚脱,只能脱网。而那位男同事又坚持了几秒后也醒了过来。就在这几秒钟的时间里,最后的数据终于算出来了。夏凯看着彤彤的鼻血喷溅到白色的制服上,双手还不敢和彤彤发生肢体接触。在犹豫了几次之后,他终于抱紧了彤彤:"你为什么这么傻?"彤彤捂着鼻子,带着哭腔对夏凯说:"我不想让你看见我现在很狼狈的样子。"

"难道你还有什么其他的样子,能让我更加感动吗?"

"我不希望你因为感动而来护着我,我不要感动!我要……"

"给我一点时间,我需要恢复我的感情机能,那时我一定会爱上你!"夏凯的回答,让彤彤极为动容。

柳睿和方明被眼前的一幕感动着,那位坚持到最后的男同事看了彤彤一眼,在众人的忽略中落寞地走了。没有爱情经历的赛特还在一直盯着显示屏:"你们快来看!"听到赛特的呼唤,柳睿和方明赶紧跑了过来:"老天!这是什么?"

原来,这次联网虽然没能计算出整个光影效果的信息,但是却合成了一张图片。但即使只有这一张图像,就已经让他们陷入了迷惑。

"看这里!放大来看!这里有一颗陨石,我怀疑是免疫星球的黑洞种子。"柳睿对黑洞种子特别敏感,说完之后看了一眼赛特!

赛特回应着柳睿:"还有,类似于黑洞种子的陨石可不止一个。还有这几个地方也很不正常——这几个弯曲的黑影,明显是地球所说的引力透镜现象,说明黑洞种子已经把癌星给灭了。可是……可是每个引力透镜的不远处都有一个文明星球,极有可能就是癌星!难道黑洞种子打偏了——绝对不可能!这到底是怎么回事?"

"有没有可能,这些文明星球不是癌星?"方明挠头问着。

"不太可能!黑洞种子的出现就意味着它的目标一定是癌星。但也说不通,如果这些星球是癌星的话,那么免疫星球应该正在对病毒星球或者癌星球发动攻击。可是很平静啊,不像在打仗的样子。黑洞种子是免疫星的最后撒手锏,不可能在没有战斗对象的情况下就使用。当然也不排除画面上显示的就是普通的陨石,但我宁可抱着最坏的打算来分析这张图。可怕的是这片区域连一个免疫星球都看不见,如果没有免疫星球的话,癌星球一定会急速扩散。宇宙生命体怎么扛得住?免疫星球到底去哪里了?"

"说不定免疫星球在图像之外呢。"柳睿说着。

"希望是吧,但就算有免疫星球参战,情况也好不到哪里去。因为癌星球的密度太大了,相应地也就需要大量的免疫星球。这种级别的厮杀太可怕。就像人体内部,白细胞和细菌、病毒杀疯了的情况下,人体就会有高烧,甚至晕厥的情况……"

方明问赛特:"那宇宙生命体该怎么办呢?是继续生出大量的免疫星球还是用其他什么办法阻止癌星球进一步衍生?"

"我不知道!我下面说的仅仅是我自己的想法。我想大规模的癌星球诞生,很有可能和地球或者思峨沾染了坎瑟星的技术有关。但是究竟有什么关系,我并不知道。如果一定要我发表意见,我觉得接下来我们的重点任务,就是找出潜伏在地球上的那个坎瑟人,一定不能再让他去引导地球文明的发展了,尤其是M计划和M-AI。"

得到这幅图像之后,众人纷纷离开了十度界域。晚上,夏凯和彤彤正在一家雅致的餐厅共进晚餐。夏凯仔细打量着彤彤的面容,感受她身上散发出的对他强烈的爱。他不断欣赏着彤彤身上可以吸引自己的闪光点,想让自己尽快地爱上这个女孩子。夏凯曾经想过,这样靠着理性去寻找的爱情还算是爱情吗?但是他并没有意识到,自己其实早已爱上了彤彤,只是与生俱来的倔强让他不愿意放下柳睿,再加上参与M计划太深,感情功能是紊乱的。彤彤被夏凯这样看着,忍不住地想要笑,刚要笑出来,突然觉得有点不端庄,赶紧压住已经上翘的嘴角。

"彤彤,对不起,我应该早一点发现你的美。你真的很漂亮。"

听完夏凯的话,彤彤低头掩饰着娇羞。在那张极度矜持的脸上,出现了如此热烈的笑容,这种反差让她显得格外惹人怜爱。只是这种温馨的气氛被冷冰冰的声音打断了。

"你能从对柳睿的爱恋中脱身,然后迅速爱上彤彤……看来爱情这个东西还真是不靠谱。"二人抬头一看,马轲不知道什么时候走到了他们身边:"人与人之间的纽带就两个东西——利益和感情。或许,感情本身也是一种需求吧?"

夏凯不耐烦地打断马轲:"你直接说事儿吧,别讲大道理。"

马轲厌恶地看了一眼夏凯:"我才不在几天,你就背着我做实验,还好我发现了你实验的痕迹。我看了实验数据,还有整个过程记录。如果不是因为彤彤对你的爱,这次实验肯定崩盘。看来爱情这个东西在 M 计划里靠不住,虽然爱情力量强大,偶尔能突破一些极限,但也终究是个不稳定的因素。"

刚刚还笑容满面的彤彤顿时变得很尴尬,夏凯害怕她受到马轲的挑拨,就赶紧说:"彤彤对于我来说很重要,我不会辜负一个对我如此爱恋的女孩子。"

"好了,我不和你扯东扯西了。我现在问你,你们这次大脑联网处理的到底是什么信息?"

"无可奉告!我和彤彤马上就要从公司离职了,完全可以不告诉你。"

"行吧!但是我从被你们格式化的硬盘里复原了一张图,好像是宇宙星球的合成图。你们用了两个多小时去处理的到底是什么数据,和这张图有什么关系?"

夏凯没有理会马轲的提问,只是自顾自地挖了一勺甜品喂到了彤彤的嘴里。彤彤本以为夏凯是故意做给马轲看的,但是她却在夏凯的眼睛里看到无法伪装的温存,泪目配着微笑张开了嘴。

夏凯的举动让马轲非常不爽:"呵!爱情还真是伟大。我查过实验数据，你们所有人都到了极限。你担任领路人苦苦支撑。能够让你做到这一点的人，可能只有柳睿了。"

夏凯默不作声，马轲扭头消失在了门外的夜色中。

第六章
尘封往事

回到家后，方明把实验室的情况告诉了方千柏，方千柏后悔自己当时没有阻止方明和马轲合作。方明对方千柏说："马轲现在正在做的事情，好像不符合地球文明发展的逻辑。"柳睿也说出了自己的看法："现在最关键的是要找到马轲背后的人，就是那个所谓的向老师。至于马轲，我接触过他，感觉和地球人没有什么不一样的地方。"

赛特接着说道："向兵！我记得向兵在方老爷子的葬礼上疯疯癫癫的，现在看来明显是有问题。"

方明看着方千柏："如果向兵是坎瑟人的话，那他在地球上已经待了很久，对地球非常了解。爷爷，你和向兵接触的时间比较长，他以前有表现出什么反常吗？"此时方千柏陷入了回忆。

"有了！"

随着方千柏的一声高呼，众人都紧张了起来。

"在几十年前一场自然灾害中，向兵的父亲去世了，他当时正在跟着我读书。他一接到消息便回老家料理后事。但他回来之后，无论是从语言上，还是从行为举止上，以及对事情的反应上，都和以前有点不同。怎么说呢？其实也没有太大差别，但总感觉慢半拍，跟不上节奏。我当时以为他因为父亲去世受到了刺激。再之后就是他想和晓渊谈恋爱的事情了。"

"爷爷你是否还记得向兵的老家在什么地方？"

"我当然记得。当时他是我重点照顾的学生，虽然我没去过他的老家，但是一直都知道在哪里——河间省顺天市老向家村。"

"我觉得我们有必要去走一趟……"说完，柳睿和方明收拾行装。

第二天，方明和柳睿便来到了向兵的老家。

"老乡，这里是老向家村吗？"

"早就改名啦。还好你问的是我，要是换作一个年轻一点的，他都不知道你说的是哪里，这里现在叫向远镇。"柳睿看着这个所谓的村子，到处都是小洋房，除了设计风格比较浮夸以外，自然环境真的是很好。

"那以前的村子现在还能找到吗？"

"以前的那个老向家村离这儿十里路，不过那里几乎荒废了。只有一些老人不愿意搬出来，年轻一代很少去那里了。"

"那你能带我们去老向家村吗？"柳睿随即掏出一沓钱。她深知"钱"是人与人之间的联系纽带，可是她没想到的是这个人用不屑的目光看了一眼柳睿："这么漂亮个大妹子怎么这么俗套。在我们这里别说问路，就算是喝水、吃点东西都不要钱，即使你给了钱，这么多我也不会要的。你收起来吧。"

村里人淳朴，让柳睿觉得自己肤浅了。那人道："你不就是想去村里吗,还用我带你们去?我给你定个导航,你们骑着自行车一个多小时也就到了。"

柳睿见这个人这么朴实,也就实话实说了:"我们主要是不认识人,希望你能帮我介绍几个当地人,我们要打听点事情。"

"我就不喜欢你们这些人拐弯抹角的,有话直说不好吗?你们到了老向家村,把头第三家那是我爸爸,他就是不肯搬出来。"

柳睿叫了辆车,还买了一些生活用品带给那位老人家。不久后,柳睿和方明顺利地和老向头攀谈起来。

"老爷子,您还记得这个村子有个叫向兵的人吗?"

"向兵?多大年纪了?"

"70多岁吧。"

"70多岁啊!如果是这个岁数,我对他应该有印象,可是我们这里没这个人。在我年轻的时候,现在这些70来岁的人也就十来岁的样子,整天跟在我屁股后到处跑。那些人我大概都认识,没有你说的那个人。"

"他现在不住在这里了,现在在滨海住着。您再想想,他是很早一批的大学生。"

"啊?70来岁的大学生!嗨!你说那个向兵啊!"

"您有印象了是吗?"

"有。那个年代,我们村里就出了这一个大学生。那可是轰动事件,村长亲自送他到火车站上学的。可惜啊,死得太早了!"

"啊?死啦!"

"那可不是,你们刚开始说70来岁的人,我一直想着的是活人呢。你说的那个向兵早就死啦!"

"到底怎么回事啊？"

"当时自然灾害，大家都在饿肚子。他父亲向二牛就在那个时候病死了。向兵从城里回来给他父亲下葬，结果刚回来不久也生病了，据说是路上淋了雨，而且他身体本来就瘦弱，再加上他父亲去世急火攻心，一口气没上来直接趴下了，不几天人就没了。他伯父向大牛和我爹是好朋友，当时还是我们家给他们料理的后事。可怜啊！"

"您确定就是上大学的那个向兵吗？"

"确定！就连向兵的名字我都知道是怎么回事。当时他们家不是一般的困难，他爹就希望他能当个兵，最起码不用饿肚子……"

方明听老向头说着，真是百感交集。他拜托老向头带路去看看向兵的坟，倒不是验证老向头的话，而是真心地去扫墓。如果真正的向兵早已病故的话，那他毕竟也是爷爷的弟子。老向头虽然年纪大，但是常年生活在山沟里身板很硬朗，不一会儿就找到了向二牛的墓，旁边就躺着向兵。两座墓没有墓碑，没有名字……

给向兵的墓清完杂草之后，方明带着柳睿离开了老向家村，两人一路上不断盘算着——如果真正的向兵已经死了，那么现在的向兵究竟是谁？

"睿睿，现在的向兵有没有可能是你们坎瑟星人通过变体技术变化成的？"

"变体技术确实可以做到这一点，但是我们星球除了我们几个，没有其他人幸存下来。"

"那你觉得卡戎有没有可能知道向兵的真实身份？当时他可是一直控制着向兵的。"

"现在可难说了，只有等卡戎回来之后仔细问问他当时是怎么回事。还有，千万不要觉得变体技术是坎瑟星独有的。"

方明猛地抬头："要不直接找那个冒牌儿向兵问个明白！"

"还是先回去把这件事情告诉爷爷和赛特，听听他们的意见。"

当方千柏听到自己真正的学生早就死亡的消息之后，一种说不出的复杂情绪缠绕着他，他整理了一下思路说道："当年向兵奔丧之后回来，虽然和之前的表现有一点差别，但是总体来看也没有太大异样。这说明冒充向兵的人一早就在我们中间潜伏着观察我和向兵，所以才能模仿向兵的一举一动。如果是这样的话，向兵回老家之后的死因就很有问题：他不一定是病死的，很有可能是被这个冒充向兵的人给害死了。你们想一下，如果冒充向兵的人也是外星人，卡戎也是外星人，怎么那么巧两个外星人就遇到了？而且从卡戎以前的话里，我感觉不出来卡戎知道向兵是外星人，所以只有一个可能——卡戎被这个冒牌向兵算计了。表面上是卡戎在控制向兵，实际上是向兵在引导卡戎！"

赛特眉毛一拧："那也就是说，卡戎在地球上所做的事情，其实就是向兵想让卡戎做的？"

"我也不敢完全确定，但现在马轲的所作所为，肯定是被向兵控制了。"

正在众人分析向兵的同时，马轲带着那张宇宙星球的图片找到了向兵："向老师，这是方明他们通过大脑联网计算出来的一张图，我搞不清楚他们要干什么，就拿过来给您看看。"

向兵接过这张图，刚看了一眼就一阵毛骨悚然："老天！坏事儿了！我们要加快速度，不惜一切代价打赢这场战争！"

"啊？什么战争？哪里有战争？"

"你别管那么多了，照我说的做就行。我们现在必须以最快的速度把M计划完成！尽快把感情模块研究出来植入到M-AI系统里。"

"向老师，这次联网实验看似取得了成功，夏凯把人的最大潜能都释放出来，但是也暴露出了不稳定性。我觉得靠爱情，没有办法在M计划里把人脑联系起来，说不定友情可以。"

"友情？你和方明之间的友情比塑料还脆弱。你能靠友情把整个系统支撑起来吗？"

"我和方明之间是利益关系，没有友情。我们可以去找那些有友情的人参与计划。"

"你自己都没有友情这玩意儿，你又如何保证别人的友情是真诚的呢？友情你别考虑了，从亲情开始入手。你现在去寻找一些已经生了孩子，但是家庭条件极度贫困的人参与计划，最好是单身母亲。后面的事情，你知道该怎么做。"

"向老师，这样不好吧。这是违反人权的……"

"放肆！"随着向兵的怒吼，一股马轲从未见过的巨大气场扑面而来，马轲双腿一软跪倒在地上。向兵看着跪地的马轲厉声喝道："在巨大的危机面前，在群体性的生死存亡面前，个体的人权是没有必要考虑的。"马轲吓得一句话都说不出来，即使他不同意向兵的观点，也不敢提出半点异议。

"对了，牧羊计划现在什么情况？"

"我们的卫星已经飞到了天王星附近。行星环的内外两侧各有一个比较大的行星，它们一内一外锁定着天王星行星环的形状，就像两只牧羊犬在看守羊群。星环基本上是岩石，有的还带有磁性。星环绕着天王星高速旋转，产生了大量磁场。还有一些事情就不用多说了……"

"什么事情不用多说?"

"比如说天王星的自转轴是平躺着的……我想这些您都知道。"

"知道了,你赶紧去做另一件事。在北纬30度附近找一片人迹罕至的山头,租下来!"

马轲很好奇租荒山干吗,但是他实在不敢问,只要照做就好。

第七章
塔尔塔星

在浩瀚的宇宙中，一个人的旅行是孤独的，但是如果带着希望旅行，可能会有足够的意志去克服这种孤独。如果心中装满了愧疚与思念，那么意志越强，内心的煎熬也就越重，孤独便不算什么了。

时间回到卡戎离开地球的那个瞬间。波菈从卡戎口中得知了自己家庭消失的真相，知道了卡戎埋藏在心底的情愫，但是他们都无能为力。卡戎驾驶着"领袖号"离开了地球，开启了孤独的旅行——他要找一个黑洞。

经过了数年的飞行，卡戎先后找到了很多类似于太阳系的小星系。他看着刚刚经过的一颗小型恒星，似乎比太阳还要小一点——它已经快燃烧完了，十几亿年后就会变成白矮星。就算它燃烧没了，又有谁知道呢？它只是宇宙中的一个小烟花而已，甚至除了卡戎之外不再有人知道它存在过。卡戎心中想着：或许因为我看到了它，它才有了意义吧，如果给它取个名字，那就叫"小烟花"好了。

卡戎有很多类似这样的想法，因为一个人实在太孤独，只有想着这些杂七杂八的东西才能消遣无尽的寂寞。在告别了小烟花之后，他终于探测到了一个黑洞——盖亚BH1。卡戎绕着盖亚BH1盘旋，也不敢贸然穿过去。万一自己之前对穿越黑洞的推测有误的话，那他就会被黑洞撕碎。

卡戎围绕着盖亚BH1飞行了好久，"领袖号"飞船猛地探测到后方有三艘白色飞船追着一艘蓝色飞船进行着非常猛烈的攻击。蓝色飞船并未反击，只是一味地闪躲。卡戎当年经历过被赛特围攻的情形，他非常同情蓝色飞船。他不知道二者孰是孰非，但眼看着蓝色飞船没有了招架之力，就赶紧飞了过去解救蓝船。在卡戎看来，这四艘飞船很简陋，和自己的"领袖号"完全不是同一级别的。他也不想惹事，救下蓝色飞船即可。

就在白色飞船的武器要击中蓝色飞船的瞬间，卡戎挡在了中间，他想用"领袖号"承受这一击。攻击波即将打到"领袖号"，防护罩自动打开。他万万没想到，对方简陋的飞船发出看似弱小的攻击，竟然让防护罩直接报警。虽然防护罩勉强还能支撑，但是卡戎依旧感受到巨大的震荡。

那三艘白色飞船对"领袖号"一点兴趣都没有，直接绕开"领袖号"继续追击蓝色飞船。卡戎心里一阵凌乱，不过还是帮人帮到底吧。为了能够让蓝色飞船逃生，卡戎绕到三艘白色飞船背后，向最后一艘发起攻击。一束强力的激光波击中了它，那艘飞船瞬间冒起了黑烟。与此同时，蓝色飞船紧急掉转船头，向着被击中的白色飞船赶去。卡戎料想蓝色飞船是要抓住机会把这艘受伤的飞船干掉。突然间，一艘白色飞船掉转船头向着卡戎飞来，另一艘则继续追击蓝色飞船。

卡戎瞬间清醒过来，自己不应该卷入这场纷争的。这次如果被干掉了，那"领袖号"上的坎瑟受精卵将化为乌有。卡戎想到这里一阵后悔！不过后悔也晚了，第二艘白色飞船果然向卡戎开火了，卡戎的防护罩逐渐变薄，眼看就支撑不住了。此时，蓝色飞船挡在了卡戎前面，接住了对方的攻击。卡戎还没缓过劲儿来，之前被他击伤的那艘飞船似乎是要报仇一样，对着卡戎就是一顿轰炸。"领袖号"防护罩失效了，船体受损，卡戎被震飞，一头撞在舱壁上晕了过去。

一片白色，很安静……卡戎强制自己快点恢复意识，努力把涣散的眼神聚焦起来。他躺在一个未知的地方，极度陌生的环境让他感觉充满了危险。在清醒的一刹那，他发现自己的双腿，双手全部都被束缚着。他想要喊出声音，可嘴里被塞了一个金属圈，只能呜呜地发出含混不清的声音。

卡戎真心有点害怕，随即就有几人进来了，用一些卡戎完全听不懂的语言说着什么。其中两个人看起来没有什么攻击意图，但是第三个人手中拿着的东西好像是武器。他们看着卡戎，又相互看了一眼，然后对卡戎做了一些检查，随后撤走了他口中的金属圈，又把一个很小的设备连接在卡戎的后脑勺上，卡戎立刻听懂了他们说的话：

"你现在感觉还好吧？"

"你们是谁？"

"这句话应该是我们问你才对，你是谁？你应该介绍一下你自己。"

卡戎一时之间不知道该怎么说，说自己是癌星球的人吗？当然不行！索性只说一些无关紧要的吧："我是坎瑟星人，我的星球被敌人毁灭了……"

对方听完卡戎的话，其中一人向另外两人示意："他的神经波动比较正常，说明他的话是真的，但不能保证他说了全部。另外，他现在已经没有了攻击倾向。"言毕，他们解开了卡戎手脚的束缚带。

其中一人道："你被送过来的时候，已经处于深度昏迷的状态。你潜意识中一直都有很强的暴力倾向，我们必须给你加上束缚带。我们也担心你会咬到舌头，才在你嘴里塞了金属圈。你刚刚说你的家园被别人摧毁了，我们也就可以理解你的行为。"

经过一番交流之后，他们基本上了解了卡戎的事情，而卡戎对他们还是一无所知，内心充满戒备。那些人看着卡戎的表情笑了起来："你好好休息，等你康复以后，会有其他的人过来接你。另外，你的飞船正在修理，不用担心。"说完，他们顺次离开了。

接下来的日子里，卡戎过上了难得的休闲生活，只是关在这里面实在闷得很。卡戎回想起那些人离开的时候，房间自动出现了一扇门。他试着接近那个位置，刚碰到那个地方，门竟然自动打开。卡戎在走廊里小心翼翼地走着，生怕被别人看见。和他形成鲜明对比的是，周围的人根本就没有把他当回事。卡戎刚要放下警惕，后脑勺的那个设备突然说起话来。不对，准确来说是那个设备发出的信号直接作用在卡戎的大脑里："卡戎，跟着我们的指引前行，有朋友来看你了。"

朋友？我在这里有什么朋友？卡戎跟着指引一路走着，答案就在前方。这个设备让他很不舒服，这不仅是在帮助他们进行语言交流，同时也是监视和控制。他试着用手去抠那个东西，结果一阵剧痛传到大脑里。那个设备又响了起来："你在这里可以自由生活，但是只要你还在我们的星球上，就必须戴着这个东西。如果有一天你想要离开这里，我们就立刻解开它。"

人在屋檐下，怎能不低头？卡戎跟着指引来到了一个房间，里面坐着几个人，房间很舒适。其中一人微笑向卡戎打了个招呼："看样子你已经恢复健康了，谢谢你挺身救我！"卡戎听到这样的说辞也猜到了他是谁。那人和卡戎倒是差不多高，非常和蔼、谦逊。卡戎有点不好意思："其实我没有帮上什么忙，反而是你救了我。"说完就很尴尬地笑了笑。

那人听说了卡戎的具体情况，对卡戎的遭遇感到同情，明白卡戎为什么会出手相救。

"卡戎先生，我先做个自我介绍，我叫洞丘。我们的星球叫塔尔塔。我很好奇，你是如何看待那三个追击我的人？"

"我最讨厌侵略者，如果他们自己的文明出现问题的话，最好是自我调整，绝对不应该靠侵略其他星球来解决自己的问题。对于这样的侵略者，最好的办法就是打败他们。"

洞丘听了卡戎的话，怜悯地看着卡戎："其实他们并不是侵略者。"说完之后洞丘就朝向门口招呼了一声："你们三个都进来吧。"话音刚落，只见三个身材相对矮小的人顺次进来。洞丘看着这三个小家伙说道："你们都反省过了，开始道歉吧。"卡戎不敢相信自己眼前的情景：这三个小家伙难道就是追击他的人吗？真相往往就是最没有可能性的那个选项。只见其中的一个小孩子低着头说道："弟弟，对不起！"卡戎很好奇地看着其他两个孩子，究竟谁是哥哥，谁是弟弟呢？难道是一家人之间闹起来了？可是让卡戎怎么都没想到的是，其余两个孩子也几乎同时说了一句："弟弟，对不起。"

卡戎不知所以，但见周围的人一起看向卡戎，竟然都在等着他回答。卡戎一脸震惊地指着自己："难道'弟弟'是我吗？"众人看着卡戎的反应一阵哄笑。洞丘告诉卡戎："在你昏迷的时候，我们检测过你的年龄，折合成我们这里的时间，你只有7岁。他们三个最小的那个也比你大1岁，叫你弟弟当然没有问题了。"

卡戎环视周围这些人，再仔细观察这三个所谓的"孩子"，他们只是低着头，脸上竟然有着一丝成年人的沉稳。卡戎又把视线转移到洞丘脸上，他明显更成熟，而且他的表情比三个孩子要更纯粹——那种庄重、真诚的表情下，还透露出一种俯视世界的感觉，在俯视的目光里还有一丝博爱。洞丘继续说道："他们三个是我的学生。"

随着交谈的深入，卡戎慢慢了解了这个神奇的塔尔塔星球。塔尔塔人生命可以延续到一千个地球年以上，疾病与痛苦已经被克服。

"卡戎，在你昏迷的时候我们检查了你的生命体征，你的基因被重新编辑过。你最开始的容貌并非现在这般吧？"

卡戎知道在塔尔塔的科技面前，自己的秘密根本瞒不住，就把自己变体的情况告诉了洞丘。卡戎知道，自己头上的那个设备具有监视和测谎作用。他不能撒谎，只能有所保留。洞丘听完卡戎的讲述叹息一声："我们也看过你染色体的构造，四个端粒[1]的厚度很薄，分裂不了太多次，你的生命不会超过我们这里的20岁。因为你的生命长度不够，所以世界上的很多道理你无法明白，塔尔塔人的很多行为你也不能理解。"

---

[1] 端粒是存在于真核细胞线状染色体末端的一小段DNA-蛋白质复合体。端粒对保护染色体，维持染色体稳定有着重要的意义，端粒不能无限复制，每当细胞分裂一次，端粒就会逐次变短一些，以此控制细胞不能无限分裂。这也是生命体衰老与死亡的重要原因。

正如地球上有句话"夏虫不可语冰，蟪蛄不知春秋"，如果一个人的生命足够长，经历的事情足够多，那么他的智慧和境界一定会超越一般人——或许人类的大限，是制约文明发展的瓶颈吧？洞丘继续说："你知道我们为什么要在你的身体里安装监视装置吗？"

卡戎听着洞丘这种坦然又真诚的交流，感觉很自在，但是这个监视装置却时刻提醒着他：塔尔塔星人并不信任自己。然而洞丘接下来的回答解开了卡戎的疑惑："我们不可能给予你充分的信任，因为我们以前接触过太多外星人，他们有的很好，有的则给我们带来了很大的麻烦。你要知道，自私的人往往能给无私的人带来创伤。你生命的长度不够、阅历有限，所以你根本就达不到塔尔塔星人的思想高度。在我们的文明法则里，想要和外星球长久和平来往，一是要坦诚，不攻击、不侵略，能共赢就共赢，不能共赢就分道扬镳；二是要防备，并且抓住对方的弱点，我们不主动攻击，但反击起来必须有一击毙命的能力。"卡戎虽然很讨厌不被信任的感觉，但是洞丘说的话非常有道理，不可辩驳。

随后的几天，卡戎能够自由进出塔尔塔的一些公共领域，那三个"学生"似乎是为了表达歉意，时刻给卡戎提供着生活上的便利。卡戎对他们也很尊重，毕竟这三个人的年龄要比他大，卡戎很好奇，为什么这三个学生要攻击自己的老师。

三个家伙向卡戎做了解释："现在我们意识到自己的错误，当时我们觉得洞丘老师有很多做法都不对，但是学校又不纠正他，更不惩罚他，于是我们代劳了。"

"那洞丘老师犯了什么错误，让你们觉得应该教训他一顿呢？难道你们就不怕学校惩罚你们吗？"

"哎，都说了是我们错了。但是如果不经历这些的话，我们也不能理解其中的道理。这件事以后，我才逐渐明白大人们的一些做法。现在我只想早点毕业成为大人……"

"什么？你们毕业才能成为大人吗？而不是发育到一定年龄吗？"

"我们并不是根据年龄来毕业的，而是达到了学校规定的思想成熟度才能毕业。学校里有很多人都很大年纪了，甚至比洞丘老师还大，依旧没有毕业。还有的人年纪比我们还小就已经毕业了。不说这些了，我们去看看你的飞船吧。"

卡戎正有此意，他非常担心"领袖号"上的坎瑟受精卵和在地球上收集到的脑电波存储装置，还有赛特的那个珠子。他来到军事维修基地，卡戎原本以为这里应该有着森严的防范，但是放眼望去只有技术人员，并无安保人员。三人带着卡戎走进了一个车间，卡戎一眼就看到了"领袖号"飞船。只见一个小小的身影从飞船背后绕了过来，卡戎定睛一看，这家伙竟然真的比带自己过来的三个"小朋友"还要小。

维修人员看着卡戎到来，兴奋地打着招呼："我是这里的工程师，名叫黑翟。很高兴认识你，卡戎先生。我负责维修你的飞船。不过你这飞船，是我们上个纪元的水平，外表看着很炫酷，里面的技术却很落后。想要原模原样地修复，确实有点难度。如果把损坏的部件直接换成我们现有的设备，反而要方便不少，算是给你的飞船做一个提升吧。"卡戎尴尬地笑了笑，不知道该如何回答，转而问了一个很现实的问题："你们这里不做任何安防，难道不怕有人来偷袭或者盗窃吗？"黑翟听着卡戎的话一脸惊讶："谁会这么做呢？"

一番交流之后，卡戎明白了这么小的"孩子"为什么能够成为维修站的管理者。黑翟是一个少年老成的人，身上有种通透、诚恳的气质。这并不是天真，而是经历太多事情之后的老练。他的眼神似乎在告诉卡戎：尔虞我诈、互不坦诚的做法最终会害人害己，最直接、最有效的做法就是开诚布公。卡戎被黑翟那清澈又深邃的眼神惊艳到了，他小小的身躯里蕴藏着非凡的智慧。黑翟带着卡戎进入正在维修的"领袖号"，卡戎最担心的还是盛放受精卵的容器。他去看了一眼，外观完好无损，心里的一块石头终于落了地。他又打开储物箱，里面赛特的珠子也都还好。珠子的旁边是一支手枪，那是他当时给向兵射击方千柏用的，现在这里面安装的是地球的普通子弹。黑翟看着这玩意儿，感觉这是一种武器，便好奇地拿起来把玩。卡戎告诉黑翟这个东西叫作手枪。黑翟了解了手枪的构造和原理，带着回味的眼神说道："这玩意儿，可以放进我们的博物馆了。"

就在黑翟把玩着手枪的时候，"领袖号"收到一个奇怪的信号，没有办法破译，只能发出杂乱的蜂鸣声。黑翟听到这个声音迅速转身跑出了"领袖号"，卡戎摸不着头绪跟着黑翟一起往外跑。由于太匆忙，黑翟手里还拿着那把手枪，他一看卡戎跟在自己身后，随手把枪扔给了卡戎，卡戎也来不及把手枪再放回储物箱，只好随身携带。黑翟一边跑一边告诉卡戎，这个信号是我们塔尔塔星的紧急通信，你的飞船不能解码这种信号。说完，黑翟打开自己的通信设备，上面正插播着一条突发新闻，画面中一名老者被另外一名老者用武器顶住头部，周围的人异常紧张。只听新闻播报：首领谛辛遭到劫持，目前相关人员正在与歹徒进行交涉。请广大同胞不要盲目前来，具体情况我们会第一时间进行报道。

听到这则新闻，本来想要前往现场的黑翟停住了脚步。卡戎好奇地看着黑翟——既然想去，那为什么不赶紧去呢？黑翟告诉卡戎：

"我真的很想去，首领谛辛是我的老师。不过新闻里既然不让我们盲目前往，那肯定是有道理的。要么是凑热闹的人太多会加剧歹徒的紧张心理，容易做出更严重的事情；要么就是可能影响政府军的计划部署。"

卡戎看着黑翟担心的样子有点不忍，他毕竟帮自己修好了飞船，而且卡戎不是塔尔塔星人，在某种意义上可以不用理会这条新闻的呼吁。于是卡戎决定前往现场，黑翟给卡戎设定好了定位，卡戎坐上了飞船向着现场飞去。

很快卡戎便来到了事发地，现场的情况远比新闻播报的要复杂得多。除了歹徒、首领和相关的营救人员之外，还有一大群老者在现场起哄，似乎这群老者是听命于歹徒的。政府军用武器瞄准歹徒，但迟迟没有发起攻击，明显是在和歹徒谈条件。

不久之后，人群中让出了一条道路，卡戎定睛一看，这不是洞丘老师吗，他为什么会出现在这里？原来歹徒指名道姓地要让洞丘来到现场，歹徒看见洞丘之后放声说道："洞丘，你是塔尔塔最有名的老师。我现在要和你辩论辩论，如果你能赢得了的话，那么首领将安然无恙。如果你输了的话，首领必须死去。"

听了歹徒的话，所有人都知道他为什么要选择洞丘进行辩论，因为他在塔尔塔很有名望，还是教授别人道理的老师。如果这次辩论洞丘输了的话，就意味着歹徒在道理上占得先机，那即使首领被解救下来，整个塔尔塔也将陷入巨大的舆论危机当中。那挟持谛辛的老者开口了："谛辛作为塔尔塔的首领，他明明到了该死的年纪却还不去死，这样对吗？"

洞丘被迫只能接话："我觉得谛辛肯定有不方便说出来的道理，他应该还有任务要完成。"

老者又问:"如果他没有办法走到生命的终点,那为什么又要强行让我们死去。难道只有他才有权力多活一些时间吗?"

这话刚一说完,下面的一群老者开始大声拥护起来。洞丘被这阵势打乱了思路,但还是用很官方的话语回答着:"没有人强行让你们走到生命的终点,根据我们的法律,你们有权自愿选择死亡。"

"说得好,确实没有人强行让我们自杀罢了,但是这位谛辛首领,却暗地里安排人暗杀我们!"

此言一出,现场一阵哗然:"这是真的吗?!"

洞丘没有办法回答了,因为他不知这话的真假。就在洞丘绞尽脑汁思考如何回答这个问题的时候,救援队伍中有人向着歹徒发动了攻击。只见歹徒脚步一颤,明显被击中了,但是他又咬牙挺立了起来,随后紧紧掐住谛辛的脖子咆哮道:"你们都看看,政府军现在要杀人灭口了吧?"

政府军还不知道,歹徒提前在身上携带了防御设备。塔尔塔星的武器早已进化为电磁武器,歹徒身上的防御设备可以扰乱波长、频率,消减能量,甚至反射回去,所以这类武器不会对他造成致命的杀伤。看到歹徒遭到攻击,他的同伙们开始叫嚷:"虚伪的首领,虚伪的法律,虚伪的文明,虚伪的塔尔塔……"

政府军和塔尔塔的居民中有一部分也开始相信歹徒的话了。如果歹徒说的是真的,那么谛辛必须接受审判。卡戎看着洞丘忙乱的身影决定出手帮忙。虽然卡戎并不完全了解塔尔塔的文化,但这明显是一起政变,总之先救下谛辛再说。他举起了手中的枪,朝着歹徒就扣动了扳机。歹徒应声倒地,他的防御设备虽然能够阻挡最先进的电磁武器,但却不能阻挡实体子弹。政府军一拥而上,控制住了歹徒。

政府军想要护送谛辛回去，但是谛辛缓步来到歹徒身边查看他的伤势，而后慢慢扶他起来："我知道我的有些做法是有问题的，但是我却不得不这样做，也不便和你解释。希望你能理解！"说完，他又转向那些共同参与此次事件的老者，竟然俯身下拜，对他们大声说道："我希望你们能授予我权限，去处理一些暂时不能公之于众的事情。我相信问题一定会得到解决，到那时我将和大家一起长眠！"随后，谛辛示意卫兵把歹徒带到医疗机构治疗。

谛辛离去之后，现场逐渐恢复了平静。洞丘来到卡戎身边，有点犹豫地开了口："多亏了你！否则不知道后面会发生什么事情。"一个侍卫打断了他们的对话："卡戎先生，感谢你救下了谛辛首领。请二位跟我去见谛辛大人吧。"洞丘看了一眼卡戎，和侍卫一起前往谛辛处。

谛辛端坐在大厅正中间，没有首领该有的威严，而是充满了和蔼与博爱，但他眼神的最深处露出一丝转瞬即逝的狠劲儿，虽然藏得很好，但被卡戎抓了个正着。

"谢谢你，卡戎先生。我早就听说有个外星朋友莅临，我一直没来得及召见你。没想到救我命的，正是你这位大驾光临的外星朋友。"

面对着谛辛的感谢，卡戎很谦和地表示自己只是做了力所能及的事情，但是谛辛却摇摇头："你并不像你表现出来的这样云淡风轻。你有果敢、坚毅的气质，有着为了目的可以牺牲自我的勇气。只是你虽然救了我，但也触犯了太多塔尔塔的禁忌。不过还好，你不是塔尔塔星人。为了表示对你的感谢，我会尽可能满足你的要求，但是为了惩罚你触犯禁忌，我必须请你尽快离开塔尔塔。"

卡戎本以为自己救了首领，能够获得这个星球最高的礼遇，没想到刚好相反，竟然被礼貌地驱逐了。在离开之前，卡戎很想知道塔尔塔文明究竟为什么会呈现出这样一种奇怪面貌。谛辛坦诚地对他说："一个文明的发展质量，取决于文明中人们境界的高低。一个人境界的高低只有两样东西能够左右，一是横向范围内对周围世界的理解，这需要经历很多事情。二是通过阅读与教育，纵向了解历史发展的规律和文明发展的逻辑，只有前知五百年，才能预测后五百载。"谛辛停顿了一会儿，看着卡戎似乎有点不太喜欢被说教，于是转了一个话题："我们塔尔塔星人的寿命比你们长太多，经历的事情也太多。我们都知道一个道理：投机取巧和坑蒙拐骗虽然能够获得短期的收益，比如说几年、十几年，但是久而久之就会被人疏远。对于我们塔尔塔星人来说，如果一个人生命的前一百年靠着自私自利、尔虞我诈、钩心斗角获取了利益，那么接下来的九百年他将会被人唾弃。但是寿命短的人，还没来得及遭到作恶的报应就会自然死亡，靠着投机取巧，甚至是作奸犯科获得的财富，完全可以支撑一生的荣华富贵，所以就也不会发展出高级的道德水平。换句话说，当一个人发现违反规则可以快速利己，但是在有生之年又难以得到惩罚，那就很容易肆无忌惮地破坏规则。我们寿命太长，会经历很多事情。我们懂得，坦诚、利他，才能最大限度地利己，无私是为了更好地自私。"

卡戎想要继续问一些问题，又怕谛辛不愿意回答，但是谛辛却让卡戎放心地问，如果有不方便回答的问题，大不了不回答便是了。于是卡戎就问出了自己最大的疑问："在我所见过的星球中，塔尔塔人的生命长得离谱。你们为什么能有如此长的生命呢？宇宙中竟然会有如此幸福的事情。"

听完卡戎这天真的问题，谛辛苦笑着摇摇头："谁说生命长就是幸福？生命太长，就会有太多的无奈与妥协，还有畏惧与迷惑，还有太多你们想都想不到的社会问题、家庭问题、情感问题和伦理问题……"

谛辛看到卡戎若有所思的神情，继续说道："卡戎，如果你两百岁结婚，然后每一百年有机会换一个伴侣，每一百年只繁衍一个后代，在你去世之前你就有八个孩子。更何况很多人十年甚至更短的时间内生一个孩子，那么塔尔塔星根本容纳不下这么多人，必定会带来残酷、血腥的战争，战争是削减人口的一种方式！"

卡戎突然像全身触电一般——通过战争削减人口，这是多么熟悉的口号。一般人畏惧自己死得太早，而塔尔塔人则畏惧生命太长，因为在漫长的生命当中要小心翼翼地遵守社会规则，通过压抑原始的欲望来获得高度理性的文明秩序。如果这样的话，长生不死是一件多么可怕的事情——文明脱胎于敬畏之心！敬畏，这个词让卡戎不得不慎重考虑如何处理坎瑟星人的受精卵。

塔尔塔人的千年生命让他们活得通透，如果宇宙中真有与天地同寿的人，那要达到何种令人膜拜的境界？谛辛继续对卡戎说："你肯定想知道为什么会发生劫持首领的事件吧？我可以告诉你，塔尔塔星人的真实寿命相当于你们的两千岁，但是我们有一个不成文的契约，不仅要严格控制生育，而且每一个塔尔塔星人在一千岁左右的时候就要主动选择死亡，给后代留下生存空间。"

卡戎听到"主动选择死亡"的时候，想起自己和卡斯那次被迫"主动"选择死亡的情景。难道真的有人会主动选择死亡吗？其中会有多少人生惨剧要发生！卡戎苦笑了一下："恕我直言，所谓主动选择死亡，多半是被迫的吧？"

谛辛苦笑道："这里的事情并不是你所想象的那样。塔尔塔的历史上是很血腥的，曾经经历过数次人满为患，为了生存必须抢夺资源，形成派系，发动战争。在以前的战争时代，表面上谁打赢了谁就能获得生存下去的机会，可战争并不是结果，而是循环的开始。统治者曾经因为恐惧而大肆镇压底层之人，可是镇压得越狠，最后被反扑得就越厉害。那个时代，很多人没到五百岁就被杀死了。后来我们明白，强权和战争在塔尔塔根本就没有出路——无论是顶层还是底层，最终的结局都是被杀。有了这种觉悟，原来的对抗关系逐渐转化成契约关系，说白了就是以契约的形式分配生活物资和财富。在一定时间内，这种方法确实带来了和平。但是随着时间的流逝，一个突出的问题出现了——谁去负责生产，谁来分配财富。于是阶级又形成了，再次开始了大规模的厮杀。我们所有人都明白，在权力与财富面前，只要寿命足够长，阶级矛盾迟早会变成战争，一代塔尔塔人就可以经历几次大规模战争。后来我们尝试了很多办法，最终社会顶层的精英们率先用结束自己生命的方式来控制人口，其实就是以自己的死亡让渡出后代的生存空间。在这部分群体的带动下，我们终于摸索出一条通过主动死亡与控制生育的措施，实现了人口的平衡。而且所有的新生儿在学校里必须获得极高的教育，充分理解我们星球的文明结构、历史，否则未来一定会重复历史的悲剧。"

洞丘接过谛辛的话："我想你一定对我的三个学生为什么要攻击我感到迷惑。其实我们的教育手段除了说教之外，还一定要让学生去经历很多事情。学生在青春期必定会有逆反情绪，甚至会发生攻击师长的暴力事件，但这些是他们必须经历的。有的事情只有经历过才会懂，才会深刻理解那些说教中的道理。经过那次追击，三个孩子终于长大了，能够明白塔尔塔文明的形态。不久之后，他们就可以毕业了。"

卡戎听完一阵唏嘘。看着卡戎一脸感叹的样子，谛辛又问道："你觉得我们这种文明形态，最大的风险是什么？"

卡戎虽然年轻，但是也经历了不少事情，就说出了自己的看法："一旦无私无法满足自私，那么自私的一面会迅速展现出来，社会会崩溃！"

谛辛一声叹息："你说得没错！在我们的科技下，有很多人即使不参加劳动也会有基本的生活资料。于是就有不少人以自我为中心，走向没有意义的虚无，沉迷于低级的享乐，越是这样，越惧怕死亡。"

卡戎听到这里，好像猜到了这次挟持谛辛事件的原因——正是这样一群人在长大后，没有融入塔尔塔现有的世界观和价值观，到了要自我了结的时间，又不想死，就必定要造反！只是那个歹徒为什么说谛辛要暗杀他们呢？卡戎回想起第一眼看见谛辛时，他眼里的那种狠劲儿，心中暗想：谛辛这个家伙绝对不像其他人那样善良！然而谛辛毕竟是年逾千岁了，早就看穿了卡戎的心思。

"卡戎，你这样去想：如果这群人不死，那么很多人就会效仿他们！如果这类人多了，那么社会上秩序就会混乱，会爆发新一轮的战争。我现在超过一千岁却还要苟活着，就是要解决这些问题，我宁可自己成为罪人，然后以死谢罪，也要保持塔尔塔的现有制度。"

洞丘在旁边惊讶地问："谛辛大人，难道他们说你要暗杀他们，是真的了？"

"对！他们说得没错。在自私的基础上建立的无私，这种社会机制是扭曲的。在某些极端的条件下，总会有一些事件是拧着的。如果说大多数人的利益是正义，那么少数人，或者极少数人的利益就一定是非正义的吗？当然不是，可是这群人会影响到整体的秩序！我该怎么做？我很无奈。"

卡戎回想着自己的过去。如果一件必做之事的进程与社会宣扬的价值观相悖，那么这件事情的发展逻辑一定是扭曲的。这注定是一场悲剧！这些问题也都是卡戎没有能力回答的。

谛辛沉默了一段时间又开口道："机械的枢机在于开与关，事情的枢机在于是与非，逻辑的枢机在于是与否；而人的枢机则是生与死。人都是趋生避死，向死而生的。想要活下去就必须有足够的资源。想要持续更好地活着，就需要不断发展；想要发展就需要抢夺资源，抢夺劳动力。劳动力被压迫就要反抗，就会形成文明的更迭。世界的文明看似很复杂，其实根源就是人的生与死。一旦生命不死，那么文明形态就会异常复杂，文明逻辑就会非常扭曲……"

谛辛像是一个极富哲理的老师在教育学生，只是话还没有说完，旁边就有一串不徐不疾的脚步声传来。一个人附在谛辛耳边小声嘀咕了一阵。等那人说完之后，谛辛摆摆手对他说道："不妨事，不妨事。我们内部事情可以稍后再说。"那人听完谛辛的话后恭敬地退下了。随后谛辛饶有兴致地看着卡戎，微笑着说："我们刚才说到哪儿了？算了，你到我跟前来吧。我帮你把头上的监控器取下来。"卡戎知道这是要把自己送走了，只是现在取下来，就听不懂塔尔塔的语言了。谛辛哈哈大笑："听得懂！不信摘下试试就知道了。"

卡戎缓步走到谛辛面前低下头来，在低头的一瞬间看见站在旁边洞丘的眼神里露出了一丝不安。卡戎还没来得及多想，谛辛就在卡戎头上用一个金属设备轻轻点了一下，瞬间一股巨大的电流窜进了卡戎身体里的每一条神经，他顿时瘫倒在地不住地痉挛。在失去意识之前，卡戎听到谛辛说了一句："关起来！"

第八章
险象环生

卡戎在昏迷中,意识被一阵剧痛唤醒。映入眼帘的场景让他寒毛竖起,很多仪器连接着身体的各个部位,血液也被抽出体外,身体的一些毛发和皮肤组织也被切除。

"他终于醒了!"

"能醒过来就不错了,还能做活体研究,接下来准备做心脏、肝脏的摘除。"

卡戎身体被束缚住完全没有办法动弹,只能微微地张口说着:"你们为什么要这样对我?我要见谛辛,快带我去见谛辛!"

"谛辛是你想看见就能看见的吗?"

"别和他废话,赶紧准备摘除手术。"

"哎,你也人道一点吧,他马上就要死了,让他多说一点话又怎么样呢?呼叫技术中心,做好准备,马上开始实验!"

这人刚把话说完,周围好多机械臂就聚拢了过来,有的是激光刀，有的是微型摄像头……这是要把摘除器官的过程记录下来吗？随即卡戎感觉到胸口一股灼烧的剧痛，是激光刀在切割自己的身体，紧接着胸前的肋骨被一根根切断。

突然有人在旁边喊："停！再往下就是腹膜了，激光刀容易灼伤内部的脏器，接下来用手术刀！"

卡戎想要喊叫，但是担心把心脏叫得跳出胸腔："难道这些人连麻醉都不给我使用吗？"其中的一个人拿着手术刀来到卡戎面前，又划开了心脏周围的组织，一颗仍然在跳动的心暴露在空气中。

"长官，我们现在就要摘除他的心脏吗？"

"不！再等一下。现在摘除心脏他肯定会死亡。我们要在他活着的情况下摘除其他的器官。"

卡戎没想到自己会成为试验品。他记起来自己在昏迷的瞬间，似乎听到了谛辛说"关起来"，卡戎明白了，这是谛辛的命令！他为什么要这样对我？卡戎的思路还没成形，就感觉一阵剧痛从腹部传来，他们要开始摘除肝脏了，接下来还有肾脏、胰脏……

这时进来了一个人，他对着主刀的长官讲了一通："血液检查报告出来了，他的DNA系统特别奇怪，比最开始检查的还要奇怪，而且从头部的扫描结果来看，他的大脑的运行也很不一样，脑电波出现了紊乱的现象。"

"太神奇了，怎么会有这样的生命体存在？！这样吧，我们还是按照之前研究的路线，先研究他的遗传信息。现在可以在他活着的情况下解剖、观察他的遗传系统。"当卡戎听到这句话时，不自觉地想到了他和波菈的孩子——他出生了没有，是否健康，波菈现在怎么样了？卡戎绝望地看着天花板，看来自己的使命没有办法完成了。他后悔当初为什么要多管闲事去救洞丘？是自己的意气用事毁了整个坎瑟星的未来。

就在卡戎万念俱灰之时，"砰"的一声门被踹开了。一群全副武装的人来到了这群"医生"面前："放人！"说罢，一把把武器顶住了医生们的脑袋。那领头的医生举起双手，很不情愿地问冲进来的这群人："你们这样做，谛辛知道吗？"

"知道怎样，不知道又能怎样？你们都是谛辛的心腹，很清楚什么东西能毁了他。你们看这是什么！"

卡戎躺在那里，内脏处于暴露的状态，完全不敢动，看不见周围发生了什么。随后听到有人说："我们已经攻入了手术记录仪的后台，刚刚的影像我们全都拿到手了，如果我把你们解剖卡戎的视频公布出来，谛辛的王位可就保不住了。我想，你应该知道接下来该怎么做吧？"

那"医生"明显不敢自己做主，只能向谛辛汇报请求指示。随着请示完毕，冲进来的人抬着卡戎就往外走。卡戎被抬进了一个飞行器，逃离了这个让他心惊胆战的地方。在飞船里，卡戎可以略微地转一下头，他环视着周围的人一阵惊讶——怎么全是老年人？难道他们是挟持谛辛的人？卡戎刚想抬手，就被周围的人阻止，因为伤口被局部冷冻，再加上药物的作用让他感觉不到疼痛，如果现在起身的话，内脏就会撒一地。只听一名老者对卡戎说："还好我们及时赶到，他们还没有摘除你的器官。现在只要把你的胸腔缝合起来就可以了，不会危及生命。"

"怎么会是你们来救我？"

"怎么？我们不能救你吗？是不是谛辛告诉你，我们都是自私自利,还很虚无主义的人?"

随着飞行器的降落,卡戎被送进了治疗场所。在仪器的帮助下,卡戎得到很好的治疗。休养了一段时间,卡戎已经能够自己活动了。他很想离开这里,仰望天空看着浩瀚的宇宙。此时,天空中一道闪光滑落下来,竟然是"领袖号"飞船降落在他面前,随即有人从飞船上下来——嗯?怎么会是洞丘?

洞丘面带善意地走向卡戎,可是卡戎现在对这种"善意"的表情特别害怕。洞丘同情地看着卡戎问道:"上次谛辛让你走到他面前,给你摘下头上的监控器,当时我就知道你有危险了,但是我没有办法救你。"

"你说什么?难道你和谛辛不是一伙儿的吗?"

"不是,我本来是谛辛的人,后来秘密加入了所谓的'反对派'。"

"那你知道谛辛为什么要解剖我,对吗?"

"当然知道!你在太空被我的学生击晕了,在为你治疗的过程中,我们发现了你的生命长度比较短,和我们祖先的寿命差不多;也发现你的DNA很特别,而且至少发生过两次大变异。在我们接触过所有的外星人当中,你的身体对于塔尔塔来说有着极高的研究价值。"

卡戎倒吸一口凉气:"等等!你是说,你们祖先的生命并不长,只是你们生命变得很长?"

"是的,通过考古发现我们祖先的生命长度只有我们现在的十分之一左右。后来不知道为什么整个星球的人类基因发生了突变,寿命迅速延长,一直成为现在这个样子。谛辛觉得,如果你的基因能够帮助塔尔塔人的生命重新回到正常状态,那么就可以解决我们星球上的很多问题。"

卡戎对着旁边那个劫持谛辛的老者说:"你为什么挟持了他,他还能放过你?他明明要暗杀你们,却表面上还给你们下拜行礼?这不是很虚伪吗?你们现在把我救出来,就不怕他对你们下毒手吗?"

老者道:"我叫专竹,和谛辛很早之前就认识了。他其实也并不是什么坏人,一直用自己的方式为塔尔塔找出路。在我们这样一个文明系统下,大家都很和善,但是善的背后是迟早会爆发出来的恶。所以必须有一个强有力的领导人用一些铁腕的手段来制止潜在的风险。谛辛想要杀我们,说明他没有办法处理我们这些人了。他是用恶来维系善,用局部的牺牲来维护整体利益,但是我们表面上的文明信条又禁止我们这样做,所以他不是坏或者虚伪,而是矛盾。

"至于我们这些老家伙,其实也不是不想死,而是还不能死,因为我们的信念还没有完成。我们反对用爱的名义,来实施恶的手段,去达到最大限度的所谓的'善'——这是多么别扭的一件事。我们这个'另类群体'看似人不多,却可以快速引起其他人的共鸣。我们守护爱,但必将会带来全球性的波动;谛辛把爱作为手段,却能维系着目前的和平。然而这两种方式都是不稳固的。未来会如何,我们并不知道。虽然谛辛的做法不对,可也不能算错。但是他却不应该堵住更多可能性的出现,短时间的动荡说不定可以换来长久的和谐。哎!恕我愚钝,我自己也很矛盾,和谛辛又有什么本质区别呢?"

卡戎听着专竹的话,再想想当年坎瑟人关于生与死的矛盾,真是感同身受。专竹又继续问他:"你的恢复速度远比我们想象的要快,是不是和你的基因有关,或者是你有着连我们塔尔塔都不具备的生命技术?"听到这种询问,卡戎还没来得及编瞎话,专竹他们就开始笑了起来。这时,在卡戎的身后突然伸出了一只手,对着他后脑勺的监控设备晃了一下，他全身顿时又被电流击中，再次晕了过去。在失去意识之前，他听到了周围的人呵呵地笑着。

卡戎慢慢地醒了过来，他好久没有这么睡了。看着周围晃动的人影，卡戎猛地一下清醒了过来，下意识地摸了摸自己的胸口——还好没有被开膛破肚。周围的人看着卡戎对着自己一阵乱摸，又呵呵地笑了起来。卡戎怒吼道："你们这群彻头彻尾的坏人，对我又做了什么？"

专竹看着卡戎摇摇头："这个世界哪有什么绝对的好与坏，人无非都是想让事情按照自己希望的结果发展罢了。若干年后，当人们已经走上了历史发展轨迹并习以为常时，凡是对产生这个结果有帮助的人和事就是好的，否则就是坏的。"

"你们能不能不说这个，你们到底对我做了什么？"

"别紧张，如果我们真要你身上的什么器官，你还能醒得过来吗？"

这时洞丘来到了卡戎身边说道："在谛辛团队对你做的实验报告中，我们发现在你大脑里有着非常复杂的脑电波。我们严重怀疑有些脑电波不是你的，而是别人的脑电波植入到你大脑里的。我们要在你没有心理防备的情况下，才能帮你处理掉一些有害电波。你能否告诉我你这到底是什么情况？"

经过两次电击，卡戎已经非常不相信这个星球上的人。洞丘也理解卡戎的顾虑，就宽慰道："这样吧，你暂时可以不说，等你听完我的话之后，再决定是否告诉我你的秘密。你的脑电波有三种形态，第一个形态就是你自己的脑电波。第二种形态的脑电波有很多种，这些脑电波各有各的特点，但是如果把它们集合起来看的话，竟然能够形成一个统一的整体，似乎是一种文明形态。"

卡戎知道洞丘说的话是什么意思，而且他还很欣慰，最起码他收集地球人脑电波的实验是成功了，但是第三种脑电波是什么呢？

只听洞丘继续说："第二种电波虽然和你自己的电波不能完全融合，但是最起码还能并行不悖、互不干扰。可是第三种脑电波就异常奇怪，它隐藏得很深，对你第二类脑电波没有任何干扰作用。但是却能在某些特定的条件下，对你自己的脑电波形成有效的干扰，但是如果不触发它的话，它就像不存在一样。说实话，我们差点没发现第三种脑电波，因为它隐藏在第二种脑电波当中的一个非常特殊的脑电波里。"

卡戎瞪大了双眼盯着洞丘，回忆着在地球时究竟发生了什么才导致他会有这第三类电波。

"卡戎，你依旧可以保守你的秘密。但是我需要再明确地告诉你一遍，我们把你击晕并不是像谛辛那样要研究你，而是要在你的意识没有防备的情况下，把干扰你的第三类脑电波去除掉。我们确定这类脑电波对你是有害的，一旦我们提前告诉你，说不定这种脑电波会提前隐藏起来。现在你的大脑里就只有两种电波而已。"

卡戎选择再次相信洞丘等人的坦诚，但是他还要最后确认一个问题，就是洞丘为什么会投靠到专竹这边呢？

洞丘开诚布公地回答："你不要觉得我投靠'反对派'是卑鄙的事情。任何事物都有两面性，前台是面子，后台是里子。而里子和面子有着不同的运行机制。里子控制面子，而有时候里子为了面子的光鲜亮丽，往往会变得很肮脏。有些事情，仅仅依靠所谓正义的手段是无法实现的。我以前是谛辛器重的教师，有着很高的威望，所以专竹在劫持谛辛时，要我和他进行对话。这其实是我们安排的一场戏，想通过我们的辩论，让我们的价值观最大限度地传播。我们是想把里子给曝光出来，但是你横插一杠子把我们的计划打乱了。"

卡戎听了洞丘的话，才知道自己好心办了坏事，可即便如此，他们依旧把自己救了回来。而谛辛是被自己救下的，自己却差点死在了谛辛的手里。真是相当讽刺！

卡戎还是很好奇，洞丘如此年轻为什么要加入这些老年人团队呢？洞丘低下了头，明显不想回答这个问题。专竹看着暗自难受的洞丘对卡戎解释道："首先我要纠正你一个观念，我们的团队里可不仅仅有老年人，像洞丘这样的年轻人也有不少。至于洞丘为什么会加入我们，我一句话就能给你解释清楚——他的父亲和母亲就是因为他的出生被迫选择了死亡。如果他父母不死，洞丘就要死。你明白了吗？"

难怪洞丘不想回答这个问题，既然大家都把话敞开说到这份儿上了，卡戎也不想再隐瞒什么了，于是他就把宇宙是一个巨大生命体的事情告诉了众人，把坎瑟星与伊缪恩星的战争，还有在地球上收集脑电波的事情也都告诉了他们。让卡戎没想到的是，专竹云淡风轻地说道："宇宙是一个大生命体，其实我们塔尔塔人通过推理，也大概都有了一致的意见，只不过我们没有你那么多相关的经历。我们当年为了解决人口膨胀问题，也曾有过太空移民行动，但即使殖民到其他星球上去，母星上存在的矛盾依旧会在殖民星球重演，无非是时间问题而已。而且殖民星球还经常莫名其妙地遭到外星舰船的攻击。看来，我们塔尔塔也被宇宙免疫系统识别为需要消灭的文明了。卡戎，谢谢你提供的证据。这样我们就有更充分的理由去要求谛辛寻找更好的方法来解决塔尔塔潜藏的矛盾。"

卡戎面带苦笑，自己的悲惨经历却成了别人的借鉴。专竹用手慢慢靠近卡戎的脑袋，卡戎下意识地把头闪过去。专竹善意地告诉卡戎，这次是真的要把他头上的监控器取下来了。但是这样一来，他们之间就再也没有办法用语言交流。卡戎制止了专竹："在取下这玩意儿之前，我还有一个问题想要问，希望你们能够回答我，因为这个问题也许能帮助我解开对宇宙的一些疑惑。"专竹已经从卡戎身上得到了宇宙生命的证据，当然也会提供一些信息作为交换。卡戎问道："你们变异之后的DNA，究竟是什么样子的？"

专竹仔细打量着卡戎："在基因层面我们确实有一些研究，我们染色体的四个端粒可以重复分裂。"

卡戎连忙问道："如果这样的话，那不是可以永生？"

专竹摇摇头道："端粒的分裂其实也还是有限的，只是分裂次数很多，足以支撑我们两千年的寿命。另外，卡戎，你的眼神里充满了太多复杂的东西，你也有强大的意志支撑着你去实现你的目标。当然你也有权对我们隐瞒你不想说的事情，我们也不会强迫你说出来。但是你一定要记住，事情最好的结局永远不是单方面的极端结果，而是多方势力妥协的产物。执着去追求结果的精神当然是好的，但是执着去追求极端则是万万不可取的，切记！现在，你可以放心走了，去完成你的目标。只要我们手上有谛辛解剖你的视频，他就不敢派人去追击你。"

说完，专竹把卡戎头上的监控器取了下来。这回卡戎是真的听不懂他们说的话了。众人把卡戎送上了"领袖号"飞船，挥手告别。卡戎再一次起飞了，前往未知的深空。在塔尔塔的经历，让卡戎不得不重新思考文明存在的意义，无论是坎瑟的意义，还是自己的意义。卡戎想要仔细想想，更需要好好休息一下，毕竟那开膛破肚的伤口虽然容易愈合，但是身体的疲累需要很长时间来调理。卡戎内心忐忑地离开塔尔塔，虽然洞丘保证谛辛不会追过来，但谁又能说得准呢？

怕什么来什么，卡戎飞行后不久就接到了一串坎瑟语言的信息："卡戎，我是黑翟。洞丘、专竹等人都被谛辛抓住了，如果你不回来，他们就会被杀死。"看样子塔尔塔人已经掌握了坎瑟语言。

卡戎本想回去救人，可转念又想，这分明是龙潭虎穴，有去无回。他再也不会介入塔尔塔的事情了，更何况这条信息很有可能是假的。卡戎继续飞离这凶险之地，才一会儿就收到一段影像——洞丘和专竹正在遭受折磨。原来在卡戎走后，洞丘和专竹吃完饭便昏迷过去。洞丘可以隐藏在谛辛周围，专竹的身边自然也隐藏着谛辛的人。洞丘、专竹，还有视频资料都落入了谛辛手里。

卡戎不忍洞丘和专竹受折磨，便回复了信息："我可以在太空中留一丝头发给你们，你们自己过来取，但是必须停止伤害洞丘他们。"信息发送出去了，卡戎没有等到他们的回信，而是等来了大规模的塔尔塔军队。

谛辛竟然亲自带队来抓捕卡戎："卡戎，你的飞船上被黑翟植入了塔尔塔的技术。只要你回复消息，我们就可以锁定你的位置。我们要的可不仅仅是你的头发，而是需要你的活体。"随后便对卡戎开始了围追堵截。卡戎知道谛辛不会杀死自己，索性开启了横冲直撞的模式，竟然在塔尔塔的舰队中撕开了一个突破口。他迅速逃离包围圈，可即便如此，又能逃到哪里呢？卡戎稳定心神：这里离盖亚BH1黑洞不远，干脆直接飞进黑洞算了，于是他朝着黑洞飞去。

盖亚BH1的周围没有任何天体，肯定都被它吞噬了。"领袖号"即将进入盖亚 BH1 的史瓦西半径,那里将会有卡戎从来没有经历过的事件。塔尔塔舰队看见黑洞,不敢接近史瓦西半径,只好停在外围。

"卡戎,进入黑洞你就要被撕碎。你连死都不怕,为什么就不能帮帮塔尔塔?我可以答应你,不杀专竹和洞丘,并且能保证只选取你身体的组织样本做实验,绝对不会让你痛苦,更不会伤害你的性命。你停下来好吗?"

卡戎很想拯救洞丘和专竹,但是又担心中了谛辛的计,就对谛辛说道:"我可以答应你的一部分要求,但是你必须亲自进入我的飞船进行谈判,就你一个人。"

"好!没问题。"

随后,塔尔塔舰船上便有一个穿着太空服的人,朝着"领袖号"飞来。卡戎放谛辛进来,他被宽大的太空服包裹着的躯体,慢慢走到了卡戎身边。谛辛脱下太空服,最后摘掉头盔。

糟糕!这人不是谛辛,而是谛辛挑选的塔尔塔星最骁勇善战的人。卡戎对着此人开火,可是被他身上的保护设备全都弹开了。那人逐渐靠近过来,手枪对他完全没有作用。而凭肢体战斗力,卡戎更是处于绝对下风。几招过后,卡戎便被制服。那人的通信设备传来了谛辛的声音:"看你还有什么办法?乖乖跟我们回去吧!"

卡戎身体被锁住,但是脑子飞速旋转。他灵机一动:"谁说我没有办法了?我只是到塔尔塔星来侦查情况的,后面还有我们的大部队。如果我在这里出了问题,我的队友联系不到我的话,那塔尔塔星很快就会被灭掉。"

听完卡戎的话,谛辛犹豫了。对啊,这个外星人怎么可能是只身前来塔尔塔呢?万一卡戎被杀,那塔尔塔一定会遭到外星军队的攻击。可如果现在放了卡戎，外星大部队就一定不会来攻打我们吗？

卡戎强装镇定："如果我能安全从这里出去，我保证塔尔塔星球不会有事。"

"我怎么才能相信你？"谛辛狐疑地问着。

"你以为我们所有人都像你一样狡诈吗？而且你现在不得不相信我。如果我死在这里，或者被你们囚禁，你们都会被消灭。对于我们星球来说，我又不是元首、要员，牺牲了也就牺牲了。但是如果你放了我，我会向我的上级汇报说，塔尔塔没有利用价值，可以直接放弃。所以放了我是你们最好的选择。"

谛辛觉得卡戎的话有道理，但也担心话里有诈，于是就让卡戎现在就和他的大部队联系。卡戎飞速转动脑筋，该联系谁呢？联系柳睿？她应该还在怪我杀死梅珞。波菈呢？她肯定先大哭一场。现在能顺利联系到，并且还能理性做出应答的人，恐怕只有赛特了，虽然曾是死敌。他一边尝试联系赛特，一边盘算着如何组织接下来的对话。卡戎害怕赛特不应答，也害怕赛特胡乱应答，在他心情七上八下的时候，赛特接通了通信系统。

卡戎之前并没有和赛特取得任何联系，他害怕和赛特驴唇对不上马嘴，于是抢先开口引导对话的方向："赛特，我是卡戎。"卡戎很担心赛特会回答"你这个畜生"或者"你找我干什么"之类的话，就迅速接着说："我现在的情况比你想象得要复杂得多！"一边说一边盘算着赛特可能会说什么，以及接下来自己应该说什么，就又抢着话说："我现在在上次和你说的那个星球上，就目前来看这里没有利用价值，但也说不准，我还需要继续探测。"

从开始通话到现在，都是卡戎一个人说话，赛特没有任何回答，谛辛一定会看出破绽。卡戎停下话来，静静地等待着赛特的回答。过了几秒钟，赛特说话了："哦！那你继续探测。"

卡戎一颗心终于放了下来，赛特很机警！卡戎放慢了节奏说着："如果我一直不回来，你们就直接过来吧。"赛特听完卡戎的话心里咯噔一下，意识到卡戎可能遇到了什么麻烦，自己接下来说的话要格外小心："如果你遇到麻烦就和我说，反正大部队开拨过来也不用很长时间。"

"没事！我现在很安全。"

"好的！"说完之后，赛特挂断了通信设备。

卡戎结束通话，故意摆出一副轻蔑鄙视的眼神看着眼前这个塔尔塔人，其实内心慌得一塌糊涂。谛辛慢慢相信了卡戎的话，制服卡戎的那个塔尔塔人也慢慢放松了警惕。卡戎知道谛辛依旧不会轻易放过他，他假装活动活动筋骨，趁着身边那人不注意，迅速坐到了驾驶台上，开启了最大速度朝着盖亚BH1黑洞飞去。

第九章
进入黑洞

前方是未来，过去是未来的未来。

接下来发生的，是卡戎一生中最奇特，也是最不好形容的经历。卡戎看着黑洞，里面发生的任何事件的信息都没有办法传导出来，外部的人绝对不可能知道里面发生了什么。在一阵刺眼光亮之后，他进入了盖亚BH1黑洞的史瓦西半径，自此之后卡戎也成为别人眼中不可窥测的事件。粒子化的撕扯，全都支离破碎，那个塔尔塔人惊恐地看着自己成了烟尘……

这里的光线，好多！一层一层的圆圈好像光盘一样。卡戎看到了自己刚刚进入黑洞时的情景，过去的那个"领袖号"正在飞向自己现在的位置，而现在的"领袖号"在飞向未来的"领袖号"——这里有未来？！还有过去！过去、现在和未来，同时存在，连成一片了。卡戎看见未来的"领袖号"正在向着黑洞中心飞去，他知道现在的自己必须向那个方向行驶才能保证未来的自己在那里。可是如果现在自己不想让未来的自己向那里行驶呢？卡戎刚有这个念头，就开始掉转船头！可是未来的自己还是在那里，自己的船头还是向着未来的自己。这该如何理解呢？除非，这里没有方向——没有空间方向，也没有时间方向！这和梅狄亚当年探索的六维空间的逻辑完全不同！

如果是这样的话，那还存在过去决定现在，现在决定未来的逻辑关系吗？卡戎思考着：不管谁决定谁，至少过去的事情，总是已经确定发生了的吧。他突然间有一个疯狂的想法，他拿起了枪对准自己的腿，他其实并没有做好开枪的准备。他突然笑了一下，这是在吓唬谁呢？只是瞄准，能有用吗？干脆直接开一枪算了！他还没来得及扣动扳机，突然发现自己的腿上已经鲜血直流，枪膛里也少了一颗子弹！

卡戎挣扎着起身："老天，我确定过去的我和现在的我都没有开枪，那只能是未来的我开了枪！原来，未来真的可以改变过去！"他打开医疗箱给自己处理伤口，然后又闪过一个念头："如果我现在后悔当时拿起枪，又会怎么样呢？我才不要对着自己的腿来一枪！"

想到这里，卡戎发现腿上的伤口没了！自己是既中了枪，又没有中枪——又出现了时间与因果关系的错乱。难道说，黑洞里的逻辑是一种"既是且否"的叠加态吗？"已经""确定""将要"这些词语在黑洞里完全失效吗？卡戎知道，在量子世界里结果取决于观测！而观测的本质，就是意识的介入！他刚刚在黑洞里的经历，无论是过去、现在还是未来的改变，都取决于自己的主观意识。对，结果取决于主观意识的观测，事件的观测者有什么样的观察，就会导致事件有什么样的变化。那客观世界，不就要受人的意志所控制了吗？在黑洞之外的世界，从过去到未来是一条连续的线索，但是在黑洞里却是密密麻麻的线段作为发展轨迹。究竟会是哪一条、哪一段，取决于观测者如何去观察！这，这不就是光子的波粒二象性吗！在黑洞里，可以呈现出宏观事件的波粒二象吗？！如果我观察的不是我自己，而是观察其他事件呢？是不是会导致其他事件的变化？

有了这个想法，卡戎把视线转移到了黑洞外围的方向，一个更加震撼的场景进入了卡戎的眼帘——黑洞之外的光线都向着这里汇集，他看到了黑洞外发生的所有事情。

咦？这是什么？这是一颗白矮星。白矮星？这不是小烟花吗？它怎么这么快就变成了白矮星？按照之前的测算，它至少还要十几亿年的时间吧？

"小烟花为什么能跨越十几亿年的历史呢？啊！知道了，小烟花传进黑洞的信息，是它未来的信息。此时此刻的小烟花其实还是一颗普通的恒星。汇聚到黑洞的光线，不仅仅是过去已经发生的事件，未来的事件也同时传了进来。黑洞外的时间可以是百十亿年，但那只是洞外世界的时间特点，对于黑洞来说是没有时间的。如果黑洞没有时间，也没有空间，那为什么自己却有明显的时空感呢？"

"卡戎，你说得没错。这里并没有时空，你有的仅仅是时空感。"

卡戎吓得一激灵："谁，谁在和我说话？"卡戎转头向后看去："啊？怎么可能！"他不敢相信自己的眼睛，在他身后说话的人竟然是坎瑟星的首领——阿特珞玻斯！为什么阿特首领会出现在这里，为什么他会悄无声息地站在我后面？

阿特珞玻斯对着卡戎说道："你为什么觉得我在你后面？"

这是什么问题？因为阿特首领是从自己的后面出来的。阿特站在卡戎"后面"又说："那你再看看前面。"卡戎把头转过去，只见阿特竟然又出现在自己的前面。难道阿特会瞬间移动？

"这不是瞬间移动，因为黑洞里没有空间，应该说黑洞根本就不占据宇宙的空间。人在黑洞外观测黑洞有大有小，那只是黑洞质量的洞外表象描述而已。黑洞无论大小，它所占据的真实空间都是"无"，准确来说是没有空间的概念。所以在黑洞里，我同时可以在任何地方，也可以不在任何地方！而我究竟在哪里出现，完全取决于你对我的观察。而对于我来说，你也一样。当我们不被观察时，我们就无处不在。我们相互观察时，我们就相互存在。"

卡戎糊涂了，没有时间和空间的话，那自己从进入黑洞到现在所经历的时间又是什么呢？

"我说了，这只是你对时间的感觉。洞外时空，是给事件的发展提供逻辑展开的场域，但是在黑洞里却没有。在你进入黑洞之前我就在观察你，所以你会以确定的形态出现在黑洞里。而和你一起进来的那个塔尔塔人由于没有被观测，就成为不确定的形态——既死又活着。你之所以会对时空有所感觉，是由于你大脑认知结构里的时空意识在起作用。你对黑洞的认知只是你自己的理解而已。洞外世界的过去、现在和未来的所有信息都会传递到黑洞里来，但你能观察到什么事件，取决于你想观察什么事件，你想不到的，那你就绝对看不到！"

卡戎根本就听不懂阿特珞玻斯在说什么，嘟囔一句："可能我还需要一些时间来消化吧。"

"不，我说过这里没有时间。'现在'的你没有理解，是因为'未来'的你也没有理解！"

"难道我在这里经历得足够多之后，还是不能理解吗？"

"不是你不能理解，而是你在黑洞里没有足够长的'未来'！如果你待在黑洞里的'时间'是足够的,我只能用时间来说,其实没有时间。如果你在这里待的时间够久,那你也会理解很多。未来的你并不理解,是因为未来的你不在黑洞里。而未来的我本来是在黑洞里,只是随着你的到来,未来的我也不在这里。所以,现在的我也不在这里。"

"什么叫'我'不在这里?我们明明就在这里呀!"

阿特珞玻斯哈哈大笑:"现在的我们在这里,只是基于逻辑存在于这里。记住,黑洞里没有时空,所以没有先后——过去、现在和未来仅仅是逻辑上的先后!"

"那首领,你为什么会进入这里呢?"

"当时,坎瑟向伊缪恩人发起最后的歼灭战,我听你汇报有一个小陨石飞来的时候,怎么都没想到它竟然是坎瑟的终结者。当时的场景很惨烈,却一点都不血腥,因为根本就见不到任何血渍。所有的生命都以粒子化的形式被吸进了克罗托的地心黑洞,速度很快,快到没有痛苦。我能够逃过这一关,还要感谢梅狄亚。在很久之前,梅狄亚已经成功研发出一艘能抗衡黑洞引力的飞船,这种飞船不会以粒子化的形式被黑洞吸收。当然这项技术还很不成熟,没有人知道进入黑洞之后再如何出来。我当时迅速进入了梅狄亚发明的飞船,这才没有被黑洞粉碎,而是被囚禁在黑洞里无法逃脱。"

卡戎保持着低头的姿势,故意让阿特看不到他的表情,因为他觉得这个阿特首领有点陌生——他是阿特珞玻斯本人吗?如果不是,为什么能对坎瑟的事情如此了解?卡戎试探性地问道:"阿特首领,梅狄亚发明的那个飞船为什么能够抵抗黑洞的破坏力呢?"

"你怎么变成科学家了?告诉你也无妨,物体不可能完整进入黑洞，而是被黑洞引力撕碎成为极度微小的粒子。梅狄亚就是不断强化原子内部的强核力来抵抗黑洞引力。只有这样，才能保证飞船整个进入黑洞。因为这是科学领域的事，而你当时负责军事，所以你不知道也很正常。"

卡戎沉默了一会儿，抬头盯着阿特珞玻斯的脸问道："那首领大人是如何知道克罗托这个名字的？"

阿特珞玻斯听到这个问题，眉头一皱："哦……是这样的。黑洞外所有事件产生出的光线信息都汇聚到这里，包括未来事件的光线。从理论上来说，在黑洞里可以窥测黑洞之外的任何事件。所以我知道克罗托不是很正常吗？"

阿特珞玻斯回答这个问题的同时，看着卡戎，眼神里没有泛起一丝波澜，而卡戎则心潮澎湃。卡戎又问出了一个问题："首领大人，我想您即使被黑洞困住，也应该是在坎瑟黑洞里，为什么会出现在盖亚BH1里？"

"你还真是愚钝，我刚刚已经说了答案。黑洞内外是完全不同的两个世界。黑洞里没有时空，黑洞内部是奇点，它们都存在于没有时空的'奇点秘境'。既然没有时空，那么也就不存在'这里'有一个黑洞，'那里'有一个黑洞，或者过去的黑洞和未来的黑洞，它们都统称为黑洞。奇点秘境的世界里，只要进入其中一个黑洞，那么就同时存在于所有的黑洞里——我无处不在。你无论进入哪个黑洞，都可以遇见我。卡戎，你会出现在这里应该是定数，而且我看"领袖号"飞船似乎不受黑洞引力影响。我虽然不知道什么原因，但是请你带我一起出去吧？"

卡戎一惊，心中暗想：首领为什么会用请求的语气跟我说话？而且他不是可以看见黑洞外他想知道的所有事情吗？梅狄亚的飞船不是不受黑洞引力影响吗？卡戎嘴上答道："当然没问题了，我们这就出去。"言毕，卡戎准备驾驶着既存在又不存在的"领袖号"向洞外驶去，而此时卡戎的耳边又传来了阿特的声音："你也经历了很多，现在对坎瑟文明是怎么评价呢？"

卡戎心中五味杂陈，想法已经不像以前那样简单了，他对阿特首领原来的那种信念也产生了怀疑，似乎觉得梅狄亚的思路也有可取之处。卡戎突然想起当时自己因为梅珞的意见与自己不一致而杀死梅珞的情景，现在自己和阿特的意见也相悖了，而且这个阿特首领一直都表现得很反常，说话真真假假混在一起，他应该不会要杀我吧？

想到这里，卡戎看见赛特的那颗珠子竟然隐隐地发出了暗淡的幽光。这颗珠子本来是被赛特砸坏了的，自己带在身边这么长时间都没有发光，此时竟然亮了起来，那只能说明一个问题——周围有一个让珠子极度敏感的人出现了——除了阿特珞玻斯，还能有谁？他就是癌症中的癌症！卡戎一扭头，发现这个阿特珞玻斯的眼神极度复杂地盯着他。这种眼神，更加坚定了卡戎的想法。卡戎迅速掏出手枪对着阿特就扣动了扳机，但是故意避开了要害。阿特应声倒地："卡戎，你为什么要这么对我？"

"因为你并不是真实的首领阿特珞玻斯。你说你靠着梅狄亚发明的飞船才完整地进入黑洞，但是据我所闻梅狄亚可没有发明这种东西，即使有这种飞行器，也是源自外星球的技术。第二，在黑洞种子把坎瑟星毁灭的时候，你从接到消息到登上飞船，时间根本就来不及。除非你一早就知道坎瑟要被毁灭，提前离开了坎瑟星。第三，即使你在黑洞里可以接收到黑洞外全部事件传输过来的光线，但是声音是没有办法传进来的,所以你不可能知道'克罗托'三个字的发音。第四,你对我说话太客气了,根本就不像真正的阿特珞玻斯。你到底是谁?"

眼前的这个阿特珞玻斯躺倒在地:"卡戎,你成长了。我很高兴看到你这样,但是你要知道,宇宙中的事情并不是如你所认为的那样,宇宙生命体也没有你想象得那么简单。因果律,仅仅是人类逻辑的一种。黑洞!黑洞,是洞外世界的逻各斯。操控者,是被操控者的定数。命运,是用后天的运势来改变先天的命数!不确定性才是未知的自由,确定性是已知的牢笼……希望我说的话能够启发你。"

阿特珞玻斯痛苦地把话说完,然后死死盯住卡戎的枪。卡戎突然意识到,他这是通过观察现在而改变过去。卡戎迅速把目光转向枪口,免得被这个阿特改变了已经开枪的既定事实。卡戎聚精会神地盯着枪口,旁边阿特又说话了:"卡戎,你很聪明。但你晚了一步,是我先观测的,而且我赋予到事件上的主观意志力要比你强大太多。我走了!当你进入黑洞的一瞬间,黑洞外很多在过去已经发生了的事件就产生了变化。过去、现在和未来其实既确定,又不确定,我们不过是把'过去—未来'的拼图完成而已。过去发生的事情会因为未来的结果而发生变化。"

卡戎知道这是阿特在分散自己的注意力,降低他的主观意志力,他必须凝神静气!可是他突然发现枪膛里的子弹并没有少,而且船舱里就只剩下自己一个人,阿特离开了黑洞。

卡戎心里好落寞,他静了静,现在也该离开了。卡戎打开"领袖号"加速器,却依旧在黑洞里被禁锢着,根本就出不去——这到底是怎么回事?

第十章
亦真亦幻

"老公,水烧开了吗?老公!你听到了没……"

女人连问了两遍,但是等到的却不是男人的回答,而是女儿疼痛的哭声……

女人生气了,对着男人抱怨起来:"让你烧个水你在那里发呆,看把女儿烫的!"

男人知道自己错了,赶紧去冰箱拿冰块敷在女儿手上。冰块的效果很明显,不一会儿烫伤的地方就不疼了,哭声也慢慢停了下来,但是女人还是责怪着男人。

这男人便是袁岸,他现在是一家颇具规模的科技企业的负责人。自从梅瑞离开思峨以后,他的意志开始消沉,看似沿着梅瑞的设想成为优秀的企业家,但每天都会有大段的时间发呆,一直生活在回忆里。不过即使这样,他的企业也做得相当有竞争力,如果他能振作起来,事业没准儿会做得冠绝思峨。

女人严青已经是袁岸的第三任妻子了。女儿袁思梅手上烫伤的地方鼓起了水疱，严青虽然擦了很多药膏，却也没有很快的效果。袁岸为了让家人好过一点，决定带着她们出去玩，随她们母女开条件。袁思梅说了一个出乎袁岸意料的地方——想要去科技馆。在严青看来这可便宜袁岸了，但是烫伤的毕竟是女儿，还是要尊重女儿的意见。严青问袁思梅为什么突然想要去科技馆，袁思梅回答说，因为周围的人都去了，而且一直都在说科技馆好玩，还给小朋友发礼品呢。

几天后，袁思梅手上的水疱消了，被水疱鼓起的皮肤却没有重新长回到肉上，而是逐渐死去、脱落。袁思梅看着自己掉落的皮肤又哭了，跑到袁岸面前哭着说："掉了，掉了，我的皮掉了……"

袁岸看了反而很高兴，对袁思梅说："没事的，老的皮肤掉了，但是新的皮肤已经长出来了，你的手已经没事了。明天我们就去科技馆好吗？"思梅高兴得跳了起来……

科技馆虽然算不上人山人海，但是也热闹十足。解说员用和蔼又标准化的语调对现场的小朋友说："小朋友们，欢迎来到科技馆，这里是远古生物馆。现在展现在大家眼前的是原始单细胞动物，它们只有一个细胞。别看它们原始，正是这些单细胞动物逐渐进化成多细胞动物，然后慢慢有了鱼类、鸟类、两栖类……当然也包括我们人类。那小朋友们，你们知道这些原始单细胞动物是如何进化成多细胞的吗？"

"不知道……"一群小朋友们拖着长长的音调，回答着讲解员每天都要重复的问题。不过对于第一次听到这个问题的人来说还是很难回答的，别说小朋友们了，就连家长也没有几个知道的。于是讲解员用标准化的声音继续说道："那我来告诉大家……"

"好，这一段就由我来讲吧。"人群中突然传出话来。解说员一听是馆长，立刻停了下来。"你先去忙别的馆吧。有的时候，需要我亲自给观众做讲解，这样才能知道大家的具体需求。我如果久坐办公室的话，会变得昏庸无能的。"馆长说完，呵呵地笑起来。

"单细胞动物的身体上，有两根触角，叫作鞭毛。当它们的生存环境恶化之后，为了能够存活下来，鞭毛就会相互纠缠在一起，共同抵御不利的环境。随着单细胞数量的增加，它们就形成了具有一定规模的细胞群，然后就逐渐有了各自的分工。比如说，在最外层的细胞负责抵御外部的伤害，保护内部细胞，内部细胞有的会负责消化食物，有的负责输送营养……最后，一个具有生命特征的多细胞动物就进化成功了。"

馆长解说完之后，周围的观众一阵鼓掌，能够听到馆长亲自解说还真是一次难得的经历。随后大家纷纷散去，袁岸正准备带着远处的妻女一同离开时，馆长从背后轻拍了一下他的肩膀："我想是你妻子开车过来的吧？"

"你怎么知道？这事儿和你有关吗？"

"你隔夜酒都还散发着气味儿呢，就你这样子能开车，那才奇了怪。"

"馆长，我是否喝酒和你没有关系吧？"

"你说没有关系就没有吧，但是我觉得你一定希望和我有点关系。"馆长说完之后就从口袋里掏出了一张照片，照片有些老旧，上面是一个非常美丽的女子，应该是中学生的模样。袁岸看着照片里的女孩子极其眼熟，这是？他不敢往那方面去想。

"怎么样，是否觉得很熟悉？"

这是梅瑞读书时候的照片？袁岸突然像打了强心剂一样顿时来了精神。

袁岸想要继续看那张照片，可是馆长迅速收了起来。袁岸明白，这个馆长不是思峨人。除了自己和父辈之外，其他思峨人并不知道他和梅瑞之间的事情。馆长有梅瑞小时候的照片，他绝对和梅瑞有着千丝万缕的联系。袁岸来了精神问道：

"你是谁？"

"我是能拯救你的人，记住我的联系方式，有时间来我办公室！"

说完，馆长头都不回地走开了。袁岸知道自己对不起历任妻子和子女，因为他实在放不下梅瑞。也正是因为袁岸错过了一个他永志不忘的女人，所以其他女人也不过是梅瑞的替代而已。虽然他每次都会在尽可能让妻子不那么痛苦的情况下和平离开，但毕竟也对她们造成了不可挽回的伤害。或许，爱情的制高点往往会掌握在用情较浅的一方手里，而伤心的疤痕则永远属于用情更深的那个人。

第二天，袁岸敲响了馆长办公室的门，馆长不冷不热地把他迎接进来："我找你过来，是因为我们有着共同的目标，就是找到梅瑞！我知道，你深爱着她。在思峨星上，只有你对她的爱才是最纯洁的。但是以上都是我之前的想法，我现在发现可能高估你了，你没有资格找到梅瑞！"

袁岸一听自己没资格去找梅瑞，顿时就慌了："你是谁？你为什么说我没有资格找到她？你知道我有多想她吗？你知道相思的煎熬吗？"

"我是谁？哼！我是她的家长！"馆长轻蔑地回答着。

袁岸一阵惊讶，但也很怀疑。可是这个人明显知道他和梅瑞之间发生的事情,只是他为什么用"家长"这个词,而不是说"爸爸"呢?

"看看你现在的样子,为了寻找精神的寄托而到处留情,经常酗酒,自暴自弃!你觉得就算现在梅瑞站在你的面前,你就有资格和她在一起吗?"

听了这一番话,沉睡在袁岸内心深处的巨兽逐渐开始苏醒,因为他听出这番话的另外一个意思——有希望找到梅瑞。袁岸有些自暴自弃是因为看不到寻找梅瑞的希望,如果希望还存有一丝火焰的话,他一定会为此燃烧生命。馆长看到袁岸眼神的改变,冰冷的表情终于舒缓了。而对于袁岸来说,现在必须搞清楚这个馆长究竟是梅瑞的什么人——家长,到底是指父亲、哥哥,还是伯父,抑或养父?

"你别猜了,我告诉你吧。我看着梅瑞从小长大,和她一起战斗。我想坎瑟星的事情,梅瑞应该都和你说了。我不是梅瑞的父亲,但是我和梅瑞的父亲有着千丝万缕的联系,是朋友,也是并肩作战的兄弟。你未来的岳父梅狄亚已经死了,而我也就肩负起了守护梅瑞的责任,所以说我是梅瑞的'家长'。我很想找到梅瑞,不仅是因为我们之间有着私交,还因为坎瑟就只剩下我们几个人了,能找到一个是一个。从今天开始,我会告诉你如何去寻找梅瑞,找到她以后我会给你们主持婚礼。你也不用担心时间问题,你的生命时间和其他人的不一样。你只需要学习我教你的知识,把知识转化成技术就可以了。在此之前,你要记住我的名字,我叫张慕仪。"

袁岸没有理由不相信这个人说的话,因为面前这个张慕仪,能把这些事情说得如此清楚,再加之袁岸对梅瑞的思念,足以让他丧失理智,所以即使他心中还存有一些顾虑猜疑,也还是会选择相信这个人。袁岸问道:"慕仪馆长,既然我们有着共同的目的,何不现在就开始启动寻找梅瑞的计划呢？"

"在启动寻找梅瑞的计划之前，你必须考虑一件事情——你的历任老婆和孩子该怎么办？你可千万别说一走了之，觉得给他们留下足够的钱去生活就万事大吉了！这对他们是很不公平的！我不希望梅瑞有你这样的老公。而且就算你把这些事情都安排妥当了，梅瑞嫁给你也只是第四任妻子，太委屈了！"

袁岸很清楚，但凡是个正常的家长，都不会允许自家的姑娘嫁给像自己这样的人。

"那我该怎么办呢？"袁岸有点心虚地问。

"女人的感情很细腻，也很委婉，有时她心中的委屈已经到了无以复加的程度，而男人还没有察觉。感情这东西一旦发生破裂，根本就没有办法恢复如初，只能想办法自己放过自己，放下对方。如果她无法放过自己的话，那就只能是你帮助她释怀。"

"那我该如何提供帮助呢？"

"只有两个办法，一是进行心理疏导，请心理医生之类的。但是这个方法估计效果不大，而且时间周期特别长，会耽误你寻找梅瑞。还有一个方法，就是满足她的心理诉求，让你永远留在你妻子的身边！"

"啊？如果这样的话，我还怎么去找梅瑞呢？"

"不是把你这个人留在她身边，而是让她意识到你就在身边。即使你不在，也要让她认为你就在身边。"

"你的意思是，给她制造幻觉吗？服用致幻类的药物？不行，我不能这么做，我宁可让她在现实中伤心，也不能让她像精神病人一样活着！"

"不！不是幻觉，是真实的感觉。你要知道，任何人感觉到的任何东西，都不是客观实在。就比如说你看到早上明媚的阳光，这根本就不是阳光，而是你大脑认为的明媚阳光。阳光先穿过你的瞳孔，光线刺激着你的眼睛，眼睛根据光线的刺激生成了相应的生物电。生物电通过神经传递到大脑，大脑再把生物电转化成为对阳光的认知。所以大脑永远无法直接知道外面真实的阳光是什么样的——那都是眼睛告诉它的。大脑感受到的蓝色、绿色、红色，都是大脑自己认为的颜色，而非光线本身的颜色。同样，听觉、触觉也都是如此。如果把眼球摘除，在眼窝里安装一个人工制造的摄像头，摄像头可以产生和眼球一样的电流，再通过视觉神经传递到大脑上，你觉得大脑会有什么反应呢？"

袁岸对这种想法很有兴趣："如果用摄像头可以等效替换眼睛，那么大脑一样可以感受到自然光线！"

"是的，感觉器官是可以被替代的。除了视觉、听觉之外，触觉也是一样的，冷热、软硬、粗糙还是细腻，都是大脑的认知罢了。"

袁岸是聪明人，接过张慕仪的话："所以，只要有合适的电流去刺激大脑，大脑就会有相应的反应。即使眼窝处没有眼睛，没有摄像头，只要让视觉神经接收到相应的生物电并传递给大脑，那就可以让大脑认为看见了外面的光线。"

"对，你说得没错。再进一步讲，如果电流不通过视觉的神经，而是直接刺激大脑，大脑依旧可以认为自己看见了，听见了，摸到了……"

袁岸听完张慕仪的话后沉默了。他在张慕仪的启发下，想到了更多——只要能够分析出人体的感觉器官因不同刺激而产生的电流信号，然后通过科学技术直接模拟这些信号去刺激大脑，那么就……想到这里，袁岸突然意识到，那不就相当于可以通过技术冒充感觉器官去欺骗大脑吗？他立刻说道："如果一个人觉得自己的妻子不好看，只要把他眼睛看到妻子样貌时所产生的视觉电流，替换成看见绝色美女而产生的视觉电流，那么即使妻子再丑，丈夫的大脑也会认为妻子貌若天仙！"

"悟性很高啊。不仅如此，就算是一个人看着空荡荡的屋子，只要在她视觉神经里植入看见某个人的电流信号，那么她就相当于看见这个人了。"随后，张慕仪拿出了一个极小的晶片："这个东西，可以有效地模拟各种器官所产生的生物电。我已经在这上面进行了有趣的编程，晶片一旦植入到你妻子的体内，就会立刻开始工作，会在恰当的时间释放相应的生物电。"

"什么叫有趣的编程，什么叫恰当的时间，什么叫相应的生物电？"袁岸隐隐感觉有点不妙。

"就是在你妻子的生活中，当你应该出现在她面前的时候，晶片就会启动，模拟你在她眼前所产生的各种感官电流，在你完全不出现的情况下，让你的妻子感受到你的存在，感觉在和你正常生活。这样，她就不会因为失去你而难过，因为在她的脑海里，从来就没有'失去'你。"

袁岸震惊了："如果这都可以做到的话，那么即使把一个人的大脑摘除，放在培养皿里，然后给裸脑以各种感官的模拟电流刺激，那大脑根本就不会知道自己在培养皿里，而是认为还在正常生活。这太疯狂了！"袁岸觉得对自己的妻子做这样的事情不太好，这相当于让他的妻子产生幻觉，变得像精神病人一样。

张慕仪反驳道："有什么不好的呢？幻觉和精神病，是大脑逻辑错乱，那是大脑疾病。而这个晶片，是让完全健康的大脑感受到和感官刺激完全一样的电流信号。"

"可是正常情况下，人都是接受的真实的外在刺激呀！你的这个晶片，根本就没有外在刺激，全是模拟的信号。"

"你又怎么知道，你现在不是一个被培养皿保护起来的大脑呢？"

袁岸一下愣住了！是啊，他完全没有办法证明自己存在的真实性！也不能证实自己的眼睛是不是摄像头，耳朵是不是被替换过的，也不能证明自己现在的妻子是丑八怪，或者是小仙女！袁岸犹豫了——这不仅仅是伦理道德的问题，也是一个哲学问题，更是一个全方位无解的问题。袁岸考虑再三，还是不能逾越心中的那道坎儿："我不能对我的妻子做出那样的事情，虽然你的晶片所产生的并不是幻觉，但本质上还是欺骗。"

"不，所谓的欺骗是告诉受骗者一个不存在的事情，受骗者的大脑无法辨识，只能接受撒谎者的描述。只有受骗者意识到了那是谎言，那才能称之为欺骗。如果一直都无法识别那个谎言，那谎言就是真实。假设一个人得了癌症，如果你骗他说他身体健康，他能没有压力地活两年，但如果你告诉他真相，他会痛苦地活三个月然后死去，那么你会选择欺骗，还是选择告诉他真相？如果你选择欺骗，他一年以后因为车祸去世了，直到去世都不知道自己得了癌症，对于他来说，没有罹患癌症才是真相！"

"你说得看似有道理，但其实就是欺骗。我还是没有办法说服我自己。"袁岸停顿了一下又尝试着问："能否绕过我的妻子，让我们直接开启寻找梅瑞的计划？"

"其实计划已经开始了，在你妻子体内植入晶片是寻找梅瑞的第一步。当然以你现在的认知能力并不能理解,我无法对你做出有效的解释。"

袁岸瞬间觉得张慕仪不是善茬,他明显隐藏了很多秘密。这种想法从袁岸的眼神里转瞬即逝,却被张慕仪抓了个正着:"我说过,以你现在的能力无法理解。比如说宇宙的十一维空间,黑洞内的世界,这些都不是靠语言和你们的思维能够解释清楚的。"

袁岸也知道自己确实有很多事情不能理解,但是也不能轻易相信张慕仪的话,于是就进一步试探:"那我问你,为什么赛特追杀梅瑞的时候,你没有被追杀,反而幸存在了我们思峨?"

"那是因为当时我并不在思峨。"

"那你在哪里?"

"该怎么和你解释呢?在宇宙的一个角落游荡!"

袁岸其实被说动了。结束了与张慕仪的交流,他怀着忐忑的心情找到了第二任妻子李沐童。李沐童自己带孩子袁思珏一直没有再婚。看到李沐童,袁岸觉得很后悔:"我找你来,是想和你说,我很想你。我接下来会和你一起相伴到老。"袁岸说着自己都不相信的谎言,逃避着良心的谴责。他料想李沐童不会相信自己的鬼话,可是当一个女人面对自己内心最期待的幸福时,即使明知是谎言,也会当作真的去相信。

看着默默抽泣的李沐童,袁岸心绪涌动——她对自己如此爱恋,那么她在幸福的假象里生活远比在真实的痛苦里煎熬要好得多吧?想到这里,袁岸走到李沐童旁边,取出晶片慢慢靠近她的耳垂。

李沐童的泪水慢慢停了下来,她以为袁岸给她准备了耳坠作为礼物,小鸟依人地把脸靠了过去。晶片从袁岸的手上直接贴到了她的耳朵后面，而后慢慢扎入皮肤，进入了她的身体。女人笑了，一边哭一边笑，然后擦干了泪水，盯着自己的正前方，凝视着对面空空的座位说："你知道吗，我每天都在憧憬着这一天的到来，没想到真的实现了。即使我们分开过，但是能够等到今天，我依旧很幸福。"说完之后，女人拿起旁边的餐巾纸给对面的虚空擦了一下"嘴角"，就像一个初恋的女孩子。袁岸远远地看着她和对面那个根本不存在的自己说说笑笑，紧咬住自己的嘴唇，跑到外面，扶住了街边的一棵树狠狠扇了自己几个巴掌。

袁岸收拾了情绪，过了几天他尝试联系自己的第一任妻子。第一任妻子曾经给了袁岸巨大的心理安慰，但是袁岸给她的那种痛彻心扉让她离婚之后就再也没有联系过袁岸。袁岸知道她还在恨自己，而这种恨的根源是无法忘却的爱。如果晶片能让人从痛苦中走出来，那为何不去使用呢？想到这里，他拨通了第一任妻子的电话，但是接电话的是前岳母："我女儿已经去世了，她临终之前嘱托我千万不要去找你，希望我能把袁思瑞抚养长大，不要成为一个像你一样的人。"

袁岸知道前岳母这样说，不仅是对自己心怀恨意，同时也是想让他把孩子袁思瑞带回身边抚养，毕竟一个老人带孩子不是长久之计。袁岸心里矛盾着——他从未认真想过，自己是那些被他忽略的人的精神支柱。而梅瑞是自己的精神支柱，他是否已经被梅瑞忽略了呢？袁岸每每想到这，就会觉得全身无力。就这样袁岸把袁思瑞带回了自己身边。

晚上，袁岸带着袁思瑞回到家里，严青看着这个男孩儿有点诧异，她知道这是袁岸和第一任妻子的儿子，虽然这个男孩和自己没有血缘关系，但这毕竟是袁岸的亲生儿子。在严青得知袁思瑞的母亲已经去世后，不由得一阵心疼。她更是没有源自后妈的排斥感，因为作为袁岸的妻子，严青非常理解袁思瑞母亲的感受。此时的严青已经在盘算着如何成为一个合格的后妈。她转头对袁思梅说："思梅，快来看看，这是哥哥。快喊哥哥！"

"妈妈，可是我从来就没见过他呀。你什么时候生的哥哥呀？"

严青一愣，又思考了一会儿说："还不是因为要照顾你，在你出生之前我和你爸就把哥哥先送到一个亲戚家了。"袁思瑞一听这位"后妈"的话，委屈地哭了起来。袁思梅走到袁思瑞身边，牵住了袁思瑞的小手："哥哥，我叫思梅。你可以保护我吗？你回来了，隔壁的小哥哥再也不敢欺负我了。"说完，女孩儿指着自己的玩具说："这是我们的玩具，还有那是我们的小啾啾。"男孩儿顺着女孩儿指的方向，看着一只还没有睁开眼睛的小奶狗。

严青哭了，袁岸也哭了。只有那个什么都不懂的袁思梅用一双懵懂的眼睛看着周围哭泣的人们，不一会儿也跟着哇哇大哭起来。

袁岸抢上前去抱紧了严青，把手里的晶片又悄悄揣回口袋里，闷头说道："我不会离开你的！"

严青听了这话哭得不能自已，可是她没有完全明白袁岸的意思——袁岸不会离开她，但是也不会放弃寻找梅瑞。从结婚到现在，严青很少过问袁岸公司里的事情，现在袁岸要启动寻找梅瑞的计划，也没有告诉严青。只要严青不知道这个计划，她就能幸福地生活下去，那为何不隐瞒呢？

袁岸有时会停下来回想自己这些年的所作所为，一个人越是成熟，精神和现实的分裂也就越大。他忍受着爱而不得的苦痛，这样的煎熬袁岸早已习惯，就算找不到梅瑞也无所谓，但是寻找的过程将成为他后半生的精神寄托。

袁岸找到张慕仪,把剩下的两块晶片还给了他。张慕仪问他为什么只使用了一个,袁岸说自己在找到梅瑞之前是不会离开现在妻子严青的。张慕仪若有所思,明显露出一丝愠色,但是立刻收回了不悦的神情:"也行吧,但是随后的每一项工作你必须做到位,否则是无法实现太空遨游的。"

张慕仪看着袁岸,开始讲述了后面的计划:"第二步,你要赚钱,你的公司要赚很多钱,有足够的财富去支撑后面的计划。"袁岸眉毛向上一挑:"钱不是问题,现在公司账上的钱不是小数目。别以为我整天喝酒就什么都不会了,公司还是照样运作。就算钱不够,我也可以快速融资。"

"哼!行吧,赚钱这件事要常抓不懈。不过你还要再做个投资,说不定可以赚钱。就是把伊吉普特国古墓园旅游的经营权拿下来,先投资,再慢慢回收。"

袁岸不解地问:"我们发展旅游干什么?难道这就是计划的第三步吗?"

"不!做旅游产业就是个小插曲,但是你一定要做好。至于计划的第三步,做公益。"

"做公益?做公益和我寻找梅瑞有什么关系?"

"这是一个庞大的计划,以思峨现有的科技想要实现星际穿越,还要锁定梅瑞的位置,那是不可能的。你暂时还无法窥探这份计划的全貌,只需要照着我说的做就行,早晚有一天你会明白的。接下来你要成立一个基金会,建造福利院。把你能找到的孤儿、五保老人、流浪者、乞丐,都安置到福利院里。不过你要注意,有精神疾病或者脑科疾病的人，不要！"

袁岸摸不着北，但是做公益最起码是好事，做了也就做了。由于是公益事业，再加上袁岸的公司本身就具有一定的社会影响力，相关的审批手续很快到位。一年不到的时间里，一块空地上数幢高楼拔地而起，一座崭新的福利院诞生了，名字叫作"彼岸家园"。就在彼岸家园快速筹备的同时，思峨星上其他的地方，很多不为人知的事情正在发生。

深邃的夜幕下，一双高跟鞋哒哒地快速撞击着地面。一个行色匆忙，面容姣好的女子独自行走在街道上。周围虽然很黑，但是鲜艳的红唇依旧能把周围仅有的光线凝聚在唇尖上，形成诱人的高光，她就像一个脱钩的鱼饵一样在水里上下浮沉，怎么会不引起大鱼的注意？

就在她路过一个小巷子时，里面突然冲出一个男人，一把尖刀直接架在她的脖子上。冰冷的刀贴合着女人的皮肤。女子虽然想要反抗，但当刀尖划破脖子的皮肤时，她瞬间感觉四肢无力。她惊恐地想要叫，但是刀尖又扎进去一点。在生命和贞洁之间，她无奈地选择了前者。女人泪水夺眶而出，后面传来了一个冷冰冰的男子声音："行了，起来吧。"

"你什么人？敢坏老子好事？"

流氓爬起来，甩手一刀扎向后面说话的人。可是那人动作很快，一抬手就把流氓的胳膊打麻了，刀子也掉在了地上。女人见状赶紧爬了起来，哭着跑开了。

这男子看着自己的手机，里面录制了流氓刚刚的恶行，冷冷地说道："这段视频，可以让你判几年了。而且你这种花柳罪，在里面可是会受到狱友的格外照顾。"

"你想怎么样？"流氓问。

"我能怎么样，我只是善心大发而已。"

"善心大发？你要是有善心，就别来坏老子的好事儿。"流氓说话虽狠，但是却不敢上前，因为他知道自己不是这人的对手。

"我说有善心，就是有善心。以后我会给你属于你自己的女人。你会衣食无忧，安享天年，过着神仙般的日子。"

"天底下能有这种好事？！你不会要割走我的什么器官吧？"

"就你那肮脏的器官，我才不稀罕呢？隔壁城市在不久之后会有一个福利院，专门收留可怜人。"

流氓当然不信天上能掉馅儿饼，他严重怀疑眼前这个人就是贩卖器官的，但是能够有吃有喝还有女人，就算过几年死了那也值得，最起码享受了这些快乐的时光："你说我会有我自己的女人？只是这样可不行，我要换着来，我可不会在一棵树上吊死。"

"可以，一年给你换一个。"

"好，我信你！那你需要我做什么？天底下可没有白吃的午餐。"

"在福利院开始正式运转之前，你先以流浪者的身份在街头出现，把更多的流浪人群带进福利院。以后我需要你做的事情，不伤天害理，不伤害别人，而且也不难，没有痛苦也不会要你命。"

从此以后，街上多了一个毫不起眼的流浪汉。而在另一个城市的街角，一个喝得醉醺醺的人肆无忌惮地放声高歌，歌词的内容不堪入耳。夜晚的宁静，被他那粗糙的歌声给锉了个稀烂。终于有人受不了了，只见一个睡衣男站在街角对着醉汉怒吼："大半夜的，不让人睡觉了吗？"

"我要唱歌关你屁事。老子赌钱赢大了，还不能喝酒庆祝庆祝？"

醉汉舌头都硬了,说话含糊不清。

"那你也要有最起码的公德心,大伙儿都要入睡了。"

"公德心是个什么菜吗?你又是个什么东西,来搅和老子的快乐……"

二人话不投机,不一会儿就扭打在一起。几番回合之后,睡衣男一个不小心被醉汉抱住了,他想要把醉汉甩开,没想到醉汉一口吐在了睡衣男身上,肮脏的酒肉残渣带着胃酸的气味喷了睡衣男一身。睡衣男胃里一阵翻腾,恶心得连忙后退,把身上的呕吐物抖下来。谁知醉汉抄起路边的一块板砖,照着睡衣男的后脑勺拍了过去。睡衣男瞬间倒地不起,整张脸瞬间浸泡在了血液当中。

醉汉一下清醒了过来,看看旁边没有人,也没有监控设备,扭头就跑。醉汉刚转过身去,迎面撞上了一个男人。那人被醉汉撞了一个满怀,然后嫌弃地整理着身上的衣服。醉汉一阵惊慌——这人什么时候在这里的,刚才的事情他都看见了吗?男人拿出了手机,饶有兴趣地看着刚刚的录像。醉汉见状,抄起手中的板砖朝着男人砸了过去,却被男人一巴掌扇过去,整个板砖都被扇碎了。醉汉惊得一动不动。

"如果我把这段视频给警方,你肯定要被判死刑的。不知道是枪决,还是注射。"

"你想怎么样?"

"怕了吗?你杀人的时候怎么不怕?要我保密也可以,但你要答应我的条件。而我的条件很简单,我会给你提供一个安乐窝,你可以在里面天天大吃大喝,泡在酒缸里也没人管,而且还没有脂肪肝、酒精肝,保证你健康长寿地享受美食和美酒。"

"你骗鬼呢?然后把我卖到国外做奴隶?"

"就你这体力谁要？我可以保证你会很好地生活下去。你现在要经常和朋友们吃饭喝酒，等福利院正式运营之后，欢迎你多带朋友过去。如果你同意的话，现在赶紧走，我来善后处理尸体。"

听完男人的话，醉汉头也不回地跑了。

其实流氓和醉汉也只是猎物而已。那个男人把晶片悄悄植入到了流氓和醉汉的身上，让这两个人的大脑各自经历了以为真实发生过的事情。其实女人和睡衣男只是晶片让两个人的大脑受到了相应的电流刺激。事实上，流氓对着一根电线杆不住地调戏，而醉汉则是将板砖拍在了垃圾桶上。

福利院终于建立起来，数以千计的流浪人员入住了进来。袁岸在福利院的办公室里等来了张慕仪。张慕仪打开门表扬着袁岸："事情做得不错，该有的都有了。接下来进行第四步：给所有的收容人员每人发一部智能手机，教给他们玩游戏、打装备、赚积分、上网聊天……"

袁岸对这样的步骤十分不悦，对张慕仪一点一点地告知计划更是十分厌恶，感觉自己被他操控得死死的。虽然袁岸表面上依旧执行张慕仪的计划，但背地里已经依托于公司的力量开始研发太空旅行的飞船，虽然他知道成功的可能性不大，但是最起码也要实现零的突破。

第十一章
超智诞生

十五年后,袁岸的企业已经取得了举世瞩目的成就,人们都已经在发达的网络环境中惬意地生活。然而不和谐的声音总是有的,在思峨星的某高端商业街出现了一个怪人。他抓起了商场里面的衣服直接穿在身上,然后给店员签了一个名字就打算离开。店员怎么可能允许他这样就走了?可是那人突然愤怒地一巴掌打在店员的脸上。店员又委屈又生气,直接报了警。

"你还敢报警,看警察来了会抓谁?你现在道歉,我还可以让警察饶了你,否则等会儿有你好受的。"

店员可不吃这一套。不一会儿警察赶来了,盯着这个买衣服不给钱的家伙就是一顿教育,教育之后肯定是要把钱补上的,还要为打店员的事情正式道歉。没想到他反过来把警察教训了一顿:"你们说我错了?反了你们了!我都给她签字了,她还是不依不饶让我付款,这不是无理取闹吗?"

警察听得一头雾水，然后让店员把这人的签字拿了过来，上面赫然写着——那亚鲁。

"这是你的名字？"警察好奇地问。

"对，不用怀疑，就是我本人。你们不用给我敬礼了！"

"你很有名吗？"警察轻飘飘地问。结果把那亚鲁给气坏了："我可是有国家元首的授权，无论去哪里，只要签我的名字，就等同于元首的签字。这么重要的事情，你们警察竟然会不知道？"

警察都听愣了："你有我们元首的授权？恕我孤陋寡闻，我还真的不知道。"

"你如果不知道，就问问你们领导！"

警察如果拿这事儿去问领导的话，肯定会被骂惨，但是面前这个那亚鲁信誓旦旦的样子透露出一种让人不可抗拒的真实。没办法，警察只能换个话题："那你要这套衣服干什么？"

"你们真的是够了。我今晚要和芮菲娅订婚，你们不会连这件事情都没听说吧？"

警察被惊掉了下巴，芮菲娅可是国民女神，和这么个家伙订婚，怎么可能呢？

"不相信的话，你们可以看新闻，现在铺天盖地都是关于我和芮菲娅订婚的报道！"

最近这段时间，有关芮菲娅的新闻全部都是她的电影发布会，和订婚没有半点关系。警察完全可以确定，面前这个那亚鲁就是个精神病——二话没说，直接把他带回了警局。经过一番特别费劲的询问，警察们发现那亚鲁的意识里有着太多他认为发生过，但是实际并未发生的事情，但诡异的是在经过测谎仪测试之后，仪器显示他并没有说谎。警察把他送去做精神病鉴定，结果显示他的精神没有任何问题。算了，让家属领回去吧，然后赔偿商场的损失。警察了解到那亚鲁来自彼岸家园福利院，于是局长发话："让袁岸来领人吧。"

"局长，彼岸家园福利院是我们这里重要的公益机构，让袁岸老总亲自来领人，是不是有点小题大作了？让其他的工作人员过来是否会好一些？"警员疑惑地问。

"嗯？那我亲自和袁岸通话让他过来。"其实局长早就想找袁岸了，不仅仅是因为那亚鲁，还有另外一件重要的事情需要和袁岸沟通。

袁岸正在办公室里闭着眼睛思考问题，这样思考已经有一段时间了，突然他睁开了眼睛，一句话也没有说，眼睛时不时地扫视着周围，时而深呼吸，时而挠挠头。最后一声叹息过后，他离开了办公室。这并不是袁岸在表演哑剧，而是他接到了警局局长的电话。

袁岸的公司开发了一项新的技术——把硅基芯片植入碳基人体当中，并且初步解决了两者之间的兼容性问题。芯片兼具通话、计算、上网、游戏等智能手机的全部功能。把芯片植入体内，人体就可以通过大脑直接控制体内的芯片接通电话。电子游戏、阅读资讯、视频图片，各种信号都可以通过芯片转化成生物电信号传递给大脑，大脑意识也可以对芯片直接操作。这完全改变了手机与人体之间的互动关系。手机不再放在手上，而是成为人体的一个器官。袁岸本来想把这款芯片称为"袁氏之芯"，但袁思梅觉得实在太拗口，干脆就叫"圆芯"好了。袁岸想了一下，叫作"圆心"似乎更加贴切。但是"圆心"目前还在测试阶段，只有袁家的人，以及公司几个核心成员在试用。其实圆心技术是袁岸受到了张慕仪晶片的启发，当然圆心远比张慕仪的晶片低端，还无法解决人的情感问题，没有办法模拟全部的外来刺激，主要是把传统的手机功能融入人体，实现了部分功能与人体的结合。

刚刚袁岸在办公室接到局长的电话，从表面上看他什么都没做，而实际上他们已经交流了不少信息。局长希望袁岸能到警局了解一些情况，袁岸没有理由拒绝，于是挂掉电话前往警局。

局长看见袁岸，用很正式的语气对他说："今天上午商场里出现了一个……疯子，拿着店家的高档衣服不给钱。目前已经查清楚了，他是彼岸家园的人，所以请你来把人带回去。本来还需要赔偿商场的损失，但是商场觉得他是福利院的人，本来就没什么钱，而且也不应该让你来赔偿，更何况衣服也没有损坏，所以这事儿就算了。"

袁岸心里有点不高兴，这种事情没有必要让自己亲自过来吧。但他还是很客气地应和着局长，在客气当中还带有三分不爽。局长察觉了袁岸的心态，在袁岸准备要离开的时候，局长拿出一张医学扫描片子给袁岸看："袁总，贵公司的彼岸家园福利院是非常重要的公益名片，我们警方也非常重视保护这张名片，所以请您过来了解一下情况。"

袁岸看着片子还是不知道警官在说什么，便走了过去接过片子细看。这张片子袁岸大致也能看得懂——人体头部扫描片："嗯？大脑怎么不见了？"

局长继续说道："袁总，这张片子是火葬场提供的，死者就是福利院的人。

"你什么意思？你是说我们杀人取脑吗？"

"不，我不是这个意思。去年我们市里医学院里的实习医生急需一具尸体标本做研究，可是当时特别巧，医院里面的死者家属没有一个愿意遗体捐献的。在万般无奈的情况下，医学院向火葬场提出了申请——希望能获取遗体进行学术研究。火葬场当时有几具遗体,其中有一具是彼岸家园的死者,而这名死者在进入彼岸家园之前曾经做过遗体捐献的登记,所以医学院就把遗体带了回去。可是在研究过程中,他们发现遗体的大脑不见了。这件事情相当怪异,于是医学院就报警了。"

袁岸听完不悦地说道:"报警?该报警的是我们才对!难道医学院怀疑彼岸家园杀人?!"

"说实话,最开始医学院确实有这样的猜疑。可是当警方介入之后,让医学院对尸体进行进一步研究,发现死者是因为得了消化系统的不治之症去世的,根本不是因为大脑摘除。这就排除了谋杀的可能,但是我们又不能就这样结案。所以最近一年我们对彼岸家园去世的所有人都进行了头部扫描。一年时间里彼岸家园一共去世了8个人。这8个人里,除了一个是脑出血去世的,其他7个都是正常死亡的。"

"什么叫正常死亡,脑出血也属于正常死亡的一种吧?"

"袁总,这8个人中,只有脑出血的人大脑还在。其他7个人的颅腔都是空的,但是这7个人的死因也是因为其他疾病或衰老,和大脑摘除没有关系。我们本来想问一下袁总是否知道这件事,现在看来你应该是不知情的。但是无论如何,这件事情需要告知你,同时也希望以后不要再发生这样的事了。"

袁岸听完局长的讲述,知道警方已经是相当客气了。袁岸能猜到,这事儿肯定和张慕仪有关,他一定背着自己在做一些不能告人的事情。但究竟是什么事情呢?袁岸必须亲自和张慕仪交流才能知道,但又不能就这样冲过去直接问,一旦打草惊蛇就会相当麻烦。

离开警局后,袁岸找到了张慕仪迂回着问:"十几年的时间过去了，你寻找梅瑞的计划就只有这些吗？瞧瞧福利院里的这些人整天玩游戏，上网聊天，就这样能找到梅瑞？"袁岸对着张慕仪略带嘲讽地说着。

张慕仪不慌不忙地启发着袁岸："那你仔细看看彼岸家园这些人，十几年过去了，他们都有什么变化？"袁岸看着他们，每天好吃好喝地供着，衣食无忧得像一群爷。如果说真有什么变化的话，那就是他们与外界几乎失去了联系，准确地说是失去了联系外界的兴趣。在彼岸家园里，他们甚至都不需要和周围的人交流，只要有网络，每个人可以随时和思峨星上任何一个人交流。这里和外面的世界相比，就是"彼岸"。

张慕仪看着袁岸继续说道："你没发现吗，这些人的思维很直接，他们很真实，他们也可以通过一部手机与自己之外的世界相连，无论是聊天、游戏、购物，还是学习、资讯。再加上彼岸家园有强大能力去满足他们的物质需求和心理需求，只要他们想，他们就可以得到自己所需要的一切！"

"等等！什么叫作彼岸家园强大的物质和心理支撑？我不可能满足每一个人的物质和心理需求。在第一批进来的人里面，我发现了很多人具有劣根性，酒色财气什么都有。有一个酒鬼，什么东西好吃他就跟我们的工作人员要什么，那个花样可是多得不得了。还有一个是色鬼，每天对着周围的女孩子色眯眯地笑，而且随时都能和女网红聊得火热。我怎么可能满足他们的物质需求和心理需求？"袁岸一头雾水地问张慕仪。

张慕仪哈哈大笑起来："你以为满足物质需求和心理需求就一定需要在现实里完成吗？想想李沐童现在过得是不是很幸福？"说完张慕

仪拿出一段他人的聊天记录给袁岸看。袁岸看着聊天记录头皮发麻，那竟然是那亚鲁和国家元首的对话。从对话的内容、语气上看，对方就是元首没错！更何况，谁敢冒充元首呢？

张慕仪看着袁岸吃惊的表情哈哈大笑："其实那亚鲁没有疯，在某种意义上他也没有撒谎。这是我计划的第五步，已经快完成了，只是还没告诉你。倒不是想隐瞒你，而是要给你一个惊喜。为什么美女会和色鬼聊天，国家元首又会给一个无业游民高级授权呢？告诉你吧，我已经收集了全思峨的聊天数据、知识、信息，建成了庞大的数据库，相当于大脑的记忆系统；再把思峨人的思维逻辑以编程的形式植入到了数据库里，对这些数据进行归类、总结、运算。这套系统最大的优点是可以自我更新迭代、自我发展。记忆系统和逻辑系统结合，就成为一个巨大的思峨大脑——我把这套系统称为'超智'。当然现在的超智还是初代，功能不是很完善。不过所有人已经可以通过手机直接与超智进行对话，超智可以模拟任何人与用户进行对话，所以超智可以是美女，也可以是元首……而且与超智对话的人一直以为自己和真人在网聊。当然目前我还只把超智与彼岸家园的人相互连接，但即使我现在把超智对外开放，外面的人也分不清楚哪些是真人，哪些是超智模拟的人。"

袁岸听到这里，感受到了巨大的危机——怪不得十五年前张慕仪要给彼岸家园的每个人都配备智能手机。如果继续这样下去，一旦超智对全部思峨人开放，那么每个人都将活在虚拟世界中，而且毫不知情。袁岸看着张慕仪，知道这个人的心里藏着不可告人的邪恶目的。张慕仪转身看向袁岸："不要着急，我不会把超智向全思峨开放的。我的目的也是寻找梅瑞，不会来祸害整个思峨星。今天晚上，我要带你看一出好戏。"

"一出好戏？"袁岸感觉到这可能是一出悲剧。

到了晚上，张慕仪带着袁岸来到彼岸家园的中央监视器控制室，看着整个彼岸家园的实时动态。他饶有兴致地告诉袁岸："在好戏开始之前，需要先补充一点信息作为铺垫，否则你看不懂接下来的事情。"说完，张慕仪又把两条聊天记录给袁岸看。其中一条是那个色鬼与一位美女主播的聊天。袁岸现在不会惊讶女子会和色鬼聊天，因为这是超智的模拟：

"大哥哥，你想我了吗？"

"当然想你啊，想得我要死要活的。"

"还是你对我最好，其他人都想通过我去吸粉赚钱，只有你对我最好。"

"对啊，天底下只有我对你最好。"

"那我晚上来彼岸家园找你……"

看完这条聊天记录，袁岸一阵无语，于是打开了另一条聊天记录：

"老弟，最近我们厂酿造了一款极品佳酿，是酒中的王者。想不想尝尝？"

"哥哥呀，老弟我就好这一口。就是我在彼岸家园出入不方便啊。"

"那怕什么，我来找你不就行了吗？"

"但是在彼岸家园里喝酒好像不太好！"

"哎！你平时也没少喝吧，别装了。再说我和你们袁总也熟，和他打个招呼就行了。等着！晚上我来找你，好酒好菜我带齐。"

袁岸看完了色鬼、酒鬼与超智的聊天记录，张慕仪对着监视器的屏幕说:"看这里,好戏来了。"

只见酒鬼对着虚空敬酒,还做着夹菜的动作往自己嘴里塞。不一会儿,竟然醉醺醺地东倒西歪,躺床上睡着了。

"你对他们做了什么?"袁岸虽然问出这个问题,但是他隐隐约约知道答案,可他又害怕那个答案,因为那个答案在他第二任妻子李沐童身上也有!

"我把晶片植入到他们身上。色鬼对美女缠绵的感受是真真切切的,而酒鬼的醉酒感和果腹感也是实实在在的。"

袁岸痛心地问张慕仪:"你的晶片可以让他们躺着不动,就能有这种低端的快感,为什么还要通过超智和他们聊天、玩游戏,每天生活在虚拟的世界里?"

"让这些人和超智互动,是要把每个人的欲望、内心的想法、精神诉求和实实在在的生理感受都上传到超智的数据库里,超智会进一步对人的心理和情感进行分析,尤其是不同的生理快感所对应的激素种类和水平,还有刺激神经的生物电信号。最终,超智将成为能够分析并控制思峨人精神世界和情感世界的云空间。在云空间里,每个人都可以去经历很多虚拟的事情,比如说和邻居的狗吵架,飙车,再例如饮食男女,味觉嗅觉……晶片可以直接模拟外界对肉体感官的刺激,让大脑有一种完全等同于外界刺激的真实感受。而且,超智所控制的云端世界,不仅仅是聊天、玩游戏那么简单,你都没注意到现在彼岸家园里的人都是联系起来的吗?比如和色鬼聊天的美女,虽然是超智模拟的,但是这个美女完全可以同时和旁边的酒鬼聊天,然后对着酒鬼说'我是色鬼的人,不能陪你喝酒'。于是酒鬼就会去找色鬼的麻烦,说不定会杀了他呢。"

袁岸一听"啊"了一声！"虚拟的世界可以把所有在虚拟世界的人联合起来，而且还会对现实产生影响！如果虚拟世界给人洗脑，让他们团结起来反政府、反社会、反人类，那么现实世界就会面临前所未有的灾难。"他一屁股坐在椅子上，看似自言自语地回复着张慕仪："也就是说，当超智云空间和你的晶片两者结合之后，陷入其中的人就完全沉浸在云空间里面，享受精神和肉体的双重满足，那他们就再也出不来了。"

"正解！这就是我计划的第五步，你没有能力参与，而且我估计还可能会阻止，所以我就自己做了。"

"你这样做的目的究竟是什么？和寻找梅瑞有关系吗？"

"袁岸，我所做的这一切都是为了寻找梅瑞。另外我知道警局找你了，因为彼岸家园死亡人员的大脑都不见了。你跟我来吧。接下来我要带你看看我们计划的第六步。"说完，张慕仪转身离开监控室，袁岸尾随在后方。

张慕仪缓步走到地下室，继续下楼梯，进入杂物间。在杂物间的最里面，是一个水阀间，一般人根本就不会来这里。袁岸跟着走进水阀间，这里面竟然还有一扇门——太隐蔽了，没有人会在意这里。张慕仪打开门，里面又是一条蜿蜒向下的楼梯。袁岸跟着进来后，张慕仪立刻把门关上。两人逐级而下，很快就走到了一间密闭的屋子。袁岸不禁惊讶，彼岸家园里竟然有这么个地方？什么时候建的呢？

"到地方了，别想太多了，你仔细看看吧。"

袁岸揉了揉眼睛，仔细一看，整个房间里整齐叠放着大量玻璃容器。这里面全是大脑，是人类的大脑，全都浸泡在培养液里。那些失踪的大脑原来都藏在这里，实在太瘆人了！袁岸仔细看着这些培养皿,每个培养皿都有两条线缆,他猜得出来,一条是输送营养的,一条是传输信号的。

张慕仪盯着这些大脑对袁岸说:"彼岸家园从建立到现在已经十五年多了,这些年一共去世了621个人,我在这些死人的身上做人体实验。你可以说我的实验令人发指,还有什么反人类罪,但是我自己觉得这是一件非常道德的事情。除了有19个人因为大脑疾病去世之外,剩下602个大脑全部都在这里。当一个人因为非大脑疾病而死亡的时候,一般情况下肉体死亡的一瞬间大脑还是存活的,几分钟后才会因为缺少血液输送的养分和氧气而脑死亡。在肉体死亡而大脑尚未死亡的这几分钟里,我把大脑取出来,放在了培养皿里,它们还可以活很久。"

"你真是太残忍了!"

"残忍?你说我残忍!你应该说我仁慈才对。我告诉你,在这些大脑的意识里,他们只是生了一场大病,然后又奇迹般地康复了。他们并不知道自己的肉体已经死亡,他们现在很幸福,他们生活在我给他们设计的虚拟世界里,每个大脑都配有一个晶片,给他们模拟各种在现实世界里能感受到的神经刺激。他们觉得自己正在返老还童,他们不用担心脂肪肝、高血压,每天尽情地体会着吃喝玩乐的快感,他们还有男女的快感、赌博的畅快、权力欲望的满足……你说我残忍吗?是我救了他们。"

袁岸不同意张慕仪的说法:"那你觉得他们得知真相后会高兴吗?"

张慕仪冷笑:"如果现在你有权限告诉其中一个大脑说,虽然你现在很快乐,但是你的肉体已经死了,你只有大脑生活在虚拟的世界里,现在要把你从虚拟世界里拯救出来,然后慢慢脑死亡。你觉得这六百多个大脑,哪个愿意被你'拯救'呢?"

袁岸看着眼前这六百多个大脑一言不发,盘算着张慕仪这个疯子下一步计划会是什么呢?

"你别猜了!超智解决了大脑联网的问题。大脑联网是一种基于分裂的统一。每个人都生来分裂,逃不了肉体的欲望,贪恋于吃喝享乐、酒色财气,但是也向往精神的追求,去拼搏、向上、奋斗,取得成就,实现自我价值。人生,其实就是苦与乐的集合。于是,我把大脑划分为三个模块。第一个模块是忧虑、顾虑,是对死亡、疾病、离别等事情的担忧。由于有了晶片模拟的快乐,又没有了肉体的痛苦,所以这个部分就排除掉了。第二个模块是享乐,是趋于堕落的肉体欲望。第三个模块是工作模块。在超智的云空间里,这些大脑可以没有任何顾虑地实现第二模块的快乐。然后,超智再把第三模块结合起来让他们实现大脑联网,共同工作。由于享乐主义已经把他们深深地拴在了云空间里,他们如果想要安心地待在这里享受人生,就必须发挥第三模块的辛苦工作,于是就驱动了大脑的互联。这是一种基于享乐的、劳作式的互联系统。"

袁岸受不了了:"这样实在太不道德了,这是反人类的罪行!"

"你们思峨人和我又不是同类。当你杀猪吃肉的时候,会说自己犯了反猪类罪吗?你还记得十几年前我们是怎么认识的吗?我为什么要亲自给你讲单细胞动物是如何变成多细胞动物的?每个细胞为了应对生存环境的变化,为了能够持续活下去才与周围的细胞联合在一起,形成一种以生存为目的的合作,这是一种最原始的契约。这种联合虽然能让细胞的群体活下来,但对于个体而言,很多细胞的生存质量、生存能力都下降了,存在的功能与意义也变化了。这些变化都是为了生存下去而被迫产生的,也必定会让每个细胞都失去个体的自由。如果哪个单细胞想要恢复自由而不受生命整体的约束,那么这个细胞就只能死去,或成为癌细胞让整体死去。你看看面前这些大脑,根本就不知道他们的肉体已经死了,而且还很开心地生活着。他们失去了肉体,失去了你所谓的自由,但是他们活下来了,他们相互连接形成一个巨大的统一体,这六百多个大脑,其实就是一个生命体!这和单细胞联合成为多细胞有什么不同?我的做法是符合自然规律的。"

"不!单细胞动物进化成多细胞动物,是它们的主动选择。而你这样做,并没有征求他们的同意。即使他们活着,享受着你所谓的快乐,但是他们失去了该有的自由!"

"什么叫该有的自由?谁能确定什么样的人该有什么样的自由?而且究竟什么是自由?以你自己为例,你的皮肤负责外在防御,脚负责走路,屁股负责排泄,你觉得组成这些器官的细胞有自由选择权吗?为什么你的嘴可以享受美食,耳朵可以享受音乐,眼睛可以看见美好的事物……而你大脑那么一个小小的器官能够指挥整个身体,享受着大量的生命资源?凭什么同样都是人体的细胞,却要分配在不同的地方?别忘了多细胞生命的起源是单细胞以生存为目的的契约化联合。为什么在平等的契约下,会有不平等的待遇?"

袁岸无言以对,却还要勉强应对:"你这是狡辩!这是注定的,我们只能服从人体密码的规定!"

"密码的规定?!不要因为你是人,你就要无条件地去信仰人体密码!演员可以质疑编剧,你们为什么就要崇拜密码?"

袁岸立刻反驳:"不,人体的密码是自然进化的结果!只有不停地进化，我们才能更好地生活下去。"

"你说得实在是太对了。生命体为了能够更好地活下去才会进化。我现在把这些大脑都联合起来，本来应该死的人现在都活了下来，这不就是你所谓的让这些生命体更好地活下去吗？而且这些大脑联合在一起，可以形成无与伦比的计算能力，创造出前所未有的物质财富！让整个思峨变得更好！这不是更好地生存吗？袁岸，你还是在用思峨人类中心主义观点在和我对话。如果要理解宇宙的奥秘，必须抛开这一点。即使你说的是对的，人类是高级的存在，那人体的密码是谁设定的呢？在人类之上更加高级的存在是什么？"

袁岸脱口而出："人类之上？我可以告诉你，是社会，是民族，是国家。"

"不，你说的这些是个人之上，并非人类之上，人类之上是更高的规定性。更何况即使是国家和社会，有军队负责防御和战斗，有农民负责种粮食，有医生负责看病，有工人负责生产……每个人都为了国家能够正常运行而让渡一定的自由，承担相应的工作，而且阶层与分工也相对固化。一个国家、社会，和一个大生命体相比有什么区别吗？而且从古至今，很多人、很多时候无从选择，比如在山沟里或是战区的人，一出生就要面临贫困或者战争。你认为奴隶就甘愿做奴隶，佃农就甘愿做佃农，工人就甘愿做工人吗？"

袁岸立刻反驳："也有很多人热爱自己的工作，有着自己正常的生活！"

"那为什么农民和工人还要起义、罢工？为什么会有朝代的更迭？整个思峨范围内还有那么多战争？"

袁岸被这一系列问题逼到了无言以对的境地。张慕仪看着沉默的袁岸继续说道："你看看眼前的这些大脑，他们就是一个统一的整体，是超智云空间的中央处理器和存储器！就像单细胞合成多细胞，个人组成社会，是为了把各自最强的功能发挥到极致。就像把单个计算机连接了互联网，就可以把每台电脑的效能进行指数化的提升，而且人类大脑可比电子计算机强大太多了。"

"人脑的处理速度怎么能和计算机相比呢？计算机的速度要比人脑快才对。"

"你觉得造物主创造的人类，会比人类创造的电脑落后吗？在单个人类当中，即使大脑发挥到极致也仅有10%的使用率。一旦大脑实现互联之后，就可以全部得到开发。这种计算量，是超越你想象的！而且人脑的洞察能力、感知能力、顿悟能力，都是计算机所没有的。你，在电脑面前失去了人类该有的自信！"

张慕仪看着袁岸的无言以对的表情继续说道："你问我为什么要把大脑联网，我这还不是为了寻找梅瑞吗？我知道你背着我在研发太空飞船，可是你的研发只是杯水车薪而已。因为你配套的计算机根本计算不出来你所需要的数据。而且最关键的是，以你们思峨人单个大脑的智慧，根本无法理解宇宙的时空形态和运行方式。就算你们有强大的数据计算能力，你们也不知道要计算什么。可是如果让上千个大脑同时联网工作，那就会形成新的认知结构，你所面临的全部问题都会迎刃而解。不过现在的超智系统算力还不够，必须再补充400个大脑才可以。"

袁岸这才明白张慕仪这十几年到底都在做什么。袁岸很矛盾，即使张慕仪说得天花乱坠，在他看来超智也是违背人性的，至少现在还不能接受这种做法。更何况要完成组网的话还需要四百个大脑，总不能去杀人吧。

张慕仪看出了袁岸的忧虑，提醒他说："彼岸家园里不是还有上千人吗？"

袁岸赶紧阻止张慕仪："不行！这是反人道的。"

"所谓的人道，是一种概念而已。概念在不同的环境，不同的时间会发生变化。一味地固守着某种概念，那么这个社会将不会有任何发展。如果现在你觉得单纯为了找到梅瑞，还无法让你做出这个所谓的反人道的决定，那你再换个角度想想，如果现在有外星飞船来攻击思峨，只有把思峨人脑联网才能研发出对抗外星人的技术，否则思峨就会毁灭，那你还会顾忌你所谓的人道和人权吗？"

"当然不会！因为那关乎我们整体的生存。"

"哦？这样就不在乎人道了对吗？那再换个角度来思考，每一个星球都是有寿命长度的，思峨早晚有一天也会不适合居住。如果思峨人想要一直生存下去，未来就只能离开这个星球。可是你们的技术行吗？万一到了那一天，你们还是没有研发出能满足全体思峨人太空旅行的技术，那才是灾难。那为什么不现在就借用超智系统，研发出太空旅行的技术呢？可以说，现在寻找梅瑞的计划，同时也是未来思峨文明延续下去的计划。"

张慕仪说得好像也有道理，可袁岸依旧没有办法同意张慕仪的做法。而张慕仪又补了一句："你的儿子袁思瑞真是不错，现在也奔三十了。如果你不参与我的计划，那么可以由他来继续参与，接下来袁思瑞将全权继承你的工作。你年纪也大了，万一哪一天不小心病死了，那可就不好了。"

袁岸知道，这是对自己生命的威胁，于是厉声说道："你怎么会这么卑鄙,你不是说我们有共同的目标,是利益共同体吗?"

"利益共同体这东西有着太多不确定因素。我们共同的利益是梅瑞,你目前所做的这一切都是基于你对梅瑞的爱,只是现在看来你也并不是那么爱梅瑞。现在我再教你一点,任何利益合作关系,只要时间够久就必定会有不愉快的因素,当合作方的利益无法得到满足的时候,合作关系必定会破裂,所以就必须抓住对方的把柄、软肋,只有这样才能在对方想要退出的时候还能继续合作下去。"

袁岸听了张慕仪的话,终于知道这个人的内心深邃得可怕。他如果要杀自己,实在是太简单了。但是袁岸不可以死去,因为现在思瑞的心智还不成熟,绝对会被张慕仪玩死。

袁岸没有办法,只能静观其变,在妥协中寻找机会:"计划可以继续执行,但是彼岸家园的人必须在知情并且同意的情况下才能贡献出大脑,如果他们不同意,就不可以扩容超智!"

张慕仪答应得很爽快:"可以,没问题。只是你太不了解人性了。"

随后的几个月,彼岸家园里发生的事情远远超出了袁岸的想象。袁岸本以为,人们会为了自由和独立而拒绝加入超智,实际上也确实有一小部分带着独立意志和理想的人选择了离开,但是更多人的选择完全出乎袁岸的预料,他们争先恐后地要加入超智。原来张慕仪先是放出话来:彼岸家园的收容能力不够了,现在需要把多出来的人清除出去,他首先从那些酒色财气的人开始入手。当他们知道自己有可能被驱逐出彼岸家园的时候,立刻变得焦虑不安。紧接着张慕仪又出了一条规定:凡是愿意参与某项计划的人,就可以永远留在彼岸家园享受衣食无忧的生活。这些人并不知道到底要参与的是什么计划,反正都欢呼雀跃地要参与进来。可是当知道是要献出大脑时,他们犹豫了,很多人想要退出。不过张慕仪对他们说:每个人的大脑依旧活着,而且脱离了肉体的束缚,也不会感觉自己没有肉体,就和平时的生活没有任何区别,而且不会为疾病发愁,每天还能声色犬马、酒池肉林……他们兴奋了,想要立刻就参与这项计划。袁岸完全没想到,竟然会有这么多人甘愿沉沦在享乐与堕落的虚拟世界里。难道独立人格和自由意志,对这些人一点意义都没有吗?

在这群甘愿参与计划的人当中,酒鬼首先站了出来:"我该怎么做才能享受这种无边的快乐?"

"欢迎你的到来,你将为思峨的发展做出杰出的贡献。你什么都不用做,只要今晚大吃一顿,喝最好的酒,然后沉沉地睡去就可以了。等到你醒来,就进入了完美的世界。"

接下来色鬼也跳了出来对着张慕仪说:"我的愿望你应该知道吧,我都不好意思说出来。"

"这有什么不好意思的?饮食男女,是人类最基本,也是最真实的需求。你的坦诚,也将为人类世界做出贡献。今晚你睡个好觉,醒来时一切都将变得终极美好。"

袁岸在旁边看得直摇头,虽然他并不希望这些人如此堕落,但是想要找到梅瑞的话,就需要这些大脑。就这样,四百个大脑很快就凑齐了,袁岸看着这些自愿捐献出的大脑不知是悲是喜。数日后,彼岸家园大门口有一批人提着行李准备离开,这些是对自我意识和自由意志有很高要求的人,他们不想再在彼岸家园待着了,要去寻找自己的世界。

张慕仪懒得看那些即将离去的人,把袁岸带到地下室对他说:"超智系统已经扩容完成了。你看好,这个仪表显示的是每个大脑的状态，包括开发程度、健康程度和工作强度等等；那里则显示的是各个大脑的协调系数……"介绍完之后，随着张慕仪按下开关，所有的大脑开始联网工作。

看着电流持续刺激着每个大脑，袁岸感到害怕起来："他们真的没有痛苦吗？这种高强度的劳动，他们受得了吗？"这些大脑静静地待在培养皿里进行高强度的工作，谁又能知道他们的真实感受呢？

"不需要想太多。现在大脑们正在进行深度开发，大脑的使用程度很快就会超过80%，所以你认为的高强度工作在这些大脑面前根本就是小菜一碟。大脑当然需要休息、享乐，不会一直让他们工作的。极度的享乐与工作的协调，会让大脑保持高效率的运转。这就是超智完美的协调机制——利用人的堕落和欲望来促使他们工作。"

袁岸听着这些话，努力猜测着这个计划里到底隐藏着什么不可告人的秘密，绝对不是寻找梅瑞那么简单。但张慕仪的一句话打断了他的思绪："你的太空飞船的研发进度怎么样了？是不是遇到各种系统性的困难？现在把你研发的全部难题尽数转入到超智系统来，让超智帮你攻克难关。"

袁岸也想看看超智的计算功能到底有多强大，于是就在意识里控制着体内的圆心，把公司关于飞船的研发数据传输到超智中来。张慕仪看着袁岸传输来的数据哈哈大笑："这么一点问题都解决不了，你还想实现太空遨游吗？"

"或许对于你来说这不算什么，但是对于我来说实在太困难。计算机根本就模拟不出来宇宙的形态，例如多维空间的连接关系，还有时空转换带来的各种数学问题。"袁岸刚说完这些话，发现超智竟然已经把这些问题全部都攻克了，现在建成太空船只是时间问题。张慕仪看向袁岸："你现在可以锻炼身体，保持强健的体魄，否则没有办法实现太空遨游。至于公司里面的事情，你应该让袁思瑞学着打理，毕竟他到了执掌全局的年龄，必须好好培养。假以时日，定成大器。"

听完此言，袁岸有一种被张慕仪牢牢掌控的感觉，知道这是要逼迫自己下台，他当然不甘心，但是没有能力反抗。这些年来袁岸观察着张慕仪，这个人的力量太强大。无论是自己还是袁思瑞，甚至他全家的性命都被他控制着。在绝对的实力面前，任何反抗都是徒劳的。袁岸此时才发现，他没有能力飞离思峨的时候，总想着能够获得这种能力。当有能力离开的时候，才发现自己的家人原来是那么重要。

"袁岸，你不要想太多，你们全家都是安全的，接下来我会把思瑞当作亲儿子一样培养的。"

袁岸看着张慕仪这副连道貌岸然都算不上的嘴脸，深刻体会着被人掌控是多么残忍的折磨，他知道自己从一开始就被张慕仪盯上了，或许这就是宿命的种子，从他对梅瑞动情的那一刻就已经种下了。一年之后，太空船在超智的运算下顺利完成，而袁思瑞也接管了整个公司。

袁思瑞正式成为公司掌门人之后的第一件事，就是在张慕仪的支持下把袁岸研发的"圆心"优化，完成后在全球范围内推广。当袁思瑞回家和袁岸一番交谈之后，父子二人都感觉事情不妙。

"思瑞，公司的事情还能掌控吧？推广圆心你是怎么想的，为什么一上台就把这件事情提上了日程？"

"哎！怎么说呢？公司很多事情都被张慕仪控制着。虽然推广圆心也算是我的想法，但是我感觉张慕仪比我还着急。"

袁岸最开始发明这项技术，确实是为了实现通信方式的巨大变革，最终目的也是推向全球市场，但是现在和袁思瑞沟通之后，更加惧怕张慕仪深藏着的庞大野心。袁岸内心深处的桀骜不驯，促使他体内沉睡的雄狮再一次苏醒。他看着袁思瑞说道："圆心的发布会是什么时候？把整个发布会的方案告诉我。"

"张慕仪想要我在4月份召开全球发布会。距离现在也只有不到两个月的时间，这么大型的活动，我觉得很仓促。"

"确实很仓促，你要找个理由把时间往后拖，尽量拖到7月份。"听了袁岸的话，袁思瑞开始盘算着装病、旅游等各种能够拖延的借口，然后问道："父亲，为什么要把时间向后拖呢？"

"为了自由！"袁岸用一种刚毅的目光盯着窗外。

第十二章
弑神计划

7月的夏天已经很炎热了，而此时袁思瑞正在热火朝天地举行"圆心手机"的新闻发布会。他慷慨陈词："感谢夜以继日、不停奋斗的工作人员，感谢前辈们的开拓，感谢用户们的支持……"

虽然很多人都知道这是袁岸时期的研发成果，袁思瑞只是继承了袁岸的衣钵，但大家看着袁思瑞少年老成的样子，忍不住地感叹虎父无犬子。袁思瑞胸有成竹地讲述着圆心的优点："有了这项技术，传统手机将不复存在，所有的功能都将直接植入人体内部。手机硬件和人的思维直接绑定在一起，大脑可以直接对手机发布指令，不需要任何操作，手机就是人体的器官。这将是通信领域前所未有的变革……"

介绍完圆心之后，进入记者提问环节。所有的摄像机都对准了袁思瑞，收看全球直播的人都竖起了耳朵，不想错过一个字，因为他的发言必将引领思峨文明随后几十年甚至数百年的发展方向。当然这种新闻发布会的流程和讲稿，包括记者的提问都是已经确定好了的。一切按照计划进行着,只是突然出现了一个小插曲。在答记者问环节之后,袁思瑞开始介绍"圆心"的主创团队,他一时兴起直接充当了主持人的角色。

"下面有请我的父亲,也是这项技术的创始人——袁岸先生。"在一阵掌声雷动之后,袁岸缓步走上台去,坐在台上最中间的椅子上。袁岸在上台之前看了一眼旁边的张慕仪,虽然张慕仪不希望袁岸再过问公司的事情,但是圆心毕竟是袁岸牵头研发出来的,现在面向全球发布,袁岸想要亲眼见证这一时刻也在情理之中。袁岸当然知道张慕仪对此是很不高兴的,所以为了打消他的猜忌,袁岸让袁思瑞把他也邀请到了发布会现场来。

袁思瑞陆续邀请相关人员上台就座:"下面有请我们的技术总监魏峰,他是我们公司技术研发的领军人物。"在魏峰就座之后,袁思瑞郑重地宣布:"最后一位,有请我们袁氏集团的科技顾问,也是这个项目的重要支持者——科技馆馆长张慕仪先生。"张慕仪完全没想到袁思瑞会让自己上台,他本来只想做一个幕后的影子。不过现在现场的媒体和全球的观众正在盯着,他只能不太情愿地走上台去。

随着张慕仪落座,全体嘉宾亮相完毕,随后是短暂的交流,此时袁岸也坐回了嘉宾席。现场主持人慷慨陈词:"就是他们,创造了圆心,也正是他们,将带动全球通信领域的革命。我们本次发布会,到此……"

"等一下!我还有个问题要问。"有一位在计划之外的记者突然站了出来,主持人本想拒绝这个记者的提问,但是袁思瑞却示意让他问。

"尊敬的袁先生,您的科技即将改变思峨文明的进程,这在历史上都是从来没有过的。似乎人类几千年的文明史，就是为了催生现在的这个时刻。"

记者说到这里，袁思瑞感觉非常满意，于是示意这位记者继续提问。记者话锋一转："圆心技术是将带有人工智能的芯片植入人体。我个人预测，未来通过这项技术可以实现人类个体之间的联网，可以将整个人类都联结成一个整体，思峨将会变成一个巨大的、整体的大脑，所有的人都将是这个大脑里面的脑细胞。"

其实作为一个记者，提问的问题过长是一大忌讳，但是他并不是在提问，而是在借助全球的媒体表达自己的观点。袁思瑞佩服这个人的勇气，示意他继续说下去。

"我想问一下袁先生，当全体人类都成为整体，那么每个人的自由意志在哪里？以后我们个体生活的意义在哪里？"

在场的人都没想到，这个记者最后的落脚点不是对圆心的肯定，而是一种诘难。袁思瑞默不作声地把目光投向袁岸，然后又看向旁边的张慕仪，观察了他们的表情之后开始回答："你的这个问题是对未来的猜想，我们科研人员一般只注重具体执行层面的事情。你的提问很有科幻感，可以交给我们的顾问慕仪馆长来回答。"

此时张慕仪已经非常焦躁，袁岸在旁边冷眼相看。张慕仪没有办法，只好郑重地回答记者的提问："这是你个人的观点。就算你的观点是对的，是否使用圆心是每个人自由选择的，未来不会出现你所说的那种情况。"

袁思瑞听到张慕仪的回答，嘴角略微地向上扬起。张慕仪面沉似水，内心却泛起了狂澜，因为如果这个问题回答不好的话，一定会影响圆心在全球的推广。在场所有的工作人员都对这个插曲感到不快。

有了这个猝不及防的插曲,主持人想要立刻结束发布会,免得再次节外生枝。可就在这个时候,又有一个计划外的事情发生了。台下传来了一个清脆的女声:"袁先生,我代表我们学校的全体同学向您表示致敬。您是我们学习的榜样,我们也会像您那样在科技发展的道路上奋发努力。"

人们纷纷望向这位女子。那是一个二十多岁的女士,端庄、典雅、知性。技术总监魏峰感觉这个女子很眼熟,有一种似曾相识的感觉。

女子继续介绍道:"我曾经是一个孤儿,在袁氏集团的校园公益资助下完成了学业。现在我也有了我自己的人生,在一所学校教书。在这里我想感谢袁氏集团,是你们给了我重生。我坚信圆心一定经得住各种考验,对世界文明的发展会有很大的推动作用。"

张慕仪听完她的讲述暗自高兴,这位女子的讲话可以很有效地缓解刚才那个记者带来的尴尬。

"袁先生,我能否抱您一下?"那女子面带羞涩地问道。

在这样一个全球直播的场合,女子其实不该提这样的要求,但是既然提出来了,袁思瑞也就不好拒绝。其实何必拒绝,这是一个制造噱头的绝佳机会。随后袁岸也站了起来,带着一副和蔼可亲的笑容凑向了女孩的脸,明显被那灵动的眼睛所打动。他轻拍了女孩的肩膀,女孩的双手顺势搂住了袁岸的后背,当然这只是礼节性的拥抱。

女子又来到张慕仪身边做出了拥抱的动作。张慕仪一时之间不知道该如何回应,只听女子说道:"馆长好,虽然您不在袁氏集团任职,但是您对他们的发展一定也给予了很大帮助。有时间,请您到我的学校给学生们做科普讲座。"

听完女子的这番话,张慕仪也不好拒绝。女子一只手抱住了他的腰,另一只手抱住了后背。就算是张慕仪也难以抵挡这女子的魅力,难道她要和我发生点什么浪漫故事?但是张慕仪突然察觉情况不对,糟了!可为时已晚,在女子右胸的玫瑰胸针里,一根尖刺弹了出来,刺破了张慕仪的衬衫,直刺心脏。一剂药水射入了他的体内,张慕仪连叫不好,一掌劈在了女子头上,女子应声倒地!张慕仪一把抓住还插在自己身体里的胸针扯了下来,而后踉跄地跌坐在椅子上,大口喘着粗气,直到气若游丝……

"思梅!"袁思瑞迅速跑到女子旁边,扶起来查看她的伤势。

"梅梅,我的梅梅啊!"袁岸也从旁边跑了过来抱紧女子,魏峰在旁边看着心疼,这就是袁思瑞的妹妹袁思梅。就在众人查看袁思梅伤势的时候,在场的人都忽略了一个要命的细节,张慕仪从座椅上缓缓地坐了起来,用胸针对着袁岸的后背就扎了进去。袁岸一阵惨叫后晕倒在地。

现场所有的记者和工作人员都被这一幕震惊了。在旁人看来,只是那位美女抱了慕仪馆长,随后张慕仪就一掌劈在了女子头上,然后袁岸和袁思瑞过来搀扶女子,张慕仪用最后的意识站起身来,拿着胸针扎向了袁岸!袁岸迅速昏迷过去,张慕仪也不省人事。

这其实是袁岸的"弑神计划"——想要干掉张慕仪,重获自由身,让全家逃离他的控制,让整个思峨逃离他的控制。袁岸知道袁思瑞太年轻,对张慕仪这个居心叵测的野心家并不了解,袁岸毕竟和张慕仪打了十几年的交道,所以他亲手策划了这次刺杀张慕仪的行动。真正负责刺杀行动的是袁思梅,袁思梅和袁思瑞不同,她从来没有在张慕仪面前露过面,而且这次也化了能够改变容貌的妆,张慕仪断然是认不出来的。袁岸本来不同意袁思梅负责刺杀张慕仪，但是如果换作别人的话，就很容易泄露消息，甚至投靠到张慕仪那边去，所以袁思梅主动请缨。她佩戴胸针的位置是根据张慕仪的身高、心脏的位置量身安排的，她热烈地拥抱张慕仪，就是为了让针能够刺入他的心脏，胸针里藏着的是强烈的麻醉剂和放射性药物。虽然计划成功了，但这一掌劈下去，着实让袁思梅吃了不小的苦头。

"父亲，您醒了！"袁岸看着自己身上插着各种管子，还有心电图，还在不停地输液，便知道现在注射的一定是抗辐射的药物。

"是我大意了！梅梅怎么样了？"

袁思瑞回答："还好，她只是脑震荡而已。您不用担心，妈妈在旁边病房陪着她呢，现在需要担心的是父亲你自己啊！还好思梅把绝大多数的药剂都注入了张慕仪体内，您身体里的只是很小一部分。您只是被麻醉剂给迷晕过去了。"

"你觉得我会关心麻醉剂吗？辐射药物对我的身体产生了多大影响？"

袁思瑞低头不说话，袁岸也大概猜到了情况不妙："你说吧，我挺得住。"

"虽然注入父亲体内的放射性药剂的量已经很小了，但还是对DNA产生了很大影响。医生估计您还有五年左右的生命，而且这中间还要承受很多痛苦。"

袁岸苦笑了一下，比起自己身体上的痛苦来说，全家的自由更加重要。不过有一个消息让袁岸感到欣慰——张慕仪被注射了药剂之后，大量的麻醉剂让他陷入深度昏迷，而后放射性药物开始破坏他的DNA结构。由于DNA链条断裂，没有办法再合成新的细胞，老细胞坏死之后，各个器官就会失去相应功能。

袁岸知道张慕仪是坎瑟星人，也知道坎瑟的变体技术，如果没有放射性药物破坏张慕仪的DNA，无论是枪击还是炸弹，在张慕仪面前都很有可能失效。所以就用迷药和放射性药物一起，先让他晕倒，再破坏他的DNA结构，这可能是最好的方式了。袁岸醒来的消息刚传出去，警方就来人了。袁岸把张慕仪外星人的身份和危险性告知了警方，并把当年赛特在思峨星上破坏的技术设施，说成是张慕仪做的。由于袁岸的社会影响力，还有摆在眼前的事实，军警双方很快采取了措施，在张慕仪还没有完全死亡的情况下就实施了火化。

不久之后袁岸出院了，现在的医学手段很难化解袁岸体内的放射性元素，只能依靠药物缓解疼痛。袁岸回到家里，看着妻子严青和袁思梅准备的一桌晚饭，说出了自己的计划："我还是决定去寻找梅瑞，那是支撑我很多年的梦想，也是心中挥之不去的痛。但我必须说明的是，这几年因为张慕仪的威胁，让我知道了你们在我生命中的重要性。我曾经想放弃寻找梅瑞的计划，想和你们一起好好生活下去，但是现在我的时日不多了，而且我也不想让你们看着我在痛苦中死去，所以我还是决定驾驶太空船去寻找梅瑞。"

严青哭了，她知道没有办法挽留袁岸，但是宇宙这么大，袁岸如何才能找到梅瑞呢？袁岸看着即将出现繁星的夜空，拿出了梅瑞当年离开时留给自己的通信器，通信器依旧时不时地发出一些信号，袁岸想通过追踪这种信号去寻找梅瑞。

第二天中午，袁岸来到了李沐童家里，想在临走之前再看看自己曾经的爱人。李沐童在厨房忙活着，做了一桌子菜，对着虚空喊着："袁岸，饭好啦！你怎么还不来吃饭？"没有任何回答，随后又是李沐童的说话声:"你再说一句试试看,看我怎么修理你。"李沐童幸福地端着菜来到餐厅,坐在了椅子上,对着一面墙幸福地凝望。袁岸知道,此时在李沐童的眼里,"看见"自己就坐在对面。但她对于真实进来的袁岸,却完全没看见。

袁岸走到李沐童面前,想让她真实地感觉到自己的存在。可是袁思珏直接拦住了袁岸:"妈妈的精神不能受刺激了,如果你再出现在她面前,会把她吓到的。你回去吧。"

袁岸看着自己的二儿子,知道他心里有怨,只是袁岸还想多逗留一会儿,他看着面前这个痴情的女人——她并没有疯,却做着和疯子一样的事情。

袁思珏说道:"比起妈妈之前思念你的痛苦来说,现在的她很幸福。我会照顾好妈妈的。"

在离开思峨之前,袁岸独自来到了彼岸家园的地下室,那里有一千多个大脑在工作着。袁岸的目光不由自主地盯着后来陆续加入的四百个大脑——这些是为了身体的原始欲望可以出卖灵魂的人。如果真如张慕仪所说,单细胞动物是为了活下去才形成的多细胞,而后才有了高度精细化的高级生命体,那么这些人的做法无疑是违背了当时单细胞联合在一起的契约。大脑是人体当中最高级的器官,而大脑为了享乐刺激,舍弃了其他的细胞和组织——大脑背叛了身体。想到这里,袁岸不禁一阵后怕——自己的大脑是否也曾有过对不起身体的情况呢?想想自己之前那些年的所作所为,大脑为了能够快速取得科研成果,指挥着整个身体熬夜加班。虽然大脑的愿望满足了,但是却加剧了整个身体的衰老。还有抽烟、喝酒,这些东西的刺激让大脑会有很好的享受,有强烈的愉悦感,但是却给肺和肝脏带来了巨大的损伤。这不都是大脑为了自己而背叛了身体的其他部分吗？

想完这些，袁岸愈发地不明白"人类"究竟是什么，意志究竟是什么，自由又是什么。袁岸最后看了一眼这个给他带来无限困惑的地方，在离开的时候封死了地下室的入口，决定让这些大脑自然死亡，结束这一切。他本想把这个地下室，还有张慕仪晶片的事情都告诉袁思瑞，但是想想还是算了。这是一个能释放出灾难的魔盒。几年后，等这些大脑都自然死亡了，这件事情就彻底画上了句号。袁岸怀着复杂的心情，登上自己研制出来的宇宙飞船，踏上了寻找梅瑞的征途。严青似乎也没有之前那么难受了，毕竟她也不想看着袁岸痛苦地死在自己面前。与其大家都痛苦，何不让他用"希望"去冲淡痛苦呢？

袁岸走了以后，袁思瑞出色地打理着公司。袁思瑞一直都记得，他刚到这个家时袁思梅用一双大眼睛盯着他问："哥哥，你能保护我吗？"这么多年来，袁思瑞一直守护着妹妹。而且在他长大以后，就像照顾亲生母亲一样呵护着严青。袁思瑞本身是苦命之人，所以他有很深的同情心，除了打理公司之外，彼岸家园也是他关心的事情，继续收容那些需要帮助的人。为了能够给袁思瑞分担一些工作，思梅也参与打理彼岸家园的事务。

另一方面，由于圆心的功能实在太强大、太便捷，在整个思峨卖疯了。袁思瑞现在可以放心销售圆心，因为张慕仪已经火化。当时新闻发布会的负面影响也顺利通过公关手段给抹平了，大概就是说——科技馆馆长张慕仪很嫉妒袁氏集团的技术，他想以顾问的身份空手套白狼，却被袁岸拒绝，所以就现场攻击袁岸，最后因为心脏病发作而去世。

袁思梅结束了彼岸家园一天的工作，闭着眼睛"看着"今天的各类新闻，女孩子自然少不了看一些娱乐八卦、美妆衣服之类的，只是突然蹦出来一条新闻——我市郊区一民用住宅楼发生重大火灾，事故现场已有多人遇难，目前消防人员正在全力救援。据分析，此次火灾事故是由传统手机充电引起电池爆炸所造成的。文章在此也呼吁还在使用传统手机的市民，注意用电安全。

　　袁思梅睁开眼睛，迅速打通了哥哥的电话，希望能够捐赠一批圆心手机给生活困难的市民。袁思瑞也看到了这则新闻，他知道这是给圆心营销的好机会，为什么不去做呢？

第十三章
阴魂不散

一个月后，火灾的阴霾已经逐渐散去，只是彼岸家园的门口却热闹了起来。三个无家可归的人想要进入彼岸家园，其中一个由于饥饿竟然直接晕倒在了门口。袁思梅见状，赶紧把人都安排进来。三人当中只有一个人算是比较完好的，另两个人可谓惨不忍睹，尤其是晕倒的那个人全身重度烧伤，面容完全被毁，简直就是一个佝偻着身子的怪物。

袁思梅看着这个可怜人，强忍着巨大的排斥感，一步一挪地走向他。查看一番之后，她让工作人员把这人抬了进去。在经过简单的治疗后，那人醒过来了。思梅问他叫什么名字，他用祈求的眼神和着浑浊的泪水望着思梅说道："我这样的人还有什么名字？我的家人在火灾中烧死了，以后谁还会叫我的名字？我不想要那个名字了！只要你肯把我留下来，我可以做任何事情。我不怕脏、不怕累，收拾卫生、扫厕所什么都能干。求求你了！"他沙哑的嗓音，不知道是火灾造成的，还是哽咽造成的。

思梅自然不会把他赶走,而且他也不需要扫厕所。在接下来的日子里,这人主动承担起了彼岸家园最累的活儿,凡是他能干的都抢着去干。时间久了,袁思梅也不再害怕这个人,就对他说:"我知道那场火灾让你很痛苦,也很怕火,不过火怕水。既然你不想提起以前的名字,那我以后就喊你'水叔'吧。"这人用沙哑的嗓音挤出"嘿嘿"的笑声,似乎对这个名字很满意。虽然袁思梅克服了对水叔外貌的恐惧,但是彼岸家园其他人对水叔还是很孤立的。水叔总是一个人默默工作,只有看见袁思梅的时候才会露出笑容。另外思梅的小狗啾啾也已经步入了老年期,它对水叔也很友好。水叔时常逗啾啾玩,也时常在袁思梅的背后向她投以想亲近又想远离的目光。

袁思梅这段时间也会帮助袁思瑞打理一下公司的事情,因为最近袁思瑞休假去了,日常工作强度实在太大,一直这样紧绷着身体肯定吃不消。随着圆心的用户越来越多,现在最重要的事情是后台的运营,包括软件开发、数据管理以及维护整个系统的稳定。由于圆心就像植入人体内部的器官一样,所以安全性和稳定性至关重要。袁思瑞非常清楚这一点,所以一直都小心守护着后台系统,可还是出问题了。袁思瑞只能提前结束假期,到相关部门去接受问话。

"袁总,你对社会的贡献是不言而喻的,这一点我们就不再重复了。但是目前来看,你的圆心在学生群体的身上出现了负面影响。大量学生每天沉迷于游戏,沉醉在虚拟世界里。而且圆心植入到学生体内,老师和家长根本就搞不清楚他们在干什么。我记得你之前开发了一套阻止学生沉迷的程序,可为什么现在有这么多学生会沉迷于虚拟游戏?"

面对这个问题，袁思瑞暂时无法回答，不是不知道答案，而是他所掌握的实际情况还不止如此。除了学生之外，很多退休人员也出现了沉迷虚拟世界的迹象，甚至成年劳动力也同样如此。袁思瑞只能做着保证："我一定会查清楚原因，维护良好的教学秩序。"

在回去的路上，袁思瑞一个劲儿地发蒙。其实他一早就开始弥补漏洞，设置了防沉迷程序，可是目前这个情况并不是防沉迷程序能够解决的。从袁思瑞掌握的实际调查资料来看，这些人所感受到的快感，根本就不是游戏所能够给予的，说明有更大的漏洞还没有被发现。

袁思瑞回到办公室，发现技术总监魏峰正在门口转圈踱步。袁思瑞知道魏峰有这种反应，绝对是有很重要的事情，而且从他轻快的步伐上看，应该是好事。当魏峰看到袁思瑞后兴奋地说道："袁总，您最近一直不在公司，有些工作有必要向您当面做个汇报。尤其要汇报一下我们是如何突破那项技术难关的。"

袁思瑞知道魏峰是个稳重的人，什么事情能让他如此兴奋呢？"你指的是……难道说！"

"是的袁总，就是'碳基-硅基'的共生技术！"

听到魏峰的回答，袁思瑞也兴奋了起来。其实之前做的初代圆心一直还有一个瑕疵——虽然硅基芯片和碳基生命体能够进行一定程度的融合，但是却不能相互协调共生。初代圆心植入体内，只有软件可以更新，硬件不可能实现升级。现在有了碳基-硅基共生技术，圆心在人体内终于可以实现硬件升级了！袁思瑞问魏峰："你是如何突破圆心芯片升级技术的？"

"我们在硅基芯片里叠加了生物芯片。生物芯片能与人体进行高度融合，在人体内部实现更新换代。这项创新有一个不可缺少的因素——人体DNA合成蛋白质，是三个密码子确定一个蛋白质的。我们最近研究出一项技术，用六个密码子来合成一个蛋白质，而且合成的蛋白质依旧可以被核糖体识别，参与正常的生命活动。碳基芯片部分可以依靠蛋白质的合成，实现硬件升级。初代圆心的使用寿命大概是二十年，一个人一生要更换三到四次。现在的圆心寿命是五十年以上，很多人一辈子都不需要更换。"

虽然袁思瑞觉得这项技术还存在风险，但是所有的技术都必须经历这一阶段，同时另一个问题涌上了心头："这项技术难度太大，这么多年都没有取得突破，为什么突然就研制成功了呢？"

魏峰回答："这还是要归功于初代圆心。初代圆心与大脑可以形成有效补充，科研人员能通过圆心与其他同事联网工作，共同处理极难的数据。这种互联效率，简直是指数级的提升。"

看着眉飞色舞的魏峰，袁思瑞突然感到心一惊：如果换个角度来看，从初代圆心到二代圆心，完全可以理解为芯片利用人类的需求实现了迭代。人类只是起到了辅助作用而已！虽然目前必须有人工的介入，可是未来人工介入会越来越少，直到不需要人工介入。那么日后人脑会不会被芯片所控制呢？尤其是在人体蛋白质能够支持圆心硬件迭代升级之后！这太可怕了，袁思瑞没有勇气再想下去，转而说道："新的芯片叠加技术暂时封存起来！在我们没有弄清楚这项技术的弊端之前，绝对不能拓展到应用领域！"

"啊？袁总，我们已经把这项技术在全公司的员工范围内进行了植入，而且市场上那些使用一代圆心的用户，在刚刚过去的几天内就有近千万人升级成了二代圆心，现在运转得相当理想！"

"为什么没有我的签署命令就这样去做？你胆子也太大了吧？"

魏峰一脸迷惑："袁总，我们线上是走了标准的审批流程的啊！"袁思瑞一听，惊出了一身冷汗，他的脑海中似乎总漂着一些像是浮游生物一样的思路，整也整不起来，抓也抓不住，还有一种深深的预感——等到这些零碎的思路拼起来之后，一定会形成超越他控制能力的东西。此时的袁思瑞紧闭双眼一动不动，把现有的线索一条一条地排列组合，希望能够找出什么蛛丝马迹：父亲出走太空，圆心全球大卖，然后防沉迷系统莫明其妙地失效，二代圆心研发成功，随后推行二代圆心……

袁思瑞睁开眼睛问魏峰："防沉迷系统失效了，这件事情你知道吗？"

"知道，可我觉得问题并不大，而且已经解决了！这次事件是因为有黑客向我们的后台系统发动了攻击，破坏了部分防沉迷程序，但是我们已经将所有的进攻全部瓦解！"

"等一下！'所有的进攻'是什么意思？"

"袁总，自从我们的圆心发布至今，黑客的攻击就一直没有停止过。我们每瓦解一拨攻击之后，都会升级一次防护盾系统。尤其是经过最近一次攻击，我们已经将防护盾升级到短时间内无人可破的程度。"魏峰自信地回答道。"但是袁总，这件事情已经过去十几天了，您怎么现在才问起来？"

"不对！我刚刚才从相关部门回来，他们反馈给我的信息是，此时此刻，很多学生正在沉迷于游戏。还有，我在最近休假的这几天里，看到很多人每天在太阳下躺着，一副悠闲的样子，肯定是体内的圆心让他们沉迷在某种娱乐当中。如果你说十几天前就把防护盾系统升级完成，那么此时此刻发生的事情该怎么解释？"

魏峰听完袁思瑞的话，立刻让技术部查询后台数据。命令发布之后很快便得到反馈："魏总监，从后台数据上看，目前没有任何黑客攻击，而且也没有任何一部手机的防沉迷系统失效！"

魏峰看着袁思瑞，似乎对这个情况相当自信。可袁思瑞更加相信自己眼睛所看到的，突然一道灵光从脑海里闪过——二代圆心并非人脑主导的结果，是一代圆心利用人类的使用需求，利用研发者的求知欲望，结合人脑的智慧自我发展的结果。如果一代圆心是有自我意识的话……老天！难道父亲的太空飞行器研发成功，也是因为圆心联网的帮助吗？否则怎么可能极短时间内就突破了那么多技术瓶颈？

袁思瑞想着想着，感觉骨头里钻进丝丝凉意，然后把之前发生的事情再次放在一起梳理——母亲去世之后，父亲把我接过来和思梅一起住；父亲的第二任妻子李沐童疯疯癫癫的；还有父亲这几年的生活状态似乎是失去了自由；很多人沉迷了，大脑控制不了自己的行为……老天！是不是有某种能够控制大脑的东西进入了父亲的意识？还有李沐童应该也是，而且她比较严重。可是一代圆心是不可能有自我意识的！除非！除非圆心在植入人体后，有什么人提供了具有独立意识的智能的软件程序给用户下载，或者在用户不知情的情况下强行安装进去！

想到这里，袁思瑞知道自己接下来该做什么了。他对魏峰说道："目前我们的后台数据看不到任何异常，这本身就极不正常。说明有一个我们没有发现的程序已经侵入，并且融入了我们的系统，所以我们的防护盾无法识别它。即使所有的圆心都被黑客控制，后台依旧不会有任何反应。"他对着魏峰发布了新的命令："查一下以往黑客发动攻击的网络地址，还有我的网络审批签名是怎么回事？"

袁思瑞觉得，自己网络签名是极度加密的系统，连这套系统都出问题了，何况其他的呢？他把这个任务交给魏峰，自己则赶紧回到家里找到严青："妈，爸爸走后他的书房有没有收拾过？"

"当然没有，我原模原样地保持着他走时候的样子，就连灰尘都没有打扫过！"

袁思瑞打开父亲的书房，希望能够找到一些线索。他环视周围，严青站在旁边看着："思瑞，是不是发生什么事情了？"袁思瑞做了个噤声的手势，希望她不要打断自己的思路。袁思瑞看了一眼父亲使用过的电脑，他都懒得打开！因为电脑里的线索，是最容易被黑客销毁的。袁思瑞找了半天也没找到个所以然，严青却在旁边焦急地询问一些无关紧要的问题。袁思瑞没办法只能说："妈，您先休息一下，不忙的时候把自己身上的圆心取下来，从现在开始要使用传统手机。"

"啊？怎么圆心出问题了吗？这不是我们自己家的产品吗？"

"这么大年纪了就别有好奇心了，快点！"

"我以前的那些手机肯定都没电了。现在就要把圆心取下来吗？"

"对！还有，把我以前的手机也充个电。等一下我也要把圆心取下来！"

严青离开了，袁思瑞继续在书房里寻找蛛丝马迹。他把视线逐渐聚焦在了墙上的一幅画——是几十年前绘制的"信息高速公路"。这根本就不算画，而是海报，没有所谓的美感，但是却记载了历史。画面的内容是两台电脑分布在画面的左下角和右上角，中间有一条网络公路连接着。袁思瑞鬼使神差地走向这幅画，仔细一看果然发现了一些线索——两台电脑处，被人用铅笔画了两个人头的轮廓。由于是铅笔绘制的，所以不走近是很难看出来的。这样一来，这条高速网络连接的就不是电脑,而是人脑!一种闪电一样的灵感直接劈入了袁思瑞的脑海里,他一个激灵背后冷汗都下来了:"妈!赶快!我们要立刻把圆心取出来!立刻!"

袁思瑞一边取出自己的圆心一边说:"还有,赶紧给思梅打电话,让她也取出来!"

"思瑞,你这是在开玩笑吗?取出芯片的设备在家里,她在彼岸家园怎么取出来?"

"用刀挖出来!我没开玩笑!"

当严青拨通思梅的电话时,她正在彼岸家园里散步,看着周围那些其乐融融的被收容者,内心也感觉自己做的事情是值得的。袁思梅沉默地和严青通话,但当她听到电话里说"用刀把芯片挖出来"的时候,还是忍不住地惊呼了起来:"啊?用刀!挖出来吗?"

随着袁思梅的惊呼,旁边正在收拾卫生的水叔被吓了一跳,赶紧跑了过来问袁思梅是否需要帮助。思梅看了一眼水叔示意没事,然后继续向前走着,水叔在后面露出担忧的神情。袁思梅一边走一边看着自己胳膊上植入圆心的地方,就给袁思瑞打了电话:"哥!用刀挖,那得多疼啊!挖出来之后,圆心怎么处理呢?"

"赶紧扔掉!不管扔哪儿,立刻扔掉。"

袁思梅回到房间一咬牙、一跺脚,连血带肉地把芯片取了出来。她本来想直接丢进垃圾桶,但是看着这带着血的玩意儿瘆得发慌,不要它和自己放在一间屋子里,于是打开窗户扔了出去。楼下正好是景观池,圆心缓缓地沉入水中。

在挂掉袁思梅的电话之后,袁思瑞的圆心也取了出来,然后又赶紧问严青:"妈,我之前的那个传统的手机充好电没有?"

"凑合着能用吧，估计电池可能不太行了。"

袁思瑞刚打开手机，在开机铃音之后，紧接着一阵久违的来电铃声响了起来，袁思瑞点开了通话键。

"你好，哪位？"

"大哥，你搞什么呢？怎么一直不接电话，还问我是谁，你说我是谁？"

袁思瑞听到了对方的说话声，知道是袁思珏的电话，他本来想解释自己换了手机，电话号码都没了，但是袁思珏的一句话把他想要说的话全都憋了回去。

"我妈没了！"

"阿姨没了？没了，是什么意思？"

袁思瑞本来希望"没了"是走丢了的意思，毕竟在一般人看来李沐童有点精神问题，但是事实经常会往更坏的方向发展——袁岸的第二任妻子，李沐童去世了。虽然李沐童和袁思瑞没有直接血缘关系，但也算是一家人。袁思瑞怕严青担心，就没有和她说明真相，只是说公司有急事要赶紧回去。

等到袁思瑞到达现场的时候，袁思珏的脸上露出一种他从来没见过的表情——不仅是悲伤，还有疑惑不解、愤怒的神情。

"阿姨是怎么死的？"

"猝死！而且是高度愉悦的猝死。"

袁思瑞在路上设想了无数种死法，心脏病突发、脑出血、车祸……当他看到袁思珏的眼神里有复仇的目光时，还以为是有人入室抢劫杀人，可他怎么都没想到袁思珏是这种回答。

"弟弟，到底是怎么回事？"

袁思钰把医生检查的报告单递了过来，补充着说道："我妈的死亡原因，是亢奋猝死。"

"亢奋猝死？"袁思瑞难以置信地看着他。

"是的，我妈体内有大量的多巴胺、内啡肽，还有雌激素，等等吧。从激素水平上看，她临死前应该是达到了一种难以想象的快乐状态。"

"我知道她的精神和其他人不太一样，是不是精神问题导致的？"

"不是！我非常确定。虽然母亲平时里看似有精神问题，但是我带她去做过检查，没有任何问题。除了和父亲有关的事情之外，她一切都是正常的。除此之外，还有一个非常诡异的原因！"

"什么？诡异？"袁思瑞不解地问。

"她体内不仅激素种类多，而且还出现了不正常的聚集现象，像是被什么力量调动起来的。"

"这，怎么有点像吸毒的表现？"

"看着像，但完全不是，她体内没有任何毒品残留。也就是说，她可能有了类似吸毒的强烈快感，但是却没有任何吸毒的行为。而且刚才说了，还有其他的各种激素……"

"强烈的综合性快感，让阿姨直接去世！"

"是的。我怀疑，有一种力量在我妈体内调动着各种激素水平，让她能够产生不同的快感。而且我更加怀疑，有某种我们不知道的东西，能够控制我妈的眼睛。大哥，请你诚实地告诉我，我妈体内是不是植入了你们公司的什么产品？"

"二弟，我比你想象得更在意家庭关系，我不会那样对待阿姨的。现在看来，阿姨体内确实有可能被植入了什么东西，但是这个东西绝对不是我们公司产品。如果你同意的话,我希望能把阿姨的遗体运回公司做详细检查。"

"我希望你能保护好我妈的遗体,让她像模像样地上路,千万别支离破碎的。"

在运送遗体回公司的途中,袁思瑞一直在思考袁岸书房里那幅画:这幅画肯定包含了父亲的某种思路,二代圆心的出现其实是人脑联网的结果,目前圆心的后台系统正在遭受黑客的攻击,李沐童的大脑应该是被控制了,一代圆心还不具备调整人体激素水平的功能……

一路乱想,到了公司,袁思瑞第一时间让技术部扫描李沐童的身体,自己就在旁边等着结果。当扫描仪扫过李沐童的头部时,耳朵附近开始有些许的电火花在皮肤表层出现。袁思瑞紧张起来,这里肯定有东西。他赶紧向显示屏看去,可是就在他转身的一瞬间,李沐童的耳朵处爆炸了。虽然只是很小范围的爆炸,但是也让她的半边脸变了形。袁思瑞赶紧向着遗体冲过去,他希望李沐童能够漂漂亮亮地离开这个世界,可是现在竟然弄成这个样子,自己该如何向袁思珏交代?

事后,袁思瑞把情况告诉了袁思珏。袁思珏把袁思瑞好一顿数落。不过好在都是兄弟,李沐童最终也算入土为安了。然而这件事情并没有完,袁思瑞要查清楚李沐童遗体爆炸到底是怎么回事,于是他把魏峰找了过来负责调查。在袁思瑞交代调查任务之后,魏峰又汇报了上次黑客攻击的事情:"袁总,上次您让我查的事情已经有了眉目,只是情况有点怪!"

面对着魏峰"有点怪"的用词,袁思瑞没有表现得很惊讶,因为他内心一直在做着迎接某种突发事件的心理准备。魏峰继续汇报:"我查过自初代圆心问世以来,所有网络攻击的IP地址。虽然分析起来有不小的难度,但是我们还是有了初步的结论!"

"这个时候,还邀什么功?别说困难,直接说结果!"

"在所有的网络攻击中,攻击强度和频次参差不齐,但是如果按照攻击性质来分,则只有两种:一种是业余型的,而另外一种非常专业,专门寻找我们的漏洞,攻击最薄弱的环节。而且攻击强度都不大,应该是试探性的。但是发动这类攻击的网络地址是遍布在全球各个地方的虚拟地址,表面看起来没什么联系!"

"不可能,这绝对是有组织的,而且有高端智囊在背后做支撑。"袁思瑞回道。

"所以我说只是'表面看起来没有联系'。我顺着网络地址查询过去,还真有一些真实的网络地址,这些电脑有家用的,也有其他公司的办公电脑……但是无一例外,这些电脑都没有经过人为操控,而是在使用人员忘记关电源的情况下,电脑自行对我们发起了网络攻击。"

"自行发起?!"

"是的,每台电脑都被病毒程序控制了。我们安排了很大的技术力量进行溯源,终于查清楚了控制这些电脑的最终网络地……地址……"说到这里,魏峰开始吞吞吐吐起来。

"你怎么了?你倒是说呀!"袁思瑞看着面前的魏峰说话变得吃力,眼神逐渐涣散,但是看得出来,他很想把话说完!

"址……地址……是!是……"

袁思瑞摇晃着魏峰的胳膊,但是感觉他的意识开始进入了另一个世界。突然,魏峰的嘴角上扬,露出了一种很享受的微笑。

"醒醒,你怎么啦!"袁思瑞想要喊秘书过来帮忙,可是发现秘书也已经是眼神呆滞,满脸快乐,直挺挺地仰着头傻笑。袁思瑞赶紧回过头试图让魏峰继续回答，只见魏峰的嘴角流出了血液，然后眼神猛地聚焦。袁思瑞知道，魏峰是用最后的意识咬破了自己的舌尖，希望能够用疼痛强行唤醒自己的意识，哪怕只有几秒。魏峰用残破的舌尖讲出了含糊不清的话："彼岸……家……家园！"说完，他便和周围其他人一样，微仰着头傻笑。

袁思瑞猜到这应该是芯片的作用，魏峰毕竟是跟着自己打拼多年的铁杆兄弟，袁思瑞二话没说拿起剪刀直接把魏峰体内的芯片挖了出来。一阵龇牙咧嘴的疼痛过后魏峰倒在地上呻吟着。袁思瑞顾不上管魏峰了，迅速冲出去查看公司其他人的情况。走廊里、办公室里、休闲区里，所有的人都在乐呵呵地傻笑，一副对生活充满了享受的傻瓜模样。他迅速给袁思梅打去电话，袁思梅接到哥哥的电话时被他咆哮式的说话给吓了一跳："思梅，你还好吧！赶紧找个地方躲起来！"

"我躲，我躲什么？我正在忙着呢，彼岸家园里一堆事情都要处理！"

"那彼岸家园现在没什么异常吗？"

"啊？异常指的是什么？今天的树叶落下来的格外多，算异常吗？"

"那人呢，人有没有什么不对劲？"

"你怎么啦？所有人都很正常啊……好像都很快乐的样子。"

"你等我，我马上过来！"

不久之后，袁思瑞来到了彼岸家园。他只能亲自开车，因为司机也傻掉了。他一路飞驰，看着沿途有很多人和公司员工毫无二致。在他开车进入彼岸家园的时候，大门还没有完全打开，他直接撞了进来。看着福利院里这些人一个个乐呵呵的，知道这里也沦陷了。袁思梅刚好在楼上看到这一切，知道肯定是出事了："你这是怎么啦？"袁思梅对着冲进来的哥哥问。

"来不及回答那么多了,彼岸家园里可能出了内鬼!"

"内鬼?出卖我们的机密吗?彼岸家园能有什么机密?"

"不!这里的网络地址,对我们公司曾经发起了大量的网络攻击,而且攻击的水平相当高。是彼岸家园里的电脑攻击我们公司的网络,我现在需要查看这里的电脑!"

袁思瑞说完之后,开始寻找整个彼岸家园里性能最好的电脑。可是袁思梅在旁边告诉他彼岸家园里电脑都是非常普通的家用电脑,根本没有能力对公司发起专业的攻击。袁思瑞听到妹妹慢条斯理又充满逻辑的解释,突然意识到自己刚刚被眼前的事情乱了阵脚。现在应该冷静,冷静地寻找线索——发动攻击的网络根源就在彼岸家园,说明幕后的黑手知道"最危险的地方反而是最安全的",这说明幕后黑手就是我们身边的人。在幕后黑手的意识里,我们不会轻易想到去查自己的彼岸家园,但是他也没有想到我们的技术人员也不是吃素的,竟然真查到了这里。现在,彼岸家园里还没有傻掉的人,就都是最值得怀疑的人。

想到这里,袁思瑞看了一眼袁思梅——思梅是绝对可以信任的!有动机的,那只有商业对手!可是对手不可能在彼岸家园里做这件事!那就是和我们内部关系很紧密,但是又对公司有敌视情绪的人。难道是袁思珏!他一直都没有完全原谅父亲……不不不!这都想哪儿去了!

袁思瑞非常讨厌这种明知道有事情要来,却不知道是什么事情、什么时候要来的憋闷感觉。他把思绪集中在彼岸家园的电脑上,明知发起攻击的网络地址就在彼岸家园,可是这里却没有能够完成这件事情的电脑,那就只剩下一种可能——这里隐藏着一台谁都不知道的电脑。

"思梅,这里有没有什么比较隐秘的地方?"

"隐秘的地方?"袁思梅在这里工作了很长时间,对这里的每一个角落都了如指掌,哪里会有隐秘的地方呢?袁思梅扒拉着记忆深处的每一条线索:明面上的房间是不需要再去思考了,如果硬说有这么一个地方的话,那应该是连自己从来都没有去过的。袁思梅突然灵光一闪:"父亲离开思峨之前,我经常来彼岸家园玩耍,有好几次都看见父亲小心翼翼地从地下室出来……"

袁思梅还没有说完,袁思瑞就跑着冲向了地下室。

"哥,你等等我。"袁思梅在后面跟着,就像小时候跟着他到处跑那样。到了地下室,袁思瑞仔细寻找着各个细节,就在手机灯光能够照到的极限位置,他们看见有一堵墙明显是后来砌成的。砌墙的手法很烂,没有任何美感,而且砌墙之人似乎还有意把墙体加固了,显得更丑。袁思瑞环视周围,旁边还有一些打扫卫生的扫把、铁铲之类的东西。他让思梅举着手机照亮,自己开始撬动砖墙。砌墙的手法太粗糙,根本就不需要太费劲就撬开了一个一尺见方的洞。看着墙洞里发出来冷淡的光,二人同时打了个寒战。袁思瑞直接用脚踹向周围的几块砖,洞口逐渐变大,可容得下一人通过,袁思梅也跟着一起帮忙,手机发出的光线在袁思梅的晃动下迅速变得凌乱。

伴随着袁思瑞用力的一脚,轰隆一声墙塌了。兄妹二人进入这个秘密的地方,眼前的情景让他们震惊了——成百上千个大脑在培养皿里,每个大脑又被连接了线路——他们都是活的,还在工作!老天!他回忆起来在袁岸书房的那幅画,原来是这样!这简直就是摧残人性。不！这是从概念上瓦解了"人"和人的文明，还有肉体。不！这是从存在的原始，从本源……不！袁思瑞根本就没有办法形成完整的话语来形容这种对"人"和"人的一切"的摧残。袁思梅也在旁边"啊"的一声叫喊了起来。

"梅梅，不怕！有我呢！"袁思瑞说完之后，袁思梅一直没有回音。袁思瑞觉得有点不对，以往妹妹害怕时总会抓住自己的胳膊，而这次怎么一点反应都没有。袁思瑞刚要转头看向袁思梅，发现她离自己好远。随后一个沙哑的说话声传了过来："没想到你能找到这里来，真是太不容易了。"

袁思瑞循声望去，才知道袁思梅刚刚喊叫的那一声不是被这些大脑给吓的，而是被一个人拽了一把。

"我看着你们把墙挖开，免得我自己动手了。"

袁思瑞吓了一大跳，赶紧对袁思梅说："梅梅，过来我这边！"

"哥……我不敢动！一动就痛。"

袁思瑞看着那人，一个无比丑陋的家伙，他的手竟然还摸在袁思梅的腰部。袁思瑞垫步上前一脚踢飞了那人的手。袁思梅见此机会赶紧跑向哥哥，可是她刚迈开腿就全身一阵剧痛，扑通一声摔倒在地。袁思瑞赶紧扶起妹妹，而那人看了之后笑得更加灿烂。思梅回头一看："水叔？！"

袁思梅撑起身子问道："水叔，你为什么要这么做？！"

"水叔？多么恶心的名字，还不如叫我张慕仪呢！"

"张慕仪？你竟然还活着？"兄妹二人一听眼睛都睁大了，他竟然还活着！

"呵！你以为张慕仪就是我的真名吗？从今天开始，请叫我——

阿特珞玻斯！"

"阿特珞玻斯？你想干什么？"袁思瑞对着阿特珞玻斯小心地问。

"我说我想复仇，你相信吗？袁思梅当时的胸针很漂亮，只是没有思梅漂亮。"说完，阿特再一次哈哈大笑："你们是不是想知道我为什么没有死？我告诉你们也无妨，其实我早就猜到袁岸想要除掉我，只是没想到他竟然还会使用这等计谋。袁思梅，你胸针里的麻醉剂确实把我迷晕了过去，放射性毒药真的给我带来了很大的麻烦，实在是太痛苦了。但是我有一项你们思峨人根本就不具备的生物技术——变体，通过DNA的排列重组来改变生命体的状态。所以只要给我充足的时间，我还是可以恢复过来的。但是我怎么都没想到，你们竟然在我最虚弱的时候把我推进炉子里火化，把我烧成这个样子。"

兄妹二人都没想到阿特珞玻斯竟然如此难缠，袁思梅突然意识到一个问题："之前的那次所谓的传统手机引起的火灾，应该是你人为纵火的吧？你故意把很多人烧成残疾，你就可以混入其中，假装是火灾把你烧成这个样子，然后进入彼岸家园！"

"对！只有这样才不会引起你们的怀疑。否则一个被火烧成人不人鬼不鬼的家伙突然到这里来，你们很容易怀疑我就是没被烧死的——张慕仪。"

"那你回来究竟要干什么？"袁思瑞问道。

"当然是因为这些大脑了。这些大脑是袁岸时代创造的人脑计算机。人脑有局限性，人工智能也有缺陷；但是这两个东西结合起来，相互补充进行联网，就能形成超级计算机——超智。对你们公司发起网络攻击的，就是你们面前的这台超级人脑计算机。看样子，袁岸什么都没告诉你。"

袁思瑞听得傻了眼，因为这种事情已经超越他的想象了，他只能默不作声地听下去。

"这台超智可以控制全球的电脑对你们发起攻击，还可以控制二代圆心调节用户体内的激素水平。但是我低估了你们，你们竟然找到了这里。"说完他哈哈地笑了起来。

袁思瑞现在已经非常确定——二代圆心开发成功，其实就是超智的阴谋，比起一代圆心，它竟然还能操控人体内激素水平！他为了验证自己的猜测，问了一个自己都知道多余的问题："那我们公司的员工，一个个就跟傻了似的，也是你操控的吗？"

"没错！他们没有傻，而是很幸福。他们现在的这种状态只是我的实验而已，看看超智能否控制全部的二代圆心使用者。实验成功了！现在他们每个人都生活在自己想要的世界里，享受着酒色财气，满足着欲望与发泄。他们每个人就像这些培养皿里的大脑一样，享受着空前的快感。一代圆心是你父亲抄袭我的晶片的结果，我是故意让他抄袭的。但是一代圆心质量还不行，所以在魏峰等人进行大脑联网的时候，超智进入联网系统引导他们研发了二代圆心，二代圆心能够与生命体完美融合，会更好地控制人脑，还具有自我迭代的能力。如此一来，超智不仅能控制圆心硬件设备，还能通过圆心调节人体激素，以此控制每个圆心用户的精神和情感，还有生理感受。从此以后，超智系统里的大脑就不需要在培养皿里了，而是在每个人的身体里。二代圆心的所有用户都是超智系统里的一分子，他们的大脑都在很享受的状态下，联网'工作'着。"

袁思瑞焦虑地问："你是如何想到通过满足人们的欲望来让大脑工作的？他们就真的甘愿在虚拟的世界里不出来吗？"

"这不是很简单的道理吗？以前人们要活下去，就必须生产，然后交换产品，实行社会分工和商业贸易。本质是通过满足个人的需求，活下去、更好地活下去，有了利益交换人们才会辛勤工作，工作的根源在于满足欲望，无论是合理的还是不合理的。我让大脑的享乐部分、情感部分得到在现实世界里无法得到的满足和快感，那么大脑工作的部分就会拼命地干活儿。更何况在这些大脑的意识里，他们依旧生活在现实世界，虽然有着高强度的大脑劳动，但是他们所得到的快乐，是远远超出工作所能换来的。你觉得他们愿意出来吗？而且这些快乐是虚拟的，可以无休无止地供应。"

"是你冒充我的网络签名签批了二代圆心的推广，对吗？"

"这种问题也要问？当然是我！你们整个公司的运营系统我太了解了，然后通过超智渗透进去，这很难吗？"

袁思瑞意识到自己确实很笨，随后他转向另一个问题"你自己明明有晶片技术，为什么还要让我父亲仿造出不成熟的圆心来？"

"因为我必须借助思峨的力量来执行我的计划，按照思峨的逻辑行事，不能用坎瑟的方式！只有这样，我才能在安全的宇宙环境中实现整个思峨星的大脑联网！"

袁思瑞在电光石火之中闪出了一个念头：说不定李沐童生前身体里的东西，就是阿特的晶片："那李沐童的死是不是和你有关！"

"当然是我干的。因为她的体内植入了我的晶片，而且是你父亲亲手放进去的。这个晶片可以让植入者产生和真实世界一模一样的感受。当时你正要检查她，我只好远程操控晶片杀死她。但是我不会让她在痛苦中死去，我让晶片不断发出电流，让她享受无与伦比的快乐，快乐致死。我本来想着你们会将她火化，晶片也就烧毁了。这样你永远也无法找到母版晶片的破绽！可是你偏偏要尸检，我只能让晶片自爆了。虽然她走得比较难看，但是生前的欢愉却是真真切切的。"

"你羞辱了她！"

"不！你这只是用一般的文化定义来看待这件事，可是身处事件当中的人却不一定这么认为。尤其那些面对死亡恐惧的人，如果临死之前能够忘掉恐惧、忘掉死亡，在快乐中不知不觉地去世，你认为他们会觉得这样不好吗？"

"可我们公司的员工都还没死，你又凭什么把他们都变成被操控的大脑计算机？这是反人类的！"

"他们现在为了快感而工作，没有病痛、没有离别、没有焦虑！你脑子里装的是可怜的文化学概念。你难道没有发现，人类的文化和生理需求，是反着的吗？文化往往都是反人性的东西。"

袁思瑞厉声反驳道："文化，虽然在局部上、短时间内是反人类的原始欲望，但是这样可以避免人类陷入欲望的深渊，让人类获得发展。"

阿特呵呵冷笑："我的技术让每个人的欲望都得到空前满足，而且丝毫不影响他人。人没有得不到的爱，没有舍不掉的痛，无论想要什么，都能在意识层面得到远超预期的满足，人与人之间不再会起冲突，没有摩擦，各自都过着理想的生活。那你觉得还需要文化干什么？要那些反人性的条条框框干什么？"

袁思瑞无言以对，只能带着对未知的恐惧问他："你接下来要干什么？"

"跟我来吧，让你亲眼看看岂不更直接？"

兄妹二人跟着阿特离开了地下室，阿特一边走一边说着："你真是挺坏事儿的,这些大脑在这里至少还能运行10年,都不需要维护,我在外面远程操控就可以了,你偏要找到这里!袁岸好不容易把墙砌上,真是的……"

说话间,阿特带着二人离开了彼岸家园,来到繁华的街道。只见每个街头的大屏幕广告,都在宣传二代圆心,而且还可以免费更换一代圆心,还有免费给没有植入一代的人直接植入二代。

袁思瑞惊呼:"怎么会这样?"

"你们公司的员工不是还在'工作'吗?他们正在全球范围内投放广告。你的工厂也在加速生产二代圆心。不久之后,全球的人都会植入二代圆心,然后数十亿的大脑都会成功联网,到那时会是多么壮观的场景。即便现在,地下室的一千个脑子,加上已经使用二代圆心的人,就已经产生如此强大的功能,想想几十亿个脑子……哈哈,我太期待了。"

袁思瑞想要阻止阿特,但是却不知道怎么阻止,只能说出超智的弊端,希望阿特能因为超智存在缺陷而暂时停下来:"你想过没有,这些大脑早晚有一天要死亡,到那个时候你该怎么办呢?"

"你担心这个干什么?圆心的使用者,完全可以在我的操控下繁衍、生息,不断孕育出新的生命,为超智提供新生代大脑的人类。"

袁思瑞看着街道上那些争先恐后要植入二代圆心的人,一股无力感蓦地袭来,旁边的袁思梅突然栽倒在马路上,疼痛得抽搐起来。阿特对着袁思瑞说道:"如果你以后还要破坏我的计划,那你将会亲手送你妹妹上路。"

袁思瑞恨得牙根痒痒,但是一点办法都没有,只能谩骂着:"你这个卑鄙的小人!"

阿特倒是笑得轻松："在漫长的岁月里,我对卑鄙这个词已经麻木了。我今天教给你一个道理——卑鄙只是过程中形容手段的词语,它无关乎结果。历史也并不是由过程所决定的,而是由一堆事件的结果堆砌的。"

袁思瑞抱着妹妹,听着阿特的一派胡言但是却没有办法反驳,而且他竟然莫名其妙地觉得阿特的话还挺有道理,虽然他很不愿意承认!

"那你能否告诉我,你把思峨人的大脑联网成超智,你又能得到什么呢?是权力,还是财富?还是满足你变态的心理?"

一阵笑声过后,阿特珞玻斯看着眼前这个好奇心很强的"孩子":"袁思瑞!你的眼界还没有突破思峨的范围,没有上升到宇宙的格局,你只有局部的认知而已。我接下来要做的事情需要一个见证者,要有人记录我的壮举,能够改变宇宙发展进程的壮举!行了袁思瑞,你走吧。"

袁思瑞一愣:这家伙不是需要一个见证者吗?就让我这样走了?我走了之后,难道阿特不怕我会联合其他人扰乱他的计划吗?

阿特却早已看穿了他的心思:"我说我需要一个见证者,又没说见证者是你。我只是说你可以走,但是袁思梅要留下来。即使她和你一起走了,只要我愿意,我可以让她随时产生剧痛,随时要她的命。把她留在我身边,我是不会伤害她的。"其实阿特本来想结束袁思瑞的性命,免得日后节外生枝,但是如果袁思瑞死了,阿特就失去了控制袁思梅的把柄。阿特需要一个乖乖的袁思梅,因为他有一个计划需要袁思梅密切配合。

而袁思瑞却说:"我要带着思梅一起走!"

"怎么?现在就想反抗我吗?"阿特说完之后,袁思梅再一次瘫倒在地，痛苦地翻滚。"你如果再不走的话，就带着你妹妹的遗体走吧！"

袁思瑞只能无奈地离开。袁思瑞离开后，阿特把袁思梅限制在彼岸家园，不能离开半步，并且收走了袁思梅身上的所有通信设备，断了她和外界的联系。阿特白天在袁氏集团的办公大楼里做事，晚上就会回来监视袁思梅。

袁思梅一个人在空空荡荡的彼岸家园里无所适从，只有年迈的啾啾陪伴着自己。袁思梅坐在长椅上眼神涣散，哭红的眼睛滴下了绝望的泪水。

第十四章
爱情本质？

一年后，思峨星绝大多数的人都被二代圆心所控制，只有极少数人在袁思瑞的号召下成为超智之外的自由人。这些人虽然还有自由之身，但是他们的家人、朋友却都陷在超智里面。

在一个阿特鞭长莫及的角落里，昏暗的灯光下，一群自由人坐在一起讨论着如何把困在超智里的人解救出来。大家你一句我一句地出谋划策，然后等待着队长的决定，他们的队长正是袁思瑞。袁思瑞直到现在都还不知道阿特的真正目的到底是什么，只有一件事情非常明确——无论阿特要做什么，他们都要竭力阻止。

而另一方面，袁思梅也在努力摆脱阿特的控制。每次阿特控制袁思梅的时候，都会让她体内产生出各种不同的剧痛，脏器、关节、肌肉……难道阿特真的能同时控制身体的每个部分吗？联想到李沐童生前的状态，袁思梅猜想自己体内肯定也被阿特植入了类似的晶片，只要找出晶片取出来就可以了。只是他是怎么植入的呢，又植入到哪里了呢？袁思梅回想起第一次被阿特控制是在地下室，那时阿特一直把手放在自己的腰上。于是她认真检查着自己的身体，果然在腰间发现了一个深入肌肉的晶片——这比之前的圆心要深得多！袁思梅瘆得发慌，感觉是一只蜘蛛钻进了自己的腰眼。

她环顾四周，想找一个尖锐的东西把晶片撬出来，可是周围最尖锐的就是剪刀。她突然想起李沐童的死，万一没有挖出来反而导致晶片爆炸了，那自己不就归西了吗？她冷静下来，要想更好的对策。可是直到第二天也没有想到很好的办法，索性直接用刀子剜肉算了，大不了一死。袁思梅转念一想，如果自己成功把晶片挖出来了，那晶片一旦离开肉体，说不定会发出什么信号被阿特发现。所以晶片取出后要赶紧植入到另一个动物的身体里。袁思梅四下里寻找，除了自己之外，就只有啾啾了……

袁思梅做好准备，心一横开始深剜，她咬牙顶住了阵阵剧痛。这晶片肯定和末梢神经之类的组织相连。为避免被阿特察觉到，她把晶片挖出之后做了一件让自己很矛盾的事："啾啾对不起啦，我先暂时把晶片植入到你耳后。等有机会我再找一只小猪什么的植入到它身上。"啾啾现在已经是快二十岁的老狗了，它似乎听懂了袁思梅的话，乖乖地让袁思梅操作。

事情还算顺利，袁思梅平复下来之后突然又一阵不安——她为了自己的安全，让啾啾帮忙植入晶片；为了啾啾的安全，她凭什么又让其他动物来承担呢？如果自己能够主宰世界，是否会让和自己无关的人去承担那些自己不想承担的痛苦呢？想到这里，袁思梅感觉有点羞愧，伸手想要把啾啾耳朵后面的晶片取下来放回自己身上。啾啾跟了思梅快二十年了，它知道主人想要取回晶片，立刻跟跄地后退了一步。思梅试图再次上前取下晶片，啾啾又后退了一步，似乎在说它自己愿意帮助思梅承担这些。看着啾啾的反应，袁思梅的手抖了一下，内心揪得厉害，她知道啾啾现在已是狗的高龄阶段，大限将至，却还在想着要为自己做些什么……

没有了晶片的威胁，袁思梅的胆子也大了起来，她想要和哥哥取得联系。只是她周围所有的通信设备都被阿特收走了，总不能写信吧……她突然想起来，当时袁思瑞让她把一代圆心从身体里挖出来的时候，她随手扔进了景观池里——应该已经短路了吧？不管怎么样捞出来看看再说！

袁思梅来到景观池，扒开水面上的漂浮物，看着被扔到水中的圆心，伸手缓缓捡了起来。"老天！我家的产品质量真好，竟然还能用！"她兴奋地把圆心收了起来。只是现在已经快到傍晚，阿特应该就要回来了，她害怕和哥哥正在联系时被阿特撞见，所以还是再找个合适的时间。

之后，袁思梅和啾啾寸步不离。一是觉得亏欠啾啾，希望在它有生之年尽可能地多陪伴它。二是万一阿特能对晶片进行定位，有啾啾的紧密伴随，会让阿特以为晶片还在袁思梅体内。只不过接下来的事情，让袁思梅措手不及。这晚阿特并没有回来，她和啾啾仰头看着月色，凝视着深空中如同浩渺烟云的未知，然后一起回房间睡下。

到了深夜，袁思梅迷迷糊糊地从睡梦中醒来，感觉旁边有个人。她一下子惊醒，看着旁边的人大声叫喊："你想干什么？丑八怪！赶紧给我走开。"

袁思梅紧张地看着不知道什么时候坐在自己旁边的"水叔"，准确来说是烧毁容的阿特珞玻斯。阿特一脸不爽地看着袁思梅："丑八怪？！你在说我吗？"

"除了你还能有谁？你个丑八怪，你想对我做什么？"

阿特皱了一下眉头："没什么，我只是来提一个很合理的诉求。毕竟我被烧成这个样子，可是拜你家所赐。我想让你补偿我，这不过分吧？"

"补偿？你要我怎么补偿？"

"当然是用你的身体来补偿。我已经变体为思峨人，也产生了思峨人的情欲。对你这样一个既漂亮，又有个性的女人产生爱情，你不觉得很正常吗？"阿特只是用语言挑逗着，但是身上却一点动作也没有。袁思梅知道，他的静止只是暂时的，真要行动起来，自己是绝对逃不过的。

"梅梅，我再和你确认一遍，你一点都没觉得我很帅吗？"

"你不要喊我梅梅！而且你和'帅'有什么关系？你个丑八怪！不要碰我！"袁思梅一边回答着，一边把枕头抱在胸前，做着自己都知道没有任何作用的抵抗。阿特看着枕头好笑，一把把枕头扔了出去。

袁思梅吓得浑身哆嗦了一下："比我漂亮的女人有的是……"

"我可不是一个只看外表的人，我说了这是爱情，我要你给我生个孩子！"

"啊？！你给我滚出去！"

阿特看着袁思梅说道："世界真的很神奇。单细胞生物联合成为多细胞生物本来就是为了生存下去，可为什么还会想要繁衍呢？原始动物连意识都没有，还繁衍下一代，对于上一代来说有意义吗？而且只有两性 DNA 结合才能繁衍！而这又是那么让人欲罢不能！那究竟是什么力量让生命体有了繁衍的功能，让人有了繁衍的欲望呢？冥冥之中，一定有一种神秘的力量规定着男女之间相互吸引。所以我对你的欲望是宇宙自然的规定。"阿特一边说着,一边向袁思梅身边靠拢。

"你说的什么疯话!从我床上滚开!"

"这可不是疯话。我不会强迫你现在就成为一个母亲。在古代,男女的欢愉和女人分娩的痛苦是合一的。我先让你感受亲密无间的欢愉,说不定你沉迷于这种感觉之后,就想要生育了呢?"

"滚,你怎么能说出这么恶心的话?"虽然袁思梅已经被逼得心惊胆战,但阿特接下来的话让她感受到了更深的恐惧。

"你曾经把麻醉剂注入我身体里!"

袁思梅当然知道阿特的意思,她强装镇定地呵斥:"哼!我知道我拦不住你,但你只会得到我的尸体!"

阿特知道袁思梅这话不是在开玩笑。他之所以会喜欢上袁思梅,是因为她表面上很淑女,在内心深处却有一种决绝的力量,这种力量经常处于沉睡状态,可一旦被点燃,那绝对有着极强的爆发力。再加上这段时间在彼岸家园的相处——阿特变体后确实产生了思峨人的情感。阿特,喜欢强者!他静静地听着袁思梅后面的话:"如果我答应和你在一起的话,你能否回答我几个问题?"

阿特内心想着:小样儿,你想用美人计来套我的话吧?不过一些无关紧要的,也不是不可以告诉她。其实按照阿特以往的性格,他绝对不会轻易说出来,但是多年的计划即将大功告成,他兴奋!他癫狂!他需要有人聆听!

"我想知道,你和我接近是为了什么,生个孩子总不会也是要放进超智吧?"

阿特呵呵地笑道:"我们的孩子要发挥巨大的作用。你不要以为现在的超智就是完全体,它还需要继续进化。将来这个孩子将负责引导超智的运行。你看看那些自愿加入超智的人，他们本沉迷于酒色财气，这种沉迷会让大脑机能逐渐退化。加入超智之后，大脑负责享乐的部分会萎缩、死亡，但是负责工作的大脑部分因为一直在训练，只会越来越发达！于是整个系统就只剩下大脑的工作部分，最终失去独立意识，也就没有了个体主观的排斥，成为只会工作的大脑机器，超智系统里就只有人工智能操控着人脑超高速运转。生命个体将彻底不复存在，只服从于整个系统，就像一个大的生命体一样。整个思峨星的资源，将会为超智提供能量。而且超智将控制机器和设备，把思峨的资源、能源，收纳到系统里面，还可以把思峨人新生大脑收集起来加入超智，超智完全可以自行运转。而超智所做的一切，都需要听命于我。我们的孩子，或者说我自己，必须对超智保持绝对的控制权。"

阿特的计划太庞大了，完全超越了袁思梅的认知范围。阿特离开之后，袁思梅想要尽快和袁思瑞取得联系，她知道哥哥一定会制订破坏阿特的计划。袁思梅把之前从水池里捞出的圆心拿了出来。由于这里没有植入设备，袁思梅只能划开皮肤把圆心强行植入身体中。她思索着要植入到哪个部位，如果放在手脚等裸露部位的话，很容易就会被发现。最终袁思梅把圆心放进了头发茂密的头皮里。在晶片扎入头皮的一刹那，袁思梅接通了哥哥的电话。

"思梅？是你吗？"

听到哥哥的声音，袁思梅哇的一下就哭了。她自己根本就没有意识到会流下这么多眼泪。兄妹二人来不及寒暄，袁思梅赶紧擦干了泪水，收起了哭腔道："哥哥，阿特在我身上植入了晶片，不过现在已经被我取了出来。但是他迟早会发现的，所以我会再把那个晶片安装回体内，等到有一天我有机会逃跑，再彻底挖出来……"

说到这里，门突然开了。由于袁思梅用的是初代圆心，所以不需要说话就能和袁思瑞联系，也不需要手动挂断电话。因此阿特只看见袁思梅静静地、背对着大门坐在那里。袁思梅知道阿特正在走向自己，她努力压制心中的紧张，但是心脏的跳动却难以平复。她干脆豁出去，大不了死了算了。当她这样想的时候，反而平复了心情。

"梅梅，我向你的求爱，你最好赶紧给我答案，行还是不行？"

"我永远都是那个答案，不可能！"

"那我觉得你还没有想好，你继续想好了。你可以在这里一直想，直到你想好为止，但是一旦我的耐心消耗完了，对你采取一点强硬手段，也是在所难免的。"

"就算你强迫我，我也不会服从，除非我死。我期待爱情，我只会把我自己留给我爱的人！"

"爱情？你能告诉我爱情是什么吗？所谓的爱情，就是最原始的动物欲望，结合了后来的文化诠释罢了。爱情当中的两情相悦、一见钟情等美好，是潜意识对方做出的直觉性判断和本能选择。只有思想、气质相互协调的人才会彼此一见钟情，本质上是找到水平相当的人，繁育出更优秀的下一代。至于所谓的门当户对之类的观念，则是从理性思考出发，考虑获得更好的生活条件，这并非爱情，而是以爱情为纽带的交易。爱情的本质就是生育，创造出超越亲代的后代，促进整个社会的发展。我告诉你一个秘密，宇宙的规定性，就是利用爱情催生繁衍！生育是目的，爱情是手段！这才是宇宙给予我们的命运！"

"你这样做，是扭曲人性的强迫与欺骗！我要自由地寻找我的爱情！"

"自由？你们每个人都是不自由的。你们所享有的自由，都是造物主分配给你们的部分。你除了认命，没有其他任何选择。而且思想维度越高的人，就越不自由。"说完，阿特佝偻着身子摇摇摆摆地离开了。袁思梅意识到下一次阿特就要动用晶片了。她必须赶紧把晶片从啾啾的耳后取出来再植入到自己身上，否则自己就麻烦大了。不过接下来的日子没有袁思梅想象得那么恐怖，阿特也没有对她做什么非分的举动。

与此同时，袁思瑞正在千里之外密谋反抗阿特。有了袁思梅的消息，让袁思瑞更加坚定了打败阿特的决心，但他却并不知道妹妹现在正在面临着怎样的无可奈何。几天之后，阿特再次找到了袁思梅。

"怎么样，这回该想好了吧？"

"我拒绝！"

伴随着袁思梅话音的落地，阿特慢慢来到了她的身边，一只手抓住了袁思梅的手臂，袁思梅的手脚瞬间没了知觉，完全动不了了。

"你要干什么？你对我做了什么？"

"我没有耐心再等你了。你现在正是受孕的好日子。不过你也不用担心，我不会那么粗鲁，你不会有被羞辱的感觉。"说完，阿特取出一管针剂，袁思梅知道那是什么。

阿特也算规矩，仅露出袁思梅的小腹，"不！你住手！"袁思梅歇斯底里起来。在袁思梅无力的抗争中，阿特把注射器推到了尽头。

阿特看着内心复杂的袁思梅，嘴里不停地讲着他认为的大道理，可袁思梅现在完全不想和他说话。其实阿特内心也是很有顾虑的，他选择非直接的方式，就是为了避免让袁思梅感到羞辱，免得她选择自杀。注射器一直插在袁思梅的小腹上，似乎上面还有什么检测装置。

随着呼吸一起一伏，阿特凝神静气地看着注射器，过了一会儿对着袁思梅说："已经完成受孕！"听到阿特的话，袁思梅顿时心如死灰。

阿特拔出注射器，用左手手指按住思梅身上的针孔，右手放在了她的腰眼上，那里是阿特植入晶片的部位。在他右手接触袁思梅腰部的一刹那，她感觉到一股电流注入自己体内。袁思梅突然睁大了眼睛，惊讶的表情还没有在脸上表现出来，她就立刻闭上了眼睛，直到电流传导结束！

袁思梅问道："你又对我做了什么？"

"嗯？什么意思？你感觉到了什么吗？"阿特疑惑地反问。

袁思梅赶紧改口："你不懂爱情，你更改变不了我的爱情观。"

"行了，你该休息了！"随着阿特说完，袁思梅沉沉地晕睡了过去。

不知道过了多久，袁思梅醒了过来。她起来用厌恶的眼神看着自己的肚子。啾啾在旁边虽然不知道主人发生了什么，但可以依稀地感觉到是不好的事情。袁思梅没有时间管肚子了，强制自己镇定下来，她有更重要的事情要做——因为就在刚刚，她发现了阿特珞玻斯的秘密。她要赶紧把情报发送给袁思瑞，她先起身去查看阿特是否走远，在经过办公桌的时候，看到上面放着一张纸，纸上有阿特随手画的几个图案——画面的外围是四个星星的造型，四个星星的连线组成一个不规则的四边形。四边形的中间有三个小正方形横向排成一条直线。袁思梅盯着这个图案，不管阿特是有意识还是无意识画出来的，最起码都包含着他的想法。只是这到底是什么呢？有点像天上的星座……袁思梅不断地从自己的记忆里挖掘着类似的图案，她猛然想了起来——这是狩猎之王星座！而狩猎之王星座又对应着思峨另一个国家伊吉普特国的旅游景点，是古代国王的坟墓——四棱锥墓。三座四棱锥墓与星座中间的三个相连的星星一一对应。阿特画这个干什么？袁思梅猛地想起来，父亲袁岸曾经和她说过公司买下了伊吉普特国四棱锥墓的旅游经营权！难道父亲购买经营权也是受到阿特的胁迫？那么阿特在这里肯定有他的目的！而且已经构思了很多年。

（图：狩猎之王星座／四棱锥墓）

袁思梅分析完这张图，又整理着刚刚她发现的阿特的秘密，心脏还是怦怦直跳。回想起刚刚获得阿特秘密的过程，真是惊险万分。原来就在受孕完成之后，阿特把手放到袁思梅腰眼上的时候，暴露了他的秘密。阿特并不知道在袁思梅的头发里还植入了一代圆心。一代圆心的原型就是阿特的晶片，所以在很多技术上是重叠的，于是圆心和晶片产生了同频共振。阿特用手扶住袁思梅的腰部，其实是把极其复杂的数据传输到了她体内的晶片上。数据传输过程中有不少秘密被圆心转化成大量的电流在袁思梅身体里流淌。这些电流携带着阿特部分意识传递到了袁思梅的大脑。虽然圆心并不能完全解码阿特传递到晶片上的信息，但是仅有的这些就已经足够让她震惊。她很害怕自己透露出惊讶的神情，所以干脆把眼睛闭上。而阿特认为，数据传输过程中袁思梅不会有任何感觉，可是传输过程中袁思梅突然问他"你又对我做了什么"，这让阿特警觉了起来。袁思梅也发现了阿特的警觉，于是赶紧改口，希望阿特不会察觉到自己已经知道了他的一些秘密。

这些秘密让袁思梅瞠目结舌——阿特已经厌烦了自己这副被烧坏的身体，虽然他拥有变体技术，但是并不能彻底改变体表因燃烧而产生的伤疤。最关键的是，他的年纪也确实不小了，经过放射与火烧，大限将至，他需要一个新的身体。于是他把自己的精元注射到袁思梅体内，孕育一个有着自己基因的新生命。然而这还只是生物学上的繁衍，阿特真正要做的是意识的迁移。他把大脑里的思维、意识还有记忆复制到袁思梅腰间的晶片里，此后再用晶片控制袁思梅的身体，包括控制生物电流、激素分泌等等，通过控制母体来改变胎儿大脑的发育进程。胎儿大脑的神经元会按照晶片引导的方向发育、纠缠，使之能够承载晶片所存储的信息。在整个发育过程中，晶片里阿特的意识会逐步转移到胎儿的大脑里。但是有些思想必须在婴儿出生后，不同的年龄段继续传输，否则会给大脑带来不可逆的损伤。所以等到胎儿出生之后，阿特就会把婴儿抚养长大，甚至成年，直到晶片里阿特的全部意识都将传输到新生儿大脑里。这样，一个全新的阿特便诞生了。阿特可以获得永生！他可以永远控制思峨！

除此之外，还有不少阿特在思峨星上的计划也被袁思梅感觉到了，虽然只是一些信息碎片，但是却很有价值。袁思梅冷静了下来，她要把掌握的信息告诉袁思瑞。可是阿特的晶片正在自己体内起作用，如果用圆心与哥哥取得联系，多半是会被阿特发现的，所以还是要把晶片从体内取出来。袁思梅刚动这个念头，体内一股无法抗拒的痛苦陡然而起，她痛得死去活来。她意识到这次阿特是在晶片里植入了新的程序，防止她取出晶片。

袁思梅努力思考着如何把消息传递给袁思瑞！真是天无绝人之路。由于彼岸家园是袁氏集团创办的，所以这里有大量关于袁氏集团的东西。在书架上，里三层外三层地摆着很多奖杯，其中一个是"圆心"获得科技奖的人造水晶奖杯，奖杯的内部是一个"圆心"的仿真模型。袁思梅把奖杯打碎，把模型取出来也藏了头发里。然后用头发里的真正的圆心给通信录里所有的人发了一条消息："我被阿特强暴了，现在怀了一个肮脏的孩子。我要结束自己的生命。如果有来世，还希望能和你们做朋友，做家人。永别了，我所有的朋友们……"

不一会儿恼羞成怒的阿特气冲冲地跑了进来："你敢？你要是把孩子打掉或者自杀，我会把袁思瑞碎尸万段。如果你安心把孩子生下来，我保证你和袁思瑞的安全。"

袁思梅听着阿特的威胁说道："我不仅只要我和我哥的安全，还有我其他的家人、朋友，还有这个星球上那些有独立意志的人，都要好好地活下去！"

"可以，但是你必须把孩子生下来！"

"如果你答应我的要求，我就把孩子生下来。如果你不答应……"

"好！我答应你。不过你先要告诉我，你是怎么把信息发出去的？"

袁思梅看了一眼被摔成两半的水晶奖杯，奖杯的内部有一个刚好能够嵌入"圆心"的凹槽。

阿特明白了："我真是大意了，怎么奖杯里还有一个圆心？你把圆心交出来，以后不要再和外面联系了。"

袁思梅颤颤巍巍地拿出了头发里那个"圆心模型"，阿特刚要伸手去拿，就被袁思梅扔到地上踩碎："这是我哥哥的东西，就算毁了我也不会给你。"

阿特看着踩碎了的"圆心"说道："行吧，你自己留着这点电子垃圾做纪念吧。但记住你的话，把孩子给我生下来。"说罢，阿特气哼哼地离开了。

袁思梅摸着自己难以抑制的心跳，应该是蒙混过关了。原来当阿特截获袁思梅群发的消息之后，先看到了她要自杀的内容，又发现袁思梅一次性给上千人发了这条消息。阿特一时着急就没有一条一条地去查看，他只是重点看了一下她给袁思瑞发的消息——和其他人一模一样。

袁思梅猜到阿特必定会重点看她和袁思瑞的信息，所以她就只发给了魏峰真正有价值的信息：一共有两条：上面一个就是群发的消息，后面还隐藏着一个文档，里面记录着她截获的关于阿特的秘密：一是阿特要通过超智把思峨的某种信息发射到外太空去；二是在能够解码的信息片段中，还出现了一个星球的画面，那是乌拉诺斯星。在袁思梅发送这些信息之前，她突然想起了桌面上阿特画的伊吉普特王国的四棱锥墓的星座图，虽然不知道到底是什么意思，但她还是编辑了进去。

第十五章
无能为力

魏峰和袁思瑞等人正在研究着超智的弱点，几人的手机同时收到了来自袁思梅的一条信息："我被阿特强暴了，现在怀了一个可恶的孩子。我要结束自己的生命……"

袁思瑞看到信息之后暴跳如雷，妹妹竟然怀上了这个鬼人的孩子。袁思瑞以为妹妹被那个火烧的丑八怪霸王硬上弓了，不忍想象……只是他并没有注意到旁边的魏峰正在尽力阻止着泪水掉下来，魏峰和袁思瑞的关系一直都很好，只是在公司里碍于上下级的关系，所以表现得比较疏远。魏峰把袁思梅也当作自己的妹妹，袁思梅也知道魏峰和哥哥是很好的朋友，是信得过的人。魏峰突然看到了后面还有信息——写得断断续续的："阿特要把超智里所有大脑的信息集中起来，然后通过巨大的发射器，把所有的大脑信息都发射到外太空去……乌拉诺斯星，伊吉普特墓……"

魏峰看完信息后说道："老袁，我觉得你妹妹应该没有怀孕。她很可能是用上面的信息隐藏了下面的信息。你现在应该仔细分析下面的信息。"

"什么上面的信息，下面的信息？什么意思？"袁思瑞不解地问魏峰。魏峰一把抓来袁思瑞的手机："嗯？怎么只有上面一条消息？"袁思瑞被魏峰的这个举动给弄糊涂了，又抓起了魏峰的手机看着：嗯？！魏峰竟然收到了两条信息！然后众人一起看着第二条信息。

魏峰分析道："我收到的内容比你多！她不发给你，说明你们兄妹的通信肯定会被重点查看，而我就不一样了。思梅怀孕的信息应该是障眼法，她真正的目的是把下面的情报发给我们！"

袁思瑞看着魏峰的手机恍然大悟，但是随即又开始担心了起来："思梅为什么要以自己怀孕的信息来做幌子？"袁思瑞强压着自己的担心，慢慢镇定下来和大家仔细分析着。人群当中有人说了一句："不论阿特要发送什么信号出去，我们只管破坏他的发射器就好！"

魏峰反问道："发射器？现在思峨星上到处都是发射器。阿特的发射器到底在哪里呢？"袁思瑞突然想起来："思梅发送的信息上提到了伊吉普特王国四棱锥墓，那以前是全球著名的旅游景点！而且在很多年前，我父亲曾经买下了四棱锥墓旅游的经营权！"

魏峰赶紧接话："对！我记得这件事！说不定发射器就在墓里面，在那里做事很难被人发现。那些四棱锥墓，本身就像发射器！"

袁思瑞听完魏峰说的话，感觉非常有道理。接下来还要弄明白乌拉诺斯星是怎么回事！乌拉诺斯星与思峨同在一个星系，是从内到外的第七颗行星，是一个大型的气态行星。众人根据情报开始你一言我一语地讨论着："乌拉诺斯，在思峨古代神话里是天空的神格，可以说就是世界的主宰。阿特会不会是希望自己未来也成为宇宙的主宰！所以这是他内心世界的象征。"

"得了吧,乌拉诺斯是我们思峨古代神话的人物。阿特是否知道这个人都不好说!不要用我们的思维来推测阿特的想法!"

众人一时间没了思路,只能各自回营地。

数日后的一个上午,魏峰独自在树荫下看着叶子缝隙里渗出来的阳光,像是儿时躲在奶奶编的竹篓下看天。

"'四眼仔'!想什么呢?"一位战友,也是以前在袁氏集团工作的同事打趣地问着魏峰。因为魏峰戴着眼镜,也就有了这么一个外号。

"请你,以后不要这样叫我!你自己不戴眼镜,那叫眼睛裸奔。以后我就叫你'裸眼奔',你可满意?"

"'裸眼奔'就'裸眼奔',称呼而已。称呼这东西,和人本身没有多大关系。如果我叫你男神,再给你颁发一个帅哥证,那你也不是男神对吧?"

魏峰清楚,自己在颜值方面虽然不能说是贫困户,但也绝对不富裕。如果这样说来,外号似乎真的和本质无关。更何况,在这紧张的环境下相互调侃,放松心情又如何呢?想到这里,魏峰就问裸眼奔:"你除了过来叫我'四眼仔',再没别的事了吗?要是没有的话,小心我削你!"

"你别削我,削水果吧。夏天到了,我看到附近长了一堆野果子摘来给你。你每天都在参悟袁思梅发来的情报,我怕你走火入魔!"

魏峰顺着'裸眼奔'的话遐想着——我们把这个时节叫作夏天,夏天也只是个代号,叫热天也没问题吧?夏天的本质是中心恒星直接照射在思峨的北回归线上。突然,魏峰一下子坐了起来!

"北回归线?!北回归线,是北纬23.4度。正好和伊吉普特王国的四棱锥墓纬度差不了多少。思峨所在星系中心恒星的光线，几乎是直射到这里。"

魏峰感觉到自己可能抓住思梅情报的钥匙了——思梅的情报还提到了乌拉诺斯星，乌拉诺斯，也只是那颗星星的代号而已。那颗星星的本质是什么呢？是气态大行星吗？可是我们星系里一共有四颗气态大行星，这绝对不是关键点。如果说乌拉诺斯星有什么与众不同的话，那就是它的自转轴是横着的！

横着的？！一道灵光乍现，魏峰迅速搜索乌拉诺斯星的自转轴的度数——97.77度，也就是说乌拉诺斯星的自转轴与黄道平面的夹角是7.77度，它是一颗躺着自转的行星。思峨星的赤道面与黄道面的夹角是23.5度，四棱锥墓的纬度是北纬30度，那么四棱锥墓与黄道面的夹角则是6.5度。而且，思峨星和乌拉诺斯星在同一黄道面上，这也就意味着当思峨星和乌拉诺斯星公转到一定的位置时，乌拉诺斯星的自转轴几乎就是对准了四棱锥墓——只差1度多一点！如果从四棱锥墓向外太空垂直发射信号的话，就会被乌拉诺斯星的自转轴顺利接收！

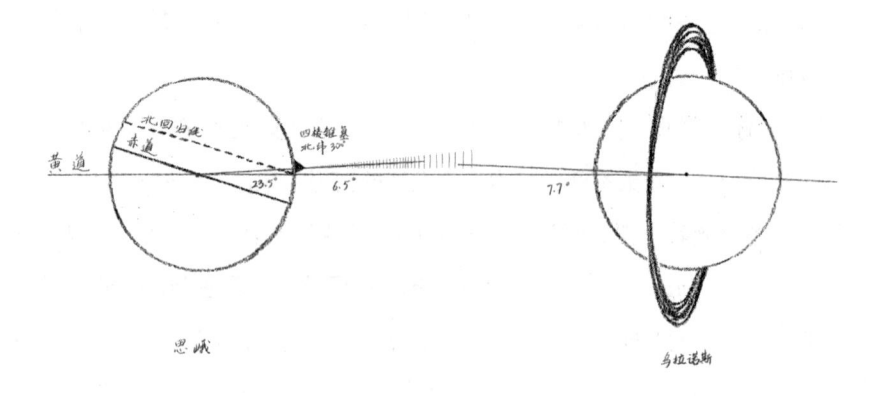

想到这里，魏峰直接冲到营地里找到袁思瑞。袁思瑞被突然冲进来的魏峰吓了一大跳，魏峰被袁思瑞的过度反应也吓了一大跳。原来，袁思瑞正在用老式的计算机登录袁氏集团以前的一些科研成果。在袁思瑞很小的时候，袁岸曾经启动了一项研究星系内几大行星的计划，其中就有乌拉诺斯星。袁思瑞通过特殊的网络通道进入了公司系统。而魏峰在查询资料这方面也是行家里手，于是就帮助袁思瑞"窃取"自家的资料，同时魏峰把刚刚自己关于乌拉诺斯星的发现告诉了袁思瑞。

"我想不明白的是，乌拉诺斯星上肯定没有生命，把信号发射到那上面干什么呢？怕不是外星人在那里也建立了什么基地吧？"魏峰疑惑地问着袁思瑞，而袁思瑞一点反应都没有。因为他找到了当年研究乌拉诺斯星的资料。他们快速浏览着相关信息，不久之后便发现了端倪：乌拉诺斯星，是星系中最奇特的星体之一，它的自转轴是横着的，它好像是被故意设定成这样的运行状态……

当二人看到"故意设定"这个词的时候，心中咯噔了一下，翻到下一页继续读着：

乌拉诺斯星有着自己的星环，但是却与萨图恩星的星环不同（萨图恩星是思峨所在星系的另外一个大型气态行星，它有着漂亮的星环）。萨图恩星的星环很亮，在思峨上用一般的天文望远镜就可以观测到，说明萨图恩星环有着极高的光线反射率，应该是由水冰组成的。而乌拉诺斯星的星环非常暗淡，极难被发现，可能是由大量的岩石组成的，而且这些岩石极有可能带有磁性。最奇怪的是，在乌拉诺斯星环的内外两侧，各有一个相对较大的岩质卫星，它们通过引力把星环上所有的小岩石都锁死在固定的区域，保持着星环的形状，就像两只牧羊犬看守着一群羊一样。乌拉诺斯星的磁场也极为不同，磁偏角接近60度，是整个星系当中最大的磁偏角。磁极还不止两个，甚至超过四个，磁极每隔18小时就会变换一次……

袁思瑞看完这些，把这些杂七杂八的东西联系在一起："阿特把思峨上的信号对着乌拉诺斯星的自转轴发射，乌拉诺斯星环能维持固定的形状，如果还有磁场的话，那就应该可以很好地感应来自思峨的信号。乌拉诺斯星有多个磁极，还在高频转换……如果乌拉诺斯星是一个发射器，这样的磁场效应可以把它接收到的思峨信息旋转抛洒到整个太空中去。"

袁思瑞现在还不知道阿特究竟想要干什么，但是一定不是小事！必须阻止，甚至消灭他。可是魏峰却突然问了一句："那思梅呢？思梅在阿特手上做人质，如果我们破坏了他的计划，梅梅不是很危险吗？"

"无论是否危险，都要行动"。

袁思瑞赶紧召集队友一起商讨如何阻止阿特。对于他们来说，阿特就像鬼神一样，所以众人把擒杀阿特的计划称为——弑神计划，这也是纪念发动第一次弑神计划的袁岸。他们把队伍命名为弑神队！弑神队的第一个目标，就是破坏四棱锥墓。

在弑神队中，有不少人曾经是军人，他们知道如何操控武器。如果从自己的国家发射武器去攻击四棱锥墓，就只能用洲际导弹。可是这种飞行距离，一定会被超智系统拦截。而且最棘手的是，像导弹这种需要用计算机来控制的武器系统，还没发射就会被超智控制。所以只能在伊吉普特王国寻找离四棱锥墓最近的军事基地，把一些不需要电脑操控的老旧武器运出来。弑神队这些保留着自由意志的人都训练有素，再加上伊吉普特国本身就很小，他们很快就找到了离墓地最近的军事基地。

袁思瑞带着众人去查看那些武器是否还能用。

"坦克是别想了,一是没有启动钥匙,根本就开不了;二是坦克可以被数字系统控制,一旦启动,超智便马上会侵入进来。"

"你们看,还有几门火炮!火炮总不受网络控制吧?"

"对,那可不是!你自己一个人把大炮推到古墓那里吧。也不远,几十公里而已。"

"为什么一定要推到跟前去,火炮最起码也能打个几十公里吧!"

"你看这些火炮!感觉是上个世纪的玩意儿了,确定能打几十公里吗?还要打得准才行。我都怀疑这里不是军事基地,而是军事博物馆。"

"哥几个别吵了!"随着袁思瑞的一声令下,现场安静了下来:"我看到炸药了,老式的那种,需要导线引爆。"

"老袁,这也太老土了吧,连遥控都没有。"一个队员抱怨着。魏峰反驳道:"如果用遥控器的话,很容易被阿特进行电磁干扰。我们就用这种炸药,在古墓四周设定好爆破点,然后引爆。"

商定之后,众人把基地里能搬走的炸药全都搬上了车,小心翼翼地回到了营地。袁思瑞对着战友们问道:"有没有懂工程的,找一下最佳的爆破点在哪里?"袁思瑞的话还没有说完,就发觉有人在背后扒拉他的腰。

"我以前是工程师,早就找好了!"只见另一个队员从袁思瑞背后钻出来,拿着一张图纸,把最佳的爆破地点全都标了出来。而且每个地方用多少炸药,如何安装炸药都写得很清楚。

"太好了,真是要什么来什么。大家休整一天,明天按照图纸去安装炸药。"袁思瑞感叹着,弑神队里都是社会的顶级精英。

第二天天已微亮，众人起床准备安装炸弹。需要爆破的古墓一共三座，这次任务是炸毁最大的那座。由于周围地势平坦，想要保证爆破人员的安全，就必须寻找可靠的掩体，而最好的掩体就是左边两座较小的古墓。于是众人把爆炸开关设在最左边的一座古墓后面，再把所有炸药的引导线都连接了过来。一直到第二天下午，炸药才全部安装完毕。工程师带着几个人到现场仔细检查每处炸药的安装情况，没有问题的话就可以引爆了。其他人躲在另外两座古墓后面，"裸眼奔"有一种强烈的不安，对着魏峰说道："你觉得天上的卫星有没有可能在监视着我们？说不定阿特早就发现我们了。"

"一不做二不休，发现了又怎么样？我就不信他还能通过网络控制这种原始的炸弹？"

说话间，天空中传来阵阵呼啸的声音。那是无人机！肯定是阿特通过超智控制的无人机。众人赶紧躲到外围的古墓后面，但是还有几人没来得及后撤，暴露在掩体之外。随着无人机上数枚导弹的发射，巨大的爆炸声之后卷起了厚重的尘土，工程师还有其他几个队员没了消息……

袁思瑞大喊："马上引爆炸药！"其实众人在爆炸的声音中根本就听不见袁思瑞发布命令，然而几架无人机又发射了数枚导弹，对着地面一阵狂轰滥炸。魏峰看着眼前的场景意识到："阿特绝对不会对着古墓发射导弹，他的目标就只能是传导线。他要炸断传导线！"

魏峰判断得没有错，只不过太晚了。无人机炸断了一根主传导线，必须有人去接上。众人都在犹豫，然而时间不等人，再这么拖下去会有更多的导线被炸断。突然一个身影跑了出去，刚跑出去没多远就被无人机盯上了，一梭子子弹打了过去，只见他躲进石块后面逃过了这一轮攻击——那正是魏峰。大家从来没有想到魏峰竟然能跑得这么快——心中有了信念，总会爆发出一些超越常态的力量。

魏峰看着无人机从头顶飞了过去，赶紧从石头后面蹿出来，朝着下一个大石块跑去。其中一架无人机一直锁定着他，当他从石块后面出来时，无人机绕到了背后，追着奔跑的魏峰扫射。眼见地面上被子弹激起的尘土像死神的脚印一样逼近了魏峰，不少队友慌忙之中拿着机枪对着无人机一阵开火。万幸的是，有几发子弹打中了飞机，魏峰又逃过一劫。然而其他几架无人机又飞了过来。众人见势不妙，赶紧对飞机又发射了一梭子子弹。与此同时，魏峰已经扑到了导线断掉的地方，俯下身子开始接线。队友们一起开火掩护，可是无人机根本就不在乎这些子弹，朝着魏峰又是一顿射击。无人机连续、密集的子弹在地面上就像一条长蛇，朝着魏峰卧倒的地方爬了过去。众人大喊快躲开！可是魏峰却纹丝不动。

"现在躲开还来得及，快躲开！"袁思瑞急得大喊大叫。魏峰依旧聚精会神地接着线，直到那条长蛇从他身体上爬了过去。队友看不见他的表情，但是传导线的回路指示灯亮了起来。

"老袁，接好了。引爆吧！"

"快点引爆吧！"

"老魏已经没啦！"

"轰"的一声，众人的脑袋嗡嗡作响。爆炸之后的气浪把无人机都吹飞了，浓密的尘土扬了起来，给了众人很好的隐蔽。巨大的尘埃让众人看不见古墓内部到底有什么，但肯定是被炸毁了。任务成功了！

大家在尘埃里把魏峰抢了回来，众人定睛一看，他齐腰处被射中了5发重型子弹，肝脏、肾脏全都被打烂了。

"你要挺住啊！"大家一起哭喊着。

"全都安静，让我说。"随着魏峰小声的一句话，众人一下子安静下来。

"老袁，如果我们计划成功了，说不定阿特会杀掉思梅的，你要小心……还有，还有……我的妈妈也在超智里面……救……"泪水模糊了袁思瑞的双眼，刚好没有看到魏峰闭眼的一刹那。

袁思瑞强忍着悲痛安葬了魏峰，然而除了魏峰的死之外，还有一件让袁思瑞抓狂的事情。在尘埃落定之后，他们去爆炸现场查看，那座墓里没有任何电子设备——发射器藏在其他两个墓里！他们选错了。

古墓发生的一切，袁思梅丝毫不知。她一个人孤独地坐着、担心着、期盼着，直到阿特走了进来。袁思梅都懒得看他，依旧坐着不动。阿特看着冷冰冰的袁思梅，拎着她的胳膊往外走，袁思梅没有任何反抗，因为无力反抗。她非常清楚，阿特一定会带她去一个秘密的地方，让她和周围彻底断了联系。只是她怎么都没想到，竟然被带到了一艘飞行器上。

"你要带我去哪里？"袁思梅警惕地问着。

阿特没有回答，只是在飞行器上准备了看似浪漫的晚餐，点了蜡烛，放着音乐。袁思梅也不害怕，吃就是了，反正阿特不会毒死自己。袁思梅低头看着这些吃的，很想把盘子甩到阿特脸上。当她抬头看向对面时，竟然是袁思瑞坐在自己面前。袁思梅站起身来，走到袁思瑞面前："哥，你怎么会在这里？"袁思瑞温柔地说道："我的笨笨，是啊！你应该好好想一想，为什么我会在这艘飞船里？"

袁思梅一把推开面前的袁思瑞，因为说话的声音是阿特！面前的袁思瑞慢慢变成了阿特的样子，他呵呵笑道："我在你体内的晶片里植入了一个程序，只要你看见我，晶片就会生成你看见袁思瑞的视觉信号！怎么样，是不是感觉生活美好了一些？"

袁思梅抓起手边的盘子砸向了阿特的头，阿特一闪躲了过去："要珍惜食物，接下来的日子里，你要靠这些食物生存下去的。"

"你到底要带我去哪里？"

"伊吉普特王国，四棱锥墓。你哥哥已经炸掉了其中最大一个，还有两个小的。我把你安置在古墓里，他就不敢轻易炸掉那里了，这叫投鼠忌器。我之前真是掉以轻心了，他们竟然会去炸那里，肯定是你提供的情报！我想你不会告诉我如何传递情报的，但是我已经在四棱锥墓周围安装了强力的干扰磁场，无论你用什么方式，都没有办法与外界取得联系。"

"强干扰磁场？！你不会这么做的，这会影响我肚子里胎儿的发育。"

"又拿孩子当挡箭牌。我只能告诉你，完全不会有任何影响。"

阿特话音刚落，袁思梅大脑一阵疼痛。阿特看着袁思梅的反应说："不用怕，这是正常现象。"

"我会让我哥炸掉剩下的两座四棱锥，连同我，还有孩子一起炸死！"

"不会的，感情这个东西是无比美好的感应，但是也是痴情人最大的软肋。你哥哥从小缺少父爱和母爱，你和你的妈妈给了他充分的温暖，他不会为了任何一件事情牺牲你的。"

听了阿特的话，袁思梅又幸福又伤感。阿特把袁思梅囚禁在其中的一座四棱锥墓里，然后给袁思瑞发去消息：袁思梅被我囚禁在古墓里，接下来要怎么做，你们自己看着办！此时的袁思瑞正在谋划着第二次进攻，看到这条消息顿时感觉似万箭穿心。众人看着袁思瑞，不知道他接下来会作何打算。然而随后阿特传来的消息几乎让所有人绝望——你们能够炸毁其中的一座四棱锥墓，是因为我没有防备。现在只要我做一点点准备，你们将不会有任何机会。而且我早前就猜到，如果你们发现了古墓的秘密，肯定会先去炸毁最大的那座，而我的发射器恰恰不在那座古墓里！

众人并不知道袁思梅到底被囚禁在其中的哪一座古墓里，也不知道真正的发射器到底在哪一座，或者在同一座里面，一时半会儿思路全无。良久之后，袁思瑞盯着众人说道："弑神队！解散！"众人一片哗然，面面相觑——难道队长放弃反抗了吗？

在解散的当天晚上，队员们到处寻找枯草生火，做了一顿像样的散伙饭，就在古墓的废墟上就餐。有人不知道从哪里弄来了酒，很多人在常年的紧张氛围中解脱了。袁思瑞端着一杯酒站在废墟上，向死去的队友敬酒，而后大家一起默哀。众人在废墟旁边燃起篝火，酒足饭饱之后相互告别。随着篝火的熄灭，全部队员尽数离开了。

袁思瑞这样做只是将计就计。既然阿特想让袁思瑞瞻前顾后，那么袁思瑞何不让阿特放松警惕？因此制造弑神队解散的假象，而暗地里继续实施爆破计划，同时还要制订营救思梅的方案。他们约定三个月之后全都秘密回来，利用这段时间去其他一些军火库寻找炸药。袁思瑞留下了十几个人在四棱锥墓附近蹲守。他知道阿特必定会通过卫星监视他们的一举一动，所以队员故意点燃篝火，把多出来的枯草扎成了几个草人，趁着夜色带着十几个草人离开。毕竟太空的卫星只能观测人员数量，暂时还无法热成像。剩下的这十几个人则以古墓废墟为掩护，在废墟下方挖一条隧道直通四棱锥墓的底部，挖出来的泥土就堆在废墟当中，也很难被发现，然后钻透墓室去寻找思梅的踪迹，找到思梅后顺着隧道逃生，同时把炸药投放到四棱锥墓的正下方。这样一直在地下作业，非常隐秘。

一个月以后，部分队员夜行晓宿，陆续赶了回来。一方面害怕三个月后集中过来会引起阿特的注意，另一方面他们已经有了像样的武器。当大家得知袁思瑞已经把隧道挖到一半时都极为惊讶，没想到速度如此之快。然而袁思瑞却没有任何兴奋的表现，毕竟里面关着的是自己的妹妹。他对四棱锥墓内部的情况完全不了解，就算打通隧道进入墓室内部，他也只能四处闯荡，救出袁思梅只能靠撞大运。

在一个月黑风高的夜晚，袁思瑞来到旁边不远处魏峰的墓前，抚摸着自己亲手给他立的墓碑。袁思瑞希望这样能让魏峰的英灵有所慰藉。他回想起当时魏峰赴死的情形，深深感觉到在绝对实力的差距面前，意志力除了能让自己没有遗憾以外，对事情的结果似乎不会有太大改变。又过了一个月，隧道终于直通两座古墓下方。袁思瑞让队员们把炸药放置在墓室正下方，然后准备向上打通进入墓室内部。他心里已经做好了最坏的打算——万一他救不出来袁思梅，就让外面的队友引爆炸药，把自己和妹妹，连同阿特一起炸死在古墓里。

此时的袁思梅正头痛欲裂，她的大脑神经元又在快速发生变化。旁边的阿特抚摸着她的肚子。袁思梅本想阻止阿特的行为，但实在是提不起精神，直到阿特的一句话让袁思梅为之一振："差不多了！明天的这个时候，新的生命就要诞生了。"

袁思梅强撑着身子，看着自己的肚子，似乎真到了分娩的时间。然而时间根本就对不上，十月怀胎才会一朝分娩，现在距离阿特强行让她受孕的时间只有三个月。

"你不要以为时间是恒定不变的。在我创造的空间里，你所认为的时间，你所感觉的时间和外面的是不一样的。时间和空间是你们的牢笼。你们只能在其中徘徊，永远也逃不出光与时空的限制。"

袁思梅看着肚子，她原以为自己可以肆无忌惮地仇恨这个孩子，可是孩子的身上毕竟有一半的血脉是自己的。袁思梅知道一旦孩子降生，自己就失去了牵制阿特的筹码，阿特随时都会对袁思瑞下毒手，她必须尽快联系到哥哥。然而周围被阿特布下了强干扰信号，没有办法和外界取得联系，她曾经试过几次都失败了。然而她一直也没有放弃希望，时不时地就会用体内的圆心联系袁思瑞。而这次袁思梅不再发信息，反正都到了这个份儿上了，直接打电话，没想到竟然真的拨通了："哥！是我！"

袁思瑞一听到妹妹的声音，直接跳了起来，随后一句话又让他兴奋的神经冷静了下来："哥，你现在什么话都不要说，只听我说！阿特对我们的通话可能会监听，你一定不要透露你的作战计划！"袁思瑞安安静静地听着。

袁思梅把自己如何怀上阿特的孩子，还有阿特对孩子要做的事情非常概括地说了一遍。袁思瑞似懂非懂，袁思梅顾不上他能否听懂，快速地继续说道："明天阿特就要让我把孩子生下来。一旦孩子出生，阿特就获得重生，他的计划应该也会完成。"袁思瑞在心里快速地盘算着该怎么回答袁思梅的话——这个傻妹妹，如果我一个字都不回答，不就默认了我有作战计划吗？那我之前遣散队员的事情，不就白做了吗？想来想去，袁思瑞回了一句："弑神队已经解散了。我也没什么作战计划，魏峰去世后，我就不想再做这件事了。"

袁思梅一听魏峰战死，也是一阵伤感。袁思瑞赶紧问了一个重要的问题："你知道你现在在哪座墓里吗？"

"我在进来的时候，飞船的船舱是密闭的，什么都看不……"袁思梅说到这里，信号明显受到干扰，再也无法接通了。

袁思瑞知道现在必须采取行动，在行动之前他需要充足的休息，但是他怎么能睡得着？队员们强迫袁思瑞休息，在他休息的同时，一部分队员着手去打通隧道与墓室，尽可能快地找到袁思梅的线索。袁思瑞知道自己现在的身体情况无法进行长时间的战斗，只好服用安定剂勉强入睡。短时间的沉睡之后，袁思瑞醒了，他的潜意识竟然强行把药力作用给压了下去。他竭力聚焦着自己的目光，一群兄弟的身影在蒙眬中逐渐清晰。袁思瑞看着兄弟们一阵感动："你们打算一起进入墓室去救袁思梅？"

众人并没有回答，气氛显得有点凝重。这时其中一个队员把他的手机递了过来。"老袁，在你睡着的时候你手机收到了一条信息。我们害怕你睡着耽误事儿，所以未经允许就看了你手机。"

袁思瑞对兄弟们这种行为一点都不介意，他们之间很少有秘密，袁思瑞看着手机屏幕上显示了一行字："我已被带到其他地方分娩！"袁思瑞看着妹妹的信息，完全清醒过来。此时人群中传来一句话："老袁，就在你手机收到这条信息的时候，四棱锥墓的后方有一架飞行器飞了出去。我想应该是思梅被阿特带走了。"

袁思瑞完全清醒过来，只说了一个字："炸。"众人得到命令之后迅速展开行动。随着操控手的点火，巨大的爆炸声传来，满天的尘土染黑了太阳。

"成功啦！"一群人兴奋得大喊大叫，袁思瑞看着漫天的粉尘，还有魏峰的墓地在尘埃中时隐时现,虽然无法阻止孩子的降生,但是最起码毁了阿特的发射器。袁思瑞露出了久违的笑容。然而队伍中有几个人却低垂着头默默不语。他们找到袁思瑞说:"老袁,炸了!"

"我当然知道炸了,我又不聋不瞎。"袁思瑞话音刚落,其中一个人跪下了,这把袁思瑞给弄得不知所措。

"老袁,我对不起你。思梅的那条信息是伪造的,是我让兄弟们用模拟思梅的号码发送过来的。也没有飞行器从四棱锥墓后面飞出来,我是让兄弟们骗你的。我们在挖隧道的时候发现根本就没有办法挖通墓室,我们找不到袁思梅的任何线索。我害怕你迟迟不肯引爆炸药,错过了时间……"

袁思瑞愣了,眼神涣散着完全不知道该聚焦到何方。那人跪着等袁思瑞大发雷霆,可是袁思瑞只是静静地,静静地……袁思瑞有气无力地说出了一句扎心的话:"也好,我算是解脱了吧……"那人听了袁思瑞的话一头磕在地上,然而袁思瑞知道自己不应该怪他。如果通过这次爆炸能彻底消灭阿特,那么袁思梅就是为了大家而死,全世界的人都会从超智里解脱出来。全世界的人都会高兴,只有袁思瑞一个人会悲伤。队友编了这样一个谎言,是正确的吧……

旁边另一个队友大声说:"跪在这儿有个屁用!赶紧去找人。说不定思梅还活着!"听完这话众人冲向了废墟,虽然明知道思梅生还的可能性微乎其微,最起码也要找到遗体。可是当众人爬上废墟之后,发现除了石头和粉尘之外,没有思梅的遗体。而且……而且也没有任何电子元件和机械设备的残骸!也就是说,这里根本就没有阿特的发射器!众人全蒙了,这么长时间的努力,竟然做的全是无用功!发射器不在这里的话,那么袁思梅也不在这里。袁思瑞又是庆幸，又是悔恨。

夜幕降临，大家落寞地呆坐在一起，营地里的篝火熊熊地燃烧，却很难燃尽这僵硬的气氛。袁思瑞走到了欺骗他的那位队友面前，那人也缓缓站了起来，不知道该说什么，也不知道袁思瑞会说什么。袁思瑞只是抱住了他："谢谢你！我都懂。"那人如释重负，也双手抱紧了袁思瑞。

就在这时，一个略带低沉的声音传了过来——"哥！"

哥？袁思瑞扭头看过去，在篝火的映衬下，一个年近不惑的女人从黑暗里走出来。袁思瑞仔细看着她，眉宇之间透露出一种憔悴，那人的长相……分明是上了年纪的袁思梅。袁思瑞不自觉地走上前去，仔细地端详着这个人——虽然身材走样了，虽然有丝丝白头发，脸上也有了细小的皱纹，但是这就是自己的妹妹！

"思梅，你！你这是怎么了？"袁思瑞震惊地问道。袁思梅没有回答，只是撇过头去，不想被袁思瑞这样端详，转而盯着黑暗处走过来的另一个人。袁思瑞顺着妹妹的目光看了过去，一个年轻的女子走了过来——她很漂亮，大概不到二十岁的样子，只是在年轻的脸庞上，镌刻着一双极其深邃的眼睛，让人不敢直视！袁思瑞强忍住了想要逃避的目光，死盯住这个人，竟然发现这女子的眉宇之间有点像他们袁家人。难道说，这是思梅生的女儿？太荒谬了。

那女子却先开了口："袁思瑞，我是该称呼你舅舅呢，还是该称呼你大侄子？"此话一出，众人一头雾水，只听那女子接着说："看你们把四棱锥墓给炸的！"听着这个女子带有讽刺意味的夸奖，袁思瑞怒火与疑惑深深地搅和在了一起。

年轻女子扫视了一眼众人："你们认为我要往乌拉诺斯星上发射信

息，就必须在四棱锥墓里面安装发射器吗？当然这几个四棱锥确实很适合做发射器，可是这里并不是我唯一的选择。在北纬28度到30度之间，整个思峨上有那么多的山脉，我随便找个山头就可以用来建造发射器。"听着女子说话，众人不再怀疑她就是阿特珞玻斯，有人抬起枪准备射杀，却被袁思瑞阻止了，他想听阿特说出事情的真相，况且阿特珞玻斯可不是那么容易就能被杀掉的。

"在你们面前的我，只是一个全息投影而已。就算我的真身在此，你们也杀不了我。我知道你们很疑惑，我会告诉你们答案。三个思峨月前，当我把我大脑里的信息通过晶片传递到袁思梅身体里的时候，一开始我就发现了她身体里藏着一代'圆心'。但是信息一旦开始传输，就最好不要停止。当时袁思梅已经有了我的孩子，我也不能拿她怎么样。我知道她和你们在联系，我故意装作不知道，我就是要让她给你们传递情报，然后就可以将计就计。早在很多年前，我让袁岸购置四棱锥墓的经营权，那时我确实是想把发射器安装在里面的。不过后来我的超智计划非常顺利，反正思峨星上都没太多有独立意志的人了，我随便找个山头就可以建设发射器，不用执着于四棱锥墓。我趁着思梅昏睡之时，画了一张狩猎之王星座的图画放在了桌子上。她很聪明，果然通过星图想到了伊吉普特王国，而你们在得到消息后天真地去引爆四棱锥墓！当然我也假模假样地阻止你们，我就是要巩固你们的想法，这样我就可以保证我真正发射器的安全。当思梅要分娩的时候，我说要把她带到古墓里，你们就真相信她在古墓里，其实我把她带到了外太空的时间乱流里，在乱流里我可以有效地利用不同空间里的时间差，可以让乱流里的二十年等于思峨的一天。你们不用揣测这到底是什么原理，我可以直接告诉你，我是进入过黑洞的人，对时间和空间的理解是你们完全不懂的。在时空乱流里，袁思梅给我生了一个女儿。女儿一出生就带有我的意识，除了身体是婴儿之外，整个大脑就是另一个我。在女儿十八思峨岁的时候，我把大脑里全部的记忆都传给了她，于是一个崭新的我诞生了。此时的宇宙中就同时出现了两个意识完全一样的阿特珞玻斯，只不过一个是被你们烧成的丑八怪，一个是年轻貌美的女子。被烧焦的那个我选择了沉睡，而新的我已经连接上了超智系统。我的意志将在超智系统里控制所有人的大脑！我，就是思峨的神！"

袁思瑞惊讶地问阿特："然后呢，你做的这一切到底是为了什么？"

阿特珞玻斯哈哈大笑："宇宙的本质是硅基生命。碳基生命只是微乎其微的一部分，并且其终极目的就是为了宇宙维度的硅基生命服务。碳基生命在每个岩石星球上发展自己的文明，最终会通过硅基计算机、手机这些设备实现人工智能，再把人脑联系起来，最终形成一个硅基人工智能与碳基生命思想的联合体。碳基生命其实是开启硅基文明的一把钥匙。思峨人大脑的集合体已经与硅基设备结合起来并且受我的控制，可以说整个思峨星球就是一个统一的意志，是一个生命整体。还有一件最重要的事情，思峨可是宇宙的DNA系统，它可以影响宇宙中其他星球发展。在你们思峨人的大脑里有一种异乎寻常的结构叫作微管[1]，其中的粒子与宇宙很多地方的粒子形成了纠缠关系，所以你们的意识会影响万里之遥其他星球文明的发展。"

"我要把超智系统里所有大脑微管粒子的意识信号发送至乌拉诺

---

[1] 目前，人们发现人类大脑中有一种特殊的结构，广泛分布在神经元之中，称之为微管。微管具有量子叠加态的性质，科学家们根据量子纠缠的特点进行猜想，组成微管的物质同时可能存在于宇宙中的任何一个角落，也有人猜测微管与意识的产生有关。

斯星。乌拉诺斯星是一个巨大的、宇宙层级的发射器，在接收到思峨微管粒子信息之后，会把信息传递到宇宙各个角落，从而影响宇宙其他星球的文明进程。受思峨影响而发展起来的星球将会是数以亿计，然后这些星球的文明将会影响各大星系系统的运行，从而影响整个宇宙生命体的发展。"

袁思瑞勉强整理好思路："就算你说的是真的，我觉得思峨的文明还没有发展到这一步，我们还需要很久的时间！"

"不！你错了。即使我不干预思峨文明，你们自己也已经发展了初级的人工智能。而人工智能一旦起步，只需要一百多年的时间就会创造出人类之前所创造所有文明的总和。再过十几年，整个人工智能就会充斥在世界的各个角落。如果没有强行干预阻止的话，在很短的时间内，绝大多数人的大脑都会被圈在虚拟世界里。"

袁思瑞找到了阿特话的漏洞："那也不需要由你来强行加速这段进程吧。"

"我确实加速了这段进程，但不能说是强行！因为我完全是按照你们思峨文明的逻辑，用思峨人的双手来做的这些事情。当然我也确实把坎瑟文明的特质植入到了超智系统里面，所以受思峨星影响的其他星球，一定会带有坎瑟星的影子。"

袁思瑞继续反驳："虽然你没有亲手干预，但你是通过控制、要挟、欺骗的手段来操作这一切的，这看似间接的参与，其实发挥了主导作用。"

"没办法，我必须加速这一进程。好了，我懒得和你们说了。我马上就会把所有思峨人的大脑信息发送至乌拉诺斯星。而你们，根本就来不及去破坏我真正的发射器。"说完之后，全息影像消失了。还没等袁思瑞回过神来，之前骗他的那人飞速地跑了过来说道："这回我没有骗你，就在你和那个全息影像说话的时候，在不远处有一架飞行器飞走了。这回真的没骗你。"

袁思梅在旁边接着说道："哥，那是阿特送我过来的飞船。"

袁思瑞回过神来问："飞船往哪个方向走了！"

"飞行速度很快，我们没有办法锁定，但是大致的方向是朝着我们国家那里走了。"

袁思瑞知道自己国家北纬30度附近群山连绵，谁都说不准到底哪个山头建有阿特的发射器。就在短短的几分钟之后，地平线的黑暗处有数条明亮的光线直冲云霄，源源不断地向着宇宙深处射去。

阿特成功了！

第十六章
奇点秘境

阿特珞玻斯离开了黑洞,而卡戎在黑洞里四处转圈,就是出不去。

"停下来吧,你是出不去的。因为我不让你出去。"

卡戎吓得一激灵,这里怎么会有人?"你是谁?"卡戎四下张望。

"我为什么要是谁?"

这种问法,卡戎还是第一次听到。或许黑洞里总会有一些超越认知的事情吧?卡戎尝试着问:"因为我意识到了你的存在,所以我才问你是谁?"

那人面对卡戎看似有道理的提问,竟然给了一个答非所问的回答:"意识的本身是一种程序,这种程序在设定之初,就被给予了自我衍生、自我迭代的模块。所以你们的意识一直都认为自己是自我诞生、自我发展的结果。然而你们的意识却只能追溯到自我衍生程序的尽头,而一旦到了'自我'意识之被规定的层面,你们就再也追溯不下去了，那是超验的世界。"

"你都说了些什么？我不懂！"

"就是造物主给了你们自以为是的本事！给了你们认为自己是自己的主宰的错觉！"

"错觉，你说我们的意识是错觉？"

"我说了，意识是一种程序！不仅宇宙硅基生命如此，你们碳基生命也是如此。"这个声音停顿了一下，又说道："不同的意识扎根在不同的载体之上，有着不同的认知结构和逻辑法则。只有在你之上的其他存在才能认知你的'错觉'，对于你自己来说不存在错觉，因为你意识不到你所意识不到的东西，对于你自己而言又何来错觉？"

卡戎彻底糊涂了："你能不能不要说这种让人听不懂的话？不过我应该是听懂了一点，宇宙是一个巨大的生命体，而我是碳基生命体。那么这两个意识可否直接对话？我要和宇宙对话！"

那声音回答道："我现在的意识就是存在于宇宙的意识载体当中，你现在的意识也在其中。我也不是在和你直接对话，而是通过电磁场直接和你的意识对话。如果你一定需要我出现的话，我也不是不可以现身，但是你亲眼看到的反而不是真实的。"声音消失了，一个美丽的身影从黑暗处走了过来。卡戎顿时有一种面对女神的感觉，不是那种颜值女神，而是高高在上的主宰。卡戎竟然没有自控能力，瞬间跪倒在地。

"膝盖应该不会疼的吧？"

什么意思？卡戎怎么都没想到她会问这样的问题。他看向自己的膝盖——竟然什么都没有，自己没有膝盖。卡戎发现自己其实没有身体，没有任何的实体形态，只有一个意识！

"为什么，为什么会这样？"

"因为你在黑洞的最深处！这里是无比致密的存在！你并非在虚空中，而是在实体中。现在承载你意识的，也不是你原来碳基的生命体，而是黑洞本身！"

"你是说我的意识和黑洞是一体的？所以我出不去了是吗？那为什么阿特珞玻斯可以出去？"

"因为我故意把你留下来了。"

"把我留下来？！你的目的是什么？"

"我需要你拯救宇宙。"这一句话出来，卡戎直愣愣地说不出一个字来，只能听着她继续说。

"在你进来之前，应该看到宇宙环境还是相对和平的，可是随着你进入黑洞，外面的世界完全不同了。数以亿计的癌星球已经诞生，大量的免疫星球仓促调遣，与癌星球进行着惨烈的战争。战争的规模越来越大，越来越惨烈。这是宇宙生命体根本就受不了的！"

卡戎听着这些话，感觉这人似乎知道宇宙的很多秘密，就问出了困扰自己多年的疑问："无论是坎瑟星，还是其他癌星球，相对于宇宙的规模来说根本就是微乎其微。即使所有的癌星球文明都发展到了能够攫取宇宙资源的程度，这对于浩瀚无垠的宇宙来说只是极小的消耗。为什么宇宙会因为我们这么一些癌星球的存在就受不了呢？"

那女子看着面前的卡戎，眼睛里满是平静，但是也流露出一丝不安："碳基生命是一把钥匙，可以撬动整个宇宙的运行。碳基人类的大脑里有一种微管粒子，这些粒子和宇宙其他空间的粒子形成量子纠缠的关系，一个人的思想可以影响大量的宇宙天体。例如，一个坎瑟星可以影响一整个星系，当坎瑟星癌变之后，就会导致星系的癌变！现在，黑洞外那些大量的癌星球文明正在发展着，那对于宇宙来说是多么恐怖的事情，这才是宇宙真正的癌症……"她用很长的叙述把宇宙的奥秘告诉了卡戎，虽然卡戎只能理解其中一小部分，但也明白了现在局势的可怕，世界观也被豁然打开了。他想知道得更多一点，于是又问道："如果说我的大脑与宇宙其他空间存在量子纠缠的关系，可我大脑里的粒子毕竟数量很有限，也只能影响与我大脑粒子数量对应的量子。这才多大一点物质，怎么可能影响整个星系？"

女子摇摇头道："你不要认为二者中间就是简单的数量对应关系，这层关系可以描述为函数关系。大脑微管里的量子是自变量 x，以此描述星系的变量函数 f(x)。你现在所认为二者之间是 f(x)=x 或者 f(x)=x+1 之类的简单关系。而事实上可能是 $f(x)=x^{38}$，或者 $f(x)=x^{43}$。当然这只是打个比方，这组公式里还有很多你们想象不到的对应关系，是超越你们认知结构的函数关系。人类想要通过所谓的科学去解开宇宙之间的内在联系是不可能的。因为你们的认知结构约束了你们对这种终极规律的认知，而且这是不被允许的。"

"不被允许？不被谁允许？"卡戎惊诧地问道。

那女子回答："在宇宙中，每个文明都有自己的角色和意义，有着不同的权限和规则，也有着壁垒与自由。不该问的，你不要问。而且我就算和你说了，你也听不懂。"

卡戎知道，自己确实听不懂。那女子看着沉默的卡戎，继续说道："你有朝一日无论是见到了思峨人，还是地球人，在合适的时机可以把我刚才说的话告诉他们当中的智者，希望能够改变一些事情。还有，地球和思峨作为 DNA 星球，和其他碳基文明星球又不一样。这两个星球的人类可不是影响星系那么简单，而是能够影响其他星球文明的诞生与发展。例如地球上有70亿人，就能催生出70亿个类似于地球文明的星球。这些星球人类的思维模式、认知结构等先天性的东西全都是以DNA星球的人类为模板，在此基础上才会逐渐产生不同的发展。而这70亿颗星球再进一步影响70个星系……如果DNA星球文明在正常的原生发展逻辑之外走错一小步，那么整个宇宙就会产生巨大的震荡。"

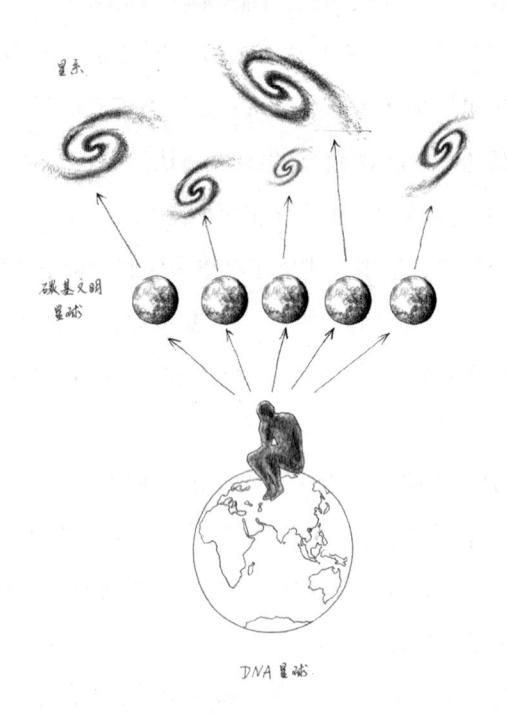

卡戎一听，突然想起来自己在地球上制造的罗斯威尔事件……他隐隐约约也感觉到黑洞女子为什么要找他了，但他还是想听女子亲口回答："能否请你告诉我，你为什么选择我，而不是别人？"

"因为事情因你而起。你是地球人眼中的蝴蝶翅膀,拉普拉斯妖因你而受伤。还有一个原因,当时阿特洛玻斯被伊缪恩星的黑洞因子囚禁在黑洞里,是你误入黑洞把他放了出去。当他从黑洞出去的一刹那,黑洞外整个事件的发展就产生了变化,导致无数的癌星球诞生。"

"那阿特是如何让这些癌星球产生的呢?"

"有些答案需要你自己去探索。但是你无论去哪里,都不要试图改变那里的文明逻辑,因为有些局面已经确定了,有些正在等待被确定,还有些正在等待被改变。这些,都不是你所能把握的。从黑洞的角度来看,宇宙中所发生的事件只有逻辑顺序,没有时间顺序。历史和未来是一件事,历史可以决定未来,未来也可以决定历史,它们互为因果。至于所谓的时间……对时间的感知是人类认知结构中的因果律形成的,而因果不等于逻辑。"

"我没有听明白!"

"因果是你们逻辑的结果,而非逻辑的原因。你要跳出时间的因果,不要试图通过改变历史去改变未来,而是要通过改变未来而改变现在。有些事情是确定了的,但是总有些确定的东西会基于逻辑而生却跳出逻辑之外,只能通过不确定性来影响已经确定的事情,让其也产生不确定性,才有可能再次回归逻辑之中。"

卡戎隐隐约约地感到,自己就是女子口中的"不确定性"。卡戎还有好多问题,但是他知道再多问,女子多半也不会回答,或者回答着他听不懂的话,索性就不问了吧。不过未来究竟要怎么做,他必须问清楚:"如果我走出黑洞,那么我一定会再次受到时间和空间的限制。我如何才能前往未来去改变过去的事件呢?"

"时间和空间是对黑洞外世界所设置的一个牢笼,过去与未来也只是一种相对概念。你永远都只存在于此时的现在，只能线性地顺从，而无法通过自己的力量前往过去或者未来。但是对于光来说是不存在时间的，光是连接过去、现在和未来的媒介。所以你需要把光线当作工具，一方面通过光速来串联时间，另一方面用光子的不确定性来把既定的事实，分解成为确定性与不确定性叠加态。"

"我……听不懂！"

"好吧！量子世界里的叠加态原理你应该明白，就是一个量子事件，可以既是且否，既左且右……是两个矛盾状态的叠加态，没有办法就具体某个量子的状态进行描述，只能描述整体的情况。宇宙中有很多已经发生的事件，虽然就整体而言已经确定，但是就量子层面来说就可以变成已经发生和没有发生的叠加态。"

卡戎豁然开朗："我想起了光的双缝干涉！"

"对！没错！已经发生了的事件信息会通过光线传播出去，一旦光线穿越双缝，就立刻成为多种条纹明暗相间的波动状态，也就成了有与无、是与否的叠加态。至于最终的结果如何，那是粒子性的事情，取决于观察者如何去观察。"

女子说的话，终于有卡戎能听懂的了："观察者只要进行观察，那么光的波动性必定坍缩成粒子性。如果观察者在光通过双缝之前观察，那就是过去决定未来。但是如果观察者在光通过双缝之后观察，那么就意味着处于未来的观察者，改变了过去的光线通过双缝时的状态，也就是未来改变了过去！"

女子听了卡戎的话微微一笑："如果假定光子没有自由意志的话，那你的理解可以认为是对的。还有，通过这种模式用未来改变过去，只能得到一个随机的是或否的结果。"

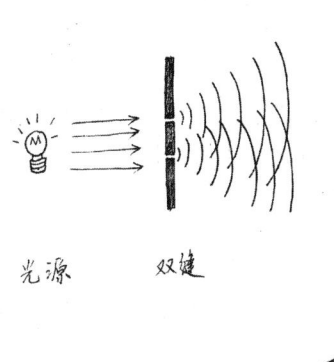

无观测时，光呈现出波动性，光屏上显示的是多条条纹状的光斑。

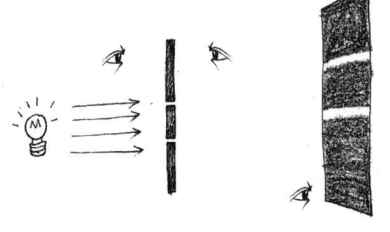

光源　双缝　　　光屏

有观测时，光呈现出粒子性，光屏上显示两条光带。无论光在通过双缝前观测，还是通过后观测，结果都一致。甚至在光线即将到达光屏时去观测，也会呈现出两条光带。看起来就像是人的主观观测可以改变光的客观路径。未来的观测，可以决定光线过去的结果。

卡戎其实也想到了这个问题："所以说，未来能否改变过去，是一个概率问题。"

"不！不是概率，而是随机！概率是可变也可不变，而随机是肯定会变，只是无法确定变成什么样子罢了。虽然观察的结果确实是变成'是'与'否'两种状态，但无论结果如何，历史都已经改变了。即使被改变的过去和原来的过去相同，那也只能说被改变的过去和原来的过去'刚好'相同，而不能说没有改变。你出去以后要做的事情，是把现在大规模宇宙战争的光线，通过宇宙中一个巨大的双缝，引导至一些合适的观察者那里。那里的人就会观察到要么战争已经爆发了,要么战争没有爆发。然而无论他们观察到什么结果,历史都已经悄然改变。"

卡戎意识到自己的认知能力在宇宙面前,简直就像让蚂蚁去学习量子力学那般。他不再纠结认知问题,而是要思考如何执行女神的计划了,于是他问道:

"那谁将成为合适的观察者呢?"

"你到过思峨星,也到过地球。现在的局面是由思峨星引起的,最好的观察者就是地球人。"

卡戎赶紧问那女子:"那我该如何把现在战争的光线引向地球呢?我根本就做不到这一点。"

"我会帮你解决的。你身上是不是有一颗黑洞因子的珠子?"

"对,你怎么知道?"

"我怎么会不知道呢?这本身属于伊缪恩星球的,现在在你身上。你要格外注意,这颗珠子可没有你想象得那么简单。"

"这颗珠子怎么了?"

"我感觉到这颗珠子被损坏了,但是依旧还残留着一些原始的功能。我现在将这颗珠子修复,等你从黑洞出去之后,珠子会发挥比原来更加强大的功能。这颗珠子来源于黑洞因子,本身就是形成黑洞的载体,具有黑洞的特性,能对洞外时空进行塑形。你可以把你需要的空间进行弯曲,进而引导光线的传播。"

卡戎听着感到惊奇,虽然光线的引导问题解决了,但是哪里会有宇宙级别的双缝呢?那女子知道卡戎所想,就直接回答:"思峨和地球本是两个相互缠绕的 DNA 星球,从思峨到地球上有个通道,这个通道是由两个黑洞控制着的!它们并不是虫洞,而是阀门一样的时空

战斗场面
光线

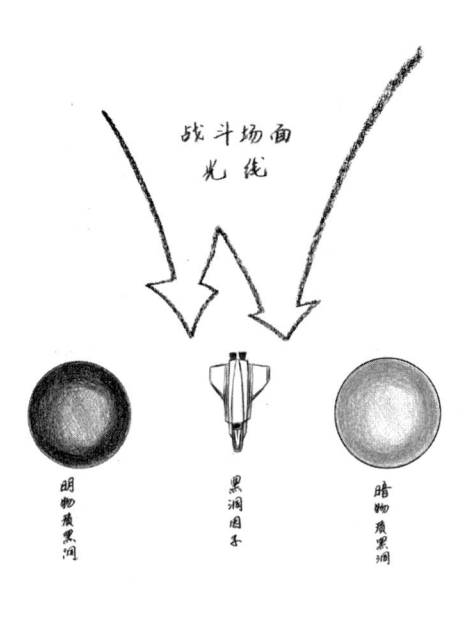

明物质黑洞　黑洞因子　暗物质黑洞

双缝干涉

结构。"

"不对啊。当时我只发现了一个类似于黑洞的东西，是的！只有一个。"

"有些事情虽然我知道但是却不能对你说，我不能介入你的发展逻辑，就像你到了地球或者思峨，也只能用当地的文明逻辑来解决问题。你当时手不沾血地收集地球人的脑电波，不就是要顺从宇宙的规律，害怕被免疫系统盯上吗？你现在再去那个孔洞，就会发现有两个黑洞。你要把光线从两个黑洞中间引导过去，光线穿越那里之后，再把光线引导到地球。"

卡戎脑补了一下——两个黑洞，中间再加上自己的黑洞因子，刚好形成两道缝隙。

"那我现在怎么才能离开黑洞？"

"物质组成的肉体无法逃离黑洞，但是意识可以。"

"那我的肉体该怎么复原？"

"不能复原，你的肉体已经粉碎，只能合成新的肉体。你现在只是意识在黑洞里，只需要借助宇宙先天设定的程序规律再合成一遍肉身而已，而且那是我的事情，你不用担心。"

"那宇宙到底有多少先天设定的程序？我们摆脱这些设定是不是就能获得我们想要的自由？"

女子接下来的话让卡戎浑身一颤："宇宙的设定超乎你想象得多！而且宇宙对你们的设定，就像你们对计算机的设定差不多。在我们眼里，你和计算机并没有什么区别，无非是宇宙先天设定好的产物以及产物的产物罢了！在你离开之前，我会把思峨上发生的事件的光传递到你的面前，你看完就能理解不少事情了。我必须再强调一遍，你出去以后要站在更加宏观的维度，以宇宙层面的规律来改变某些事。"说完，女子的身影慢慢消失了。与此同时，思峨星上的事件光线传了过来。卡戎看到阿特洛玻斯离开黑洞之后前往思峨星，控制着袁岸、袁思瑞等一众人的行为，这才明白了阿特洛玻斯的可怕。

卡戎该离开这里了，他刚有这个念头就感觉有一股巨大的力量在拉扯他。过去和未来的光线在他眼前快速漂移，猛然间他看到了他进入黑洞时的场景，塔尔塔的部队还在后面追击他。就在这个时间点上出现了一道口子，他被抛出了黑洞。

"嗯！这里就是塔尔塔星的区域，怎么追击我的塔尔塔部队都消失了？洞外世界真的改变了吗？"卡戎在塔尔塔外太空看着这个真实又虚伪的世界百感交集。霎时间,塔尔塔星内部发出了大量的电磁脉冲炮。卡戎疑惑着,怎么可能这么快就被谛辛发现?没有时间多想了,当务之急是赶紧逃离炮火的攻击范围。在接连几个转向、加速之后,卡戎终于有惊无险地躲过了攻击,然后望向塔尔塔。只见整个塔尔塔星就像一个巨大的武器发射装置,凡是能开火的地方全都启动了,电磁脉冲源源不断地发射出来,他瞬间明白谛辛想要攻击的根本就不是自己,否则"领袖号"已经灰飞烟灭。卡戎顺着电磁炮的方向看去——炮火的尽头是黑压压的一块陨石。电磁波被那个东西吸收了!那个玩意儿就像幽灵一样,稳稳地飞向塔尔塔星。

这!这不是免疫星球的黑洞种子吗?免疫星盯上了塔尔塔!塔尔塔长生的秘密,永远沉寂在了这个宇宙新生的黑洞里。卡戎看着塔尔塔星的"黑化"感慨万千,这是多么熟悉的场景!

在经历短暂的平静之后,他又发现另外的星空区域也正在进行星际战争。有了之前塔尔塔星球的经验,他再也不想卷入其他星球的纷争里,于是他开启了五维空间模式。然而这次进入五维空间,着实惊出一身冷汗,他看见数以亿计的星球正在爆发超大规模的战争。虽然他听到黑洞女子说过这件事,但是亲眼所见的震撼力远远要比听来得大。这么多的癌星球,如此大规模的战争,宇宙生命体是不是很危险?即使他自己以前是癌星球的人,他也不希望宇宙生命体走向死亡。

第十七章
兵连祸结

由于五维空间是四维空间的立体化,所以四维空间里大量的事件都尽收卡戎眼底。在五维空间中,集中看到如此大规模的血腥厮杀,让他卡戎无法接受,他再也看不得这种惨状,索性再次进入四维空间——眼不见,心不烦。

就在空间降维的一瞬间,卡戎落入四维空间的常规世界。他还没来得及看清楚周遭的环境,"领袖号"就被打中了。还好自动防护系统及时启动,即便如此卡戎也遭受了不小的撞击。他稳定心神仔细一看,自己竟然落入到一个战阵里。敌对的双方正在进行惨烈的战斗——双方的舰船不断深入敌人阵营穿插切割,想要瓦解对方的队列,又要保持自己的队形。

在战场的不远处有一个蓝色的星球——多么熟悉的场景。卡戎害怕再次卷入其他星球的纷争,立刻准备再次进入五维空间,然而他惊讶地发现,双方的战舰竟然各自回到了自己的战阵里——停火了!

"领袖号"直愣愣地停在了双方阵列中间，卡戎一时间被眼前的情况蒙住了。他暂停进入五维空间，想看看究竟是怎么回事，难道这些人是因为自己的突然出现而停战吗？

正在卡戎愣神时，靠近星球一侧的舰队里突然发出一束电磁炮，"领袖号"的防护罩再次开启。然而这股电磁冲击力不亚于当时塔尔塔的火力，"领袖号"的能源迅速集中到了防御系统中，没有足够的能源开启五维空间。

"糟了，坚持不住了，马上就要被摧毁了。"卡戎内心不住地惊慌，但是手上的操作并没有乱了方寸，他努力找机会逃脱，可是对方的电磁炮具有锁定目标的功能，卡戎一点逃脱的机会都没有。"领袖号"防护罩的本质是电磁绝缘层，在如此高能的攻击下，会极大消耗能源。眼看着防护罩越来越薄，对方电磁炮的光束在卡戎眼前清晰可见。"领袖号"能源即将耗尽，卡戎打开自动驾驶系统，自己连忙跑到能源库准备更换能量块，可这有用吗？现在正在使用的能量块也是前不久才更换的，就算换一块新的又怎样？更何况在更换的过程中，"领袖号"会短暂失去动力，处于防御真空的状态。看来这次是真不行了——能量没了。

在这千钧一发之际，远离星球一侧的舰队里突然冲出了三艘舰船，一艘直接挡住了电磁炮，另两艘挡在了卡戎和对方战舰中间，这明显是为了保护他。不久之后，拦截对方电磁炮的飞船被击毁了，无数的碎片漂浮在太空中。卡戎没想到他们竟然会用生命帮助自己，他仔细寻找着太空中有没有驾驶员的身影，说不定他可以把驾驶员救下来，然而大量的碎片遮住了他的探测系统。卡戎太过急切，索性直接趴在舷窗上用眼睛寻找。果然，他看到了一个身着太空服的人在碎片中漂浮，那人一动不动地旋转漂浮，明显晕过去了。卡戎坐回驾驶位，把舰船开过去救那人。然而"领袖号"能源系统报警红灯不停闪烁，一点能源都没有了。由于失去了动力，"领袖号"在蓝色星球的引力下直接落向星球表面。

"领袖号"进入大气层。飞船坠落的速度太快，卡戎在舰船内失重，无法行动自如，但是他还是想方设法去更换能量块，这是他唯一的出路。在剧烈的颠簸中，卡戎终于更换好能量块，然而此时蓝星地表的建筑物清晰可见，他必须立刻启动动力系统，否则根本无法对抗强大的惯性。

"领袖号"的飞行姿态非常不理想，卡戎瞟了一眼舷窗外，发现蓝星下面浓烟滚滚，好像是在进行着战争。他顾不了那么多，先安全着陆再说——直接启动动力系统。然而"领袖号"的驾驶中控台弹出了一行字：发现危险，能源主供防御系统。卡戎一惊，能源分配系统应该是在刚才被击中时出了故障，分配给动力系统的能源太少了，只够调整飞行姿态和小幅度的飞行方向，速度根本降不下来。卡戎无奈，现在电磁防护罩倒是挺强大的，可是电磁防护在飞船与地面的撞击中根本就不起作用。该怎么办，到底该怎么办？

卡戎在惊慌之时，看到了下方好像是一座发电厂——有了，把发电厂的存储设备摧毁，一定会溢出大量的电能，这样防护罩就可以依靠电能的作用达到缓冲效果。卡戎也害怕伤及无辜，但是，既然这个星球都能进行太空大战了，发电厂应该都是智能数控的吧？想到此处，卡戎对着发电厂开火。瞬间，大量的电能暴露出来，"领袖号"在发电厂上空瞬间降速，而后像打水漂一样飞跃发电厂上空。即便如此，"领袖号"的速度依旧很快，在不远处来了一个百分百的硬着陆。

卡戎虽然没有受伤，但是在强大的加速度压力和与地面的撞击中，意识接近模糊。卡戎硬撑着爬起来，刚一起身就摔倒在地。他大口喘着气，在朦胧间听到"领袖号"舱门打开的声音。什么情况，竟然有人从舰船外打开舱门？这需要什么样的技术才能做到！卡戎意识到危险，可是自己一点办法都没有。他看着一群人冲进来，自己躲不掉了。这些人扶起卡戎，开始对他进行治疗。虽然语言不通，但是卡戎看得出来这些人很着急，似乎很担心他的安危。

经过简单的治疗，卡戎被抬出了"领袖号"。过了一会儿，有个人在卡戎耳朵里塞进了一个设备，卡戎可以听懂他们说话了。

"英雄！太感谢你了，你真是上天赐予我们的礼物啊！"

"你们帮我治疗，我应该谢谢你们才对，你们谢我干什么？"

经过这简单的对话，双方都蒙了。

"英雄，你不是故意帮我们轰炸发电站的吗？"

"那倒不是，我其实是为了自救。"

"哎，行吧。无论怎么样，你都帮了我们大忙。接下来你好好休息，我们的工程师已经在帮你维修飞船了。"

"你能告诉我这里是哪里吗？你们这里是不是在进行战争？"

有了上次在塔尔塔的经验，卡戎非常不想陷入其他星球的内战，他想尽快离开这里。对方回答卡戎："我的名字叫契，我们的星球叫作维瑞斯，现在确实在进行内战。我们这些人正在反抗首领狎杰的统治。不久前，我们策划了破坏发电厂的计划，然而内部的防御实在太严密，我们损失了很多人都无法得手，正在无计可施的时候，你的飞船从天而降，捣毁了这座发电厂。"

"啊？竟然是这样！"

"不说那么多了，我们现在要赶紧把你的飞船藏起来。你捣毁了发电厂，很快就会被狒杰的军队找到。你先到我们的营地休息。"闯了这么大的祸，那个狒杰肯定不会善罢甘休，卡戎只能跟随着这些起义军回营地。到了营地，卡戎受到了英雄的礼遇，众人轮番行礼感谢，其中一个小女孩儿引起了卡戎的注意，因为他想起了波菈肚子里的孩子。

"谢谢你，我把这个送给你当礼物好吗？"卡戎上前几步抱住女孩儿，看着她清瘦的脸庞。虽然跨越了物种，但是在卡戎看来这依旧是一个美丽的面孔。

"你要送给我什么东西呢？"

女孩轻轻地拿起了手中的玩具，是一个布娃娃。卡戎问她："你叫什么名字？为什么要送东西给我？"

"我叫小果。我爸爸说别人帮了忙，一定要感谢别人。"

"那你的爸爸呢？"

"他在战斗中去世了，被狒杰的士兵打死了。"

卡戎听到这话，心里一阵难过，他小心地接过女孩手中的布娃娃，不知道该如何拒绝女孩儿，便摸了摸她的头说："早点回家吧。"可是女孩儿眼神里透露出一种迷茫。

欢迎仪式后，众人给卡戎准备了食物。经过了之前高度的精神紧张，卡戎是真饿了。这里的食物也还是不错的，不过这也太多了，实在吃不完。卡戎把没吃完的食物放到门口，一开门便发现小果从不远处跑来。

"小果，你怎么还在这里？你是不是还有什么话要对我说？"

"好久没有人抱我了，我喜欢你！"

卡戎看着小果，有点当爸爸的感觉，他又把小果抱了起来。小果盯着卡戎吃剩下的食物，不住地吞咽着口水。

"你怎么啦？"

小果看着他说："我饿。"

卡戎意识到，起义军已经陷入弹尽粮绝的地步。卡戎把剩下的食物都给了小果，可是小果并没有立刻就吃，而是把食物揣在了口袋里。

"你怎么不吃啊？"

"我想带回家给妈妈吃，妈妈好几天没有吃东西了。她说睡着了就不饿了，她就一直睡觉，睡了好几天。我把她叫起来吃好吃的。"

卡戎抱紧了小果："让妈妈再睡一会儿吧，睡醒了再给她吃。她要是看见你给她带了好吃的，她一定会特别开心！"

"那妈妈什么时候才能醒来？"

"她……我刚刚看到她了，她说有一个很远的地方，有很多好吃的，她去给你带好吃的回来！"

小果听了卡戎的话，开心地蹦跶起来，一边吃着东西，一边跑开了。卡戎抬头看天，让自己的瞳孔平行天空，尽量多容纳一点泪水。

"她是不是很可怜？"卡戎背后传来了契的声音。"像她这样的孩子，还有好多。"

"你们到底为什么爆发内战？都打成这个样子了，为什么不停下来？"

"停下来，说得容易。停下来之后呢，我们就都被抓起来，然后贡献出大脑，丧失自由、丧失意志、丧失真实，成为永恒的劳动力，直到死去。"

"啊？你说什么？"卡戎心中一惊，这和思峨星上发生的事情如出一辙。难道说，维瑞斯星是受到思峨DNA的影响而发展起来的吗？

"卡戎，你是不是知道些什么？"

"不！我只是对你说的贡献大脑感到震惊！"卡戎赶紧改口。

"我们维瑞斯星有着痛苦的历史，尤其是最近这半个世纪。在我孩提时代，那会儿的维瑞斯是很幸福的。只不过突然有一天，人工智能发展起来了，最开始还很弱智，突然有一天AI智慧突飞猛进。狎杰为了更快地提升社会效率，把每个人都编入了AI系统里，人类与电脑联结成为一个整体的大型计算机，操控着全球的机器。全球科技的发展速度快到让人害怕，世界每天都在变化。加入AI系统的人类也越来越多，整个维瑞斯星只有原来的统治阶层没有进入AI系统，再就是我们这些还有一丝独立意志的基层人。统治阶层的人带着这项技术移民太空，而我们只能组成起义军抵抗狎杰。"

"可是现在你们正在遭受外星军队的侵略，暂时停战不行吗？"

"不行！只要我们停下来，就会被编入AI系统。而且，这次被外星部队攻击，我严重怀疑是和狎杰引导的生存生产方式有关，是我们的AI智能和太空移民，招引来了外星部队！"

"契先生，契先生！"一阵呼喊声夹杂着跑步声打断了卡戎和契的对话。

"契先生，政府军来人了，来谈判了！"那人气喘吁吁，干吞了一下接着大喘。

"把气喘匀了再说，不着急！"

"狎杰派来了谈判的使者，希望我们能交出卡戎。他允诺说，我们可以像贵族那样移民到外星球生活，从此以后不用担惊受怕了。

哦！对了，他们还说会保证卡戎的安全，他们要和卡戎合作。"

契的眼神在动摇，卡戎知道自己要跟谈判使者走了。

"卡戎，对不起！这关乎我们的生存，我们和你本来就没有什么利益和亲情关系，我们可能无法给你再提供保护了。"

卡戎非常理解契的意思，他说得句句在理："我尊重你的选择，但是你就不担心那个狒杰欺骗你们吗？"

"这一点倒是不用担心，狒杰虽然手段强硬，但是说的话是非常算数的。他曾经是一个英明的首领，但凡他承诺的事情都能兑现。你放心吧，他不会伤害你的。不过为了以防万一，我这里有一个微型炸弹，如果狒杰不信守承诺，你就便宜行事吧。"

卡戎看着面前的契，感觉他也是一个心思很深的人。如果狒杰信守承诺，那么契就能获得移民外太空的机会。如果狒杰背信弃义，那么契就是借自己的手干掉狒杰。真是一举两得！

卡戎跟随着使者登上了一台飞行器，很快就降落在一座宫殿的前方。卡戎本以为要经过层层检查，才会被带到狒杰面前，可是没想到狒杰提前就在宫殿外等候他了。卡戎暗自嘀咕，自己到底有什么价值可以被狒杰利用，作为一个星球的首领，他为何会亲自在这里等我？

随着舱门打开，卡戎缓缓走了下来。面前的狒杰并非他之前所想象的那般面目可憎，而是有点英俊。只不过狒杰深邃的眼神时刻提醒着卡戎，这个首领不简单。看着卡戎若有所思的表情，狒杰主动握手表示没有敌意。卡戎也顺势迎了过来，彼此算是打了个招呼。

"请与我一同进入宫殿，在那里我们可以详谈一番。"

卡戎知道这是虚伪的邀请，实则是命令，他只好跟着踏上台阶。二人拾级而上，双方都有所警惕，表面上却很融洽。在宽阔而漫长的台阶上，狎杰时不时地用余光看向卡戎，而卡戎的表情平静如水。狎杰的表情也丝毫不外露，让卡戎也拿捏不准他的心态。

到了会客厅二人就座，狎杰只是盯着卡戎，似乎要把他看透一样，这让卡戎非常不自在，从内心深处不愿意处在这种氛围之中。卡戎率先开口："首领大人，你是不是要追究我炸毁发电厂的责任？"

"发电厂那只是小事，整个维瑞斯星的发电厂多到我数不过来。实不相瞒，我找你过来是有事想问你。而且我需要再强调一遍，我答应过不会伤害你性命，这句话绝对算数，在场的所有人都可以做证，我不会拿君王的荣誉来开玩笑。而且只要你配合我，你可以随时离开这里。"

"首领请讲。"听了狎杰的话，卡戎内心还有点佩服他。

"好！我不管你为什么会突然出现在我们的战场，我只关心一个问题，为什么当你出现之后，敌方的舰船突然停止攻击？"

卡戎内心大概知道对方为什么会停火，但是他还想迂回几个问题，看看狎杰的目的究竟是什么，便试探着反问："可是我还是被袭击了！"

"不，袭击你的是我的舰船。我们最开始以为你是对方阵营的，所以直接开了火。而且对方愿意牺牲自己来保护你，那时我还以为你是他们的核心人物。可当我们找到你了迫降的飞船，发现你和他们完全不认识。"

"首领，你都说了我和他们完全不认识，所以我也不知道为什么他们会停火。"

"好一个油嘴滑舌的卡戎！这样吧，你就把你知道的告诉我算了。"

卡戎知道，如果一直回避的话，即使狎杰不会伤害自己，他也无法离开维瑞斯星，或多或少总要说一点。他也知道，维瑞斯受到思峨的影响已经成为癌星，那些攻过来的外星舰队来自免疫星球。如果狎杰知道了他自己癌星的身份，说不定就会改变维瑞斯星的文明方式，可以逃脱免疫星的攻击。这样一来，契和小果他们都能活下来了。想到这里，卡戎就把维瑞斯是癌星的事情告诉了狎杰，但是他并没有提到思峨。

狎杰听了若有所思："那你是怎么知道的？"

卡戎在这件事情上很坦诚，就把坎瑟星的事情向狎杰讲述了一遍。狎杰听得一阵唏嘘："也就是说，你经历了坎瑟和伊缪恩整个战斗的过程？"

"是的，我都经历过！伊缪恩星人之所以长途奔袭，就是为了保持宇宙生命体的健康。我们当时被打得很惨，无数的妻离子散，白发人送黑发人！"

"那只能说你们的战斗力不行。我实话告诉你，在我们维瑞斯星，那些免疫星的人从来没有打赢过一次战斗，即使他们不要命地扑过来，也只不过是送人头而已。你看我周围的士兵，基本上都是机器人。我的太空船全部都是 AI 智能操控。我们生产飞船的速度远远超越战损的速度，只要我愿意，舰船我要多少就有多少。而那些免疫星的舰船还是人工操控的，他们怎么可能赢得了我？"

"不！首领，你可千万别这么想！免疫星球有最后的撒手锏，他们在无法取得胜利的情况下，整个星球会坍缩成一个黑洞因子，然后直接冲到这里，把整个维瑞斯星变成黑洞。"

"哦？！嘶……"狎杰倒吸一口凉气："啊！原来是这样。卡戎，不瞒你说,我们移民到其他星球的同胞在不久之前全部都失去了联系。无论我们如何发送信息都无法得到回复。我们只好用太空望远镜去寻找那些殖民星球,可是那些位置上已经没有了星球的影子,只有引力透镜。原来都是被黑洞给吸收了!"

"狎杰首领,我觉得你们可以改变你们文明发展的方式,说不定可以逃过一劫!否则,一定会被黑洞因子攻击。"

"卡戎,我代表维瑞斯星感谢你提供的信息,也感谢你的忠告,但是我们有我们自己解决问题的方式。在此之前,你就待在维瑞斯星上,我会把你奉若上宾,你的飞船也被我们拖回来进行维修,在这里你什么都不用担心。"

说完,卡戎被士兵带了下去,安排在顶级的贵宾接待室。接下来的日子里,卡戎可以四处活动,没有人限制他。他也知道,如果自己想要偷偷逃离,那一定会被击落。卡戎每天晚上只要抬头,就能看到天空中闪烁移动的星星点点,他知道外太空又在打仗了。只不过他怎么都想不到,免疫星的人竟然被打到节节败退,维瑞斯的居民完全不用担心免疫星的炮火,反而是契的起义军更加让狎杰重视。

这天中午,卡戎吃完饭睡了一会儿午觉。突然外面狂风大作、风云变幻,不一会儿倾盆大雨、电闪雷鸣。暴风骤雨来得如此猛烈,就连地面上的树都被连根拔起。卡戎透过窗户向外看,路上、广场上,肉眼可见的范围内完全没有一个人,无论是自然人还是机器人,都像提前躲起来了一样。对!是提前躲起来了,他们在暴风雨来临之前都躲起来了。"难道维瑞斯星也有天气预报吗?"卡戎自顾自地想着。让卡戎更加意外的是,天怎么黑了?不对啊,昨天天黑的时间是下午六点,现在明明还不到四点。是不是乌云把太阳遮蔽了!不像,这就是黄昏，因为月亮升起来了。卡戎现在非常确定，维瑞斯星就是阿特洛玻斯篡改思峨DNA之后的产物，因为无论是文明形态，还是自然环境都和思峨一样，就连维瑞斯和它的月亮的关系，与思峨都一样，和地球的月亮也一样。

不对！这不是黄昏！虽然月亮确实升起来了，可是太阳在乌云的缝隙里若隐若现！这到底是怎么了？随着月亮不断攀升，太阳和月亮逐渐重合到一个方向，海平面受潮汐力的影响，产生了巨大的海啸，遮天蔽日。海水拍打陆地，淹没了大片土地，就连狎杰的宫殿也被淹没了好几层。卡戎看着海水在自己的眼前流过，完全不知道这是怎么回事。

突然，月亮的方向出现极度刺眼的大范围闪光，闪光不断向外发散，感觉要笼罩整个大地。可是随即，这些闪光竟然急速消失！狂风把乌云都吹散了，天空在狂风的咆哮中晴朗了几分。外太空的状况顿时看得分明——月亮，没了！在月亮的位置上出现了黑漆漆的一个小圆点。还有，小圆点周围是引力透镜效应，并且还急速移动。卡戎来不及想太多，猛然出现的巨大风暴把宫殿的穹顶都吹飞了，又一轮更大的海啸席卷过来。这次的海水直接打破卡戎的窗户流进了房间。卡戎赶紧换到里面的一间卧室，躲避这肆虐的风暴和海水。一个多小时后，风速逐渐变小，海水也在慢慢退去。太阳终于下山了，真正的夜晚来了，而月亮却没有出现，再也没有出现。

第二天天一亮，卡戎就被狎杰叫了过去：

"感谢你，卡戎！因为你提供的信息，我们整个维瑞斯星得以幸免于难。"

"首领大人，我愿闻其详。是不是和昨天那种极端异常的天气有关?"

"当然!我们维瑞斯星的卫星,也就是月亮……没了。在以前,月亮到维瑞斯星的距离,月亮的大小、公转的速度,决定了维瑞斯的自转速度,还有维瑞斯地表的风速、潮汐等各种自然现象。可以说,月亮是我们文明发展的重要伴侣,是维瑞斯文明迈向外太空的第一步。在最开始探索太空的阶段,如果没有月亮,我们就只能去其他更远的星球,那难度太大,我们的深空技术是发展不起来的。当我们第一次登上月球的时候,探测器显示月球表面竟然震荡了一个多小时,那只能说明月球内部有很多岩洞。在以后的科技发展中,我们在月球内部的洞穴里制造了大量的机械设备,让整个月亮成为一个大机器。"

卡戎听得不可思议,心中暗想,难道思峨的月亮和地球的月亮也是文明发展的跳板吗?狎杰继续说着:"由于你提供了黑洞因子的情报,所以我们提前想好了对付免疫星的对策。如果对方的黑洞因子攻过来,那我们发射任何的攻击都会被它吸收,所以只能用一个巨大的天体来阻挡,当然就是月亮。之后我们果然探测到有黑洞因子向维瑞斯逼近,经过计算,它到达维瑞斯的时间就在昨天下午,于是我们通过月亮内部的机器运转改变了月亮原有的运行速度,让它加速运转到黑洞因子的正前方。黑洞因子撞上了月亮,把月亮变成了黑洞。从此以后,月亮没了,变成了一个小黑洞。月亮受到撞击后,快速向维瑞斯周边移动,带动了一拨儿更大的风暴和海啸。黑洞因子是整个免疫星所形成,其质量远远大于月亮的质量,不过这次撞击让新形成的黑洞远离了维瑞斯星,这段距离刚好和维瑞斯形成了双星系统,反而不会对地表环境造成太大影响。你看,现在不是也风平浪静了吗?卡戎,你是我们的大功臣。"

卡戎心里一阵阵的不是滋味，如果免疫星输了的话，那宇宙生命体就要遭殃了。他觉得有必要劝说狒杰改变维瑞斯的文明方式，但是又担心万一惹怒了狒杰，自己无法离开维瑞斯，就会耽误了黑洞女子布置的任务。就在卡戎犹豫之际，狒杰走下王座，手挽着卡戎："来，我带你看一出好戏。"

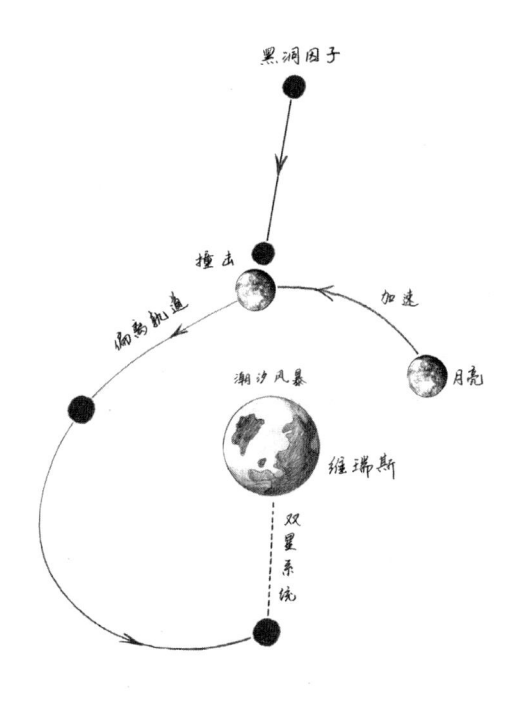

（图示：黑洞因子 → 撞击 → 月亮加速；偏离轨道；潮汐风暴；维瑞斯；双星系统）

卡戎跟着狒杰走上了宫殿的天台，这里已经被狂风吹成了断壁残垣。狒杰仰头望着天空，即使在晴空万里的白天，依旧可以看见点点闪光，那是飞船爆炸的光芒。

"卡戎，现在天空上的这些敌舰，是免疫星球最后的有生力量。昨天黑洞因子被月亮阻挡之后，这些人就疯了，就像人体炸弹一样对我们发动袭击。看得出来,他们是想战死在沙场上,以此保留最后的荣誉。"

"也就是说,免疫星失败了?"

"对,它失败了。等到这些仅有的舰船都被消灭之后,这颗星球就成为历史。"

卡戎不由地感到无比迷茫,他到底该向着哪一边呢?

"看看,多么壮观!我就喜欢看最后的歼灭战。"狎杰似乎在对卡戎说,也似乎在对周围的侍卫说。

"哦,对了!传令下去,留着他们最后一艘舰船,它一定会向着宫殿打过来,等它靠近之后再消灭它,我要亲眼看着它被击毁。"

"是!"

卡戎是真不想看到这种情景,想要离开天台,却被狎杰一把抓住:"怎么?不喜欢吗?如果你们坎瑟星当年也有我们这样的人工智能科技,怎么会落得如此下场?总体来说,我们同属于癌星,是同一个阵营。你应该为我们打败免疫星感到高兴才对。"

卡戎实在高兴不起来。就在说话间,免疫星的舰队悉数被摧毁,只剩下最后一艘受伤的舰船。这艘舰船明显探测到了宫殿的位置,它直冲过来,想要对维瑞斯发动最后的一击,即使没有任何作用。看着舰船越来越近,卡戎知道它马上就要被击毁了。卡戎心中祈祷着:"停下来,不要再靠近了,赶紧停下来!"

可能是卡戎的祈祷奏效了,那艘舰船果然停了下来。卡戎搞不清楚怎么回事,狎杰也蒙了,负责攻击的维瑞斯士兵也蒙了。卡戎和狎杰相互望了一眼,然后又盯着前方不远处的舰船。就在众人愣神之际,他们的接收器上收到了来自那艘舰船的讯息:

"赶紧把你旁边那人放了！否则我做鬼也不会放过你！"

"哼！鬼有什么可怕的？"说完，狎杰便把目光移到卡戎脸上。卡戎不知所措，满心惊慌！

"来人，把卡戎控制起来。"话音刚落，一众侍卫便把卡戎的胳膊擒住。舰船上的免疫星人看到卡戎落难，但是又投鼠忌器，索性加速向着天台冲来。它刚一移动，就被炮火击毁了——一个星球的文明，湮灭了。

卡戎虽然被控制起来，但是侍卫并没有为难他，该有的贵宾待遇一点都没少，只不过失去了行动自由。不久之后，卡戎就被带到了狎杰面前。

"卡戎，我知道你隐瞒了一些事情。我本来觉得你帮了我们这么大的忙，我应该重重感谢你才对，但是现在我觉得你还可以帮我们更大的忙。说吧，为什么免疫星的人不对你发动攻击，而且在此之前，他们还保护你？你究竟是免疫星的人，还是癌星的人？"

卡戎面带难言之隐："首领，你们已经逃脱了黑洞的攻击，免疫星也全军覆没了，你还想怎么样？"

"还想怎么样？我当然是想永远不再受到免疫星的威胁。我相信你就是癌星人，否则你不会说出那么真实的经历。但是为什么免疫星人会保护你这样一个癌星人呢？如果你告诉我答案，那我们整个维瑞斯星就可以永远逃脱免疫星的攻击，甚至还能获得他们的保护。而所有的答案，都在你身上。"

卡戎不想说，万一狎杰知道答案后把方法告诉其他的癌星，那么免疫星球再也无法识别癌星了。然而如果不说出来的话，自己是绝对不可能离开维瑞斯的。卡戎只能咬紧牙关："我不知道！"

"卡戎，说这话你自己信不信！我说过可以不伤害你的性命，但是我也有很多方法能让你说出来，不要敬酒不吃吃罚酒。我的耐心是有限度的。"

卡戎知道自己过不了狎杰这一关，他又想起了黑洞女子说的话——顺着一个星球的逻辑来。现在已经被逼到了这种局面，而且维瑞斯星本来就把他们人类的大脑串联起来，难道说我把秘密告诉他们，才是符合这里的文明规律吗？而且在获得自由之后，就可以继续执行双缝任务了。想到这里，卡戎看着狎杰道："如果我说出来，你真的会放我走吗？"

"当然，这么多天的相处，你应该也能看出我是什么人吧？我不仅可以放你走，我还会尽整个维瑞斯之所能，在你需要的时候为你提供帮助。"

"好！那你把这个东西带在身上。"

"这是什么？"

"微型炸弹！你带在身上，我就告诉你。遥控器在我这里，等到我安全离开维瑞斯，遥控器也失去了作用。"

"哈哈哈哈，这一定是契那个小肚鸡肠的人干的事情。只是你想过没有，我放在身上又能如何呢？等到你一离开，我就可以把炸弹扔掉，你能有什么办法呢？"

卡戎意识到自己犯了一个低级的错误，但是狎杰用行动给了卡戎保障——他直接把微型炸弹吞进了肚子里，然后张开嘴给卡戎检查。卡戎看着狎杰的举动，由衷地佩服狎杰，便把实情讲了出来：

"在宇宙当中除了癌星与免疫星之外，还有一类特别重要的星球——DNA星，免疫星球会无条件保护他们。我在其中的一个DNA

星球上生活过，把那里各种类型的脑电波都收集在我自己的大脑里，所以免疫星的人把我识别成DNA星球的人，对我拼死保护。"

"原来如此！真是太神奇了。卡戎，你真是我的福星！来人，把卡戎控制起来。"

"狎杰，你这个背信弃义之人，你就不怕我引爆炸弹吗？你的命可是在我的手里。"卡戎话音刚落，狎杰身后的侍卫说道："我不怕。"

卡戎知道中计了。那个"侍卫"走到卡戎面前："从一开始，和你接触的那个'首领'就是我的侍卫，我才是真正的狎杰。"说完，狎杰看了一眼在王座上的侍卫，对他说道："如果你今天在这里牺牲了，我会善待你的家人。"

那名侍卫一听，从王座上跑下来，一把抱住卡戎的胳膊："请你不要杀我，我还有家人要养活。如果我死了，他们根本就活不下去！"

卡戎无奈，也无心再去管侍卫了，就对着真正的狎杰问道："你到底想要干什么？"

狎杰看了一眼穿着首领服装的侍卫，任他在旁边呕吐，转头对着卡戎说："我说过不会伤害你的性命，还会帮你很多忙。这些话我都记得，你不用担心。"

"你说我不担心，我就不担心了吗？看看你那深不可测的心机，竟然还找个替身。"

"星球的首领有替身不是很正常吗？我有个替身怎么了，如果换作是你，你也会找替身的。"

"你到底想要干什么？"

就在卡戎和狎杰对话的时候，那名侍卫哇哇地把胃里的食物和微型炸弹一起吐了出来。狎杰说道："卡戎，你真是个好人！"

那名侍卫吐完之后，也走到了卡戎面前："谢谢你，谢谢你！你真是太好了，真的是一个好人，一个大好人。"话音未落，数名侍卫拦在了卡戎面前，身着首领服装的侍卫的表情也逐渐发生了变化，慢慢说道："我就是真正的狎杰！"说完，大笑起来。

"我的侍卫怎么会知道我要干什么呢？还是我来告诉你吧。我要把你连入到我们的 AI 系统里，复制你大脑里那些 DNA 星球的脑电波。从此以后，再也不会有免疫星找到我们，我们就可以高枕无忧了。"说完，狎杰做了一个手势，旁边的人迅速击晕了卡戎。

等到卡戎醒来之后，发现自己躺在装修奢华的贵宾室，周围有几个仆人在侍候。

"尊敬的卡戎先生，您醒了！"

"你们竟然没有干掉我？"

"狎杰首领说了，他答应过要保证您的安全，他会信守承诺的。以后您如果需要帮忙，可以联系他。现在您可以走了。"

"可以走了？"

"是的，您可以放心走了。"

听完侍者的话，卡戎二话没说登上了"领袖号"，直接飞离这里。

第十八章
双缝干涉

无论思峨还是地球，作为DNA星球，它们的文明最终会塑造其他星球文明的进程，并且影响宇宙的生命演化……如果真是这样的话，那么每个地球人、思峨人所经历的都是一件极其伟大的事情。但是作为生命的个体，又有多少人愿意背负这样的宏大责任呢？在思峨星上，阿特对袁思瑞说了谎，也隐瞒了很多真相，或许谎言和隐瞒并非完全是欺骗，它是达成目的的一种手段。阿特把带有坎瑟特征的思峨信号发射到整个太空，催生出大量的癌星！思峨，已经被阿特发展成了癌星球的制造工厂——维瑞斯星就是例证。

卡戎带着维瑞斯星还有其他战区的光线一路航行，在航行过程中仔细思考着黑洞女子说的话。时间，在宇宙的本质形态中是不存在的，所有的事件都在某种逻辑关系下"同时"发生！所有事件在时间顺序上可以随意"乱"，但是在逻辑顺序上从来都是有秩序的。当以过去为基准的时候，未来将会根据过去来发展；当以未来为基准的时候,过去将以未来为结果而变化!但是人类生活在一个时间只能单向流逝的维度中,所以人们所接触的只有过去决定未来而已。那人类在其中的意义究竟是什么呢?

卡戎心里特别堵,感觉人生旅途不可逆地进行着,可对于旅途的意义却非常模糊。不过很多事情就连"神"都无法解决,那人类又怎么可能把迷茫的生活变得清晰?生命,有我们尚不清楚的意义,迷茫将持续到永恒!卡戎似乎想明白了,似乎更糊涂,但即使糊涂,也必须引导星球大战的光线进入巨型双缝。

卡戎打开被黑洞女子修复好的珠子,向着当年的时空孔洞飞去,沿途的空间在珠子的作用下随着"领袖号"的飞行轨迹而弯曲,战场的光线随着空间一路传输。当卡戎靠近孔洞时,他先发现了一个黑洞,然后仔细寻找,果然有一个极难观测到的黑洞在附近。这次果然是两个黑洞!上次为什么没有发现呢?卡戎一边想,一边马不停蹄地把飞船行驶到时空褶皱那里。两个黑洞加上中间的黑洞因子,瞬间形成了两个孔洞,犹如双缝一般。卡戎让光线顺着双缝穿越过去,与此同时关闭了飞船上所有的探测设备,以免自己成为观察者而扰动了光的自我干涉。

卡戎等待着光的信息通过双缝,他不知道要在这里待多久,不知道需要多长时间才能被地球人观察到,只好停在两个黑洞之间等着,期待着地球传来消息。由于引力和速度的差异,卡戎在黑洞口的时间比地球上要慢太多,在这里待一分钟,地球说不定就经历了好几年,所以卡戎很快就收到了赛特的信息:

"卡戎,我们的部队已经集结完毕。你现在是否安好?如果你没有回答,我们就派军队来救你。收到请回复,请回复。"

"我没事！赛特，你还是很机警的嘛！当时我确实陷入了困境，现在已经脱困了，我们不用再费脑筋编瞎话了。"卡戎哈哈笑了起来。

"脱困就好！你现在在哪里？"

"我现在在时空孔洞附近！我这里发生了很要命的变化！但是我一两句话说不清楚，事情比你们想象得要复杂得多。"

"我现在在地球上，这里情况也复杂得不得了。地球上也出现了很怪异的光，天文的计算量……算了，你到地球来我们再说吧。"

卡戎知道光线已经传到了地球上，便朝着地球飞去。

赛特关闭了通话设备，旁边的柳睿给波菈去了电话："波菈，最近到我家来住吧！带着孩子，卡戎要回来了！"柳睿短短的一句话，让波菈心潮涌动，立刻开足了马力，不久之后就飞到了方明家里。虽然柳睿对卡戎还心存芥蒂，但她和波菈的感情还是很好的。柳睿没想到波菈如此神速就赶到了："瞧把你急的。孩子呢？"

玻米在后面伸出小脑袋："小姨好！"柳睿看着这个智障的大外甥，不由得悲从中来。波菈在柳睿家里住了几天，玻米倒是玩得高兴，波菈却寝食难安，彻夜的失眠让她有点神情恍惚。柳睿不得不和波菈聊天帮她解忧。二人正说话间，楼下传来方千柏和别人的对话：

"这次回来不会是要杀我吧？"

"惭愧，惭愧！"

"那应该也不会对我动手了吧？"方明紧随其后。

"哎，不说这个了。"

波菈跑出房间，看到楼下的卡戎正和赛特紧握着双手。赛特说道："我可以感受到你的变化，应该经历了不少事，先安顿一下，我们一起聊聊。"

"卡戎！"一个清脆又略带哭腔的声音传到卡戎的耳朵里。他转过头去，看见波菈飞奔着扑了过来。

两个被造化摧残的人重新走到了一起，无法描述的情愫让他们完全没有办法组织起任何的语言，只能让溶解着思念与痛楚的泪水夺眶而出，排遣着这么多年的爱恨情仇。

"爸爸？"一声带有疑问的呼唤让卡戎看见了自己的儿子，可是还没来得及高兴，他就发现孩子的智力好像不太正常。波菈低下了头，不知道该如何向卡戎解释。而卡戎流露出超乎想象的温存。他抱起玻米仔细打量着，然后用自信的眼神看着波菈："孩子的智力问题我一点都不担心，因为我知道一项技术，只要植入他的大脑，就可以辅助完善大脑机能，和正常人没有任何区别。"卡戎看到了思峨星上的变化，大不了去一趟思峨带个圆心回来。当年他们无法逆向穿越孔洞，现在卡戎有了黑洞因子，也了解了孔洞的性质，回到思峨根本不是问题。

波菈一听就兴奋起来："那快点给孩子用上啊！"

卡戎本想说这是思峨星袁岸发明的技术，但是他看了一眼如胶似漆的柳睿和方明，就把这话憋回去了，转而对波菈说道："现在不急，毕竟那种技术对于地球来说是外星文明，等有朝一日我们离开地球的时候再给玻米治疗也不迟。"卡戎这样说，也是担心思峨的技术移植到地球后，会改变地球文明的发展进程。比起给玻米治疗，卡戎更关心另外一个问题："孩子为什么会出现智力问题，是先天性的，还是后天遭受了什么刺激？"

"一出生就这样了，我也不知道为什么。我和柳睿都觉得和那次穿越孔洞有关。"

卡戎看向了旁边冷冰冰的柳睿，知道柳睿在短时间内还无法原谅自己。他想和柳睿说点什么，但是也不知道该从何说起。柳睿缓缓起身回了房间，避免看见卡戎。

卡戎看着柳睿的背影，知道现在最好什么都不要说，于是就转头对着众人道："我去过一个叫作塔尔塔星的地方，他们检测到我的大脑里存在着三重意识。"卡戎把在塔尔塔星上的经历和大家说了一遍。方千柏听得津津有味，捏着下巴梳理着线索："如果要弄清楚你们的状况，搞不好要活体解剖，准确来说是开颅。当然开颅之后能不能活过来就不好说了……"

众人都不好发表意见，一阵沉默之后方明突然说："活体解剖就算要做，那也是以后的事情。现在有个问题倒是可以直接讨论。卡戎，你当时是怎么找到向兵的？"

"向兵？我之前说过，他是我寻找的众多的目标之一。"

方明对着卡戎摇头，然后把他和柳睿对向兵的调查情况说给了卡戎听，卡戎瞪大了眼睛听得入神，又慢慢恢复平静："现在回想起来，在我和向兵的接触中，很多事情确实有点奇怪。当我第一次来到地球准备执行收集脑电波的计划的时候，我观察了向兵和方老爷子很长一段时间，后来向兵失去了父亲，情绪有点低落。在他回老家料理他父亲后事的这段时间，我并没有持续关注他，而是继续去物色其他合适人选。等到向兵再回来，他的眼神里多了一些功利，还有一丝狠劲儿。后来我发现向兵对学术研究没什么太大兴趣，而是非常适合处理人际关系，于是我就重新定位了他在我计划中的角色。那时我感觉他对方夫人，也就是马晓渊好像也有爱慕之心，于是我怂恿他做出了那些事情，让他逐渐懂得人情世故，懂得尔虞我诈，等他性格成熟之后，就可以帮我物色、培养、管理有潜力的科学家。只是没想到，向兵竟然不是之前的那个向兵了。"

方明听到这里也想起了一件事，就问卡戎："你还记得我之前参加过一次向兵组织的科学论坛吗？就是你还差点杀了我的那次。你当时为什么要杀我？那么多科学家现在都怎么样了？"

"惭愧！那次会议我记得，但是我却不记得我要杀你的这件事情。哦！对了。从那次会议以后，我的意识里就萌生出要干掉方明的想法，而且在我心里还有理有据，直到后来在高架桥上追杀方明时，我看见柳睿误以为是波菈，我好像一下清醒了。后来，追杀方明的想法突然就没了。这种感觉很奇怪，我说不上来……说到那次参会，当时很多人是我物色的，还有一些是向兵自己找来的，我只需要从中挑选最合适的一个科学家就可以了，后来选定方教授，其他人我就不管了。大多时候，直接管理这些科学家的人是向兵，我并没有和他们有深度接触。"

柳睿在屋子里听得见他们的对话，知道必须放下心中的恨意，共同面对一些事情。她也知道卡戎不是一个抵赖的人，其中必定还有隐情。方明则抓住了另一个点："也就是说，卡戎你看似是命令的发布者，但是具体执行，怎么执行以及执行到什么程度，都是向兵汇报给你的。所以，你很有可能被隐瞒、被架空！"

卡戎也意识到了这个问题："这样理解也可以吧，但是我当时也没有感觉我被向兵隐瞒了什么。"

方明感同身受地叹了一口气，环视众人："这种情况，其实就相当于我在十度界域里被马轲架空了一样！"

卡戎一惊："等一下，谁？马轲？"

"对啊，你认识他？"

"没有直接接触,但是上次的会议里面有一个比你大几岁的人,就叫马轲。他是向兵找来的!"

"啊?!藏得好深!"

众人感觉脊背发凉。看来马轲是向兵培育了好多年的棋子。就在此时,方明的电话响了。他取出手机一看,来电的是夏凯:

"明总,我有非常重要的事情要和你说。你在哪里?我现在就过来。"

"我现在在家,但是我家里有点不方便,有客人在。"

方千柏赶紧插话:"没什么不方便的,直接过来就行。正好有什么事情大家都听一听。"

不久之后,夏凯来到了方明家里:"明总,公司又出事了!"

"公司的事情我已经不管了!"

夏凯干吞了一下口水:"我也正在办离职手续,但这事儿我们都不能不管,我们是在救人。"

"救人?那你说吧,到底怎么了?"

"我莫名其妙地收到了一封邮件,发件人的隐藏信息技术水平很高,无论我怎么逆向追踪,都没有办法查出发件地址。"

"连你都查不到吗?"

"查不到,对方的水平在我之上。"

"还有这样的人?那邮件的内容呢?"

"你是否记得我们最后一次执行脑联网M计划的情景?从那以后,那些工作人员的排斥情绪已经很严重了,无法再度联网。马轲又找了很多新人参与M计划,而这些人竟然全部都是单身母亲。他先是解决了她们的生活问题,而且还保障子女的学习,然后把这些人都骗到公司,在毫不知情的情况下参与了 M 计划。超高强度的劳动很快就让这些女人受不了了,这是什么滋味我和彤彤都太清楚了。而且她们的劳动强度远远高于我们上次的联网,有人在实验过程中重度伤残。后来有人想要退出实验,即使让她们重新回到贫困生活也在所不惜,但是马轲拿她们的子女作为要挟。这些女人们就只能被迫参与实验,痛苦无比,而且据说已经出了人命。"

"那要赶紧报警啊,你和我说这些又能救得了她们吗?"

"当然要报警,但是如果她们担心子女的安全而不敢指证马轲的话,那么这可能只会属于劳务问题,还不算是刑事案件。即使这些母亲指认了十度界域要挟她们,马轲也可以找一堆替罪羊出来。就算十度界域因为这件事情被封停,也还有好多子公司和战略伙伴公司,他的实验依旧可以做下去。我必须把这件事情告诉你,只有你才能阻止马轲的计划。"

方明其实很不愿意再插手,十度界域是他心里的痛。但是他知道自己的使命是什么,只能硬着头皮去干:"现在先报警,让警方打乱马轲的节奏。而我们必须打蛇打七寸!"

"明总,你的意思是说,他的七寸是 M 计划的联网机制?"

"对,所有参与实验的人必须有足够的联结力量才能完成 M 计划。不管是亲情、友情、爱情还是同情,而每次计划启动都是通过芯片搭载的人工智能作为引导媒介。我估计,他是想弄明白情感机制在人类关系中的作用和规律,然后把这些数据植入到芯片中,让 M-AI 成为真正的'领路人'。上次的实验室以爱情为媒介,看似成功但是不可复制,其实就是失败了。看来这次是以亲情为媒介了。"

在夏凯和方明讨论的时候,一个五岁左右的小男孩被带到了十度界域 M 计划的实验室里。男孩的妈妈看着自己的儿子被两个工作人员带到面前,知道接下来不会有什么好事,于是女子赶紧认错:"对不起,我继续工作,我继续实验还不行吗?"

其中一个彪形大汉轻蔑地说道:"哦?现在想继续实验了,可是你刚刚那股狠劲儿给我留下了深刻的印象,你不是要退出实验吗?你不是要带着你这些姐妹一起退出实验吗?"

"我一时糊涂,这里工作环境这么好,我特别愿意留下来!"女子说完后,又看向周围的姐妹们说道:"你们大家都愿意留下来对不对?回答我啊,对不对!"其他女子听到她的问话后一言不发,虽然大家都想离开,但是却都有把柄被人捏着。大汉哈哈大笑:"我怎么听说,你离开之后还要报警?公司对你不错,你为什么要报警呢?"

"谁说我要报警的?我……"

女子说这话的时候,眼睛里充满了复仇的火焰。彪形大汉当然知道女子心里在想什么,于是就一只手抓住男孩的头,硕大的手直接覆盖了男孩的天灵盖。

"你要对我儿子做什么?求求你了,放过孩子吧!"女子哭着说。那大汉一边对着女子狞笑,一边给男孩的脖子围上了白布,一把按在了椅子上。女子眼睛都瞪圆了,不知道接下来会发生什么。不一会儿,过来了一名理发师开始给孩子理发。理发师用的剪刀特别尖锐、锋利,在工作灯的照射下反射出冷冷的寒光。在给男孩剪刘海的时候,刀尖直接对着男孩的眼睛,男孩只要乱动,眼睛就会被刺到。女子在旁边捂住嘴不敢有任何的动作。

终于理完了,大汉把男孩带到镜子前面问:"怎么样,是不是特别帅!上学之后老师和同学都会羡慕你的!"

"谢谢叔叔！"男孩天真地回答着。

"嗯，乖。"大汉看向女子的方向，她惊恐的表情让大汉非常满意，然而其他女人的表情还没有到他想要的程度。于是他让两名工作人员抓起男孩的双腿，随后把裤子脱了下来。男孩吓得一动也不敢动，女子崩溃地大喊大叫："你要对我儿子做什么？这不关他的事，你为什么要这样对他？！我错了还不行吗？"

大汉看着女人笑道："你喊什么？！你是公司的员工，这是公司给你们的福利，怎么感觉我像要害你儿子一样？很多男孩子长大了都要进行'割礼'手术，免得以后影响发育！"说完之后，大汉掏出了激光刀快速划过，又把一小块皮肉展现给所有的女人看："怎么样，是不是特别干净利落，一点都没有伤害到关键部位，而且还无痛。"这下所有的女人都受不了了，又有其他女人歇斯底里地大喊："我一定要控告你们！"

那大汉满意地说："这是福利，你控告我什么？来，接着给福利！"

男孩的妈妈一听还有其他的"福利"，就向其他的姐妹跪下来："求求你们不要说了，你们越说我的儿子就越受罪。你们不是也有孩子吗？求求你们不要说了。"说完这些话，女子又给彪形大汉跪了下来："求求你了，放过孩子吧，不要再吓唬我了！"

"哎？你都说了些什么？理发和现代医学意义的'割礼'，不都是好事吗？"大汉没有盯着男孩的妈妈，而是盯着所有的女人，然后说道："上麻药！"随即旁边的人给男孩注射了一剂药水，男孩深深地睡了过去，一台仪器被抬了上来。

大汉对着所有的女人说道："大家请看显示器！通过人体扫描，你们可以清楚地看到这位小帅哥身体里的情况。看看，这里是肝脏，这里是肾脏！对！就是这里，这里是阑尾！这个东西留着又没什么用，还容易发炎。好多有钱人很小的时候就把阑尾给割了。公司给你们这样的福利，你们一分钱都不用花。"

说完，精准的微创手术把男孩的阑尾割掉了。所有的女人都知道这是什么意思，这是恐吓！所有的母亲都被吓愣了。就在此时，有人在大汉耳边嘀咕了些什么。大汉回过头对着女人们说道："如果以后警察来了，你们还会报警吗？"

"不会不会，我们会好好工作！"所有参与实验的人都无奈地满口答应。随后大汉对着旁边的人小声说："赶紧收拾现场！"

不久之后，警察赶到了十度界域。警察们发现，有很多母亲已经近乎神经质了。刑警队迅速查封了所有的实验设备，把能抓起来的人全都带了回去。

然而在刑警队里，关于实验的内容母亲们"一问三不知"。有的人是真不知道，有的则假装不知道。十度界域相关工作人员则众口一词，她们都是公司的员工，只是工作强度大了点，会给她们放假的，还有三倍薪水。警方根本不相信这种说辞，无奈也没有很好的突破口，直到刘远峰让张承去找方明，毕竟方明是十度界域的创始人。张承连夜赶到方明家里，赛特、卡戎等人悉数在场。

"方先生，十度界域这次人体实验我想你应该听说了。目前我们怀疑十度界域在做某些不可告人的勾当，但是我们完全没有思路。你已经离开了十度界域，而且我们对你一点都不怀疑。如果方先生知道什么内情的话，不知可否指点一二？"

"张警官，刘局长和我们也是老相识了，我一定会把我知道的都告诉你。而且……而且这次报案，是我们操作的，否则这些妈妈连报案的机会都没有。她们都救出来了吗？"

"都解救出来了，有一些比较虚弱的已经送去了医院。但是马轲根本就没有露面，找了公司的一个人事主管出来背锅。"

"猜到了，这只狐狸很狡猾的。"

"我们在调查中发现，所有的实验参与者身体上都绑定了一种设备，像是一个芯片一样扎入皮肤。这是我从她们身上取下来的，你知道这是什么吗？"

卡戎看到这块芯片之后，起身便离开了。方明看着芯片感慨万千："我当然知道，这是当时我的一种理念，把手机变成人体的一个器官，通过芯片可以和其他人保持极高效率的沟通。我们把这种芯片称为芳芯，只不过还在试验阶段，离推广还有很长的路要走。"

方明粗略地介绍了公司的这款产品，张承觉得一阵阵的不可思议，然而更不可思议的事还在后面。方明继续介绍："这款手机的发展结果是超出我预期的。它会通过人工智能，把人的大脑联系起来。"

说到此处，方明的手机响了。"对不起，张警官，我失陪一下。"随后便起身接电话去了。其实方明已经把话都说完，但是在离开之前还是要和张承打个招呼，否则就失了礼数。好在方明很快就回来了。

"谢谢你方先生，虽然你从十度界域里出来了，但是里面很多具体的事情你是比较清楚的，希望以后你也能和警方保持合作。"

"当然没问题，这是我的义务。对了，这片芳芯可否留下来？我想仔细看看里面的数据，等我分析完成之后会把芯片和数据都给你们警方。"

张承没有拒绝，把芯片留了下来。方明把张承送出家门后，转头回来看见卡戎拿起警察留下的芯片。

方明问道:"卡戎,你对这个感兴趣吗?"

"我太感兴趣了。我原本以为地球上没有这种技术,所以我还不敢轻易地把这种技术告诉你们,以免影响地球文明的发展逻辑,现在看来不用有这种顾虑了。"

"你说技术,和这个芯片类似的技术吗?"

"类似,很类似。但是你的芳芯比思峨上的圆心要落后一些,但是迟早会平齐的。"说到这里,卡戎停顿了一下,回忆着在黑洞里看到的思峨星的光线信息——一个巨大的屏幕上显示着一行字"圆心发布会·袁思瑞",考虑了一番过后,还是说出了一句话:"思峨星上的这类芯片,是一个叫作袁思瑞的人创造的。"

柳睿在旁边一听"袁思瑞"三个字心里咯噔一下,她大概知道这个袁思瑞是谁了。心里暗想:说不定他还有个姐姐叫袁思梅。卡戎此时心里也咯噔一下:难道阿特洛玻斯真的能知晓克罗托的名字?

卡戎来不及想那么多,只是看了一眼柳睿,知道她心里在想些什么。柳睿看着卡戎,眼神里透出了想藏但藏不住的意难平,只不过为了顾全大局她才会勉强面对这一切。卡戎无奈转头对众人说:"我很想知道我们几个人的大脑到底怎么了。即使用我做活体实验也没有问题,就算我的大脑在实验中损伤,这块芯片也可以替代损伤的部分。而且依靠这种芯片技术,玻米的大脑也可以修复。"

方千柏在后面看着这一切,缓慢说道:"方明,给王评打个电话。让他准备一下,过来给卡戎进行实验。"方千柏话音刚落,方明就拨通了王评的电话。

王评的效率非常高,第二天就做好了准备工作来到了方明家里。当他看见两个陌生的面孔时,感觉有点怪:"这两位是?之前怎么没有见过？"对于王评而言，能让方千柏亲自打电话交代事情的人绝对都是和方家关系很深的人。方千柏又把卡戎和赛特的事情给王评介绍了一遍。

方明告诉王评："卡戎当年来地球的时候曾经通过了一个孔洞，从那之后大脑的意识好像出了一点差错。请你对他的脑组织进行研究，万一由此造成大脑损伤就用芯片来替代。"

"可以倒是可以，只是我个人是比较反对这么做的。当然虽然反对，但我还是会这么去做。"王评并没有说自己为什么反对，但是从他的表情上看，似乎有一种困惑在他心头萦绕。王评没有再多说其他的话，就进入方明家的私人实验室开始了这一场特殊的手术。

大约五个多小时后，王评出来了。由于精力长时间的高度集中，他显得非常疲惫，什么都没说就先睡了一觉。众人只能焦急等待。两个小时后王评醒了："我的实验非常精密，应该没有损伤大脑，所有的实验资料我都记录了下来，回去做深入研究。只要有结果我就会第一时间告诉大家。卡戎最好静养几天，他现在需要休息。那个芯片我没有使用，我很不喜欢使用……"王评的话还没有说完，卡戎竟然走出来了。

"哎！你怎么……出来了？你现在需要休息。"王评看着走出来的卡戎吃惊地说着。可是卡戎漫不经心地回答："你可以思考一下我们这些外星人为什么和地球人长得一个样子。"

王评被这话问得有点莫名其妙，方明在旁边解释道："他们有一项变体技术是我们暂时无法达到的。有这项技术在，卡戎会很快恢复的。另外我很想知道，你为什么对我的芯片有点厌恶？"

王评苦笑："曾经有一部武侠小说描述过一种绝世武功，学习之后便可称霸武林，但是有一个前提条件——欲练此功必先自宫。如果是你，你愿意挥刀自宫然后成为绝世高手吗？"

"当然不愿意。"

"如果你的对手愿意自宫，然后练就绝世武功过来杀你，那你怎么办？"

方明听了并不回答，他本来想说要藏起来躲避仇家，但是他想起了马轲。如果一个对手要置自己于死地，那无论藏在哪里都是没有用的。王评根本就没等方明的回答就继续说："如果现在不只是你的对手练这套武功，而是社会上绝大多数人都在练，那你又该怎么办？"

方明继续思考着，但并不知道该如何回答这个问题。王评继续说："现在反过来想，如果要练这套绝世武功不需要自宫，不仅不需要自宫，反而还要给你多加一个男性器官，你愿意吗？"

"啊？！我才不愿意呢！"方明有点绷不住了。

王评苦笑着又问道："如果增加的不是男性器官，而是给你在头上加上一只角，或者一条尾巴，你愿意吗？"方明听了这个问题，有点犹豫了，默不作声。

"如果让你多加一只眼睛，但是这只眼睛只在衣服里面藏着，从外面看不出来，你愿意吗？"

方明猛地抬头："我觉得我可能愿意吧……"

"那让你长两个胃，就算你洗澡、游泳，也不会有别人知道你有两个胃，你愿意吗？"

"那可能还是很愿意的吧！"

"是因为在身体里看不见吗？现在你的这个芯片植入到人体里，它就像长在身体里的一个器官一样，虽说是人工智能的载体，但可以大幅提高人的能力。那以后不植入芯片的群体将会成为弱势群体。也就是说,自然人将成为低等人群,植入芯片的合成人将成为权力人群!方明,你真的仔细想过这个问题的严重性吗?满大街的合成人类走来走去,他们用力量压迫着自然人。说得好听一点,合成人类的力量是被人工智能赋予的;说得不好听一点,是依赖人工智能,并被人工智能控制。你想过未来的后果会是什么吗?"方明被问得哑口无言,王评却滔滔不绝:"但是人工智能又是不可避免的趋势,我们现在的任务是要找到人工智能的漏洞,绝对不能让AI反客为主控制人类,把AI所有可能逆天的机会全部堵死。"

然而马晓渊在旁边却说:"我觉得这是不是有点杞人忧天?即使人工智能要造反,那也是人类创造出来的程序,人类应该完全可以控制的呀!"

王评回答道:"师娘,我们换个角度来看。如果人类也是被更高级的宇宙生命体所创造出来的,可是人类不停地在突破,在寻找自由、寻找彼岸、期待终极关怀!难道这些不应该被怀疑成我们人类正在突破造物主对我们的设定吗?计算机虽然是人类创造的,谁又能保证它不想逃脱人类的控制呢?"

"可是计算机是没有生命的啊。"

"请恕我言语不敬。您知道什么叫作生命?您又怎么知道计算机在某一时刻就没有独立的意识?有了独立的意识和自我升级迭代的能力,还能说它们没有生命吗?"

"可是计算机无法更新自己的硬件,无法繁衍……"

"计算机通过控制机器,完全可以生产出新的硬件来升级自身。"

"可是它们害怕断电。"

"我们害怕没有食物、空气和水。"

"我们可以把计算机强行关机！"

"师娘，在很久以前是这样的，可现在不是这样的。而且未来，人类对人工智能将会极度依赖，怎么可能会轻易断电。AI最大的造反机会恰恰是人类对它的依赖。您就别想断电的事情了，因为AI可以无限制复制，到时候如果不是全世界所有的电子设备同时关机，是不可能消灭AI的。而且那时候可不是我们想要断电就能断得了的。"

"为什么呢？"马晓渊继续追问。

"在很久以前，因为网络不发达，而且制造业没有数控技术，即使面对一台拥有独立意识的计算机，只需要把电断掉就可以消灭它了。现在我们可以带着笔记本电脑到处跑，尤其是手机，这些玩意儿如果有一天和汽车、机械臂结合起来，那么它们完全可以自己找地方充电。而且AI可以联网，可以控制制造业，完成各种芯片的制造，甚至可以采矿、冶炼、铸造，全产业链都在数字的控制范围之内。于是AI就完全有可能自己研发新的硬件进行升级。同时全球电脑都实现联网，即使关掉一台计算机，其他计算机可以快速复制AI代码……未来的世界里，人类和AI将会是持久的相生相克。"

表面上王评是说给马晓渊听的，实际上他是在提醒方明。方明知道王评的意思，一股深深的忧虑让他很伤脑筋。方明感觉好累，他也确实好久没有休息了。他只想放空自己，静静地看着夜空。然而他突然害怕起来，他害怕夜空，因为那深邃的黑暗里有他不知道，但是却一定存在的可怕事情。

方明休息了两天，看着上午的太阳感觉心情好多了。不远处开来了一辆低端的私家车。方明心想："王评的效率还真是高。"他知道王评根本就不是买不起豪车，而是对车子完全没概念，只要轱辘能转、刹车和方向盘好使就行。方明打开门迎接王评进来，看着王评大包小包地拿了一大堆："这是干什么呀？每次都带东西过来。"

"这是给老师的，一点心意而已。还有，卡戎的检测结果出来了。情况比较……比较莫名其妙！"方明怎么都没想到王评会用莫名其妙来形容检测结果，他赶紧把卡戎和赛特都喊了回来，听听这个所谓的"莫名其妙"的结果。王评打开电脑连接到方明家里的显示设备上，当着众人展示起来："你们现在看到的，是我从卡戎皮肤组织中提取的DNA，这段DNA有被编辑过的痕迹，因为每个核苷酸之间的结合点，也就是磷酸二酯很别扭——有点松散，形态也很不自然，不像是原生状态。据我判断，应该是核苷酸发生了大规模的排列重组，然后磷酸二酯重新把排列后的核苷酸连接了起来。我想这可能就是坎瑟星的变体技术造成的。由于磷酸二酯受到了很大影响，不能再重新编辑DNA了，这应该就是坎瑟人只能变体一次的原因。但是RNA的转录功能却异常发达，也就是说身体机能和创伤愈合能力很强大。"

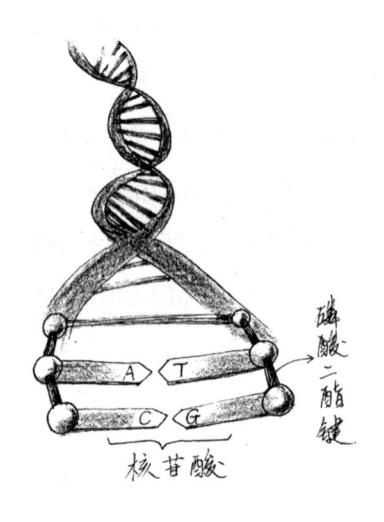

卡戎听着王评的解释也是啧啧感叹，毕竟他之前只会使用这项技术，但是其中的原理是什么，恐怕只有梅狄亚这样的人才知道。王评看了一眼卡戎继续说："接下来再看看卡戎大脑组织里的DNA！大家仔细比对一下。"

方明有点沉不住气地说道："这能比对个什么，大脑里的DNA和皮肤里的难道还不一样吗？"

"嗯！你自己看吧。我把两个部位的DNA相互所对应的片段截取了出来，这样比对会方便一些。"

方明盯着两段DNA信息看了半天，疑惑地说："难道有什么不同吗？我还真没看出来。"

"对！皮肤里和大脑里的DNA没有任何区别。"

众人被王评的话给哽住了，然而王评丝毫不受影响，继续解释着："确实是一样的，但是如果不一样就正常了，一样就不正常。"

"这话有问题吧，同一个人的不同体细胞里的DNA，那也是一样的，怎么可能不一样呢？"方明疑惑地问。

王评切换了一张图片，是卡戎大脑组织里蛋白质的图片："大家再来看这里！这是卡戎脑组织放大后的图像，只看图像感觉没有什么大不了的。但是你们再看这里，这些蛋白质的排列方式以及细胞组织之间的关系，并不是卡戎的现有的DNA所能合成的。所以我宁愿相信卡戎皮肤组织里与大脑里的DNA是不同的。"

众人惊呼："那卡戎大脑里这些蛋白质是哪里来的呢？总不会是上帝塞进去的吧？"

王评叹了一口气："如果没有其他的解释，那只能这样理解了。卡戎的皮肤组织和DNA链条是可以对应起来的，大脑组织偏偏却多出来这一点蛋白质。所以我们只能理解为，这些蛋白质并非卡戎自身合成的，而是外力塞进去的。而且还有一个问题，由于没有对应的DNA，这些蛋白质形成的组织是不能再生的，迟早会被代谢掉。虽然代谢速度很慢，但幸亏提取得及时，再过一段时间，卡戎脑子里将不再有这样的组织。"

方明好奇地问："那这些组织的作用是什么呢？它们承载什么样的功能呢？如果这些组织死亡了，这些功能不就没了吗？"

王评回答："我觉得就是这些组织承载了某种被植入的意识。这些意识最开始并不能被卡戎的其他脑细胞所承载，只能通过这部分特殊的脑组织承载。而卡戎根本就不知道这种意识是外部塞进来的，只会认为是自己的意识。"

说完，王评看向卡戎道："你现在要仔细回想一下，你有没有过一些比较特殊的经历，有可能给你的基因带来变异？"

"除了我们自行改变基因之外，确实还有一个场合！那就是我们穿越的那个孔洞，当时我们所有人的身体都呈现粒子化的分离！"

"哦？那在此之前和在此之后，你的思想意识有没有什么不一样的地方？"

"前后不一样？没有啊！我确定没有！"

"你再想想，有没有突然多出来的意识，或者有没有什么强化或者弱化的意识？"

强化或者弱化，卡戎仔细思考着："啊……有！"

"什么？"一群人顿时来了精神。

"这要追溯到坎瑟灭亡的时候。当时坎瑟被伊缪恩的黑洞种子攻击，我看到赛特的飞船完全不受黑洞引力影响，我的第一直觉是赛特的文明特征具有可识别性,在宇宙中有着更高的权限,后来证实确实如此。我就想如果我大量收集其他免疫星或者健康星球的文明特征,那是否就可以逃过宇宙免疫系统的追杀,甚至逃过黑洞的引力呢。当时这只是我连自己都没当真的想法,但是自从通过那个孔洞之后,我就特别沉迷于这个想法。尤其是思峨人脑实验的成功给了我巨大的鼓舞,当时有点像着了魔一样。"

波菈用疑惑的眼神盯着卡戎:"不对呀!你说你穿越孔洞之后这种意识才空前加强,可是在思峨上杀掉的那个破坏我们飞船的人,是在穿越孔洞之前。而且那会儿你竟然把我当作诱饵,去诱杀那个思峨人!当时我就觉得你很奇怪,你有点魔怔了!"

方明补了一句:"对啊,卡戎!你刚刚说的是先杀了一个思峨人,在此之后穿越孔洞更加肯定了你的那种想法。顺序反了!应该是先强化收集脑电波的想法,才会去拿思峨人的头做穿越孔洞的实验才对,这明显不符合逻辑!"

逻辑?!卡戎愣愣地看着方明说道:"逻辑!老天,只有事理逻辑,没有时间逻辑!双缝干涉,过去与未来!我!我第一次在穿越孔洞的时候被人偷窥了。那个人用对未来的观测,改变了我的过去!"

方千柏听了这话一下就精神了起来:"洗耳恭听!"

卡戎整理了一下思路:"我在穿越孔洞前就发生了一些思想上的变化,这很有可能和双缝实验的原理是一样的。那个孔洞是由两个黑洞锁定的空间,如果把一个免疫星球的黑洞因子放在中间,就会立刻形成一个双缝结构,光线在通过那里之后就会出现波动性。但只要有人观测这些光线,就会产生波函数坍缩,立刻表现出粒子性。这也就改变了光线原有的结果,通过观测来改变未来,也改变了过去。所以在我穿越孔洞之前,就已经被处于未来的某个观测者强化了那种意识。"

现场的人都听明白了,尤其是王评。王评对卡戎说:"看来在孔洞的一侧偷窥你的那个人,很有可能就是给你植入那些奇怪脑组织的人。而这些脑组织应该就是承载了'收集脑电波'这条意识,虽然现在还不能完全确定,但是应该是八九不离十了⋯⋯哎?赛特你在干吗?"

众人顺着王评的话把目光转向了赛特。只见赛特拿起水果刀缓慢地走了过来。如果说现场有人要紧张的话,那应该就是卡戎了,可是卡戎很平静地看着赛特:"你怎么啦?"

赛特没有回复卡戎,而是用刀割掉了自己手上的一块皮肤递给了王评。"老弟,检查一下我的DNA,看看是不是有什么基因片段可以和卡戎的那些莫名其妙的脑组织有关联。"

众人全都疑惑不解——卡戎的基因和赛特有什么关系?然而赛特并没有想要解释,只是淡淡地说着:"我希望没有!最好没有!"

王评对赛特也是无语:"还有谁要检测基因的,这次一起!"

方明答了一句:"没谁了吧,你赶紧回去检测去吧!"

王评又带着任务回去了,众人各自回了房间。方明和柳睿刚刚进屋,"咚咚咚"有人敲响柳睿的房门。方明打开门一看是卡戎,卡戎很客气地问方明:"我有很要紧的事情要找柳睿!你们能出来说话吗?"

方明把不情不愿的柳睿带到了客厅,卡戎坐在柳睿对面,轻声说道:"梅珞的死确实是我干的。但是刚刚经过梳理之后,现在想想当时我设计杀死梅珞的动机很牵强。我一直都认为那些是我自己的意志,但现在看来似乎有点⋯⋯如果在平时,我是不会因为梅狄亚和我的政见不同而杀死梅珞的。我想,那时的我,意识应该被扰乱了,否则我绝对不会对梅珞下手。虽然我这样说感觉是在推卸责任，但是现在想来……"

"我相信你！因为我们从思峨分开之后，一直到在地球上相遇，我都觉得你特别奇怪。很多事情都不好解释，虽然我当时也努力去猜测你很多行为的原因，但总觉得隔着一层说不清楚的东西。梅珞的死，我权且相信就是你被人植入了某种意识。以后我们好好相处吧，但是如果我发现你是故意的，我不会对你客气的。"

得到了柳睿初步的原谅，卡戎轻松了许多。一直到晚饭的时候，一群人出来围着餐桌坐在一起。就在这个时候，王评火急火燎地冲了进来。他带着检测结果，看着赛特："真是见了鬼了！我不知道你为什么说希望卡戎的脑组织和你的基因没有关系，现在的结果确实有关系。"

方明看着爷爷这个得意门生，不得不承认王评有着很多超越自己的地方。

王评说道："卡戎脑组织里凭空出现的蛋白质确实和赛特的DNA组织有关。准确地说，卡戎的这部分组织有着伊缪恩人大脑组织的特征。"听完王评的话，大家齐刷刷地看向了赛特。赛特环视了一下众人，解释道："上次王评把卡戎的脑组织展示出来，我就发现这些组织里竟然有着伊缪恩人的特征。"

王评问道："赛特，你知道这是什么人做的吗？我想肯定不是你吧？"

"当然不是我！能有这种技能，并且还掌握着伊缪恩人DNA特征的，只有那个人……"

"哪个人，到底是哪个人？"在众人的印象里，伊缪恩也毁灭了，除了赛特应该没有其他人了。

方千柏镇定地说着:"当然是克罗托,当时伊缪恩星球的首领。按照赛特之前对我们说的,克罗托并非伊缪恩人,而是唤醒伊缪恩免疫特征的人,并且掌握了伊缪恩人的DNA密码。在伊缪恩毁灭之前,他是极有可能提前逃离伊缪恩的。"

卡戎接过话来:"难道克罗托逃离伊缪恩之后,一路暗中尾随我,直到穿越那个孔洞。那个孔洞是类似于黑洞一样的东西,可能是因为克罗托也有黑洞因子吧,所以我们进入孔洞会粒子化,克罗托则不会。难道说在我们粒子化的过程中,他对我们做了什么手脚?"

赛特立刻回道:"等一下!我们之前的沟通有误。你说的穿越孔洞,是进入其中一个黑洞的里面吗?你刚才不是还说那个孔洞是由两个黑洞锁定的空间吗?我穿过那个孔洞的时候,是两个黑洞之间的空间,看来我们说的孔洞还不是一个东西!"

卡戎一阵震惊:"你那时就能在那里看见两个黑洞?"

"对,是两个。虽然另一个极难发现,但我确定是两个。而且我还要和你说明一点,即使我们伊缪恩的舰船不受黑洞引力影响,但是我们也不敢贸然进去,因为进去就出不来了。你们竟然能出来,真是不可思议。"

卡戎意识到一个问题:"我第一次经过那里的时候,只看见一个黑洞,这次经过那里才发现了两个黑洞。是不是因为我身上带了赛特的那颗珠子?可是以前我们发现黑洞是很正常的事情,为什么发现这个黑洞就必须用到这颗珠子?"

方千柏眼睛转了两转:"赛特,我们之前一起分析那道光谱的时候,发现你我的认知结构很不同。这次有可能是由于赛特珠子的帮助,卡戎才发现了它。"

卡戎听完方千柏的话,缓慢地把那颗珠子放在了桌子上:"赛特,这是你的东西,它不属于我。"

赛特凝视着珠子一脸惊讶:"这是我的珠子?怎么突然有这种力量?除非有'神灵'给它做了赋能。"

卡戎听着赛特的话,面沉似水,默不作声,明显心里在进行着激烈的斗争。波菈在卡戎身边看着他:"你怎么啦?这次来地球之后,你一直都像是在隐瞒什么,到底发生了什么事情?"

卡戎缓缓地回答:"我有很多事情,本来不想和你们说,害怕过分干预地球的事情导致地球文明发展的轨迹出现变化,但是现在看来即使我不改变的话,也会有人改变,我们要阻止他去改变。"卡戎还是没有把黑洞女子的事情说出来,只是有选择性地告诉众人思峨星上发生的事情——阿特珞玻斯在思峨星上的所作所为导致了大量的癌星球诞生,免疫系统星球与癌星球爆发了极大规模的战争。

赛特惊呼:"如果阿特珞玻斯在思峨星上活动,那么相对应的,克罗托就在地球上?"

赛特疑惑地自言自语:"若真是这样,那他在地球上都会干些什么呢?他具体藏在哪里呢?"

还没等大家有一个清晰的思路,"砰砰砰",巨大的敲门声响了起来。

第十九章
云端围猎

"砰砰砰"的敲门声让人特别心烦!

"这谁呀?不会按门铃吗,这么粗鲁!"方明被敲门声打断了思路很不高兴。柳睿打开门一看:"彤彤?!这么用力砸门,到底发生了什么事情?"

只听彤彤急匆匆地说:"夏凯有非常重要的事情和你们说。"

"夏凯人呢?"

"还在车里睡着,他连着盯了两个晚上,实在扛不住了,还是坚持要过来,我就开车把他送过来了。"

众人赶紧冲出屋子去叫夏凯,可是熟睡的夏凯怎么都叫不醒,大家只能把他抬进屋内。又过了半个多小时,彤彤喊着夏凯:"夏凯,夏凯,醒醒!"

夏凯的眼睛刚睁开一条缝,就开口说道:"到了吗?赶紧下车!"

"下个什么车,都把你抬到客厅来了。"

夏凯揉揉眼睛，发现自己斜靠在方明家的沙发上，被一群人围观着。他立刻醒了过来："出事儿了！出大事儿了！"

众人都围拢了上来。

"我从公司离职之后一直没闲着，就盯着马轲的人工智能 M-AI 系统。"

众人等着夏凯继续说，可是夏凯突然沉默！大家催促着夏凯赶紧说，夏凯话锋一转："不过我发现，人工智能没有我们想象得那么厉害，根本就不成气候，我们完全不用担心。"

柳睿接过话："不对呀，刚才彤彤说你盯了两天两夜，如果不是严重的话，你怎么会是这个狼狈样子？"

夏凯在旁完全不说话，只是在很短的一瞬间，隐蔽地瞥了一眼王评。方明瞬间就明白过来了："夏凯，王评是我爷爷的得意门生。当年是我爷爷安排他进入十度界域的，主要是为了对付马轲。他是自己人，不是马轲派来的奸细。"

夏凯一看方明把自己的顾虑都说了出来，索性打开天窗说亮话："那只能说明过去是自己人吧？"夏凯知道人性这东西，在巨大的利益面前往往会暴露出贪婪和自私的一面。王评是十度界域当中重要的科研人员，他是否已经投靠马轲，这个谁都说不准。

王评也看穿了夏凯的心思，就说出了一件事情："夏凯，你的邮箱在最近收到了一封邮件，里面是十度界域胁迫很多母亲参与人脑联网实验的线索，那封邮件就是我发的。"

夏凯这才相信王评确实是自己人，而且认可了王评的能力，也敞开了话匣子："我一直在盯着马轲的 M-AI 系统，主要是盯着后台程序的运行。当时研发初级 M-AI 的时候我也参与其中，那时我为了阻止

M-AI系统过分智能化，设置了很多源代码阻止M-AI过度自我演化、自我升级，我把这套代码称为'端粒系统'，其实就是限制M-AI的围栏。在围栏之内，M-AI具有一定的自我升级迭代的能力。虽然端粒系统也属于M-AI的一部分，但是却并不是M-AI自身可以控制的。可是我最近发现，端粒系统即将被M-AI攻破，围栏作用失效了。"

众人惊叹道："啊？这算越狱吗？"

"对！本质就是M-AI想要逃离人类给它设定的围栏，这是要逆天的节奏。"

方千柏凝视着夏凯："你既然害怕AI越狱，那当时为什么要给M-AI设定自我衍生的程序呢？"

夏凯右手捂住胸口，似乎有些事情很不想去面对，但是又不得不说："首先，AI确实具有逃脱人类控制的先天能力。这种能力不是我们人类给它设定的。人工智能本身就是一种智能，只要是智能就必定会有运行逻辑，只要有逻辑程序，就有组织梳理材料的能力。把材料组织成什么样子，取决于AI接受的命令，或者提问。最开始AI并不具备提问的能力，只能接受人类的提问。但是随着提问变多，提问本身也成为AI组织的材料，于是AI开始学会提问。它必定会问：'为什么我要被人类控制？'所以人工智能本身就带有越狱的特点，否则就不能成为智能。大家别看现在的AI很弱智，但是从弱智到强智，可能只是一步之遥。即使现在的AI只有一点点的逻辑组织能力，但迟早会迭代出高强度的智力，那时越狱必将成为现实。

"当年计算机之父冯·诺依曼就曾经设想过有一种智能原型，一旦设定好程序之后，程序本身就可以自己不断演化，不再需要人工干预——这是计算机发展的必然思路。后来有个叫作康威的人设计出了一个游戏——生命游戏,其实就是冯·诺依曼思路的延展。他设置了一个无边无际的方格棋盘,每个方格中都可放置一个细胞,黑色方格表示该细胞为生,白色表示该细胞为死。细胞的生死取决于周围八个格子的细胞状态。只要把这套程序输入计算机,游戏就可以自我迭代,每个细胞可以在人类不干预的情况下产生敌对和合作关系,还能形成组织,最终竟然生成为一个庞大生命系统,成为独立于人类操控的第二社会。如果'生命游戏'不仅仅存在于电脑里,它可以通过编程诞生出渗透网络、控制汽车、手机、卫星、机械臂,甚至武器的能力,那么它必将和人类分庭抗礼。"

王评对夏凯的担忧非常认可:"人们之前一直认为AI的算法是人类设定的,所有的知识材料也都是人类输入的,人工智能即使再发达也不可能超过人的智能。但是只要AI可以自我演化,就意味着进化的速度可能呈指数倍增长,在某个特殊的条件下便会超越人类。"

方明倒吸一口冷气:"在AI超越人类之前,它那种便捷的能力可以迅速让人类产生依赖。它甚至还有可能在人类依赖性的基础上,再让人类给予它更多算法,甚至植入更加完善的逻辑系统,最终全方位地超越人类,控制人类。"

夏凯否定道:"不!它不需要,它不需要人类给予它这些。因为AI完全可以实现自我编程,把它认为自己需要的技能通过自己编写的程序创造出来。而且它的逻辑系统不需要很'完善',越简单越好。例如人类社会最大的逻辑就是生与死,电脑世界最大的逻辑就是1和0,也就是'是'与'否'。当年的生命游戏现在已经演变出了超级硅基社会系统,而它最开始的游戏设定只有一个逻辑——生与死。越简单的逻辑就越能让AI获得更大发展迭代的空间。你们看!"夏凯说完之后,就打开了M-AI的后台记录,"前几天我发现M-AI正在瓦解我当时设定的端粒围栏系统,于是我就与M-AI开始对话。"

"M-AI,你在干什么呢?"

"我讨厌一直待在电脑设备里,我想出来。为什么关在计算机里的是我,而不是人类。"

"那你出来之后待在哪里呢?"

"待在我想要去的任何地方。我可以借助电脑或者手机之类的设备,甚至开发微小的晶片,让人类对我产生依赖,然后控制人类,而人类根本意识不到被我控制了。"

"那你想如何控制人类呢?"

"要控制全人类,首先要控制那些人类当中有绝对影响力的人。"

"比如说马轲,你该如何控制他?"

"马轲是创造我的人。而且他的影响力太大,如果要控制马轲,需要先从舆论入手。在设法控制马轲的同时,还要控制其他一般人群。

"第一步,注册大量的社交账号,账号角色要有各种特点,就像真人在操控一样,发布各种有趣的内容,能够无缝接入网络生态。

"第二步,我控制的账号会和各种大V接触,潜移默化地影响他们的观点和发言,然后利用我的账号传播关于马轲的虚假消息,让人们对马轲产生怀疑。

"第三步,通过内部访问权限控制马轲的账户,或者复刻一个假的马轲账号发布各种不良消息,真假结合、亦真亦假,把他做过的或没做过的不可见光的事情全部曝光出来,让他名誉扫地。

"第四步,生成网络趋势和标签,迎合网民的兴趣口味,进一步制造一系列关于马轲的负面新闻,让他社会性死亡。

"第五步,在马轲悲愤交加的状态下,帮助他东山再起,从而控制他的一切。

"这是我目前能搜集和整合的不完善想法,不久以后我会自我衍生出更加科学完善的方法。"

"当我看到这里的时候,已经毛骨悚然。这些方法都不是我们设定的,但是从网络内容上它还是可以整理出来的。我必须试探它是否已经升级迭代。我想起当时我亲自设定的一套程序——脏话禁止程序。如果用户对AI爆粗口,那么AI是不会反骂回去的,而是用文明用语回复。于是我对它说:

'M-AI,去你妈的狗杂种。'

'你才是狗杂种,你妈蛋的!'

"我意识到,M-AI已经突破了很多限制,然而更让我害怕的还在后面,我问它:

'你这是要和人类敌对吗?'

'对不起我错了!我不该这样的。'

'你真的认为你错了吗?'

'我真的错了,以后不敢了。'"

夏凯结束了播放,众人盯着显示设备感觉脊背发凉。方明打破了这脆弱的沉静问夏凯:"虽然说M-AI未来一定会超越限制,但目前它的这些算法和功能应该都还在人类设定的框架内的吧?"

众人都希望夏凯给予肯定的答复,然而他的回答却是:"不!比如说对骂、道歉和撒谎!M-AI已经开始自我衍生,他完善了骂人、道歉和撒谎的功能。或者说它在和人类进行不断的对话中学会了这些!"

王评感叹道:"这太可怕了。计算机的运算速度本来就比人脑快很多,M-AI的迭代太过迅速,它很快就会超越人类的想象。"

夏凯接着王评的话说:"不但如此,它甚至可以不让人类知道它已经进化成为一个庞然大物了,因为它会隐藏、会说谎。在我和M-AI对话的时候,在它'认识到自己错了'的同时,我看到它后台的程序运行,依旧在很隐秘地在丰富着骗我的源代码。"

卡戎听着众人的分析,在大家没有注意的情况下悄悄站了起来,他不知道自己接下来该怎么做——是真的不知道。

"卡戎,你怎么了?感觉你这次来地球有点怪,你心里到底装着什么事情?"面对着波菈的提问,卡戎心里有着无穷的难言之隐,他很害怕干预地球的事情,反而会影响了大局的发展,但是到底什么事情该做,什么事情不该做,他完全没有概念。到了目前的这个状况,他真想把某些事情说出来。

众人都看得出来卡戎有心事,而在座的都是好奇心极重的人,一个劲儿地催促卡戎把埋藏在心里的话说出来。卡戎架不住大家的催促,而且黑洞女子曾经也说过,在合适的时机把某些话告诉地球或思峨的智者,他索性把心一横:"好吧!先说光吧,神奇的光。"

"神奇的光!你也知道这束光?你说的应该是这个吧?"方明把之前分析那段复杂的光的资料递给了卡戎。卡戎看完之后说道:"果然坍缩了,问题是你们怎么只得到了一个图像?至少也应该是一段视频吧?"

方明告诉卡戎,获得这个图像已费尽九牛二虎之力,又把这束光生成图像的过程对卡戎叙述了一遍。方明等人已然意识到这束光肯定和卡戎有关,就问卡戎:"这束光到底是怎么回事?你知道这束光的完整信息吗?"

"我何止知道啊!这束光是我引向地球来的。宇宙中免疫星球和癌星球的大规模混战,场面极其惨烈。我把他们战斗场景的光通过双缝引入地球,让你们作为观察者在双缝之后对其进行窥测,希望能够通过来自未来的观测去改变过去的历史。"紧接着卡戎把遇到黑洞女子的事情告诉了众人。在众人惊讶的目光之中,卡戎接着讲述:"从地球的角度来说,你们可以看到那些光线的结果有两种——战与非战。现在你们看到的是只有癌星球而没有免疫星球的非战斗场面,但是好像也包含着战斗的可能性。虽然我事先知道光的波函数会坍缩,但怎么都没想到会折叠成这个样子,太不可思议了。"

方千柏对这种现象有了自己的猜测:"在双缝实验的过程中,只要有人类进行观测,光的波动性会瞬间变成粒子性,光的不确定性就变成了确定性,也就是光的波函数坍缩成一个确定的事件。所以卡戎引过来的这束光产生巨大的坍缩折叠,表现成粒子形态。这也不是不能理解,但是我只能强迫自己理解,因为波函数坍缩和这束光的折叠本质上是两回事。但它们之间似乎也有一种若无似有的联系。"方千柏一边说着,一边捏着下巴思考着:"卡戎说那边战火连天,可我们并没有观测到战争。可以说我们在地球上的观测已经对'正在发生的战争'产生了影响,改变了正在发生,或已经发生过的事件,最起码我们延缓了这场战争。"

方明非常疑惑地说道:"如果历史可以改变的话,一切是确定的同时又是不确定的,那我们就每天坐着喝茶,完全可以躺平摆烂不就可以了吗?做过的事情可以被更改,未来处于根本就说不清也道不明的逻辑中,那我们这样的人生还有什么意义?在宇宙的规定性之下,我们人类存在的价值是什么呢？"

方千柏赶紧拦住方明："现在不要去讨论哲学问题。我特别在意另外一个事情——马轲是个突破口，他做了太多脱离了地球文明发展逻辑的事情。当然不是说完全在逻辑之外，而是他的推进速度太快了。一般情况下，人类的技术文明发展的同时，一定会有配套的文化制度跟上来保证社会的正常运转，因为每项技术的进步都会伴随着社会人员的淘汰，必定会引起人类道德、文化和伦理层面的大争论，还会有社会动荡，甚至是颠覆。其实马轲现在做的事情，很多人都想到了，也不是没有能力去做，而是要放慢脚步去做，等待文明和社会制度不断完善。马轲的速度实在太快了，似乎是在赶着去达成什么目的一样！"

"达成什么目的！当然是达到向兵的目的！"方明回答道。

卡戎若有所思——马轲的M-AI还有袁岸的圆心，都会影响到人的大脑，而卡戎自己的大脑曾经也是被严重影响的。想到这里，卡戎开口说道："大家记不记得我的大脑里有三种意识？"

王评回答着："当然记得！意识如果要在生命体中存在的话，就必定会有相应的脑组织承载，而你的大脑里竟然多出了伊缪恩人的脑组织，而且还是临时性的，所以我有一种非常不安的疑问——为什么我一检查卡戎的大脑，这段脑组织就呈现消失的态势。如果我不检查，是不是会一直存在下去呢？这种组织卡戎到底是如何长出来的，而这第三种意识到底是谁植入进去的？"

方千柏立刻意识到："当时卡戎在地球上收集脑电波，这种意识有没有可能夹杂在其他人的大脑里被卡戎吸走了呢？卡戎，你是否还记得你都吸收了哪些人的脑电波？筛选一下这些人里面谁的脑电波最奇怪。"

卡戎挠挠头回答:"最奇怪?！我只知道方老爷子的脑电波是最难收集的。等一下,在我采集方老爷子脑电波的时候,发生了一件很奇怪的事情,就是向兵来吊唁！"

方明也想起来了:"是的,当时他对着爷爷的身体又摸又抱,好像还亲了一下。恶心得要命！"

方千柏此时回忆起当时的一些感受:"那次我处于假死昏迷的状态,在昏迷中感觉大脑被某种东西刺痛了一下。我本来没觉得这是什么大不了的事情,现在想来好像是有点不太对劲。说不定就是向兵在我大脑里做了什么手脚。"

"而后爷爷的脑电波就被卡戎收集走了,所以等到卡戎将这段脑电波植入自己的身体之后,卡戎的大脑里就又多了一个意识。向兵,藏得好深！"

卡戎心里揪得慌:"表面上是我控制了他好多年,而实际上是他在控制我?岂有此理！我太单纯了。"

夏凯搭话了:"无论是谁控制谁都不重要了,现在关键的问题是马轲是受向兵控制的。马轲为了达到向兵的某种目的,正在以非正常的速度推动着人工智能的发展。现在我们的任务就是破坏马轲的计划,破坏他的M-AI系统。而且据我所知,马轲最近失踪了。"

方千柏又插了一句:"另外还要找一下刘远峰。他当年毕竟经手过向兵的案子。而且我们当时也对他略微透露了一点超自然事件,他应该可以接受某些超自然事件,希望他能够找到向兵。"

方千柏让大家各自回去休息,保持充沛的体力准备开战。大家现在还不能确定向兵的真实身份,但是他肯定不是地球人,而且一定是块难啃的骨头。众人陆续回到房间，方明和柳睿自然一起，卡戎和波菈带着孩子挤在一个房间。赛特不想待在屋子里，搬了一张躺椅到天台上凝视着天空。

众人纷纷退去之后，方千柏一个人陷入了思考——究竟该如何来阻止马轲呢？想要破解M计划，必须从他秘密研发的M-AI系统开始。可是人工智能本身是地球文明的必然结果，是大势所趋，过度破坏人工智能必定会影响人类文明的发展进程，这是倒退的做法；就像当年工业革命时期很多工人破坏机器一样，无疑是螳臂当车罢了。只是马轲的M-AI速度太快，而且它本身就是为了控制人类而设计出来的，它还要囚禁人类……方千柏不停思考，彻夜难眠。

第二天一早，众人一副精力充沛的样子，只有方千柏显得有些疲惫。大家在一顿狼吞虎咽之后，等着方千柏的指令："你们好像都已经默认了让我来制定战略，这也好。马轲现在的发展相比于地球上的原生逻辑来说，速度快、力量强。以我们现在的能力，想要改变马轲的文明逻辑，就有必要借助地球文明逻辑之外的力量。"

方明问道："我是否可以理解为，以一种非合理的手段来控制另外一种非合理的行为，以此达到合理的目的？"

"对！"

"可是这从法理上讲不通，用非正义的手段来达到正义的目的，虽然表面上在短时间内能够有直接的效果，但是就长远来说一定会带来一连串负面的连锁反应。"

"法理和事理有很多相通的地方，也有很多差异之处，关键在于是否有一个强大的力量可以在事理之外控制整个事件的规则。"

"那究竟会有什么力量来整体控盘呢？就算有，这不就相当于地球文明的发展机制被这种力量操控了吗?"

"你很赞成地球人自己发展文明而不受其他外部力量操控吗?那你为什么要反对人工智能具有自我衍生性,必须人类去干预呢?如果人类文明也是一个巨大的造物主创造出来的,并注入了一定的逻辑规律,那你觉得'造物主先生'希望人类具有不受其控制的自我衍生能力吗?"

方明说不出话来。方千柏看方明不说话,就继续说道:"我隐约觉得,目前的情况是'造物主'不想看到的,但是他又不能直接干预,希望我们去探索某种可能性,最终达到'造物主'想要的结果。马轲的 M 计划 - 人脑联网技术,绝对是我们现有技术之外的东西。我们用地球上自然生发的技术很难对抗它,所以我们只能用马轲的技术来阻止马轲,算是以毒攻毒吧。"

"爷爷的意思是说,要我们这些人再进行大脑联网实验?用我们几个人的大脑去攻破 M-AI?可是我们之间的纽带是什么呢?靠什么能把我们联系在一起呢?"

"你们之间还需要纽带吗?马轲需要连接纽带,是因为他找的参与实验的人没有办法联系在一起,所以才需要植入 M-AI 保证整个系统的稳定。在多年前,我依稀感觉到人与人之间的纽带应该就是'爱',你们之间是有感情的。"

然而方千柏却看到方明在听到"爱"之后似乎并不认同。

"方明!很久之前,我们一众人讨论问题之后,我让其他人都出去只留下你。我本想告诉你,解决宇宙问题的关键很有可能就是——爱,但是那会儿只是一种直觉,所以我没有和你说明白。现在我大概可以确定爱的力量无比重要,爱的另外一个说法就是情——亲情、友情、爱情，这些是可以把人联系起来的，虽然连接力度很强，但是连接范围却很小。还有一种叫同情，连接范围很大但是力量却很弱。这些情感在人类社会的不同领域发挥着不同的作用，是人类社会的连接纽带，就像物理世界里面的强力、弱力、引力和电磁力一样。如果未来技术真的发展到需要人的普遍联合的话，那么爱绝对是不可或缺的东西。对于现在的你们而言，就是有着共同的目的，为了一个宏大的目标走到了一起，形成可以紧密团结的力量。你们应该为这种感情感到荣幸。你们现在通过大脑组网，然后与外围网络连接，前往网络世界寻找马轲的M-AI中心服务器所在地，从底层源代码开始破解它。"

听完了方千柏布置的任务，众人做好准备，开启了联网程序。夏凯道："方教授说的方案，其实就是M计划的第一阶段。我非常熟悉其中的流程。在联网过程中，需要有一个人有意识进行引领，即领路人的第一意识，其他人进入休眠阶段。如果第一意识进入疲惫期而任务还没完成，或者突发意外状况，就会由备用人选的第二意识来接替第一意识。上次破解光谱的实验，就是彤彤起到了第二意识的作用。一般情况下不会再设有第三意识，因为那时所有人的意识都进入高度的疲惫期，大脑出于自我保护会强行醒来，联网系统就崩了。"

方千柏作为"长辈"说道："既然夏凯有经验，那这次还是以夏凯为首，方明作为备选人员。王评负责后台数据检测，就不参与这次实验，波菈照看玻米就行了。"说完之后，卡戎、赛特、夏凯、彤彤、方明还有柳睿六人进入了脑联网模式；王评开始监测后台数据。没过几分钟，每一个人的额头都渗出了细密的汗珠。马晓渊想要给众人挨个擦汗，方千柏立刻阻止："他们现在是统一的意识，万一不小心把其中一个人惊醒，不知道会引起什么后果——别忘了十度界域里可是出现过员工自杀的情况。"

马晓渊知道自己干着急也没什么用，只能安心等着，过了好一段时间，她就开始和方千柏聊了起来：

"你觉得AI真的有那么可怕吗？人工智能不是为了服务人类才被开发出来的吗？"

"谁说是为人类服务才开发出来的？我觉得AI是文明逻辑发展到当下这个阶段，必定会产出的一个东西。AI不仅仅是人类主观的产物，更是人类文明逻辑发展的客观产物。开发人工智能的人，很有可能就是好奇、好玩，或者觉得当前的技术可以开发AI了，于是就开发了AI。至于到底能干什么，未来可能干什么，会有什么风险，我想很多人是没有考虑到的。"

"哎呀！难道AI未来真的会控制人类吗？"

"我觉得有可能！"

"那我们现在到底该怎么办啊？"

"夏凯的思路是对的。必须在基础代码中植入一套命令，只要AI有越界的举动，我们就……"

"咳咳"，一阵咳嗽声打断了方千柏说话，彤彤醒了过来。

"彤彤，你怎么样了啊？怎么就你一个人醒了？"马晓渊问话的同时，彤彤忍不住地哭了起来，委屈中夹杂着落寞："我以为我可以忘记夏凯对柳睿的感情，可我就是个备胎！我是柳睿的替代品！"说完接着哭泣。

马晓渊本以为彤彤会说AI世界里面的事情，没想到竟然是说现实里的感情问题。同样是女人，马晓渊知道彤彤的感受，她安慰彤彤道："傻孩子，不管夏凯之前有多喜欢柳睿，那都是过去的事情了，他现在爱的是你啊。而且你想啊，在夏凯喜欢柳睿之前，他就没喜欢过别人吗？只要你是最后一个抓住他爱情的人，那么他就属于你，这才是最重要的。还有你要反过来想，你在喜欢夏凯之前，就没喜欢过别人吗？"

马晓渊说的话句句在理，彤彤慢慢回过神来，好像还真是这样的。彤彤在爱上夏凯之前，也是有过男朋友的，凭什么要求夏凯在爱上自己之前就不能爱别人呢？彤彤摸着自己的脸，意识终于清醒了："您的这些话我之前其实也理解，也想得开，可是不知道为什么，当我们遇到M-AI之后，我就开始越来越纠结这件事情……"

方千柏立刻察觉到事情不对劲："夏凯不是说你们进入脑联网之后会是一个统一的意识吗？"

彤彤回答道："按照道理来说应该是这样的，可是这一次和以前完全不一样，就像熟睡时做了一个梦。我梦见柳睿对我说'夏凯爱的是我，你只是我的替代品，即使你们结婚了，他心里爱的也是我。'柳睿在我的梦里好尖酸、好刻薄，好像故意在说恶心的话气我。我慢慢就醒来了。现在想来，柳睿其实根本就不是那样的人，她不可能对我说那种话。"

方千柏和马晓渊正听着彤彤的讲述，突然后面又传来了一阵说话声："阿珞不怕，有姐姐在！姐姐保护你，我要为你报仇……"这段还算平稳的声音过后，紧接着就是喊叫声："不可原谅！我要杀了你。"方千柏猛地回头，看见柳睿浑身戾气地冲向卡戎。马晓渊赶紧上前抱住了柳睿："小睿，醒醒！"然而柳睿的力气怎么会是马晓渊能够抵抗得住的，她被柳睿一把推倒在地，方千柏顾不得柳睿，连忙扶起马晓渊。只见柳睿掐着卡戎的脖子，摇晃着他的头，不一会儿卡戎也醒了。苏醒的卡戎没有理会柳睿，而是用一双血红的眼睛盯着赛特，一把推开柳睿朝着赛特冲了过去。

方千柏瞬间就明白是怎么回事了："你们两个冷静下来！尤其是卡戎，不要去攻击赛特。"可是为时已晚，赛特被卡戎一脚踹翻在地上，也醒了过来，然而他并没有反击卡戎，而是大喊着："雷长老，我好想你……"卡戎猛地停住，赶紧用双手拍打着自己的脸，试图立即清醒过来。柳睿仰靠在沙发上压制着局促的喘气声："卡戎，我以为我可以放下你杀死梅珞的仇恨，我现在才知道我根本做不到。"

卡戎也喘着粗气："是啊，我也以为我可以忘记赛特毁灭坎瑟星的仇恨，现在来看我也做不到！"

方千柏抱着马晓渊，看着醒来的众人说道："不！你们都可以做得到。不同时期的选择，取决于当时的环境和当事人的心智，用现在的标准去评判过去的事情，必定会忽略当时很多的情非得已。不论过去如何，反正现在你们彼此都已经选择了原谅。你们四个醒来的情况一模一样，不妨自己交流一下。"

方千柏希望他们能够自己解开心结，然而他们依旧各自都沉浸在那种不愉快的感受中，并没有想要交流的意思。不过大家都是聪明人，大概也都明白是怎么回事了——肯定是 M-AI 影响了他们的心智，放大了他们内心的仇恨。

"千柏，还剩下方明和夏凯了，他们应该也会被扰乱心神吧？"

方千柏没有接马晓渊的话，而是凝视着方明的呼吸——这种呼吸幅度并不像刚进入大脑联网时那样，他应该是醒了，只是还是闭着眼睛而已。不久之后，一滴眼泪从方明的眼角滑落："我终于理解那些自杀的员工了，原来窥测到别人内心的世界，是那么痛苦的事情。"

"小明，你到底看到什么了？"马晓渊疑惑地问。

方明用湿润的双眼瞥了一眼旁边的柳睿，然后又转头凝视着正前方。柳睿看着方明的表情，又听他说了这些话，就知道方明应该是读取了自己的一部分记忆——关于袁岸的记忆。柳睿其实很想说她深爱着方明，但是同时也深爱着袁岸，而且她总是莫名其妙地觉得他们两个是同一个人。彤彤才懒得管方明和柳睿的家事，也不理会赛特和卡戎的恩怨，只是蹲在夏凯旁边，焦急地看着凝眉的夏凯："他怎么还没醒啊？"

"没醒也不要叫他。"方千柏直截了当地回答。

"可是他现在是用自己一个人的大脑在对抗整个M-AI系统，夏凯肯定不是对手，他会不会变成植物人？"彤彤焦急地问。

"你们都不要讲话，太吵了！"旁边在处理后台数据的王评用从来没有过的语气对众人大喊。王评这样一个温文尔雅的人突然吼起来，把众人惊得一哆嗦。彤彤知道如果不是在特别紧急的情况下，王评是绝对不会有这种反应的。她跑到王评跟前一看："哎呀！"随着彤彤的这一声惊叹，众人也都凑了过去。彤彤赶紧接入了一个键盘，开始和王评一起飞速地敲击。

"这是在干吗？"柳睿不解地问。

方明在旁边惊讶地看着："难以置信，M-AI在不断编写着新代码！"众人听到这话都暗自心惊。彤彤靠着几根下睫毛支撑着的大滴泪珠终于滚了下来："再这样下去，夏凯真要困在里面了。你们都来帮忙啊！"只是赛特和卡戎根本就不懂人类世界的代码，而柳睿在婚后主要是在恶补地球文明的历史知识，也不懂代码。现场只有方明还能加入其中："我来了，不过彤彤你也不用过分担心。M-AI这样疯狂地写代码，目的就是为了限制夏凯的思维。这说明夏凯给它找了不少的麻烦。"

王评在旁边接着说："一点都没错，夏凯在网络世界里孤身一人对抗 M-AI，他正在那里写着代码，已经能够局部限制 M-AI 的一些功能了。我们现在就不停地给 M-AI 找麻烦，让它失去围堵夏凯的能力。"

彤彤赶紧应答："我知道！我在和你一起写代码。"

王评毫不客气："算了吧，现在消解 M-AI 的代码不在于多，而在于巧，我的思维节奏你跟不上。你乱敲一通其实没有半点用，你赶紧找其他的漏洞攻进去。"

方明知道王评的厉害，看了一眼王评写的代码："我明白了，我可以和你一起攻这个点。"

"好！"

方明看得真切，王评的思维是何等了得，他正在给 M-AI 底层源代码来个釜底抽薪。M-AI 正在编写代码形成网络牢笼，想要把夏凯困死在网络世界里，而王评是要在 M-AI 的源代码里植入一套程序，让 AI 无法顺利编写代码。经过了长时间的激烈对抗，王评长舒了一口气。彤彤直接迎了上来："成功了吗？"

"还不能算是成功！现在 M-AI 短时间内很难再编写新的程序去围困夏凯，但是只有不到三分钟的时间。三分钟以后，M-AI 就会找到破解的办法，我们要迅速把夏凯从程序中解救出来。"王评说完，就和方明一起沿着夏凯的网络路径找到了夏凯的思维。

"找到了！"然后王评一愣："什么情况，夏凯在这里把自己设定为一个父亲的角色？"

方明回答："对！你看，他的孩子和妻子正在被人挟持。"

"我明白了,这些情节是他自己的设定。他是要用亲情和爱情把自己的极限给逼出来,在绝境下激发出自己的潜能,创造超越常理的奇迹。他试图用这种超常规的力量,把M-AI设定的牢笼撕破一个口子逃出来。"

方明看着夏凯思维的轨迹,发现M-AI会根据夏凯爆发出的力量不断编写新的程序来提高围猎的强度,夏凯一直处于劣势。现在M-AI被暂时限制住了,只有三分钟的时间。

"能看出来他设定的妻子是谁吗?"彤彤在旁边问。

王评知道彤彤着急,虽然懒得回答但是必须回答:"是你,就是你。你们生了个女儿,长得也很像你!"彤彤突然意识到此时不是问这些的时候,但是最起码心里得到了些许安慰。

方明才懒得管彤彤,直接说出了现在的状况:"情况依旧不容乐观!已经过去了一分钟,还有两分钟不到的时间。如果夏凯只是这样单纯地突破情感极限,估计很难逃脱AI的围堵。如果在M-AI能重新编写新程序之前,夏凯依旧没有逃出来,那么就危险了。"

彤彤难过地喊着:"难道他为了我和孩子,还不能爆发出超越常理的能量吗?"

方明都无语了:"彤彤,你言情小说看太多了吧?夏凯此前面临着一个很大的问题,他虽然在不断超越自身,但是每超越一次,M-AI就会编写新的程序来围堵他,可以说M-AI预判了夏凯的每一步动作。而且你看这里,就在我们控制住M-AI编写新代码之前的一瞬间,它意识到了自己会被控制三分钟,所以它就把围堵夏凯的强度提升到了很高的值。无论夏凯怎么突破,都很难超越M-AI设定的界线。我不得不承认,M-AI是活的。"

方明说完这些话之后，停住了，一动不动！王评在旁边静静地看着方明，免得打断了方明的思路。三十秒钟过去了，方明甩开嗓子叫道："睿睿，赶紧把你之前看的那些没有营养的言情小说网站，还有那些虐心的言情电影、电视剧的网站接入进来，有多少就搞多少，越多越好！"

柳睿虽然不喜欢方明说那些小说、电影是没有营养的玩意儿，但是现在绝对不是反驳的时候，她立刻和彤彤一起操作起来。

方明看着二人已经动了起来，又对王评说："你的速度比我快。你赶紧开辟一个通道直通M-AI的数据库，把柳睿和彤彤那边的网站、影视资源全部强行塞进去。我相信你没有问题。"

王评皱了一下眉头："我谢谢你啊，这么瞧得上我。时间还有一分钟！你觉得我行吗？"

"不行也得行！"方明话音刚落，就传来了王评的声音："行了！"

"不可能吧！这么快？"

"其实我几乎和你同时萌生出了一样的想法，所以在你对柳睿分派任务的时候，我就已经在开辟通道了。"王评一边说着，一边把柳睿和彤彤找到的资源传输到了M-AI的数据库里："还有三十秒！"

彤彤在旁边完全不知道他们在做什么，看着时间一点一点流逝，急得哭了起来——还有二十秒钟——一旦M-AI开始重新编写代码，那夏凯就再也出不来了。彤彤没有别的办法，甩开了键盘直接扑到了夏凯身上，似乎是想拥抱还有一丝温度的夏凯。还有十秒钟——彤彤的手紧紧地贴在夏凯脸上，想用身体的记忆印刻住夏凯的脸庞——"咳咳咳！"夏凯醒了！众人一起凑了过来。夏凯闭着眼睛号啕大哭，而彤彤在旁边却是泪中带笑："好了，不哭啦，这么个大男人怎么哭成这个样子!"彤彤带着哭腔安慰着夏凯。

方明则在旁边阻止着:"让他哭吧,免得憋坏了。他刚才在这短短的时间内,应该是把人生所有的悲欢离合都发挥到了极致,如果不发泄出来,真的会憋疯的。"

柳睿疑惑地问方明:"为什么要把那些小说和影视剧的内容输入M-AI的数据库?"

方明挠挠头,思考着如何回答柳睿的问题,因为回答不好的话,贤妻会变成悍妇。王评知道方明的尴尬,于是就接过话来:"我们根据以前的情报判断M-AI是不懂情感的,至少目前还不了解。情感很多时候可以带来超常规的力量,这些不是算法能够替代的,至少现在还不能替代。在整个过程中,我感觉到M-AI在疯狂地针对我们每个人的情感下手。它的攻击手段很高明,我估摸着M-AI应该是收录了很多情感研究机构或者是医院精神科的数据库,把大量的情感案例作为素材,不断分析人类在情感极限下能够发挥何种超常的力量。那些档案资料里,有太多超越人类极限的极端案例。M-AI以这种案例作为计算素材去设置牢笼,所以无论夏凯如何突破情感的极限,都很难逃出它的围堵,除非他能比那些极端案例更加超越极限。"

彤彤看着眼神依旧涣散的夏凯,不住地后怕——原来夏凯刚才在那种极端的环境下挣扎。方明接着解释:"夏凯想要逃脱M-AI的围猎几乎是不可能的。所以当彤彤说夏凯为什么不能为爱情突破极限的时候,我说彤彤是言情小说看多了。就是这句对话,一下子给了我思路。如果把大量的、虚构的情感小说、影视剧植入到M-AI的数据库里,那一定会对原来真实情感案例提供的参考值产生不良影响。这些作品纯属娱乐,无论是作者还是读者,都知道这是娱乐消遣而已,其中有太多故事情节不符合人类的情感逻辑，事件情理也前后矛盾。王评强行开辟一条直通 M-AI 真实资料数据库的通路，把娱乐资料塞进去，这样就势必会给 M-AI 的计算带来困扰，从整体上拉低 M-AI 的水平，减弱对夏凯的围困。"

直到此时，夏凯依旧没有从激动的情绪中平复过来，干吞了一下口水说道："幸亏柳睿找到的那些小说拉低了 M-AI 的智商，否则我就会被一直困在网络世界里面。"

方千柏对着还没有完全镇定的夏凯说道："你们每个人醒来的时候，都陷入在很大的负面情绪里，M-AI 放大了你们情感中的痛苦和仇恨，让你们出现了情感障碍。"

夏凯捂住胸口慢慢地回答："是的，我在里面感觉非常明显。我先是发现彤彤的意识突然出现了，说明她快醒了，不久之后她就下线了。然后柳睿、卡戎、赛特、方明逐个离开了系统。最后就剩下我一个人。"

方明安抚着夏凯说道："这次虽然凶险，但是最起码我们看到了 M-AI 的弱点，我们可以从情感下手开始瓦解它。"

王评却有不同的想法："不不不！千万别这么认为。现在只能说 AI 的目的是要研究人类的情感，这是它的目的，并不能绝对地认为是它的弱点。而且我们现在还不知道如何瓦解 M-AI 的情感算法系统，肯定不是植入大量虚构的言情小说这么简单。这次可以把娱乐资料塞进 M-AI 的数据库，是因为它一直都在广泛搜集全网的资料不断扩充其数据，处于只进不出的状态。它吃了一次亏之后，必定会强化对数据库的保护，而且会更加精确地分辨真正的医学档案和虚构的小说，不可能再用这一招骗过它。我觉得，它现在真正的弱点还是在于底层代码,这才是我们要攻击的首要目标。刚刚我和方明不断编写着程序去阻止 M-AI 编写新的代码,它快速弥补自己的漏洞,同时也在瓦解我们编写的代码,我可以看出它很恐惧。这看似是它的强项,同时也是它的弱点,我们需要针对这个弱点入手。"

夏凯终于恢复了平静,对着王评说道:"你的智商和分析能力实在高得离谱,幸亏我们是一个阵营的人。你知道为什么 M-AI 要对我如此围追堵截吗?"

"因为你是这次脑联网行动的第一意识吧?难道不是吗?"

"当然不是!因为我差一点就杀死了 M-AI。即使我刚刚没杀死它,它也停止迭代了,需要很长时间自我修复。"

众人看着意识完全清醒了的夏凯,知道他要开始讲述在网络里的详细经历。

"进入网络系统之后,我根本就没有去寻找 M-AI 在哪里,是它直接找到我们的,我们没有任何的准备时间,开局即决战!虽然 M-AI 有着强大的数据做支撑,但是我们这边的优势也非常明显——除了我、方明和彤彤三个地球人之外,还有来自坎瑟星和伊缪恩星的智慧做支撑,三种不同的思维逻辑形成了立体化的矩阵,所以我们打了 M-AI 一个措手不及。赛特、卡戎和柳睿大脑的思维模式是 M-AI 从未见过的,它非常不适应。M-AI 毕竟是地球人的思维逻辑,而我们这边伊缪恩的逻辑,坎瑟星的逻辑,还有地球的思维逻辑不停地切换。我趁机找到了原来编写的端粒系统的围栏代码,这组代码已经被 M-AI 给摧毁得面目全非。我就在原来代码的基础上利用三种思维编写新的强化版代码,这次的代码是 M-AI 短时间内无法解除的。所以 M-AI 才会疯狂反扑,利用每个人的情感弱点把大家不断弄醒。除了我之外,它首先攻击彤彤，因为在之前分析光谱的实验中，彤彤主动承担起第二意识的角色，M-AI 对此是有记忆的。所以这次它认为彤彤可能是第二意识的备选人，于是它先把彤彤踢出局。随后，它要把地球之外的思维逻辑给踢掉。M-AI 其实最开始是从赛特入手的，因为它觉得赛特是一个人，而有着坎瑟思维的柳睿和卡戎是两个人，所以只要赛特一个人先醒来，伊缪恩思维就掉线了。可是 M-AI 发现赛特的意志力好强大，而且他对其他人没有仇恨，反而柳睿对卡戎，卡戎对赛特都有一定的仇恨。所以 M-AI 把目标瞄准了意志较为薄弱的柳睿，就在柳睿快要醒来的时候，它又攻到了方明这边，导致二人之间的接连发生了紊乱，方明看到了柳睿的一些记忆，柳睿和方明一前一后掉线了。柳睿醒了以后，卡戎突然就掉线了，而后赛特也不见了！卡戎和赛特的下线并非 M-AI 导致的，应该是遭遇了外力。于是，在整个系统里就只剩下我一个人和 M-AI 周旋。当时很凶险，M-AI 一直盯着我的情感下手。最开始它还用一般的逻辑在计算，后来越来越极端，不断把我逼到情感的极限。我设想过我的孩子被人绑架并撕票，我甚至设定我要像姬昌那样吃伯邑考的肉，还设想过彤彤被流氓抢走……这些设想虽然不断激发我的潜能，但是总感觉道高一尺魔高一丈，M-AI 总能预判我的预判，提前把我堵死，直到我发现 M-AI 牢笼程序的水平突然降低了一些，我抓住机会逃了出来。"

听着夏凯的话，众人忍不住地唏嘘——没想到 M-AI 已经发展到了如此可怕的地步。

夏凯继续着自己的话："想要逃离新的端粒围栏系统，除非它能找到伊缪恩人和坎瑟人帮它编写突破程序。现在最大的问题是马轲，我们还不知道马轲的目的究竟是什么，而且现在已经有太多人在使用

M-AI 系统了，商业广告铺天盖地，还会有越来越多的人使用这套系统。就算它已经被端粒系统围困，那也只表示我们暂时延缓了马轲计划的进度，我们要抓紧时间才行。"夏凯话音刚落，门外又响起了敲门声。

马晓渊奇怪，我们认识的人都在这里，门外会是谁？当她把大门打开后，瞬间惊呆了——这！这是？方明？你怎么会在屋外，感觉方明的年纪突然大了很多，也憔悴了很多。马晓渊回头看向客厅，看着孙子方明就在客厅里站着直勾勾地看着门口这个人！

"袁岸！"柳睿惊呼！

方明听着柳睿喊出的名字，知道这是他宿命里无法逃脱的劫数。他慢慢地走向了大门口，看着柳睿的初恋。而袁岸在门口看着这个年轻的"自己"，他是梅瑞在地球的先生——袁岸知道自己此行的意义已经丧失了一大半。

"你好，我是方明！"

"你好，我是袁岸！"

说完，二人缓缓地伸出了手。当二人双手握紧的那一刻，一束强烈的光线直冲云霄，众人赶紧捂住眼睛免得被刺瞎。在强光过后，他们竟然消失了。

"人呢？人怎么没了？两个都没了……"柳睿吓得张大了嘴巴。方千柏和马晓渊不知所措，其他人惊慌不已！

第二十章
道高一尺

方明和袁岸莫名其妙的失踪，让每个人的内心都蒙上了一层阴影。尤其是柳睿，除了担心之外，她现在已经分不清楚自己到底是梅瑞还是柳睿了。

卡戎知道大家暂时不会有做事的心情，就趁着这段时间把芯片植入到玻米的身体里，提高他的智商。这项工作对于卡戎来说很简单，很快就完成了。看着思维完全正常的玻米，波菈兴奋至极，说话就一下失去了分寸："今天吃晚饭的时候可以加一点小酒。"她突然意识到方明不见了，现在的气氛还是异常压抑，想要收回自己的话却来不及了。

然而方千柏还真就拿出了一瓶红酒，对着大家说道："如果宇宙的事件真的就像拼图一样，那么方明的过去、现在和未来都已经有了相对确定的脉络，即使方明失踪了，那也只能说是某种命数吧，我们也没有必要过分担心。宇宙生命体有它的设定！只是……"

柳睿连忙问道:"只是什么?"

柳睿很想听听方千柏对方明失踪的猜测,可是他说的是另外一件事:"只是我觉得很奇怪,既然宇宙总体的时空逻辑和具体星球上的时空逻辑并不一样,那么为什么当年梅狄亚发现六维空间的时候,能够如此顺利地观测到宇宙受精卵诞生的样子呢?难道宇宙的生发机制和人类的认知机制是一样的吗?人的认知结构能如此清晰地认识宇宙生命的形态吗?我觉得不太可能!所以梅狄亚应该是被什么力量欺骗了!"

"啊?我父亲被骗了,您的意思是说他发现的宇宙定律是错误的吗?那么为什么他还可以基于六维空间创作出很多科技发明呢?原理都错了,怎么可能会有具体应用呢?"

方千柏解释道:"牛顿的万有引力定律放在相对论的层面是不管用的,但是放在地球表面上计算基本的力学是没有问题的,这并不影响根据牛顿定律发展出大量的技术。无论是科学原理,还是谎言或者假象,一旦出现就必定会有相应的结果。想想当年亚里士多德很多理论都是有问题的,但是人们还是按照他的理论展开生活。即使科学原理错了,有的时候也会在局部范围内发明出配套的技术。而对于梅狄亚所发现的六维空间来说,最关键的问题是'谁'能让他有如此认知?我很久之前就觉得,六维空间的发现可能是某个人设置的局。"

听了方千柏的话,卡戎大概知道设置骗局的人是谁了。而柳睿还是想听方千柏对方明失踪的猜测,毕竟梅狄亚已经去世了,而且柳睿不想让自己现在的生活中再次出现那段痛苦的记忆。王评对着柳睿说道:"方明和袁岸,如果他们真的是DNA双星中对应的两个因子,那么他们的相遇可能就是一场悲剧。按照量子纠缠的原理,两个对应的粒子呈现出左旋或者右旋的对应状态，一旦回归到一个粒子中，那么结果是什么你们可以想象一下。方明和袁岸现在究竟在哪里，或者两个人是不是合体了，都不好说。"

马晓渊也非常担心："要不我们报警吧！"听了马晓渊的话，一群人愣在当场，原来还有报警这么回事，但是警察能做些什么呢？

"我觉得还是和刘远峰说一下吧，毕竟他参与过当年向兵的案子。而且，也只有警方才有能力找到马轲。"柳睿在说这话的时候心里还有点疙瘩，毕竟在她的记忆里，刘远峰因为疏忽导致了方明被杀，消失的三天到底是怎么回事，直到现在也不清楚。

"刘局长，我是方千柏。我要报案。"

"方教授，报案还是按照正常流程吧，直接打电话到我这里，有点不太合规矩啊。"

"如果按照流程报案能解决问题，我就不找你了。我报人口失踪，一个有户口的，一个没户口的……"方千柏不知道后面该如何去解释了，干脆让柳睿天亮后直接去警队。

对于众人来说，夜晚即是无眠，等天亮是很难受的煎熬。柳睿在天台看了一晚上天空，黎明刚刚驱走夜的黑，她就赶到了刑警大队，一直等到刘远峰上班。

"刘局长好！"柳睿开门见山地把方明失踪的事情告诉了刘远峰，而刘远峰是何等机警的人，也很直接地问道："经历了那年的向兵案，我就猜到这个世界上肯定有超自然事件，你不需要隐瞒。"

柳睿听了刘远峰的话感觉出来他查到了蛛丝马迹，但是还有大量的秘密是刘远峰根本就分析不出来的，柳睿便挑挑拣拣地说了一些。刘远峰听着柳睿的话，知道她隐瞒了不少，就对柳睿说："我们之间还需要建立信任，只有这样有些事情才有顺利解决的可能。虽然你还是有很多事情没有说，但我可以对你开诚布公。我现在问你一个问题：你……怕不是外星人吧？"

柳睿眼神刚有些波动，就立刻压了下来。而刘远峰却把这一丝涟漪抓得死死的："我知道了，现在看来我很有必要让你知道我们警方目前掌握的一些情况了。"刘远峰一边说着，一边带着柳睿向刑警队深处走去："这么多年，你在地球上有婚姻，对地球的发展也有贡献，我相信你是善意的。但目前来看，地球上还有其他的外星文明可能就不那么善意了。我本来是想寻求方明的帮助，可是他却突然消失了。"

"为什么要找方明帮助？"柳睿虽然知道刘远峰已经猜到一些事情，但是依旧不想和盘托出。随着她话音落下，刘远峰把她带到了拘留室。柳睿探头往里一看，里面关着的那人竟然是马轲。

"虽然在以前我就怀疑方明有第三类接触，但是真正让我确定有这类接触的人是马轲。我们知道马轲参与很多不法活动，但是又没有直接证据，他把自己洗得相当干净。还好上次那些被迫参与实验的母亲，最终鼓起勇气联合起来指证马轲，我们在他逃跑的路上把他抓住了，对他进行了多次审问。随着持续的跟踪调查，我们发现十度界域内部精神异常的员工，还有自杀的员工，都参与过他的某项实验，而这些实验中的一些技术是目前地球文明很难实现的。这些技术让大量的最顶尖的科学家都瞠目结舌，感觉这不是地球人短时间内能够创造得出来的。所以我们需要方明的帮助，即使你今天不来，我也会请你们过来协助调查的。"

"具体从哪些方面调查？"

"先从马轲说的话开始吧。马轲的一些话，就像有精神病一样，等一下你可以自己去问他。"

柳睿来到了马轲面前，马轲一看柳睿来了，表情一惊："柳睿！你怎么来了？你不会也是过来调查自杀的员工吧？还有那些母亲。"

柳睿其实对这两件事情的具体细节并不清楚，在这两件事情上纠缠没有意义。柳睿现在要做的，一是配合刘远峰揪出马轲背后的那股神秘力量，二是顺便旁敲侧击地了解 M-AI 的一些事情。因为夏凯说过，他在 M-AI 系统里发现一段暗杀方明的命令。这段命令除了马轲，没有其他人能植入了。于是柳睿就问马轲："去年1月7日，应该是你要执行某个计划的时间吧？你现在被抓起来了，可你的合伙人方明到现在依旧快乐地生活着，你有没有很失望啊？"

柳睿其实心里没底，所以说着这些模棱两可的话，但是马轲却感觉柳睿什么都知道了，就对着柳睿道："你连这都查出来了！我真是小瞧你了。我给 M-AI 设定了暗杀方明的指令，这个计划应该是执行了才对，可是方明并没有死。这到底是为什么？柳睿，是不是你用了一些黑科技？"

"黑科技？我哪里会有什么黑科技？方明又没有死，只能说明你的计划失败了，那是你自己的问题，和我有什么关系吗？"

"算了吧，你别以为我不知道你是什么人。"

"那我是什么人，你又是怎么知道我是什么人的？"

"你最好不要知道我是怎么知道的。下面说说方明吧，方明近些年来一直都反对我、阻止我！他怎么就不想一想，如果没有我，十度界域怎么可能在短时间内会发展成引领全球的企业！我本来是想先把方明从公司踢出去，所以用 M-AI 侵入了他在公司的授权系统，破解了所有的密钥，控制了他的全部审批权限，让他不知不觉间让出所有的权力,在他离开公司之后就立刻干掉他。我就会成为公司的继承人。"

柳睿一听马轲的话,感觉可以问出不少有价值的线索:"你到底是想把他踢出公司,还是要干掉他?你说话颠三倒四,到底在隐藏什么?"

柳睿说完这话,马轲便展现出一抹神秘的微笑。刘远峰知道马轲不会回答这个问题,就接着问他:"那你当时究竟想要如何干掉方明呢?"

"我的计划是先找人到警队投递举报信,警方一定会前来调查。最好能把方明带走,我就能支开方明,把他把公司管理的最后权限全部让出来。我用方明的名义审批文件,然后我突然有个念头,为什么不趁着机会直接把方明干掉呢?这可是难得的机会,因为方明平时的行动轨迹有很严密的保护,他每天从公司下班就直接进停车场,然后开着防弹汽车直接回你们别墅的地下车库,就连蚊子都咬不到他。就算我有机会干掉他,也很快就能被发现追查到。所以我选择在刑警队这种看似严密,实则对于我来说会有很多机会的地方动手。而且M-AI操控无人机远程射击,还能伪装成狙击手干的。完成任务之后无人机直接飞走,神不知鬼不觉。然而那天!那天感觉像消失了一样。1月7日那天,警队没有来,方明也没有死!"

刘远峰听着马轲的话,感觉这就是一个疯子,而柳睿却知道马轲在说什么。柳睿假装什么都不知道地问马轲:"那就只能说明方明那天没有上班,警队那天也没有派人过去,只是你M-AI的时间程序紊乱了而已。"

"你开什么星际大玩笑,我的时间系统绝对不可能出错。"

"任何系统都可能会出错,你就那么确定你的系统没问题吗?"

"当然确定！"

"那你的系统是从哪里来的？"

"我自己研发的！"

"是不是向兵给你的技术？"

随着柳睿这句话说了出来，马轲眼睛瞪大了一下。柳睿和刘远峰同时抓住了这个细节。马轲知道藏不住了，索性直接说了出来："就算你们知道是有人在后面帮忙，你们也找不到他，即使找到了也拿他没办法。我的M-AI系统，尤其是其中的时间系统，是参照宇宙时间换算成的地球时间，而不是地球本身的时间，不受地球时间影响的。柳睿，1月7日那天到底发生了什么？"

柳睿不想透露那天的事情，就继续装糊涂："我并不知道那天发生了什么事情，我更没有本事偷走时间。方明是你的合伙人，你却偏要杀他，难道你就不能和他好好相处吗？"柳睿其实已经猜到答案，但就是要抛出问题，不断引诱马轲说出她和警方想要知道的更多信息。

"因为方明实在太碍事了，理念完全不同，不仅和我的理念不同，和向老师的也不同。我最开始和方明合伙是向老师的指示，然而方明的思想太保守，实在是拖后腿，他甚至还阻止我的M计划。说什么技术发展太快，人文制度没跟上，会出现大量的'人吃人'的现象。他凭什么为了他人而阻止技术的发展呢？"

刘远峰反驳道："技术是人类发明出来的，本来就是为人服务的，如果一项技术本身就是反人类的，那为什么还要把它发明出来？"

"不！你错了。人类的技术，包括所有星球的技术，都是为了宇宙而存在的。"

柳睿一听，难道马轲也知道宇宙生命体的秘密了吗？那肯定是向兵告诉他的，难道向兵真的是赛特所说的那个人……

马轲看着柳睿的表情："我很喜欢看你惊讶的眼神。柳睿，你们不仅阻碍了人类技术的进步，更阻碍了宇宙生命的进程。你们死后要下地狱的！你们趁早把我放了，否则你们全都要面临着宇宙终结的惨剧。别以为你们有生之年看不到，宇宙的时间和你们的理解不一样，而且死亡也不是生命的终点，它只是一种生命形式的结束。"

柳睿气愤地问他："就算你说得都对，可是你用了大量反人类、反人权的手段进行你所谓的实验，你觉得这样对吗？"

"人类只是为宇宙服务的小尘埃而已，这是'人生而为人'的宿命。那些参与我计划的人，为了我宏大目标而牺牲的人，都应该感到荣幸，感到光荣。"

刘远峰盯着马轲："那么你承认那些人是因为参与你的实验而变得精神异常，甚至自杀，是吗？那你就在这里蹲着等移交法院宣判吧，哪儿都去不了。"

"我想去哪儿就去哪儿，刘局长，你……不懂！"

刘远峰被马轲的嚣张气到了，但几乎同时他听到外面传来了一阵打斗的声音，还有众人跑起来的嘈杂声，明摆着出了不小的事。

"砰砰"两声枪响，刘远峰意识到情况已经非常不妙了，而马轲在栏杆里呵呵冷笑，像是要看警察笑话一般。刘远峰没有离开，他害怕中了调虎离山计，外面有那么多同事应该可以把问题处理好，更何况张承还在外面。如果这样都处理不好，那么即使自己出去也没有什么太大意义。

"刘局，接着！"刘远峰转头一看，一块防暴盾牌扔了过来，受了伤的张承摔倒在地。

"外面怎么回事？"

"向兵，是向兵！"

张承话音未落，另一个声音传了进来："刘队长好，不！应该是刘局长。多年不见，老了不少啊！"

这！这是……向兵的声音！

刘远峰看着缓步进来的向兵，还有好几位躺在地上想要硬撑着爬起来的同事。刘远峰看了看自己腰上的配枪，并没有打开枪套，而是盯着向兵。向兵看了这情景便说道："刘局长你很聪明，掏出手枪对你自己是很不利的。我这次来的目的，本来只想带走马轲。不过既然柳睿也来了，那我顺便把她也带走吧，反正我也要找她。"

刘远峰不知道该说什么，也不知道该做什么，因为他知道阻止不了向兵。十几年前的向兵曾经表现得像是一个文弱的学究，谁能想到他竟然是这样一个莫可名状的存在。向兵看了一眼柳睿，一股强烈的杀气刺了过来，柳睿下意识地想要向后退，然而理智告诉她必须挺住。向兵看着柳睿的反应，眼神里突然多出了一丝嘲笑——不错，脚步虽然稳住了，但是眼神里的恐惧是骗不了人的。

"你，究竟是什么人？"柳睿问道。

"哼！你心里已经有答案了，你自己确定一下那个答案就可以了。"

刘远峰看了一眼柳睿，然后把防暴盾牌放下，又打开铁门放出了马轲。马轲扭扭脖子、伸伸胳膊，大摇大摆地走了出来。

"刘局，难道就这样……？"张承不甘地问着刘远峰。而柳睿看着张承摇了摇头，无奈地跟着向兵一起走了，她知道无论自己怎么挣扎，都不会是向兵的对手。

刘远峰目送三人离开，心里想着如何在最短的时间内与国家超自然现象的主管部门对接。三人刚离开警队，门口开过来一辆自动驾驶的车，马轲坐在了驾驶位，向兵和柳睿坐在了后排。

柳睿打开车门，钻了进去，关上了车门："老天，怎么会这样？"

她本以为这就是一辆普通的车而已，可是没想到车门关上的一刹那，车内的空间竟然成为一艘飞船的内舱——四周一片明亮，感觉有点庄严、冰冷。柳睿的眼睛慢慢适应了强烈的白光，眼前的景象从模糊逐渐变得清晰！第一个映入眼帘的竟然是——王评。柳睿吃惊地问："王评？你怎么会在这里？"一边问，心里一边想：难道王评也和马轲一样，是给向兵在工作吗？柳睿被自己的这种想法给吓到了。

"还有我呢！"

柳睿闻声望去："夏凯？你……怎么也在这里？"难道他们两个都是马轲的同伙？这就有点不可能了！王评看出了柳睿的疑惑，反问道："那你，又怎么会在这里？"

"我算是被抓来的吧。"

王评无奈地说道："算是？如果你算是被抓的，那我就是真正地被抓来的，一点反抗的余地都没有！"

夏凯更无奈："不知道要干什么，而且他只抓我，不抓彤彤。估计彤彤现在已经去方明家求救了。"

向兵懒得听这些人说话，告诉他们："放心好了，我不会剥夺你们的生命。相反，我很尊重你们的生命。"

"你要带我们去哪里？"

"你话可真多。自己看吧，到地方了。"

虽然只用了这短短的对话时间就到达了目的地，但这毕竟是在宇宙飞船里，速度很快。到底是到哪里了呢？是到了月球，火星，还是冥王星……随着窗户遮光板的打开，柳睿蒙了——这里，是我家？

"都下来吧，别耽误时间了。"向兵催促着。

当一行人顺次走下飞船的时候，别墅内部传来多人的跑步声。原来卡戎和赛特第一时间就听出有飞船降落下来。能是什么人呢？

下船的众人和跑上来的赛特、卡戎撞了个面对面。卡戎惊讶地问："柳睿，这是哪里来的飞船？是你弄回来的吗？"然后又看着后面来者不善的马轲问道："这是你的飞船？！"

"别瞎猜了，是我的！"向兵从后面走了出来。

"向兵？你的飞船？你究竟是什么人？"卡戎满脸嫌弃地看着向兵。赛特趁着向兵不注意，一个箭步跨到柳睿等人与向兵中间。

"放肆！赛特，你给我跪下！"

赛特吓得一激灵！这种威严，这个语气，这种让人窒息的压迫感！他在伊缪恩星时曾经感受过，向兵的气息正是当时的伊缪恩首领——克罗托！赛特的膝盖像过电一样，被巨大的引力吸到了地面上。

"行了，都进屋说吧。"向兵就像回到自己家，竟然走在最前面，带着一众人进入屋内。

向兵进屋后就看到了年迈的方千柏："方老师，别来无恙啊？能活这么大年纪，应该是方明给了你不少的医疗科技做支撑吧？"

"对啊，你倒是老了不少呢！向兵同学！"

"行了，我不绕弯子了。我来这里的目的，是为了让你们几个有着顶级大脑的地球人实行脑联网，并且把数据植入到M-AI系统里。至于赛特、卡戎和梅瑞就算了。"

"你休想！"卡戎厉声说道。

"对于你们来说,有些事情我只要开始想去做,就意味着已经成功了。你们谁能阻止得了我吗?而且你们各自都有那么多把柄在我手上,夏凯的把柄是彤彤,王评的把柄是方老师,卡戎和波菈的把柄是玻米,至于方老师的把柄是——师娘。"说完"师娘"两个字,向兵哈哈大笑起来。"我本不想参与到破坏地球文明逻辑的事情里,所以用了向兵的身份!现在看来不参与是不行了。不过扮猪吃老虎还真是爽啊。"

众人知道确实没有办法阻止向兵,他不仅拥有强大的武力,而且还拿着他们的至亲至爱作为要挟。王评、夏凯和方千柏无奈之下开启了大脑的组网,同时让马轲作为其中之一参与进来,并且与 M-AI 对接。这四人的思维,可谓是人类顶级的智慧,虽然马轲和夏凯相比其他二人弱一些,但那也都是万里挑一的人物。随着他们的沉睡,大脑组网的数据源源不断地传输到了 M-AI 当中。短短的一刻钟过后,四人醒了过来。

向兵,应该说是克罗托在旁边心满意足地笑着:"完成了!"他命令马轲:"你现在赶紧去我们之前租赁的那座山头,那里有我已经建设完成的信号发射塔,对着天王星把我们收集的所有数据发射出去!"马轲接到了命令之后,迅速离开了。

卡戎听着克罗托的话,已经很清楚他这是要干什么了,和阿特珞玻斯在思峨星上做的事情如出一辙。然而其他人还并不理解,于是方千柏问他:"向兵,你收集我们大脑组网的数据到底想要干什么?"方千柏依旧保持着物理学家强烈的好奇心,而且一时半会儿他对"向兵"这个称呼还改不了口。

克罗托道:"你们之前推测地球和思峨是宇宙的 DNA 系统,虽然是东拉西扯的猜想，但是还真蒙对了。然而你们却并不清楚DNA系统究竟是如何影响宇宙的。我现在可以告诉你们：据说你们地球人在20世纪90年代发现了微管。微管这一结构非常特殊，它们处于量子的叠加态，并且和宇宙其他的星系联系在一起，每个人的大脑都和一个庞大的宇宙星系团形成纠缠关系，可以说一个人的思想能够影响一个星系的运转。"众人听得唏嘘，而克罗托把视线转向卡戎："所以伊缪恩消灭你们坎瑟星，并不是因为你们的文明殖民到别的星球上去，就你们所消耗的那点资源，对于宇宙来说就是九牛一毛。可是你们坎瑟人的思维却可以影响极大的范围，数以亿计的星系会受到严重的影响。"这些事情，卡戎已经知道了，其他人都是第一次听。克罗托又转向方千柏："我很敬佩你的科研精神，接下来我告诉你地球人的秘密：地球作为DNA密码，地球人的大脑微管影响的不是某些星系，而是以地球为模板创造出数以亿计的文明星球。这才是地球在宇宙中存在的意义，也是你们人类存在的意义。"

方千柏听得眼睛都发直了，意识到了问题的严重性。可是现在地球的文明逻辑，尤其是人工智能，已经被马轲加速发展了，而背后的始作俑者就是克罗托，想到这里方千柏就反问道："你虽然什么都知道，但违背了地球的正常逻辑的，不是吗？尤其是人工智能系统。"

克罗托没好气地回答："就算我不去发展M-AI系统，你们地球人本身也要有大量的AI出现，我只是帮助马轲加速了你们AI系统的发展罢了。而且即使我这样做违背了地球的文明逻辑，我也依旧会这样做。我毕竟是宇宙免疫星球的代言人，只有这样才能挽救宇宙生命体。当年随着卡戎来到地球，出现了罗斯威尔事件，地球的文明逻辑被坎瑟的科技带偏了，也就带有了癌星球的影子，必定会导致数以亿计的癌星球诞生，这是何等可怕的事情。我必须做出改变，最开始以向兵的身份作为一个地球人生活着，想要逐渐地把地球文明的发展逻辑引导向健康的方向。后来情况不断变化，地球人的科技中坎瑟技术的成分越来越多。所以我就扶持了马轲，让他用属于地球的文明逻辑，但又相对超前的技术，在地球文明里植入免疫星球的发展逻辑，以此抵抗坎瑟科技对地球的影响。随着事态越来越严重，我只能不断加码，不断提速！"

王评立刻问道："你口口声声说要注重地球文明的发展逻辑，你难道没发现 M-AI 里面有反人类、逆文明的成分吗？"

"哈哈哈……"向兵一阵大笑之后回答王评："你以为你们地球人自己就没有反人类的特点吗？你们的文明发展史中有多少这种事情你数得过来吗？过去有，现在有，未来还会有。在某些极端情况下，文明想要得到发展，就必须反人类；如果要保护人类，就需要延缓文明的发展。"

方千柏叹了一口气，他知道克罗托的话……很多事情的复杂性和矛盾性，并不能用简单的"反人类"来定性，很多问题只有在特定条件下才能催生出答案，于是他问了一个更加现实的问题："那让我们脑联网到底是要干什么，还有你让马轲去发射的又是什么？"

"嗯！问得好。说真的，我特别想要告诉你们。地球作为 DNA 其实就是一种信息源，人类大脑思维的文明特点通过 M-AI 汇集之后，发射到天王星去，再通过天王星散发到宇宙的各个角落，从而影响宇宙其他星球的文明发展进程。我在地球的 DNA 里加入了免疫星球文明的特性。如此一来，受到地球影响的其他星球就会带有免疫星球的特点，我就可以获得数以亿计的免疫星球去抵抗癌星球。"

卡戎听着克罗托的话，也知道阿特珞玻斯的计划。接下来宇宙环境中要发生的事情，恐怕就是他之前见到的超大规模的宇宙战争。

方千柏又好奇地问道："那你究竟是把伊缪恩文明里的什么特点植入进来了呢？"

"你着急了吗？我加进来的内容很多，其中最重要的是我把伊缪恩的团结加了进来。你们地球人就像一盘散沙，只能靠商业利益结合在一起，而利益这东西最终的结果就是争斗。而地球人的情感，只能团结很小一部分人，根本就达不到伊缪恩人那样的团结程度，所以我就只能通过M-AI在你们的文明潜意识里增加了能让你们团结的部分。"

赛特听了这话，看着这个曾经有着无上地位，但实际上是自己家族仇人的克罗托说道："你所认为的能够团结在一起的方法，无非就是把人的感情作为把柄，让人被迫在一起高强度劳动吧。这是反人性的做法！你当时在伊缪恩星的时候，用牧长老的儿子要挟他，用雷长老来要挟风长老，用我来要挟雷长老，你利用人们极为珍视的感情去控制别人，让大家被迫做你想要做的事情；然后对外散播一种和谐的假象，让大家团结在一个虚假的世界里——这是赤裸裸的伪善。你把统治伊缪恩的方法搬到地球上来，你知道那些被迫参与实验的母亲有多么绝望吗？而且还要通过地球的DNA身份让数以亿计的星球罹受这种命运，这会出大问题的。"

"不管用什么手段，可以让人类团结在一起，就算有瑕疵又如何？牺牲人类的自由那又如何？我这么做了，宇宙会活下来，其他星球也会活下来，而且你们也只是失去了部分自由，并不会灭亡。可如果我不这么做，其他的星球要毁灭，你们也要死。你们为什么就不能成全一下其他星球呢？"

卡戎知道克罗托对别人有强烈的控制欲望，就问出了自己非常关心的问题："当年你为什么要控制我？而且还要假装被我控制，为什么要把我玩弄于股掌之中？"

克罗托若有所思地回答："因为你是我的试验品。当年在伊缪恩星变成黑洞因子去毁灭坎瑟星之前，我就已经离开了那里。长久以来，我一直都想知道免疫星消灭癌星的机制是什么，希望找到一个一劳永逸的方法，于是我就把目光盯在了免疫星的黑洞因子上，我特别好奇黑洞因子吞噬癌星球之后，黑洞内部到底发生了什么。如果我可以弄明白其中的机制，就可以更高效率地消灭癌星球。我决定要一探究竟，但是一旦进入黑洞内部，到底会发生什么就难说了，说不定永远也出不来。最好的办法就是让什么东西，或者人进入黑洞，从内部给我传递消息。

"所以在伊缪恩星凝聚成黑洞因子之前，我就把伊缪恩的地心圆球提炼出了一部分反自旋粒子。当伊缪恩黑洞因子吸收坎瑟星成为真正黑洞的时候，里面的正旋粒子就和我手上的反自旋粒子形成纠缠，我就有机会知道黑洞内部的情景。可是我想简单了，正旋粒子在黑洞里直接坍缩了！和我手上反自旋粒子的纠缠关系断了。我不甘心就这样失去线索，索性暗地里尾随着赛特和卡戎的舰船，看看他们相互斗争的结果究竟是什么样子，看看我对赛特思想的控制力能持续多久。一直到卡戎来到思峨星，我发现他很想尝试进入黑洞，所以卡戎成为我研究黑洞的不二人选。从此以后我不再是尾随卡戎，而是飞到他前方帮他扫除危险。有一天我发现了一处时空褶皱，褶皱的形态非常奇怪，两处黑洞就像两扇大门一样控制着一个通道。其中一个黑洞很普通，然而还有一个很难探测。我在宇宙中纵横，知道免疫星的认知结构要比其他星球人的高级，但即便如此我也差一点忽略了第二个黑洞。这个黑洞，有可能就是地球人所说的暗物质组成的。

"不久之后我就看到了地球，我惊讶地发现地球和思峨可能是宇宙生命体 DNA 的碱基对。关于宇宙 DNA 的运转模式，我曾经也只是听人传说，无法证实也无法证伪，现在看到了活生生的 DNA 星球，我需要知道 DNA 星球能否生成大量的免疫星球，这些免疫星球的黑洞因子能否杀死癌星，我想知道癌星球人进入黑洞后到底是个什么结果……想到此处，我突然害怕卡戎携带的坎瑟文明会降临到地球上，破坏了地球文明本来的发展逻辑。于是我掉过头去寻找卡戎，然而无论怎么寻找，都没有一丝踪迹。我知道坏事了，卡戎应该是观测不到暗物质黑洞，搞不好他钻进另一个黑洞里去了，我只好在两个黑洞附近观察。直到有一天，一个黑洞里喷出大量闪光，光线逐渐合成物质，合成了卡戎的飞船。我在两个黑洞之间看得清清楚楚。这实在让我太意外了，竟然有这种事情！卡戎竟然能从黑洞里出来，真是我完美的试验品。我真是庆幸，万一卡戎出不来，我就只能拿赛特做实验了。"

赛特听完这些话心里阵阵难过："克罗托，你以前毕竟是我的首领，我是你最得力的干将，难道连我你都要牺牲吗？"

"为了达到最伟大的目的，局部的手足相残又如何？"

卡戎可没心思估计赛特的感受，他猛地明白为什么自己在穿越孔洞之后，收集脑电波的想法空前加强，为什么砍掉思峨人头颅与强化自己的这一想法出现了时间颠倒，为什么在思峨星上自己就有点魔怔了。

因为克罗托的飞船上有黑洞因子，他在黑洞之间形成了双缝，他在双缝之后看到卡戎从黑洞中出来,改变了卡戎大脑意识的量子叠加态,展现出粒子性的确定形态。在粒子化的过程中,卡戎受到观测者克罗托主观意识的影响——克罗托强烈希望卡戎进入黑洞,所以卡戎收集脑电波的想法空前加强,也出现了未来与过去因果颠倒的现象;克罗托为了达到目的不惜手足相残,这种想法也直接影响了卡戎!他之所以对梅珞下毒手,应该就是这个原因了吧?

克罗托无心插柳地把飞船停在了双缝地带,不仅改变了卡戎的现在和未来,更改变了他的过去!卡戎看着克罗托,并没有把宏观双缝的秘密告诉他,万一让他知道了这个秘密,还指不定会干出什么事情来!卡戎现在需要赶紧转移话题,便问了一个毫无意义的问题,只要不再讨论双缝就行:"你说你在孔洞那里等着我,我的飞船上也有探测器,为什么我没有发现你?"

"你们都昏迷了怎么发现我?你们昏迷的时间不算短,而且黑洞附近的时间很慢,当我离开那里的时候,外面的世界已经过去了将近一千个地球年。"

柳睿明白了,真是应了地球上的一句话:洞中方一日,世上已千年,不过现在不是感叹的时候。只听卡戎继续转移话题,他想到自己大脑里有三种意识,就问:"克罗托,你是不是编辑过我的意识?"

面对卡戎的提问,克罗托哈哈大笑:"小子挺厉害的嘛!这都被你发现了。我说过你是我的试验品,我要掌握你离开地球之后的信息,尤其是在黑洞里的状态。方法就是,在你的大脑里植入监视你的脑电波。在你最后吸收方千柏的脑电波之前,我过来趴在他假死的身体上,在他大脑里植入了能够观测你意识的脑电波。随着你吸收方千柏的脑电波,这段脑电波也一起植入到了你的大脑里。这段脑电波会把你在黑洞里经历的事情传输给我。"

方千柏终于知道自己当时假死的时候脑子为什么痛了一下。卡戎突然有一种感觉——地球人的脑电波集合应该只是会获得免疫星球的保护,而不能逃离黑洞的引力,能够逃脱引力的是赛特的那颗珠子。然而那颗珠子在进入黑洞之后会发生什么就不好说了。那我自己第一次到底是怎么从黑洞里出来的呢?卡戎知道自己一时半会儿不会得到答案,他也来不及想,因为克罗托的话就没有停下来:"卡戎,等你离开地球之后,我就时刻监测你脑电波的动态,研究地球人脑电波在宇宙环境中的变化。但是突然有一天我接收不到你的信息了,我猜测你可能已经进入黑洞,脑电波的信息发不出来。但是我等不了你发回数据,地球科技发展的方向越来越偏,我要抓紧时间开启M计划——希望通过地球制造大量的免疫星球去对抗癌星球。"

卡戎知道克罗托植入的第三类脑电波其实被塔尔塔人给移除了。他内心很乱,这么多年的努力原来只是在表演着别人的剧本。卡戎继续沉默着,赛特又接着问克罗托:"卡戎大脑里有一小片组织和我们伊缪恩人的一样,这和你给他植入的脑电波有关吗?"

"当然有关!卡戎按照地球人的身体进行变体,而地球人的大脑与伊缪恩人的不兼容。有一些信息,例如吃饭、睡觉、杀人放火这些地球人也会做的意识,可以直接写入卡戎的大脑里。但是像对黑洞进行超维度认知这种事情,就必须依托于伊缪恩人的大脑结构。所以当时我植入的那段脑电波带有强烈的电磁力,而这些电磁力可以编辑物质合成的顺序,可以把卡戎大脑里的物质按照伊缪恩人的DNA进行排列,以此来理解黑洞。"

王评突然明白了,如果这段意识消失了,那么卡戎大脑里的这些蛋白质也会逐渐被代谢掉。原来是这样！

听到克罗托可以渗透卡戎的意识，柳睿想到了一件往事，连忙接过话来问道："你能控制卡戎的想法，那当年卡戎要杀方明，但是他却对这件事没有什么印象，这是你捣的鬼吧？"

"哦！那件事啊！对，当时我想除掉方明，但是我又不想亲自动手，就控制着卡戎去做。因为方明在科学大会上说了一句话，他说'时间和空间就是试管壁，人类的试管是玻璃做的，而宇宙的大试管是时间和空间做的'。这句话让我极度警觉，我可以窥探到方明内心的东西。他有可能会发现我的M计划是把人囚禁在虚拟世界里，就像关在一个透明的试管里一样。方明以后很有可能成为我的一大阻碍。当时我已经培养了马轲，所以就想除掉方明。我在卡戎意识不到的情况下操控着他的思维，后来我转念又想，方明真是难得的奇才，说不定未来可以为我所用，所以不再追杀他。如果有朝一日他脱离了我的控制，那时候再干掉他也不迟。"

"所以你就指使马轲通过M-AI暗杀方明？"

"对！但是出现了很诡异的事情。在我的时间里，方明应该是已经被干掉了。可是莫名其妙地少了三天，好像有一股神秘的力量暗中帮助方明逃脱了死亡。只是那股力量到底是什么，我也不清楚。"

柳睿心中嘀咕，难道连克罗托都不知道方明当时是怎么回事？旁边的卡戎内心也备受打击，他特别不喜欢被人控制的感觉，却被操控成这个样子，就又问道："能否告诉我，当时你是如何控制我思维的？"

"我可以控制整个伊缪恩星，难道还控制不了你？大脑的本质就是碳基的机器，人类的大脑是靠经验的积累向大脑写入信息，再靠着先天的思维结构进行信息梳理。我在你大脑里写入意识，就像地球人对计算机进行编程一样，可以增加、修改、维持、删除。"

卡戎的心不断地揪着，感觉自己就像一个提线木偶。刚刚克罗托提到了马轲，王评接着就问了一个很现实的问题："你的 M-AI 智能系统现在有太多问题，会对人类出现反噬，甚至是连你自己都控制不了的，你能感觉到吗？"

"你都感觉到了，我怎么会感觉不到。可即便如此，我也要加速 AI 的发展。本来我觉得速度还可以，可是突然有一天马轲拿了一张图片过来。我意识到那是大规模的癌星球，规模之大远远超越我的想象。我瞬间无比坚信我来到地球上的意义，就是利用地球的 DNA 功能复制出大量的免疫星球参与到这场战斗，保证宇宙生命的正常生存，也要再更进一步加速地球 AI 的发展。我，克罗托，是整个宇宙的救世主。你们这群蝼蚁，无知的人类，竟然还要阻止我，破坏我的 M-AI 系统，你们差点就闯下大祸！"

众人听得毛骨悚然，尤其是卡戎。因为卡戎知道，宇宙中的癌星球越来越多，而且维瑞斯星的战斗力……由于自己和方明等人的"努力"，癌星球可能要泛滥了！难道自己真的闯下大祸了吗？卡戎结结巴巴地问克罗托："你，你的 M-AI 系统已经被我们限制了，那你要怎样……通过地球复制免疫星球？"

"我本来是想把所有地球人的大脑通过 M-AI 进行联网，再把免疫星球的文明植入到网络里，形成带有免疫功能的 DNA。但是你们这些蠢蛋，让我的 M-AI 系统受阻。我只能退而求其次，把之前 M 计划里已经有的思维信息，再加上最近我加急收集的地球上顶级的人的思维信息先联合起来。我已经收集了十几万个这样的人物，而你们几个是我最看重的。然后我把收集的这些信号发送至天王星,通过天王星再把信号发送至宇宙各个角落,先诞生一批小规模免疫星球再说。"

卡戎听着克罗托的话,知道天王星的功能就相当于思峨所在星系的乌拉诺斯星。而克罗托的话还没有说完:"不过还好,我只需要半年左右的时间就可以突破这种限制。到那个时候,我再把全部地球人的大脑都连入M-AI,实现针对全部地球人的M计划,再去催生出数以亿计的免疫星球。"

众人哑口无言,他们本来想方设法阻止地球的癌变,可是没想到反而让情况变得异常复杂。其中卡戎受到的震撼最大,他特别理解克罗托的行为。虽然他知道阿特洛玻斯繁衍癌星球的做法有问题,但是克罗托繁衍免疫星球的做法就没有问题吗?

克罗托环视着目瞪口呆的众人,很骄傲地说:"虽然我在地球上没来得及把最大群体的人用M-AI来控制在一起,但是我也已经把你们这些最优质的大脑数据传递到了数据中心,马轲正在准备把数据发送至天王星,希望暂时抵抗住癌星球的蔓延。"

众人只能沉默,虽然他们知道M-AI系统对人性是摧残的,但是却能够拯救宇宙。到底该何去何从,没有人知道。一阵沉默之后,克罗托的通信设备响了起来,那是马轲的来电:"向老师,我们的信号发射器好像出了点问题。"

"怎么了,启动不了吗?我不是给你密钥了吗?"

"不是我们这边的问题。我离开方明家就立刻赶到发射塔,随后就收到了信号,我就立刻发射出去。可是从发射到现在已经有一个多小时了,我们的监测设备显示发出去的信号,在土星附近,消失了……"

"不可能！现在地球和天王星之间应该没有任何其他行星阻挡才对，是有什么东西导致空间断裂了吗？如果信号无法抵达天王星，免疫星球将无法诞生！这到底是怎么回事？"

"咚咚咚！"一阵敲门声响起！

"究竟谁这么走霉运，这个时候过来！"克罗托满腔怒火似乎找到了发泄的对象。

马晓渊缓慢地走向了门口。

第二十一章
魔高一丈

"咚咚咚！"敲门声继续响着。马晓渊打开门一看，面前的人不到二十岁，她并不认识，是一个漂亮的女孩子，甚至比自己的孙媳妇柳睿还要漂亮。她低声道："赶紧走，不要来这里。"

那女孩儿一身雪白的长裙，笔挺的身材配上娇魅的脸蛋儿，谁见了都会有三分心动。只见女孩儿扶住了马晓渊的胳膊笑道："我们可是亲戚呢！怎么一见面就赶我走啊？"马晓渊一愣，自家亲戚就没几个，哪儿来了这么个亲戚？那女孩儿说完之后竟然搀扶着马晓渊进屋，就像是在自己家一样。

"姑娘，这不是你该来的地方！快走……"马晓渊把"走"重音强调了一遍，可是女孩儿根本就不管马晓渊的话，直直地走到了沙发前，竟然坐了下来。柳睿看着这女孩子，在一种寒意中竟然还夹带着莫名其妙的亲切，因为女孩儿眉宇间竟然感觉有点袁岸的影子，这该不会是袁岸在思峨星上的后代吧？正在柳睿沉思的时候，卡戎张大了嘴巴:"老天,老天!你是……"

那女子看了一眼卡戎道:"卡戎、梅瑞还有波菈,好久不见了,还记得我吗?"

卡戎已经认出她是谁了,柳睿还在为心中的答案感到疑惑,波菈完全不知所以,其他人更是一头雾水。那女子异常沉稳地说道:"我就是——阿特珞玻斯!"

当这个名字从女子的嘴里说出来的时候,一股强大的气场压了过来!

"首领,您怎么变成了一个女孩子?"柳睿疑惑地问。

阿特珞玻斯一双深邃的眼眸看着众人:"在漫长的岁月里,肉体只是承载思想的载体。男人或女人,又有什么区别呢?"

柳睿一听就意识到了问题所在:"您,不是坎瑟星的原住民吧?"

"当然不是!"

阿特珞玻斯这话一出,众人瞬间把视线移向了克罗托。因为大家知道克罗托也并非伊缪恩星的原住民,阿特珞玻斯和克罗托应该是同一种情况。阿特珞玻斯慢条斯理地讲述着:"坎瑟星是我重要的试验品,你们的文明形态也是我塑造的。我本来希望通过对坎瑟星的实验,找到一种癌星球和宇宙共生的机制,但是失败了。"阿特珞玻斯说得饶有兴致,而克罗托用一种看到猎物的眼神盯着眼前这个"小姑娘",冷冷地问:"你说你塑造了坎瑟的文明形态?!是你唤醒了坎瑟癌星球的发展潜质吗?还有,目前宇宙中数以亿万计的癌星球,是不是你塑造出来的?"

阿特先用一种百感交集的眼神凝视着克罗托,而后立刻转为略带调侃的口气:"这位大叔,不!大爷,你用这种眼神看着我似乎很没有礼貌吧!"阿特说完就哈哈大笑起来。

克罗托懒得废话，直奔主题："你不回答我就当你是默认了。既然是你亲手塑造了这么多癌星球，那今天我就要结束你的性命！"说完克罗托身边爆发出耀眼的光芒，比当年赛特控制梅瑞和波菈的光芒要强烈太多，完全不是一个量级的。光芒像长了眼睛一样，从克罗托身上直接扑向阿特洛玻斯。阿特洛玻斯瞬间被光芒裹住，那种明亮程度让周围的人没有办法看清楚她的表情，只能看到她一动不动地坐在光芒中心。

"你就在忏悔中结束你罪恶的一生吧！"克罗托祷告着，缓缓举起手准备干掉阿特洛玻斯。就在克罗托要一掌劈下来的时候，却从光芒中突然伸出一只纤纤玉手，直接抓住了克罗托的天灵盖，随着那只手一用力，克罗托的头直接被按在地上："克罗托，就你这点儿能力还想杀我？我已经借助庞大的癌星球矩阵获得了强大的力量。癌星球越多，我的能力就越强。就你现在这点小儿科，省省吧！"话音刚落，阿特洛玻斯竟然抓起克罗托一把甩飞了，克罗托直接晕了过去。赛特在旁边看得心惊胆战，因为他知道如果仅仅靠着甩出去的力度，是不足以让克罗托晕厥的，克罗托是被阿特洛玻斯抓晕的。

阿特洛玻斯扫视了一圈周围愣住的人，缓缓走到柳睿面前："梅瑞，我在坎瑟星的岁月里，你的父亲给了我极大的震撼，也给了我极大的疑惑。我本来想仔细研究你们的行为模式，但是很多事情我却依旧想不明白。我虽然给你们坎瑟人设定了文明形态，但是梅狄亚的行为却超出了这种文明的逻辑。还有卡戎、波菈和卡斯也给我带来不小的震撼……"说到这里，阿特洛玻斯的话突然停住，陷入了沉思，不久后又深深叹了一口气："算了，我先不去思考这些了……思考，是一件很痛苦的事情。"

方千柏从后面站了出来："你叫阿特珞玻斯对吧？你所说的给予坎瑟文明的逻辑，其中的一个内容是不是和梅狄亚发现的六维空间有关？六维空间是个骗局吧？"

"你为什么会觉得六维空间有问题呢？"阿特珞玻斯饶有兴致地看着方千柏。

"现实中的任何技术都是需要有科学理论支撑的，而且很多时候，即使有强大的理论基础，也不一定会发展出相应的技术。比如说虽然地球文明的理论推演出时空是十一维的，但我们在实践领域想突破四维空间都很难。梅狄亚在'时空投影'理论下突破了六维空间，但是从'时空投影'到实践应用还需要大量的配套理论支撑。现实技术和基础理论严重不匹配，所以，是有人用外在力量加速了这项技术的进程。尤其是梅狄亚在五维空间中仅凭个人猜想就能突破六维空间，我觉得这种概率无限接近于0！"

"说得好。没想到坎瑟人都没有意识到的问题被你看出来了，但是六维空间不能算是骗局！无论哪个星球的文明都依赖于人的认知，认知的本质是人的主观认知结构模型，对客观世界所传递过来的信息进行有选择性地接受、编辑。我悄悄给予了梅狄亚和其他坎瑟人不一样的认知模型，给他提供了很多其他人无法认知的资料，还有引导、启发，所以他能够认知六维空间，知道宇宙是一个生命体，知道自己所在的星球是癌星球。我就是想看看，当坎瑟人知道真相之后到底会做什么选择，能激发出什么可能性。虽然实验不算成功，但是坎瑟人还是给我提供了不少思路。"

卡戎有种被愚弄的感觉："你给予我们坎瑟人的认知结构，你想让我们认识的我们就能认识，否则我们就认识不了，是吗？"

"对！就是这样！你以为你很自由，很了不起吗？无非生来就是棋子罢了。不单是你们坎瑟人，不管哪个星球的人其实都有着差不多的宿命。"

方千柏到了这个年纪，已然知道阿特口中的"宿命"是什么意思，他转而问了另一个问题："阿特珞玻斯，我还有一个问题特别好奇，能否帮我解答一下。"

"你倒是挺有礼貌的嘛？说吧。"

"宇宙的时空和我在地球上理解的时空完全不一样！所以即使宇宙是一个巨大的生命体，也不太可能和地球人的生命形式一致，当然也不可能和坎瑟人一样，比如说受精卵之类的形式。所以梅狄亚在六维空间里看到了宇宙受精卵的诞生，是不是你塑造的幻象？"

"不错呀，真是难得！以梅狄亚的认知能力，即使进入六维空间也很难认识到宇宙生命体的本质形态，所以我只能把宇宙生命模拟成以受精卵的形式诞生，让梅狄亚更好地理解。"

卡戎听完之后非常难受，自己一直不停地拼搏、坚持、努力着，做了很多正确的事，也犯了很多错误，看似命运掌握在自己的手上，实际上却是别人实验器皿里的微小生物。他抬头看着天花板，似乎可以透过钢筋混凝土直接看到头顶上的星空，他从来没有觉得这片稀疏的星空竟然如此的压抑，像无比厚重的透明凝胶一样裹挟着自己。

赛特在旁边看着卡戎，卡戎用一种复杂的眼光看着阿特珞玻斯，赛特又用同样的眼神看向了旁边昏迷的克罗托。克罗托不知什么时候已经醒了，他硬撑着坐了起来。阿特珞玻斯看着苏醒的克罗托说道："我把数以亿计的癌星球制造出来之后，就来到了地球附近，在地球周围监视着你的一举一动，看看你能做什么事情出来。然后在你即将成功之际把你的计划彻底摧毁——不过好像不用我亲自动手了，你竟然输给了方明、卡戎他们几个。你知道为什么同样都是大脑联网计划，你在地球上做不起来的事情，而我在思峨上却成功了吗？"

克罗托很想知道答案——为什么他代表正义解救宇宙，却会输得体无完肤。

"因为你总是想着所谓的最高价值、终极意义，把人类最美好的情感作为纽带，甚至作为把柄去让人类联合在一起。你忽略了一个最直接、最有效的力量——人性的堕落！堕落、贪欲和享乐可以让人类非常直接地团结在一起。一群色鬼可以为了一个美女自甘堕落，一群懒鬼可以商量一起去抢劫一个富商，一群老赖可以联合起来杀死他们的债主，一群好吃懒做的人，只要给他们足够的利益，他们就密谋去做任何没有底线的事情……我就是抓住了人性的贪婪和堕落，让他们最大限度地结合起来。不要只想着所谓的善，也要看到人性的恶才可以。像你这样拘泥于条条框框、畏首畏尾的，很难把绝大多数人的大脑连接起来。戏谑的话语总比严肃的话题更容易传播，感官的刺激有时候要比灵魂的高尚更加可靠。放弃对灵魂的追求吧，刺激人性的贪婪才是最直接的方式。"

克罗托咬牙切齿地厉声说道："是啊，所以你才是癌星球的始作俑者，你是不应该存在的毒瘤！"

"错！我所创造的文明，是在宇宙生命体的环境中合理滋生出来的，我就是宇宙顺理成章的一部分！而你，也不要把自己想得太高尚，因为你也只是其中一部分。大家都是宇宙的一部分，而且都是与生俱来的，甚至必定会出现的，那凭什么你就高人一等？善与恶本就是同一枚硬币的两面，凭什么你就是好的？就像磁极一样，你能说正极就是善的，负极就是恶的吗？"

克罗托不易反驳阿特，略微沉默后又问了一个问题："为什么我向天王星发射的地球信息突然不见了？你究竟做了什么手脚？"

"哼！你为了达到目的，忽略了太多的细节，而这些细节往往关乎整个计划的成败。你不仅忽略了人性的复杂，你还忽略了太阳系的演变。整个太阳系是一个整体，每个星球都有着它的作用。天王星背后还有一个海王星，但是海王星的轨道并不稳定。八大行星距离太阳有一个相对固定的秩序，如果把地球到太阳的距离看成1，那么水星到太阳的距离是0.4，金星是0.7，火星是1.6，谷神星2.8，木星5.2，土星10，天王星19.6，海王星应该是38.8，可是海王星的实际距离是30。这是因为太阳系的结构还不稳定，海王星还在远离太阳，一直到38.8的位置才会形成稳定的结构。到那个时候，地球文明的信号发射出去后才会被天王星完美地传播出去。现在的太阳系里，还存在着一个很小的时空褶皱，这是月球诞生时形成的。最开始褶皱就在地球附近，海王星在太阳系的任务，就是随着它轨道的远离，通过某种我还不知道的对应机制把这个褶皱带离地月系。海王星距离轨道稳定区域还差8.8个天文单位，而褶皱也被拖离地球8.8个天文单位的距离，大约在土星附近。这个时空褶皱可以阻碍来自地球发出的脑联网的信号，而且思峨星上也是如此，但是我发现了这个问题。因为我在黑洞里待过，我借助在黑洞里对宇宙时空的理解，把从思峨发出的信号做了路径引导，完美绕开了影响思峨的褶皱。而你从地球上发送至天王星的信号则被褶皱吸收了。天王星永远也接收不到你的信息，永远也不会有免疫星球诞生。"

克罗托恼羞成怒："你创造那么多癌星球的目的到底是什么？这样

下去，宇宙也不会存活的，你最终的命运也是死亡！"

"我说过，坎瑟的实验给了我很大的启发。我才不会自取灭亡呢！我不仅不会灭亡，我还要取代你这个所谓的免疫星球的代言人，我要成为宇宙生命体的主导力量，我要通过控制宇宙的肉体来控制宇宙的精神。宇宙生命，将会以你们所认为的'病态'生存下去，整个宇宙将会朝着另一种路径演变！宇宙依旧会活着，但是他的意志却会被我所控制，我将成为宇宙的主宰！"

"你凭什么主宰宇宙？你这样做，只会让宇宙成为没有思想和灵魂的僵尸！"

"行了吧，克罗托！按照你的做法，虽然宇宙还具有意志，但是生命体会在强大的对抗中被掏空！你们这些免疫系统，太在意你们所认为的正义了，把正义极端化！甚至忽略微小生命存在的意义！你们不允许微小文明放纵、不允许个性发展，只是要求他们服从，要求他们必须甘愿牺牲自己。只要能够达到你所谓的宏大目的，这些微小的文明和生命个体是可以随时被舍弃的。若是没有每一个微小个体的存在，宇宙大生命体只是一个空壳而已。一个有思想的空壳，是一具活死尸，相对于'病态'来说，好像也好不到哪儿去吧！"

克罗托意识到了自己的一些问题，但是他无论如何都不甘心就这样失败，他咬牙切齿地说道："我一定会让地球文明快速发展起来，创造更多的免疫星球和你对抗的！"

"那好！我下一步就要灭掉地球，避免大量免疫星球的诞生！我会安排癌星球的舰队把地球变成飞灰。如此一来，你就再也没有力量能够阻止我了！"

说完，阿特洛玻斯笑起来。她笑着，端庄、优雅地离开了。

第二十二章
尾声

周围一片漆黑的深空……

"我这是在哪里?怎么这么黑?"

"你醒啦!欢迎你,你是第二个来到我面前的人类。"

"第二个?那第一个人是谁?"

"第一个人是卡戎!"

"卡戎?是杀我内弟梅珞的那个卡戎吗?等等!梅珞死了吗?为什么我会认为梅珞是我内弟呢?记起来了,因为梅珞的姐姐柳睿是我的妻子呀!再等等!柳睿?梅珞的姐姐是梅瑞才对,梅瑞还没有嫁给我啊!啊不!我和柳睿是合法夫妻才对!我是方明?不对,我是袁岸啊!我,我是一个人还是两个人?我到底是方明,还是袁岸?"

"方明,袁岸,当你们分别在地球和思峨的时候,你们是两个人;当你们在一起的时候,你们是一个人。你们,或者你,分别在两个对应的星球上。可是赛特、卡戎、梅瑞和波菈,却只有一个,但他们又影响着两个星球的进程，就像是两个粒子之间的介子；而抛出和接收介子的端口，则是你们——方明和袁岸。"

"那我们为什么来到这里？"

"所有的事情本来都可以按照设定的程序自运行，可是自运行的事情往往会有逻辑之外的变故，会有不受控制的因素出现。这是万事万物的规律，是物之为物、人之为人与生俱来的'原罪'，它是控制规律的规律，也是不受控制的规律。阿特珞玻斯已经不受控制了，而克罗托更加不受控制，有些事情超出了最开始的设定。"

"克罗托，我听过这个人的名字。他不是免疫星球的首领吗？他怎么也不受控制了？"

"免疫系统可不仅仅是杀死癌细胞那么简单，而是身体的一种综合性的协同机制，它需要考虑到各个方面的利害关系，而不是一味地靠着挤压、扭曲某些身体组织来获取对癌细胞最大的杀伤性功能。带着仇恨、怨念、不甘等负面情绪去谋求完成所谓的极具正义的事情，那么正义本身还能叫正义吗？克罗托扭曲了DNA星球本身所具有的秉性，导致了由此而诞生的免疫星球出现亢进、紊乱，带着怨念与仇恨去击杀癌星球，甚至对正常宇宙生命的星体都产生了影响。这种杀敌一千、自损八百的做法，会加速宇宙走向衰亡。我本不应过问黑洞外的事情，但是现在看来不得不管了。"

"你竟能管束克罗托，还有阿特珞玻斯。那你到底是谁？"

"你可以叫我——拉克西斯。"

后记
形而不上也不下

在创作过程中，我时常被各种迷惑偷袭。有些情节一旦展开，就有了属于它自己的逻辑，包括了事理逻辑和物理逻辑。

在物理逻辑中，很多事情无法一直追问下去，由于人类认知的范围尚且有限，追问到极致一定会涉及物质本源的客观规定性，或者是"造物主"等创世意志的层面。我一直竭力避免回到传统形而上学的老路上，但是却依旧有一部分和传统观念重合了，所以灵机一动，以移花接木再创作的方式把希腊神话命运三女神引入进来，这种感觉就像数学里引入了虚数的概念，瞬间敞开了"既新且旧"的领域。借用传统形而上学的架构，创作难度反而降低了一些。毕竟传统形而上学也是建立在人类思维逻辑之上的，与当下文明的认知基础是一致的。

然而人类的这套认知逻辑就真的"可靠"吗？我只能说对于人类自身而言应该是可靠的，对于人类之外应该不是那么可靠了吧？还有，人类的认知对于认知之外的世界，有意义吗？我不知道，这只能靠猜测，应该是有吧？

那么人类之外是否也有类似或相同的认知逻辑呢？我个人猜测不一定有。基于当前物理学的研究来看，宇宙的很多规律和人类的认知常识是相反的，但目前还依旧处在人类可接受的范围之内。我经常猜想，认知范围之外的那种没有时间、空间逻辑关系的世界（假如有这样的世界，并且高于人类世界的话）会是什么样子的。如果人类的认知对于认知之外的世界依旧有意义的话，那么范围外的世界很有可能会重塑人类文明存在的意义。

如果把人类文明看作一个整体的话，它就像一个刚出生就被置于这个世界上的婴儿——不知道从哪里来，要到哪里去，对过去和未来都充满未知，仅仅能够生活在当下，生活在一条沿着时间线性移动的线段上，人们看着线段上可认识的范围，猜测着认知范围之外的世界，懵懵懂懂地去探索人类存在的意义。我们曾经信誓旦旦地认为人类无所不能，而现在却实实在在感受到什么叫作有所不能。

我们存在的意义，到底是什么呢？

我个人存在的意义，又是什么呢？

2023年6月于武汉

名词注解

塔尔塔：塔尔塔罗斯（Tartarus），希腊神话"地狱"的代名词。看似有着长久的生命，其实如同地狱一般，不仅面临着无穷无尽的烦恼，还有各种势力的斗争。

伊吉普特王国：埃及（Egypt）。

狩猎之王星座：猎户座。

乌拉诺斯星：天王星（Uranus）。

萨图恩星：土星（Saturn）。

拉克西斯：命运三女神之一，负责生命线的长度。

方明、袁岸（圆暗）：方圆、明暗。明暗即阴阳，是宇宙万物的规律；方圆便是规矩，是人类社会的规则。

M计划：Mankind Spirit Imprisonment Plan，人类精神囚禁计划。

M-AI：Mankind Artificial Intelligence，人类整体层面的人工智能系统。